Maximilien Marie Isidore Robespierre
**Erinnerungen**

I0585150

SEVERUS
SEVERUS

**Maximilien Marie Isidore Robespierre:** Erinnerungen
**Hamburg, SEVERUS Verlag 2013**
Nachdruck der Originalausgabe von 1924

ISBN: 978-3-86347-479-9
Druck: SEVERUS Verlag, Hamburg, 2013


Der SEVERUS Verlag ist ein Imprint der Diplomica Verlag GmbH.

**Bibliografische Information der Deutschen Nationalbibliothek:**
Die Deutsche Nationalbibliothek verzeichnet diese Publikation in der
Deutschen Nationalbibliografie; detaillierte bibliografische Daten sind im
Internet über http://dnb.d-nb.de abrufbar.

Robespierre
Erinnerungen

SEVERUS

M. M. J. ROBESPIERRE

# ROBESPIERRE
# ERINNERUNGEN

### Von ihm selbst

# ERSTES KAPITEL

Euch widme ich diese Schrift, Ihr Manen des Bürgers von Genf, daß, wenn sie bestimmt ist, das Tageslicht zu erblicken, sie sich unter dem Schutz des beredtsten, tugendhaftesten der Menschen stelle: wir bedürfen jetzt mehr als je der Beredsamkeit und der Tugend. Erhabener Mann, dir danke ich es, daß ich mich selbst kenne; in meiner Jugend hast du mich die Würde der Natur achten, über die tiefen Grundsätze der gesellschaftlichen Ordnung nachdenken gelehrt. Das alte Gebäude ist zerfallen; die Hallen eines neuen Gebäudes erheben sich aus dessen Trümmern, und Dank dir, auch ich habe einen Stein dazu beigetragen. Nimm meine Huldigung an; so schwach sie ist, sie muß dir gefallen, ich habe den Lebenden niemals Weihrauch gestreut.

Ich habe dich am Ende deiner Tage gesehen, diese Erinnerung ist mir der Quell einer stolzen Freude; ich habe deine erhabenen Züge betrachtet, ich habe die Furchen des bittern Kummers gesehen, zu dem die Ungerechtigkeit der Menschen dich verdammt hat. Seitdem erkannte ich die Sorgen eines edlen Lebens, das sich dem Streben nach Wahrheit weiht. Sie haben mich nicht erschreckt. Das Bewußtsein, das Wohl seines Nächsten bezweckt zu haben, ist der Lohn der Tugendhaften; später erst folgt die Dankbarkeit der Völker, die seinem Andenken die Ehre gönnen, welche seine Zeitgenossen ihm versagt haben.

Wie du, möchte ich dieses Glück um den Preis eines mühevollen Lebens, selbst um den Preis eines frühzeitigen Todes erkaufen.

Bestimmt, mitten unter den größten Begebenheiten, welche je die Welt bewegt haben, eine Rolle zu spielen; im Begriff, die Gewitter losbrechen zu sehen, welche von allen

Seiten sich zusammenballen, deren Wirkung kein menschlicher Verstand erraten kann, bin ich mir selbst, bin ich es bald auch meinen Mitbürgern schuldig, Rechenschaft von meinen Gedanken, meinen Handlungen abzulegen. Dein Beispiel ist da, ist vor meinen Augen; deine staunenswürdigen Geständnisse, dieser freie, kühne Ausfluß der reinsten Seele, werden zur Nachwelt übergehen, wie ein Vorbild der Kunst, mehr noch wie ein Wunder der Tugend. Ich will deiner Spur folgen; sollte ich auch keinen Namen hinterlassen, nach dem künftige Jahrhunderte forschen werden; wohl mir, wenn ich in der gefährlichen Laufbahn, die eine unerhörte Revolution uns eröffnet, nur den Eingebungen treu bleibe, die ich aus deinen Schriften geschöpft habe.

Ich bin in Arras geboren; meine Familie stand daselbst in einem bedeutenden Ansehen: das Glück hatte sie nicht begünstigt, nur ihren Tugenden dankte sie die Achtung, deren sie genoß. Der Ahnherr meines Vaters war ein Irländer: der Sache der Stuarts ergeben, begleitete er den letzten Sprößling dieses königlichen Hauses nach Frankreich, und ließ sich, nachdem er die Pflicht erfüllt, die ihm sein politischer und religiöser Glaube auferlegt, im Artois nieder. Sein Grabmal ist noch in der Kirche von Carvin, einem Flecken bei Bethune.

Seine Kinder hatten die ehrenvolle Laufbahn der Rechte eingeschlagen; auch mein Vater war Advokat bei dem Obergericht von Artois. Seine Talente und seine Rechtlichkeit hatten ihm zahlreiche Klienten und ein unabhängiges Auskommen verschafft; seinem Glücke fehlte nichts als eine Gattin seiner Wahl, er suchte danach, nicht in den Reihen der Aristokratie, wozu seine Geburt ihn berechtigt hätte, sondern in der dunklen, tugendhafteren Klasse der nützlichen Bürger. Die Tochter eines Brauers, Marie Josephine Carreau, fesselte sein Herz; er trug ihr seine Hand an. Mein Großvater, den diese gemeine Verbindung bekümmerte, strengte sich vergebens an, sie zu hintertreiben. Die Liebe meines Vaters siegte über seinen Widerstand; die Tu-

6

gend seiner jungen Gattin vollendete das Werk; bald gewann sie das Herz des Greises, der ihren Wert erkannte, seine Vorurteile vergaß, und nur noch die geliebte Tochter in ihr sah.

Ich war die erste Frucht dieser glücklichen Ehe, ein zweiter Sohn und noch zwei Töchter befestigten sie noch mehr. Ach! wir sollten früh mit dem Unglück vertraut werden; unsre vortreffliche Mutter starb; nur ich kann von diesem traurigen Ereignis sprechen, dessen Erinnerung tief in mein Herz gegraben bleibt. Neun Jahre war ich alt, aber mein kindischer Verstand hatte bereits die ganze Liebe begriffen, die sie uns gewidmet hatte, die ihr schwaches Leben verzehrte. Ich weinte heftig; ich erriet, was der Tod sei, und war über meinen jüngern Bruder empört, der, mit aller Sorglosigkeit eines Kindes, neben dem Gemache spielte, in dem die teure Leiche ruhte.

Diesem ersten Schlage folgten andre nach; der Schmerz meines Vaters hatte keine Grenzen, seine Vernunft wurde irre, man war genötigt, ihn aus diesem Lande zu entfernen, um seine Geisteskräfte und seine Gesundheit wiederherzustellen. Er durchreiste nach und nach Deutschland, England und Amerika, blieb einige Zeit in Köln, und versuchte, als die dringenden Bitten der Familie ihn nach Arras zurückriefen, seinen alten Stand wieder zu ergreifen; aber die traurigen Erinnerungen, welche seine Geburtsstadt in ihm erweckten, die tiefe Melancholie, welche seit seinem Wittum ihn beherrschte, machten ihm den Aufenthalt in Arras immer unerträglicher; er verließ die Stadt, um nie wieder zurückzukehren. Später erfuhr ich, daß er nach einem in Schmerz und Reisen verbrachten Leben in München gestorben sei. —

Seit meiner frühsten Kindheit verwaist, empfand ich das Gewicht des Lebens, die lastende Knechtschaft der Wohltaten. Das Unglück hatte mir eine zeitige Reife gegeben; es trieb mich, mir eine Unabhängigkeit zu sichern, mit Eifer gab ich mich dem Studium hin, welches allein mir eine Aussicht darauf eröffnete. Mein Großvater hatte uns bei sich aufgenommen und die rührendste Sorgfalt an uns verschwendet; aber bald verloren wir auch diese letzte Stütze. Der Bischof von Arras, Herr von Conzié, der Freund meiner Familie, wurde mein Beschützer; er wachte über die Jahre meiner Kindheit und stellte mich sogleich als Chorknabe in der Kathedrale an: so erhielt ich die erste Grundlage des Unterrichtes. — Da ich glückliche Anlagen verriet, wollte Herr von Conzié sein Werk vollenden. Er stand in enger Verbindung mit dem Titular-Prälaten der Abtei von St. Vast, der, als solcher, über eine Freistelle im College Louis-le-Grand zu verfügen hatte. Herr von Conzié hielt für mich darum an und bekam sie.

Es war das Jahr 1770. Ich verließ zum ersten Male Arras, das so reich an herben Erinnerungen für mich war. Ich kam in Paris an, ich trat in das Kollegium ein und nicht mit dem Trübsinn des verzärtelten Kindes, das die Abwesenheit seiner Mutter, die Märchen seiner Amme und die Puppen beweint, mit denen es sich bis jetzt gefreut hat, sondern mit der Entschlossenheit des Mannes, den weder die Trauer der Vergangenheit, noch die Furcht vor der Zukunft verstört. Was hatte ich auch zu betrauern: ich, die arme, dem Mitleiden der Welt hingeworfene Waise, der mitten unter Kinder kam, die, hier wenigstens, trotz der Reichtümer, der Auszeichnungen, der Ämter, welche ihrer warteten, noch meinesgleichen waren? Was hatte ich zu fürchten, ich, der ich von der Zukunft nur die Erziehung erwartete, die ich erhalten sollte? Unter andern Umständen hätten die Gitter meines neuen Aufenthaltes mir vielleicht den Atem beengt, die strenge Zucht, der ich mich unterwarf, wäre mir wie Tyrannei erschienen. Aber es handelte sich hier um mein ganzes Leben; überdies waren diese Gitter für jedermann geschlossen, diese Zucht lastete rücksichtslos auf uns allen; auch das war schon Gleichheit.

In Paris fand ich einen alten Oheim, Kanonikus in Notre-Dame; es war der Abbé de la Roche. Dieser wackre Mann nahm mich freundschaftlich auf; er war entzückt über das Gute, das man mir nachsagte, munterte mich zu

Beharrlichkeit auf, und verschaffte mir von Zeit zu Zeit einige Zerstreuungen. Aber ich war bestimmt, alle meine natürlichen Beschützer zu verlieren, und lernte diesen fast nur kennen, um ihn zu beweinen. Er starb zwei Jahre nach meinem Eintritt in das Kollegium.

Von den Mitschülern, welche der Zufall mir beigesellt hat, haben einige sich einen Namen in der Welt erworben; mehrere habe ich in meinem politischen Leben wieder angetroffen, zum Teil als standhafte Verteidiger der Volksrechte, teils als furchtsame Stützen einer gemäßigten Meinung, oder als wütende Kämpen des Despotismus. Ich will ihrer kurz erwähnen.

Camille Desmoulins ist einige Jahre jünger als ich; er stammt von dem gelehrten Sachwalter Karl Desmoulins; dieser Adel ist mehr wert als der der Männer vom 4. August. Ein glühender Durst nach Ruhm verzehrt ihn; wäre er zu einer andern Zeit gekommen, hätte er, seines Großvaters gedenkend, wahrscheinlich seinen Namen durch einige glänzende juristische Arbeiten verherrlicht, und wäre ein höchst gewichtiger Mann geworden. Die Ereignisse, die eingetroffen sind, haben ihm eine andere Laufbahn eröffnet, für die er vorherbestimmt zu sein schien. Er hat sich mit seiner Feuerseele, mit der Begeisterung seiner Feder hineingestürzt — er wird es weit bringen. Dem Kapitel von Laon sind wir eigentlich die Erziehung schuldig, welche Camille erhalten hat; seine Familie war ohne Vermögen, die Kanoniker hatten ihm eine Freistelle im College Louis-le-Grand verschafft. Vielleicht werden sie es jetzt nicht bereuen dürfen, sich seiner angenommen zu haben. Camille ist häßlich im vollen Sinne des Wortes; sein schwarzes, glänzendes Gesicht hat einen unedlen Ausdruck; er spricht mit Mühe, er stottert; doch bringt er es dahin, daß man ihn anhört, er fesselt, er bewegt das Volk: denn in seiner Rede ist die hinreißende Kraft natürlicher Überzeugung, welche weder Berechnung noch Schonung kennt. In seinen Schriften schmückt er diese volkstümliche Freimütigkeit mit aller Anmut eines sorgfältigen Stiles. Er ist ein furchtbarer Gegner, ein unbesonnener, verwegener, aber mächtiger Freund; sein Leben im Kollegium war, wie jetzt das des Mannes: heftig, unüberlegt, willkürlich. Sobald der erste leichte Funke der Empörung in die Herzen seiner Mitschüler fiel, konnte man sich darauf verlassen, daß er das Feuer anfachen und sich an die Spitze der Rebellen setzen würde. Ohne die Schwäche, der sich der Abbé Proyart in Hinsicht seiner nicht erwehren konnte, und welche die Kenntnisse, die Fortschritte, das gute Herz Camilles rechtfertigten, wäre er tausendmal fortgeschickt worden. Ich hängte mich an ihn: mein Alter, mein ernster, kalter Charakter gab mir ein Übergewicht über sein Gemüt, das nicht geschwächt worden ist. Damals, wie jetzt, brauchte er den Rat eines einsichtsvollen Führers, der die Verwirrungen seiner wilden Einbildungskraft regelte, die Schätze seines Geistes zu einem nützlichen Ziel leitete; er fühlte es, er fühlt es noch. Der gute Camille! er liebte mich mit der Wärme der Schulfreundschaft; müßte ich ihn jemals auf die Probe stellen, ich bin gewiß, er würde sich bewähren.

Unter meinen Mitschülern habe ich, nach Camille, die engste Verbindung mit Freron, dem Redner des Volkes, erhalten. Ich hatte ihn seit der Zeit der Nationalversammlungen kaum gesehen und mich ihm erst durch sein Journal wieder genähert. Als ich ihn im Kollegium kennen lernte, führte sein Vater noch das Zepter des Journalwesens; er setzte Voltaires beißenden Witzen eine unbeirrbare Kaltblütigkeit und erneute Angriffe entgegen, welche die Eigenliebe des reizbaren Dichters aufs höchste verwundeten. Dieser Kampf blieb uns nicht ganz unbekannt; der Geist der Unabhängigkeit und des Unglaubens, der bereits in unsern jugendlichen Gemütern schlummerte, riß uns mehr zu dem Banner des zweifelsüchtigen, spottenden Weisen hin. Freron mußte es manchmal empfinden, daß seine Kameraden so wenig Geschmack für die rückschreitenden Lehren seines Vaters besaßen. Das Ansteckende des Beispiels, einige schlechte Scherze, deren Ziel er war, genügten, ihn aus der Bahn zu schleudern, auf die seine Ge-

10

burt ihn hinzuweisen schien, und vereitelten die Lehren seines Vaters und die Ermahnungen seines Oheims, des Abbé Proyart. Freron war nach seinem Austritt aus dem Kollegium lange Zeit gebunden und verhindert, die Lehren, welche er daselbst geschöpft hatte, frei zu entwickeln. Er begnügte sich, dem Vergnügen zu leben, etwas, was in den Augen der Aristokraten leicht zu dulden ist: Royou, Proyart und andere besorgten ohne ihn seine literarischen Jahrbücher. Als Patenkind Königs Stanislaus, Schützling der Prinzeß Adelaide, unter der Aufsicht seiner frömmelnden Familie, lauter kriechenden Hofgesindels, konnte er sich erst durch die Revolution von 1789 losmachen. Jetzt schreitet er den eifrigsten Verbesserern voran und ist, wie ich glaube, der Sache der Freiheit aufrichtig ergeben. Sein Talent reicht nicht weit; ich habe keinen Grund, sein Herz für schlecht zu halten, doch hätte er mir nie die Teilnahme eingeflößt, welche ich für Camille hege.

Die glänzendste, aber auch die gefährlichste Rolle hat unter allen meinen Mitschülern Duport-Dutertre gespielt. Er ist einige Jahre älter als ich; als Kind habe ich nur in geringer Beziehung zu ihm gestanden. Erst als er gegen das Ende des Jahres 90 in das Justizministerium berufen wurde, erinnerte er sich, daß der für die Nationalversammlung gewählte Deputierte von Arras, dem seine Arbeiten einige Volkstümlichkeit verschafft hatten, wohl derselbe kleine Schüler sein könne, der mehr als einmal bei den Preisbewerbungen der Universität gekrönt worden war und mit ihm zugleich auf den Bänken des College Louis-le-Grand gesessen hatte. Ich hatte, dank dieser Erinnerung, einigemal Gelegenheit, ihn in einigen schwierigen Verhältnissen zu sehen, die ich später berühren werde. Duport ist ein durchaus rechtlicher Mann, umgänglich, bescheiden und talentvoll. Sein Ruf als Advokat war groß, wohl verdient; er hatte Unrecht, einen andern zu begehren. Nicht jedem ist es gegeben, ohne Vorbereitung ein geschickter Staatsmann zu werden; es gehört mehr dazu als Wissenschaft und Rechtlichkeit, und das war alles, was Duport hatte.

Noch ein Wort über zwei Männer, die heutigen Tages in verschiedener Hinsicht Aufsehen machen, deren Namen selbst ich ohne die widerhallenden Revolutionstribünen vergessen hätte. Den ersten, den ich zu meinem Erstaunen unter dem Namen Lebrun wiedertraf, kannten wir im Kollegium als Abbé Tondu. Obschon er damals das Bäffchen trug, war sein Leben doch durchaus abenteuerlich. Camille, den sein Alter mehr zu ihm führte, hat mich tausendmal mit der Beschreibung desselben zum Lachen gebracht; aber ich muß Verzicht darauf leisten, es mit allen Einzelheiten wiederzuerzählen, mit denen eine tolle Phantasie die Geschichte ausschmückte. Tondu ergriff zuerst den geistlichen Stand, warf dann die Kutte weg, ging zur Marine über, wurde Drucker, Soldat, Zeitungsschreiber und revolutionierte zuletzt das Lütticher Land. In dieser Beziehung habe ich ihn vor den Schranken der Nationalversammlung eine sehr patriotische Rede halten hören, die mir lieber gewesen wäre, wenn sie aus dem Munde eines guten Lüttichers gekommen wäre. Tondu-Lebrun ist gegenwärtig in den auswärtigen Angelegenheiten beschäftigt. Er ist ein durchaus sinnloses Geschöpf, dem man, ich weiß nicht warum, diplomatische Kenntnisse zugeschrieben hat, und das höchstens zu einem Kabinettkurier fähig ist.

Der andere ist der politische Feind seiner ehemaligen Mitschüler geworden, Suleau nämlich, ein hitziger Kopf, der, weil er die Hoffnung aufgab, unter den Neuerern den ersten Platz einzunehmen, sich blindlings unter die Aristokraten geworfen hat. Sein Prozeß, die Giftigkeit seiner Blätter, seine Wut zu scherzen, haben ihn zur Genüge bekannt gemacht. Es würde mir übel stehen, ihm in einem Werke, das er nicht zu Gesicht bekommen wird, die Angriffe wiederzuerstatten, mit denen er mich beehrt hat. Handelte er aus Überzeugung, so verdient er noch den Haß der Patrioten, nicht ihre Verachtung. Aus den Reihen des Volkes hervorgegangen, verlassener Kämpfer der alten Herrschaft, arbeitet er umsonst für eine Partei, die nur wenige Tage noch mit dem Tode ringen und ihn in ihren Sturz hineinziehen wird. Sein gegenrevolutionäres Treiben, das niemandem mehr ein Geheimnis ist, hat ihn bereits dem Hasse des Volkes preisgegeben, welches nichts vergißt und früh oder spät Zeit findet, seine Feinde zu züchtigen.

Ich habe mich bei diesen Namen aufgehalten, da sie sich an die Erinnerungen meiner Kindheit knüpfen, die durch die gewichtigen Ereignisse, mit denen sie sich seither vermischt haben, täglich erweckt und verdunkelt werden. Ich rufe sie mir gern ohne diese traurige Umgebung in das Gedächtnis zurück. Es gibt Pflichten, die mit Gewalt befehlen, die der tugendhafte Mann nicht vergessen kann, sollte er auch über dem Versuch umkommen. Aber die Seele bedarf auch der Ruhe, und in den noch frischen Eindrücken der Vergangenheit suche ich sie am liebsten. Nicht ohne lebhaften Genuß erinnere ich mich jener Zeiten friedlichen Andenkens, wo ich keine Sorge hatte als die eines stets gespornten Wetteifers; keine Freude, als wenn mir ein Vers, der mir schwer geworden war, der wahre Sinn einer dunkeln Stelle, eine lateinische, des Tacitus würdige Wendung, eine heftige Rede im Stile Bossuets einfiel, mit der ich meine rhetorischen Ausarbeitungen schmückte; wo ich keinen andern Triumph kannte als einen Kranz, keine Belohnung als ein Buch. Nichts fehlte meinem Glücke, nichts als die Tränen, die Umarmungen einer Mutter, wenn ich als Sieger aus unsern gelehrten Kämpfen zurückkehrte.

Diese Vereinzelung hat mir frühzeitig eine Melancholie und Traurigkeit eingeflößt, die meine Kameraden fälschlich auslegten. So jung ich war, fühlte ich doch das Peinliche meiner Lage und floh ihre Gesellschaft, die mich jeden Augenblick an das Glück mahnte, das ich auf immer verloren hatte. Sie warfen mir Menschenhaß, Eifersucht, und was weiß ich, vor: einer von ihnen, Freron glaube ich, sagte es mir ins Gesicht. Ich gebe zu, daß sie mich nicht umgänglich finden konnten, aber ich war für die Gründe keine Rechenschaft schuldig, die mir den Wunsch einflößten, allein zu bleiben. Aber eifersüchtig? Worüber? Wen hatte ich denn seiner Fortschritte wegen zu beneiden? Wer fühlte eine größere Zukunft in sich?

Meine Lehrer würdigten mich richtiger; der eine besonders, Herr Herivaux, hatte einen Geist, der mit dem meinen wunderbar übereinstimmte; dadurch, daß er seinen Schülern die schönen Taten der römischen Republik, Spartas strenge Sitten, die staunenswerten Werke der Künste und Beredsamkeit erklärte, welche die Freiheit unter den leichtsinnigen, geistreichen Atheniensern geschaffen hatte, lebte er zuletzt selbst nur in diesem Ideenkreise; als enthusiastischer Republikaner predigte er uns die Wohltätigkeit und die Wunder der Regierung, welche er sich gebildet hatte. Die Vorsteher des Kollegiums duldeten seine heftigen Lobeserhebungen, sie scherzten darüber wie über eine Verkehrtheit, die keine Folgen habe; aber wir, die wir eher als sie die scherzhafte Seite herausheben sollten, begingen die Verkehrtheit, die Sache ernstlich zu nehmen. Bis jetzt hatte ich wenig Fähigkeit, mich zu regen, gezeigt: Ciceros fließende Reden waren für mich nicht ohne Reiz, aber der Teilnahme beraubt, die sich an die Wirklichkeit knüpft, ausgetrocknet durch pedantische Erläuterungen, ohne das Leben, das ihnen die Würdigung der Zeiten verleiht, erweckten sie nur eine unfruchtbare Bewunderung in mir. Die Worte des Herrn Herivaux öffneten mir die Augen, er rief die alten Schatten der Gracchen herauf, stellte mitten im Forum die Rednerbühne oder den kurulischen Sessel wieder her, füllte den Senat, den Markt mit ehrwürdigen, im Dienste des Vaterlandes grau gewordenen Greisen oder mit einer unzähligen Menge, mit einem ganzen Volke an, welches über die Wahl seiner Abgeordneten ratschlagte, anklagte, richtete und strafte und dann, seine Obern an der Spitze, den Göttern seinen Dank abstattete und zum Pfluge zurückkehrte. Ich sah den Aventinischen Berg und beneidete das Los der mutigen Tribunen, welche die Eingriffe der Patrizier zügeln, die Rechte des Volkes schützen mußten.

Ich gestehe, diese neue Welt, in welche mein Lehrer mich

14

einführte, bewirkte eine Umwälzung in allen meinen Ideen, aber bald brach das Licht hervor, meine Schranken wurden bestimmt. Dieser ersten Anweisung, welche eigenes Studium hernach berichtigt hat, danke ich den Samen zu meinen unwandelbaren Ansichten. Herr Herivaux bemerkte den tiefen Eindruck, den sein Enthusiasmus in meinem Geiste zurückgelassen hatte; er freute sich darüber und gab mir im Scherze den Beinamen des Römers.

Später mußte ich mich herabstimmen; mein Lehrer in der Philosophie verstand keinen Spaß bei diesen Gegenständen, ich mußte meine republikanischen Ideen in mich verschließen. Dieser Lehrer war der berüchtigte Abbé Royou, der kürzlich (im Juni 1792) in dem Verstecke gestorben ist, in dem er sich vor dem Verhaftsbefehl verborgen hielt, den die Versammlung gegen ihn erlassen hatte. Royou, der frömmelnde Abbé, der Schwiegersohn Frerons, Professor der Philosophie, war der Mann nicht, meine Ausfälle gegen den Despotismus, meine Verehrung der Freiheit zu dulden. Royou hatte sich, mit bedeutenden schriftstellerischen Talenten begabt, zum Kämpen einer Idee aufgeworfen, die gegenwärtig nur noch bei Narren oder bei schlechtem Volke in Ansehen stehen kann. Zuerst mit Freron für die Redaktion des literarischen Jahrbuches verbunden, gründete er später das Journal de Monsieur und durfte es ohne große Unannehmlichkeit versuchen, die Literatur zum Rückwärtsgehen zu zwingen; das Unnütze seines Versuches hätte ihm wenigstens über das Vorschreiten des menschlichen Geistes die Augen öffnen sollen, aber die Erfahrung trägt denen, die nicht sehen wollen, keine Früchte! Royou hat sich auf die Politik geworfen, und sein Volksfreund wird ein unwiderleglicher Beweis für die Armseligkeit unserer Natur, für die Verirrungen sein, zu denen sie sich hinreißen lassen kann.

Der Abbé Proyart, Untervorsteher des Kollegiums, war mein Landsmann; als solcher wurde ich mit Liebe von ihm behandelt; denn im Grunde ist es ein vortrefflicher Mensch, dem nur die Vorurteile seines Rockes und ein für kräftige

Entschlüsse nicht sehr empfänglicher Charakter zur Hof-
partei geworfen haben.

Auch in meinem Professor der Rhetorik, Herrn von Fous-
seux, hatte ich einen Landsmann und Freund gefunden.
Ich habe ihn später in einem andern Kreise wieder angetroffen und erst dann die Vaterlandsliebe erkannt, die in
seinem Herzen lebte.

## ZWEITES KAPITEL

Ich werde mich hier nicht über die Fortschritte auslassen, die ich während meiner Studien machte; das Gedächtnis meiner Mitschüler und Lehrer, die Akten der Preisbewerbungen bezeugen sie zur Genüge. Mit einer leichten Fassungsgabe, besonders mit einer Ausdauer bei der Arbeit ausgestattet, wie man sie nur selten in der Jugend antrifft, wußte ich mir den ersten Platz in meiner Klasse zu erringen und mich darauf zu behaupten. Welche süße Freude war es für mich, als mir vor einer unendlichen Versammlung von Gelehrten, Schriftstellern und Hofleuten ein paar Kronen zugeteilt wurden, die nicht allein der Lohn des Sieges über meine Mitschüler, sondern über die ausgezeichnetsten Zöglinge aller Pariser Kollegien waren. Lange erfüllte die Erinnerung jenes Triumphs mich mit Stolz, und selbst jetzt noch denke ich freudig daran zurück, weil ich durch sie an Selbstvertrauen gewonnen, mich zu würdigen gelernt habe und in das Leben wie ein Mann eingegangen bin, der seines Weges gewiß ist, dem es nie fehlen würde. Im Grunde jedoch sind diese Bewerbungen nur wahrhafter Betrug, und wie viele Zöglinge, die, wie ich es tun werde, die Hoffnungen rechtfertigen wollen, welche ihre frühzeitigen Fortschritte erweckt haben, bleiben zur Unfruchtbarkeit verdammt und verbinden mit der ihnen eigenen Mittelmäßigkeit noch den ganzen Stolz, den törichten Ehrgeiz, den ihnen die Lobeserhebungen einflößen, mit welchen ihre Lehrer sie angepfropft haben; wie viele, die vortreffliche Finanzmänner und erträgliche Sachwalter geworden wären, verlegen sich dadurch auf Schöngeisterei und halten sich für einen neuen Montesquieu oder Voltaire, weil sie die Anrede des Regulus an seine Krieger ziemlich artig gestellt haben.

Ich habe mich ausgenommen; es wäre Torheit, falsche Bescheidenheit gewesen, wenn ich es nicht getan hätte; gewiß, der Besitzer zweier akademischer Kronen, der Advokat, der sich die Achtung, den Beifall seiner Mitbürger erworben, der Abgeordnete des Volkes, dessen Stimme nicht immer machtlos war, der öffentliche Ankläger des Tribunals der Seine, der Redner, der Schriftsteller, der Journalist, der sich die allgemeine Gunst errungen hat, ist dem gekrönten Zögling des Kollegiums von 1775 nichts schuldig geblieben, und wenn dieser etwas versprach, sind die Versprechungen gehalten worden.

In den letzten Augenblicken meines Aufenthaltes im Kollegium wurde ich noch bei einem ziemlich bemerkenswerten Ereignis ausgezeichnet. Es war im Monat Juni 1775, als Ludwig XVI. in Reims gesalbt worden war und bei seiner Rückkehr seinen Einzug in Paris feiern sollte. Alle gesetzlichen Behörden hielten eine Anrede an ihn. Auch die Universität gehörte dazu. Es war der Gebrauch, daß außer der gewöhnlichen Rede des Rektors, welcher den lehrenden Verein vertrat, auch die Studenten sich vorstellen ließen, und daß einer derselben, der von allen seinen Kameraden gewählt worden war, zum Könige sprach. Ich wurde dazu bestimmt und führte das Wort. Ich habe durchaus nichts von der Rede behalten, die ich gesprochen habe; ich erinnere mich nur, daß die, welche ich entworfen hatte, dem Abbé Proyart vorgelegt wurde, der bei jeder Zeile, die er las, ununterbrochen ausrief: Da seh einer! der kleine Tollkopf! Es ist unglaublich! Darauf strich er, verbesserte, strich wieder; alles mußte über die Klinge springen, und dabei zankte der Abbé! Als er fertig war, gab er mir mein unglückliches, von einem Ende zum andern durchstrichenes Manuskript zurück und sagte: „Das ist recht schön, mein Herr Römer, recht schön für den Tribun Tiberius Gracchus, der den zum Konsul ernannten Nascia anredet. Oh! oh! junger Mann, was für ein Republikaner würden Sie sein! Aber Sie hätten Ihre Zeit besser wählen sollen: warten Sie es ab. Diesmal werde ich die Rede

18

selbst machen." Ich folgte dem Rate des Abbés, ich wartete.

Seine Rede wurde vom Könige beifällig aufgenommen; mit der Freundlichkeit, welche ihn charakterisiert, sagte er uns einiges Schmeichelhafte; der Pater Proyart brüstete sich damit und nahm den größten Teil der Lobeserhebung ohne Umstände für sich in Beschlag. Ich hätte sie ihm gern samt und sonders abgetreten. Damals sah ich ein, wieviel Demütigendes, Verächtliches in den wenigen Worten liegt, welche man von oben herab den Leuten zuwirft, die unten gebeugt stehen und horchen. Für den guten Abbé war es freilich höfisches Weihwasser.

Bald darauf verließ ich das Kollegium: mein Bruder Augustin kam von Arras an und nahm die Freistelle ein, die durch mich ledig wurde. Um ihm diese Begünstigung zu verschaffen, stellte ich mich dem Kardinal von Rohan \or, der als Abbé von St. Vast darüber verfügte. Der Prälat empfing mich freundlich. Der glückliche Erfolg, der meine Studien gekrönt hatte, schmeichelte seiner Eigenliebe; „er schätze sich glücklich," sagte er, „Ludwig dem Großen ein neues Geschenk machen zu können." Er fragte nach meinen Plänen, ich teilte ihm den Wunsch meiner Familie mit, daß ich mich den Rechten widmen möge. Er versicherte mich seines Schutzes und lud mich ein, ihn wieder zu besuchen. Ich habe ihn in der Tat öfters gesehen und werde Gelegenheit haben, dies zu berühren. Er ist ein Mann von schönem Wuchse und angenehmen Zügen; großmütig aus Prahlerei; vergnügungssüchtig; Sklave der Gunst; stets bereit, alles zu opfern, um einen Blick vom Throne zu erhaschen. Man weiß, daß er in dieser Beziehung unglücklich gespielt hat; übrigens ist er ein Mann von Geist und Welt und mehr dazu geschaffen, ein Schwert umzugürten, als seinen jetzigen Rock zu tragen.

Endlich ward ich Mann; Herr meiner selbst, konnte ich mich in meiner bescheidenen Studierstube frei den Arbeiten hingeben, die mir einen Rang in der Welt anweisen und die Keime entwickeln sollten, die ich in dem Unterrichte des Kollegiums und in meinen eigenen Betrachtungen geschöpft hatte. Ich hatte einen entschiedenen Sinn für die Wissenschaften und besonders liebte ich ernste, gewichtige Gegenstände, welche die ersten Interessen des Menschen und ihre Beziehung auf die Gottheit und auf diejenigen berühren, welche herrschen. Die Aufmerksamkeit war wieder auf diese wichtige Fragen gerichtet; dank dem philosophischen Geiste, es hatte sich in Frankreich eine öffentliche Meinung gebildet. Die armen Bürger, welche unter Ludwig XIV. kaum den Intendanten ihrer Provinz bei Namen kannten, und von der Macht nichts kannten als den Unterbeamten, der sie aussog, machten nach und nach die Bemerkung, daß sie für den Staat von Bedeutung wären; sie lasen Montesquieu und J. J. Rousseau, besprachen sich über die öffentlichen Angelegenheiten, beunruhigten sich über die Wahl der Minister und bezeichneten die, welche ihnen die Würdigsten schienen. Der Hof stellte sich taub; überdies sprach man noch so leise, daß man nicht klagen konnte, er vernachlässige und übergehe die Warnungen; allein man sprach doch, und auch das war schon ein Fortschritt.

Bei der Kraft meines Geistes war es mir unmöglich, dieser Bewegung nicht zu folgen, ja ihr nicht vorauszueilen. Gierig verschlang ich alle philosophischen und politischen Werke. Bald konnte ich mir von dem Eindrucke Rechenschaft ablegen, den diese Bücher auf mich machten; ich hielt dafür, daß, wenn die politischen Arbeiten unserer Enzyklopädisten, Verbesserer der Staatswirtschaft und anderer, mit Ausnahme Rousseaus, der für sich allein dasteht, sehr schwach, sehr matt, sehr weit vom Wahren entfernt sind, ihre philosophischen Schriften dagegen (auch hier mit Ausnahme jenes großen Mannes) über das Ziel hinausgegangen wären, das Wahre mit dem Falschen niedergerissen und dem Bewußtsein des Menschen nichts als eine traurige Absonderung und der Gesellschaft nichts gelassen hätten als den schlechtesten Führer: die Vernunft ohne Religion und Glauben.

20

Meine Zeit teilte sich in diese Studien und meine juristischen Arbeiten ein. Mit Eifer ergab ich mich dieser trocknen Wissenschaft; ich wollte mein Leben vor Not und fremder Unterstützung sichern. Dieser Grund hätte hingereicht, meinen Mut aufrechtzuerhalten, aber ich hatte einen noch wichtigeren: das Krachen unserer alten Regierungsmaschine kündigte eine nahe Auflösung an; schon sprach man unter gebildeteren Leuten das Wort: Generalstaaten aus. Ich hatte es zuerst von Gerbier gehört, als dieser sich eines Tages mit Ferriere in dem Kabinett dieses letztern unterhielt; plötzlich flammte in meinem Geiste eine Idee auf. Der feste Wille, an diesen großen Volksversammlungen teilzunehmen, bemächtigte sich meiner; um dahin zu gelangen, mußte ich mich unter meinen Mitbürgern bemerklich machen: in einem Lande, das der Pressefreiheit beraubt ist, blieb aber nur ein Rednerstuhl — die Schranken des Gerichtshofes. Ich begriff sogleich, daß man von dem Augenblicke an, wo die Nation mit denen, die am Ruder saßen, Abrechnung halten werde, alles durch eine neue Gesetzgebung umgestalten würde; um aber würdig bei diesem großen Werke mitwirken zu können, war es nötig, mit vollendeten Studien, mit zuverlässiger Kenntnis der Lage der Dinge, die man umstoßen mußte, in die Versammlung zu treten. In der Laufbahn aber, der ich mich gewidmet hatte, mußte ich das Mittel finden, den höchsten Beweis von Zutrauen zu erhalten, der einem Bürger nur erteilt werden kann, und das Mittel, mich auch dessen würdig zu machen. Man glaube nicht, daß ich auf diese Schlüsse erst hinterher gekommen bin. Man fasse eine bessere Meinung: mein ganzes Leben bezeugt meine Voraussicht; erstaune wer will: Robespierre konnte in seinem achtzehnten Jahre erraten, wovon sich der alte Maurepas nichts träumen ließ.

Von meinen vielen Beschäftigungen eingenommen, hatte ich weder Zeit noch Lust, meine Jugend durch Zerstreuungen und Vergnügungen zu zersplittern, wie sie das Leben in Paris den jungen Leuten bietet. Die mäßige Unterstützung, die ich von meiner Familie erhielt, genügte meinen eingeschränkten Wünschen; mein Stübchen im fünften Stock der Straße St. Jaques verließ ich nur, wenn ich zu Ferrieres ging, dem ich empfohlen war, oder wenn ich der Sitzung des Gerichts beiwohnte. Einmal wöchentlich nahm ich an den Verhandlungen teil, welche zu dieser Zeit der Abbé Rattier, geistlicher Rat im Parlament, eingeführt hatte. Mit derselben Sorge, womit andere darnach streben, vermied ich jedes nähere Verhältnis mit Frauen. Die Verführungen, welche Gattinnen von ihrer Pflicht abziehen, habe ich immer für verbrecherisch, eines rechtlichen Mannes unwürdig gehalten; weniger streng urteile ich über Verhältnisse, die sich zwischen Personen welche frei von allen Verbindlichkeiten sind, anknüpfen; aber kaum aus dem Kollegium geschlüpft, ohne Vermögen, ohne wirkliches Auskommen, hätte ich keine Frau an mein Schicksal fesseln mögen. Von den jungen Leuten meines Alters sah ich nur wenige, und diese selten; bis zur Zeit, wo Camille das Kollegium verließ, schloß ich mich an keinen meiner Kameraden an.

Ich war häufig in den Gerichtssälen und suchte dort die Muster, die ich einst vor Augen haben wollte, wenn auch mir sich die Schranken öffnen würden. Ferriere war ein vortrefflicher Jurist, von geradem Verstand und gelehrt; aber er hatte sich, wie sein Oheim beratenden Andenkens, auf seine Stubenarbeit beschränkt und nie öffentlich vor Gericht gesprochen. Zwei Männer machten sich damals in Paris den ersten Rang als Sachwalter streitig; ich meine Gerbier und von Linguet. Beide haben Aufsehen gemacht, und wenn ich nicht irre, in umgekehrtem Verhältnisse zu ihren Verdiensten; der unruhige, streitsüchtige, aufhetzerische Linguet, dessen groben Verstoß gegen die Volksvertreter wir später gesehen haben, hat abwechselnd bald boshafte Pamphlets, bald gerichtliche Verteidigungen geliefert, die eines Pamphletschreibers würdig waren. Dieser Mensch hat nie etwas mit der Würde und der Haltung, die der Toga ziemt, weder tun noch reden

22

können; und hat es dahin gebracht, daß er, von seinen Kollegen mehr noch verabscheut als gefürchtet, von der Liste ausgestrichen wurde. Als ich ihn zuerst sah, war er in offenem Kriege mit Gerbier und schob ihm die ärgsten Plackereien zu. Das Parlament, das bis jetzt Gerbier geliebt und bewundert hatte, war gerade gegen ihn gestimmt und bot dem eifersüchtigen Hasse Linguets die Hand. Der Grund dieser Veränderung war schon einige Jahre alt: als der Kanzler Maupeou das Parlament verbannt hatte, ernannte er eine Kommission, die Gerichtspflege zu verwalten; der größte Teil der Advokaten weigerte sich, vor diesem aus dem Stegreif eingerichteten Hofe zu plädieren; aber Gerbier, der vom Kanzler gewonnen war und ohne Zweifel glaubte, daß sein würdiger Stand ihm jederzeit die Pflicht auflege, mit seinem schönen Talente Mitbürgern beizustehen, führte seine Prozesse vor diesen eingedrungenen Richtern und zog sich dadurch die Feindschaft der alten Parlamentsglieder zu. Gerbier war ein wahrhaft bewunderungswürdiger Mann! Niemals hat die Macht der Rede so gewaltig auf mich gewirkt! Er starb für seinen, für Frankreichs Ruhm einige Jahre zu früh. Unsere beratende Beredsamkeit hätte einen Meister mehr gehabt. Es war nicht dieser heftige, plötzliche Schwung, den wir bei Mirabeau bewunderten; es war mehr der Attizismus, die Feinheit des gebildeten Vortrages, der Reichtum an Bildern und Abwechslung, wie er sich in den unvorbereiteten Reden des jungen Advokaten von Bordeaux, Vergniaud, wiederspiegelt; aber es war außerdem noch eine würdevolle, eindringliche Sprache, eine edle, sich mitteilende Wärme in seiner Darstellung und ein Gebärdenspiel, wie es nie ein Redner besessen hat. Hätte ich jemals wünschen können, etwas anderes zu sein als ich selbst, so war Gerbier der Mann, dem ich am liebsten gleichen mochte: er war rechtlich, uneigennützig, voller Ehrgefühl; die Eigenschaften des Herzens vereinigten sich in ihm mit allen Gaben der Natur. Linguet ist weit entfernt, dies Lob zu verdienen, und wenn man dem Genius im Gefolge der Tugend Altäre errichten muß, so soll man das Talent, das Genie selbst zu einer heilsamen Schmach verdammen, wenn es sich nicht auf die Tugend stützt.

Dieser Adel des Gerichtes, dem ich, vermöge meines künftigen Standes, eine hohe Wichtigkeit beilegte, war von geringerer bei dem Publikum. Hier wandten sich aller Blicke auf zwei Männer, die den größten Glanz auf die Wissenschaften geworfen, ihren Namen an das Jahrhundert geknüpft haben. Voltaire und Rousseau waren damals ihrem Ende nah; der Neid und der Haß, der sie im Leben verfolgt hatte, verschonte auch ihre letzten Stunden nicht. Aber ein allgemeiner Ruf des Lobes und der Bewunderung erstickten das unziemliche Geschrei ihrer Feinde. Es war ihnen vergönnt, noch lebend ihres Ruhmes zu genießen: der eine in der Zurückgezogenheit, im Frieden des Landlebens; der andere im Geräusch, in Festen, unter Akademikern, großen Herrn, Schauspielern und Hofdamen. Beide genossen, mit einem Fuße fast schon im Grabe, zum letzten Male noch die Freuden, die sie während ihrer ruhmvollen Laufbahn am meisten berauscht hatten. Der Eigenliebe Voltaires blieb nichts mehr zu wünschen, Rousseaus Seele war befriedigt. Beide schienen sich nach einem wechselreichen, irrenden Leben, das sich durch Ächtungen und Triumphe, durch mäßigen Haß und erhabene Freundschaft auszeichnet, verabredet zu haben, den letzten Atemzug an dem Orte auszuhauchen, der die Fackel ihrer Unsterblichkeit entzündet hatte.

Ganz Paris beschäftigte sich mit diesen beiden berühmten Männern; besonders war Voltaire der Gegenstand der staunenden Bewunderung der Bürger geworden. Seit 27 Jahren durch ein Gutdünken des Königs aus der Hauptstadt verbannt, kam er nicht wie ein großer Mann zurück, gegen den man sein Unrecht wieder gutmacht, sondern bloß geduldet, wie ein Schuldiger, zu dessen Gegenwart man ein Auge zudrückt. Der Hof sah in ihm nur den achtzigjährigen Greis, dessen Kräfte zu erlöschen begannen, und darum schien sein Aufenthalt nicht gefährlich mehr: als ob die Menge eines neuen Trauerspiels, wie Mahomet, nötig gehabt hätte, um den Fanatismus zu hassen, eines neuen Versuches über die Sitten, um die von der Macht geheiligten Mißbräuche zu bemerken. Voltaire brauchte sich nur zu zeigen, um elektrisch auf die Masse zu wirken; sein Name war ein Banner, um welches sich freiwillig die Anhänger der neuen Philosophie scharten. Atheisten, Deisten, Protestanten, politische Neuerer und Verbesserer der Staatswirtschaft, alles, was sich regte, alles, was dem freigewordenen Denken einen Schwung gab, erkannte in ihm den Führer; denn bei der unversiegbaren Fruchtbarkeit seiner Feder, bei der Mannigfaltigkeit seiner Kenntnisse, der Biegsamkeit seines Geistes dürfte schwerlich ein Streitsatz zu prüfen sein, der nicht in dem Arsenal seiner Werke mehr oder minder gestählte Waffen fände.

Es war ein schöner Tag für Voltaire, als er seiner eigenen Apotheose beiwohnte und von den Schauspielern der Comédie française, in Gegenwart eines zahllosen Publikums, das die Hallen des Hauses durch seinen Beifallssturm erschütterte, gekrönt wurde. Niemals ward der Eigenliebe eines Mannes eine so köstliche Huldigung; niemals zahlte ein schönerer Lohn mit größerem Wucher die Last eines ganzen Lebens. Was war jetzt für ihn das Andenken an Friedrichs Liebkosungen, an Katharinens Schmeicheleien? Welcher Fürst kann je eine Ehre erzeigen, die der vom Volke zuerkannten gleicht? Ich werde diesen herrlichen Auftritt nicht beschreiben; so viele andere haben es bereits getan, die so wie ich zugegen waren und die, von den äußern Gegenständen mehr eingenommen, die Einzelheiten besser behalten haben. In mir hatte dieses Schauspiel alle Kräfte meiner Seele erweckt, und das Nachdenken, welches mich abzog, ließ für mich von allem, was mich umgab, nichts übrig, als ein dumpfes Geräusch, welches vor meinen Ohren erstarb, einen Lichtglanz, der mich die Augen schließen ließ. Wie! sagte ich, das sind also die Kronen, welche das Volk erteilt? Das Volk! und wo ist es denn in dieser Versammlung? Diese von Diamanten, Jugend und Schönheit strahlenden Frauen, diese jungen, mit goldenen Ketten beladenen Männer, dieses ausgewählte, aufgeklärte, geist- und kenntnisreiche, talentvolle Publikum soll das Volk sein? Ist das nicht ein aus einer ungeheuren Ernte zufällig ausgelesener Haufen Körner? Ist es nicht die ganze Aristokratie? Die Aristokratie des Adels, des Vermögens, der Bildung? Ja, so ist es; für diese bevorrechtigten Geschöpfe allein, für diesen kleinen Bruchteil der großen Gesellschaft hat also Voltaire seine Meisterstücke geschaffen! Und welche Triumphe weiht man ihm? Wie berauscht man ihn mit Ruhm?

Doch man muß gerecht sein: Voltaires Schriften haben, vielleicht ohne sein Wissen, ungemein zur Mündigsprechung des Volkes beigetragen. Er wendete sich nicht an das Volk, weil es noch nicht reif war, ihn zu verstehen; aber er hatte in den höheren Sphären die Umwälzung begonnen, die später in die tieferen hinabgestiegen ist; er mußte sich den unveränderlichen Naturgesetzen unterwerfen und sein Publikum so hinnehmen, wie es ihm die früheren Jahrhunderte hinterlassen haben. Man muß seine Täuschungen, seine Verirrungen, seine unselige Leichtfertigkeit verzeihen, er war ein Werkzeug der Vorsehung und hat die Vollziehung ihrer Beschlüsse vorbereitet.

Im Jahre 1778 hatten meine Ideen noch nicht durch die Zeit, durch die Betrachtungen meines Studiums jene verbesserten Ansichten gewonnen. Ich hatte, anfangs mit der Glut eines jungen, lernbegierigen Kopfs, später mit dem Widerwillen eines Gemütes, das des Glaubens bedarf, die Werke Voltaires gelesen. Seine entsetzliche Zweifelsucht, seine Wut, mit allem sein Spiel zu treiben, nichts mit seinem Witze zu verschonen, seine niedrige Anbetung der Fürsten, sein vornehmer Ton, die Unsittlichkeit einiger seiner Produkte hatten mich empört und verblendeten mich für alles Erhabene und dem Volke Nützliche, das seine Schriften enthielten. Was ich ihm jedoch am wenigsten verzieh, und was mir heute noch der unauslöschlichste Flecken in seinem Andenken erscheint, war sein eifersüch-

26

tiger Haß gegen Rousseau, die niedrigen Angriffe, mit denen er diesen großen Mann verfolgt hat.

Der Verfasser des gesellschaftlichen Vertrages war damals, wie jetzt, der Gegenstand meiner ganzen Bewunderung. Ich hatte beim Lesen jene Übereinstimmung der Gefühle und Gedanken empfunden, vermöge der man vertrauensvoll jede Handlung hinnimmt, die sich noch sehr zu einer Prüfung eignet. Ich bewunderte sein Genie und liebte seinen Charakter. Ihm danke ich die ersten festen Begriffe, die in mir Eingang fanden. Trotz der Mühe meiner Erzieher verließ ich das Kollegium als schlechter Katholik, und mit geringer Neigung, sogar nur an eine Offenbarung zu glauben. Rousseau bekehrte mich nicht; aber wenn die verwirrten Stimmen des Gewissens nicht laut genug sprachen, um für sich meiner Vernunft das Dasein eines höchsten Geistes zu beweisen, so kräftigte doch das mächtige, religiöse Wort dieses großen Schriftstellers diese früheren Spuren, und ich verdanke ihm meinen festen Glauben an eine belohnende Vorsicht, einen Glauben, der mich in einer mit Prüfungen erfüllten Laufbahn erhalten und getröstet hat, durch den ich dem Widerwillen wie den Gefahren getrotzt, den Verführungen widerstanden habe, die mich von dem Wege ablenken konnten, den mein Gewissen mir vorgezeichnet hatte.

Wenn ich das Vorurteil der Pariser für Voltaire nicht teilte, so überstieg dafür die Bewunderung, die ich für den Einsiedler von Ermenonville gefaßt hatte, die seiner eifrigsten Anhänger. Das Verlangen, den berühmten Mann zu sehen, hatte sich meiner bemächtigt und ging bald in eine förmliche Leidenschaft über. Durch meinen Enthusiasmus ermutigt, beschloß ich, mich nach seiner Einsiedlei zu begeben, auf den Fall hin, nur seine Stimme zu hören, nur seine geliebten Züge zu sehen. Ich teilte niemandem mein Vorhaben mit, man hätte es närrisch genannt, und reiste an einem schönen Junimorgen allein nach Ermenonville. Ich machte den Weg zu Fuß; die Betrachtungen, die mich eingenommen hatten, ließen mich ihn nicht lang finden; überdies kommt man, wenn man, 19 Jahre alt, von einer Idee beherrscht ist, eine offene Straße vor sich, seine Zukunft im Kopfe hat, immer schnell an sein Ziel. Ein Jüngling meines Alters hätte, um in die Augen einer Frau zu sehen, denselben Weg gemacht, den ich einschlug, einen Philosophen zu sehen.

Das Herz schlug mir bei meiner Ankunft; je näher man dem gewünschten Gegenstande ist, je furchtsamer wird man, aber es war nicht Zeit mehr, zurückzutreten, und ich wäre vor Ärger gestorben, wenn ich aus einer unwürdigen Schwäche mich selbst des Glückes beraubt hätte, das ich aufgesucht hatte. Ich trat in den schönen Park von Ermenonville ein und irrte einige Zeit umher, ohne daß mir etwas aufstieß. Jemand vom Schlosse, dem ich begegnete, fragte mich, wen ich suche; ich stammelte den Namen J. J. Rousseau. Der Mann lächelte, indem er mich musterte: „Ich zweifle,“ sagte er, „daß es Ihnen gelingen wird, Herrn Rousseau zu sehen, er liebt die Besuche nicht und würde Ihnen seine Tür verschließen, indessen, wenn es Ihnen nicht darauf ankommt, einige Stunden zu opfern, so wenden Sie sich dort nach dem kleinen Hügel, den Sie rechts von den Pappeln bemerken: dort ist die Einsiedlei; Herr Rousseau begibt sich täglich dahin, um zu botanisieren; vielleicht begegnen Sie ihm.“

Ich wendete mich um so schneller nach jener Seite, da mir die Schamröte in das Gesicht stieg und ich das freche Gelächter der Bedienten zu vernehmen glaubte, die über den unbärtigen Schüler des Philosophen spotteten. Ich wartete lange in der Gegend der Einsiedlei, bald auf einem künstlichen Felsblock sitzend, bald stehend, bald mit kurzen Schritten auf- und abgehend und wieder stillstehend, um besser nachzudenken. Endlich sah ich am Fuße des Hügels einen Mann erscheinen, der, das Auge zur Erde gerichtet, eine große Kräuterkapsel unter dem Arme, jeden Augenblick einhielt, hastig eine Blume, eine Pflanze pflückte und sie sorgfältig aufbewahrte. Ich hätte ihm entgegengehen sollen, aber eine heilige Ehrfurcht ergriff

28

mich, ich blieb auf meiner Stelle. Indessen näherte er sich mir, von seinen Gegenständen so eingenommen, daß er bald nur wenige Schritte noch von mir entfernt war. Ich konnte ihn, da er mich durchaus nicht bemerkte, nunmehr ruhig betrachten: er war von mittlerer Größe, seine Augen lebhaft und melancholisch; seine Stirn bezeichnete zugleich Nachdenken und Leiden, sein Gang verkündete deutlich den von einem Übel und von dem Bewußtsein des Übels mitgenommenen Mann. Ein Blitz der Freude erhellte augenblicklich sein Gesicht; es geschah, wenn er einen neuen Schatz für seine Kräutersammlung entdeckte.

Er war dicht neben mir; ich hatte mich nicht gerührt, er mich nicht bemerkt. Ich sah, wie er sich bückte, um eine Priemel zu pflücken; schnell stürzte ich hin, griff nach der Blume und überreichte sie ihm; er nahm sie und sah mich an: „Das ist Stanislaus nicht," sagte er. „Nein," antwortete ich, „es ist ein junger Mensch, der jetzt, da er das Glück gehabt hat, Sie zu sehen, nichts mehr vom Schicksal zu wünschen hat." Er sah mich aufmerksamer an. „Sie verstehen schon zu schmeicheln, junger Mann; schlimm genug für Sie." „In meinem Alter schmeichelt man nicht, aber man empfindet in meinem Alter die volle Glut des Enthusiasmus, und gern geht man zehn Stunden zu Fuß." — „Wirklich? zehn Stunden zu Fuß! Sie haben gute Füße, junger Mann; das muß man im Merkur von Frankreich angeben. Zehn Stunden! Sie wissen, ich verstehe mich auch darauf, und eine Fußreise schüchtert mich nicht ein." — Ich errötete und biß mich auf die Lippen. — „Nun, nun, lieber Freund, Sie müssen nicht bös sein; Sie wollten mich sehen, nicht wahr? Ich bin das Wundertier von ganz Paris: von den großen Herren bin ich auf die Stadt übergegangen, und man redet sich gar nicht mehr anders an als: Haben Sie schon den verrückten Jean Jacques gesehen? Sind Sie schon in Ermenonville gewesen? Besonders seit Voltaire tot ist, muß ich auch für diesen herhalten; es ist ein Zustand, der nicht auszuhalten ist. Doch gilt das Ihrem Besuche nicht; die Gesichtsbildung der Menschen hat mich oft getäuscht, aber ich glaube in der Ihrigen eine höhere Richtung, eine wahrhafte Offenheit zu entdecken." — Ich beteuerte ihm die Reinheit meiner Ergebenheit und stieß jeden Gedanken einer kindischen, unrechten Neugierde weit von mir ab. „Ich glaube Ihnen," sagte der große Mann, „und schätze Sie deshalb noch höher. Wissen Sie, was man mit dieser wilden Neugierde bewirken wird? Umbringen wird man mich.

Nachdem sie mich verfolgt, gejagt wie ein Wild, ersticken sie mich jetzt mit ihren Umarmungen! Wollen sie mich zwingen, auch diesen Zufluchtsort zu verlassen? Ich könnte hier so glücklich sein! Er ist so reizend, er gleicht allem, was ich mir geträumt habe, und da Sie meine Werke kennen, so wissen Sie, was das sagen will. O nein, solange ich lebe, verlasse ich ihn nicht; ich habe mir meine Ruhestätte schon bezeichnet." — „Wenn ich mich mit der ganzen Freimütigkeit meines Alters ausdrücken dürfte, würde ich Sie anflehen, diese düstern Gedanken zu verbannen. Ein Mann wie Sie darf ein Leben, das seinen Nebenmenschen nützlich ist, so nicht hingeben; nie vielleicht bedurfte unser Vaterland so sehr Ihrer beredten Lehren." — „Ja," sagte er, „der Horizont Frankreichs umzieht sich, ich hoffe (denn ich liebe es wie mein eigenes Vaterland), ich hoffe, daß der nahende Sturm nicht von langer Dauer sein, daß die Sonne milder und heller wieder strahlen wird. Aber das ist meine Sache nicht, andere werden kommen, die Vollendung des großen Werks zu beschleunigen; ihre Aufgabe wird herrlich sein. Die meine ist geschlossen; ich habe das Feld bereitet, ich habe das Korn gesäet, das wachsen und gedeihen soll." — Ich wollte fortfahren, er unterbrach mich. — „Nichts mehr junger Mann. Sehen Sie, wie schön, wie geschmückt die Erde ist! Lassen wir die Kämpfe der Menschen, freuen wir uns mit der Natur, sie ist eine Geliebte, die oft lächelt, die nie treulos ist, die man gütig wiederfindet, wenn man sie verlassen hat. Wollen Sie mich auf meinem Spaziergange begleiten? Nehmen Sie meine Pflanzenkapsel, bleiben Sie mir zur Seite und sprechen Sie von nichts als von den schönen Blumen, die wir treffen, ich werde Ihnen eine Stunde in der liebenswürdigsten aller Wissenschaften geben."

Ich folgte ihm und verbrachte zwei köstliche Stunden. — „Stanislaus hat mir heut nicht Wort gehalten; ich bin wie alle alten Leute, ich hänge an meinen Gewohnheiten; gewöhnlich habe ich ihn bei meinen botanischen Spaziergängen bei mir; seine Abwesenheit hat Ihnen, ohne Kompliment, einen bessern Empfang verschafft, als er sonst ausgefallen wäre." — Ich bat ihn um die Erlaubnis, ihn wiedersehen zu dürfen. „Nein," sagte er, „ich würde mich an Sie anschließen, und ich fühle, daß ich an dem Punkte, den ich auf meiner Reise erreicht habe, daran denken muß, mich von allem loszumachen, was ich noch liebe, und mir jede neue Neigung zu untersagen." Ich drang stärker in ihn und erhielt endlich die Erlaubnis, den nächsten Monat nach der Einsiedlei zurückkehren zu dürfen, um, wie er sagte, noch eine botanische Stunde zu nehmen.

Ich verließ ihn mit Tränen in den Augen und mit der Hoffnung auf die nächste Zusammenkunft; ach! den Monat darauf war er nicht mehr; ich fand nur seine Asche wieder, die friedlich auf der Pappelinsel ruht. Der Besuch bei diesem Manne, dessen Genius mir vor allen der Bewunderung und der Ehrfurcht seiner Mitbürger würdig scheint, hat Erinnerungen in mir zurückgelassen, die noch nicht ermattet sind. Alle Einzelheiten sind meinem Geiste mit der Frische eines Eindruckes von gestern gegenwärtig, und der Ton seiner Stimme tönt noch in meinen Ohren wieder.

Jahre verflossen, meine Studien neigten sich zum Ende. Als ich Advokat wurde, begann Camille, der das Kollegium verließ, seinen Kursus. Ich sah ihn freudig wieder und knüpfte von neuem ein Verhältnis mit ihm an, welches seither durch nichts zerrissen worden ist.

## DRITTES KAPITEL

Indessen war mein Rechtskursus beendet; ich hatte die Grade erlangt und konnte die Gönnerschaft eines ältern Juristen entbehren und mit eigenen Flügeln fliegen. Das einzige, worüber ich mich noch nicht entscheiden konnte, war der Ort, an dem ich das Amt ausüben sollte, dem sich schon mein Vater und Großvater gewidmet hatten. Ich schwankte zwischen Arras und Paris. Die Hauptstadt bot mir einen weitern Schauplatz, auf dem die handelnden Personen, unter den Augen eines unzähligen Publikums, auf einem sichern Wege zum Ruhme gelangen könnten; auf dem jedes beredte Wort in den Blättern, welche den gerichtlichen Verhandlungen geweiht waren, aufbewahrt wurde. Der Gedanke an Cochin, die Gegenwart Gerbiers spornten mich an. Aber wenn ich auf der andern Seite kälter überlegte, verschwanden die Täuschungen meiner Einbildungskraft. Was hatte ich, in Paris fast unbekannt, für Mittel, durch den Haufen junger Advokaten zu dringen, welche die Sitzungen von 10 Uhr* versperrten und allesamt dem kleinsten Prozesse auflauerten? Durfte ich bei dieser Not an Beschäftigung meine ganze Zukunft dem Schicksale der ersten Sache preisgeben, die mir zuerkannt wurde? Doch war dies nicht der einzige Beweggrund, der auf meine Bestimmung einwirken mußte; ich war durch-

---

* Sitzungen von 10 Uhr nannte man diejenigen, welche die Parlamentskammer hielt und in denen man sich mit Staats- und anderen Sachen von größerm Aufsehen beschäftigte; hier konnten die schönrednerischen Advokaten ihre Beredsamkeit ausströmen lassen. — Die Sitzung von 7 Uhr war den verwickelten Sachen, den Rechts- und Prozeßschwierigkeiten gewidmet. Es war die der Juristen und Logiker; daher zwei Arten von Sachwaltern: die tüchtigen: die Advokaten von 7 Uhr; die eleganten, glänzenden: die Advokaten von 10 Uhr.

aus ohne Vermögen; meine Familie und die Personen, die Teil an mir nahmen, hatten bereits beträchtliche Opfer gebracht, um mir einen Beruf zu verschaffen; blieb ich in Paris, hatte ich noch lange keine Hoffnung, mir selbst genug zu sein; und der Gedanke widerstand mir, noch jemand, wer es auch sei, zur Last zu sein. Ich beschloß also, nach Arras zurückzukehren.

Im Schoße meiner Familie, von Freunden unterstützt, die Trümmer aus meines Vaters Praxis sammelnd, war ich durch den Ruf, den mir die Fortschritte meiner Kindheit gemacht, durch das Wohlwollen, das sich an meinen Namen heftete, sicher zu steigen und konnte vernünftigerweise hoffen, wenn auch kein Vermögen (ich habe niemals darnach getrachtet), doch Auskommen und Achtung, den Lohn einer ehrenvollen Arbeit, mir zu gewinnen. Der Kreis, in dem ich mich bekannt machen wollte, war beschränkt, aber ich war, jede Eitelkeit beiseite gelegt, gewiß, mein Ziel zu erreichen, und besser war es für mich, der Erste in Arras zu sein, als der Zweite in Paris. Überdies lag mir daran, vor allem unter meinen Mitbürgern bekannt zu werden; es kam mir zu, unter ihnen meinen ersten Kampf für die erhabenen Grundsätze der gesellschaftlichen Ordnung anzutreten: von ihnen allein erwartete ich damals meinen Lohn.

Meine Berechnung und meine Hoffnungen waren nicht irrig; von dem ersten Jahre meines Aufenthalts in Arras ab begann ich das Vertrauen meiner Mitbürger zu erhalten, die mir mehrere Prozesse übertrugen. Obgleich ich vom Parlamente zu Paris als Advokat aufgenommen worden war, mußte ich mich dennoch vom obern Gerichtshofe von Artois bestätigen lassen, was jedoch nur eine fiskalische Zeremonie und darum sehr nach dem Geschmacke der Herren Gerichtsschreiber war.

Der oberste Gerichtshof war eine Appellationsbehörde, deren Bezirk ziemlich ausgedehnt war. Der erste Präsident war zugleich Königlicher Kommissär bei den Provinzialständen und vereinigte auf diese Art zwei Ämter, die bei einer verständigen Einrichtung der gesellschaftlichen Verwaltung hätten getrennt sein müssen, denn die Gerechtigkeit verlangt Unparteilichkeit, Unabhängigkeit als erste Eigenschaften ihrer Vertreter, und die ausübende Macht, jäh und eigensinnig ihrer Natur nach, duldet dieselbe Eigenschaft nicht in ihren Agenten.

Erster Präsident des Gerichtshofes war damals Herr Briois de Beaumetz; er hat dieses Amt bis zu dem Augenblicke verwaltet, wo die Nationalversammlung die mannigfaltigen Rangordnungen der Gerichtsbarkeit unterdrückte, um diese letztere nach einem einfachern, gleichförmigern Plane umzuschaffen. Dieser Beamte bewies sich anfangs wohlwollend gegen mich; ohne Zweifel fand er einiges Verdienst in mir und hätte mich gern zu seinem Geschöpfe gemacht. Sein freundliches Benehmen dauerte jedoch nicht lange; mehr als einmal hatte ich Gelegenheit, mich über die Verfahrungsweise der Stände von Artois sowie über die seinige als Königlicher Kommissär auszusprechen. Ich tat es freimütig; ich beschwerte mich über die zahllosen Veruntreuungen dieser Provinzialveziere; ich klagte über ihre Gewalttätigkeiten, über die willkürlichen Bedrückungen, welche sie sich in der Verwaltung ihrer Ämter erlaubten. Es war von meiner Seite freilich nur Gerede. Aber es kam zu den Ohren des ersten Präsidenten, der mich von nun an kaltsinnig behandelte und sich keine Gelegenheit entgehen ließ, mir die Sitzungen peinlich zu machen. Ich frug nichts danach und tat mehr; ich machte, wie ich an seinem Orte berichten werde, im Jahre 1789 eine Denkschrift bekannt, die Herrn von Beaumetz aufs höchste entrüstete und ihn zu meinem erklärten Feinde machte. Ich habe seither mehr als einmal Gelegenheit gehabt, ihm auf meinem Wege zu begegnen, und ich weiß nicht, ob er sich innerlich über den kleinen Krieg freute, den er gegen mich zu führen suchte, als wir beide Mitglieder der konstituierenden Versammlung waren. Es ist eine wichtige Begebenheit in meinem Leben; ich werde darauf zurückkommen.

34

Zur Zeit, von der ich jetzt spreche, genoß ich noch seines ganzen Wohlwollens; er schien einen lebhaften Anteil an meinen ersten Versuchen zu nehmen und sich über meinen Erfolg zu freuen. Ich plädierte zu wiederholten Malen und empfing die Glückwünsche meiner Richter und, was seltener ist, die meiner Amtsbrüder. Doch war es das nicht, was ich wollte; ungeduldig wartete ich auf die Gelegenheit, welche die Augen des Publikums auf mich richten sollte. Ein sonderbarer Rechtshandel, der mir im Jahre 1783 übergeben wurde, verschaffte mir diese: hier ist die Tatsache, die überdies einige Erörterung verdient.

Franklin war nach Paris gekommen, um bei der französischen Nation um Hilfe für die empörten Amerikaner zu bitten. Die Sache, welche er verteidigte, war so schön, der Geist des Volkes für diesen edlen Schwung der neuen Welt so günstig gestimmt, daß alle Augen teilnehmend auf den Freund Washingtons gerichtet waren. Die öffentliche Meinung sprach sich mit einer solchen Kraft aus, daß die Minister, zum ersten Male vielleicht, ihr weichen mußten. Die Unterhandlungen Franklins waren von Erfolg: Französische Schiffe und Regimenter wurden ausgerüstet, um die Rechte des Volkes zu verteidigen; ein hochsinniger Enthusiasmus bemächtigte sich der Gemüter; Freiwillige boten sich in großer Zahl für diese ruhmvolle Sache an, und die Freiheit Nordamerikas ward errungen.

Unter der Hülle des Politikers wußten die Franzosen, trotz ihres sorglosen Leichtsinnes, den weisen, den uneigennützigen Freund der Menschheit herauszufinden. Franklin hatte uns für unsere großmütige Gastfreundschaft gelohnt, indem er die Erde unter unserm Freiheitsbaume auflockerte; indem er die Keime ausstreute, die später gereift sind; er lohnte uns noch, indem er Frankreich eine bewunderungswürdige Entdeckung, die Frucht seines beobachtenden Genius, vermachte. Durch die Erscheinungen der Elektrizität war er auf ein eben so einfaches als sinnreiches Verfahren geleitet worden, Gebäude und Schiffe vor dem Blitz zu bewahren. Die amerikanischen Freistaaten nahmen die Anwendungen dieser elektrischen Eisenstangen mit Enthusiasmus auf. Franklin sprach davon mit den Parisern, bezeigte sein Erstaunen, daß ihnen diese heilsame Erfindung noch fremd geblieben sei. Seine Ermahnungen blieben nicht fruchtlos; bald wurde der Eifer allgemein, die Dächer der Häuser, der Paläste wurden mit diesen leichten Blitzableitern versehen.

Die Provinz Artois nahm diese Entdeckung nicht zuletzt auf; aber hier, wie überall, setzte der Geist des Aberglaubens und der Unwissenheit alles in Bewegung, die Bestrebungen der Freunde der Menschheit scheitern zu lassen. Man stellte den leichtgläubigen Gemütern der Landbewohner vor, daß eine solche Erfindung das Werk des Teufels und daß es eine Beleidigung für die Gerechtigkeit des höchsten Wesens sei, Vorsichtsmaßregeln zur Abwendung des Blitzes zu ergreifen, der die erhabenste Offenbarung seiner Macht sei. Diesem religiösen Schrecken fügte man noch die Sprache des immer gern gehörten Privatinteresses hinzu; man behauptete mit einer seltenen Frechheit, daß der Blitz häufiger in die Häuser schlüge, die mit dem elektrischen Drahte versehen, als in die, welche ohne dergleichen wären; und daß, wenn er auch jene Häuser selbst nicht träfe, er dafür die in der Nähe gelegenen verheere. — Diese boshaften Urteile wurden von einigen ununterrichteten Leuten aufgefangen, die bald ihre Widersetzlichkeit deutlich zeigten. Bei folgender Gelegenheit nämlich: Herr von Vissery von Boisvallé, ein reicher Eigentümer von St. Omer, der aus Liebe zu den Naturwissenschaften einige Versuche angestellt hatte, um sich von dem Nutzen der Gewitterableiter zu überzeugen, beeilte sich nach den glücklichen Ergebnissen, einen solchen auf seinem Eigentum anzulegen. Die Nachbarn erschraken, beklagten sich; zuletzt kamen sie bei dem Schöffen von St. Omer um Abschaffung dieses Blitzableiters ein. Große Beratschlagung unter diesen ehrlichen Amtspersonen, die kein Wort von der Sache verstanden, und sie schlichteten, wie es Richter des 15. Jahrhunderts getan hätten, und Herrn von Vissery

36

verurteilten, die unglückliche Stange herunterzureißen. Herr von Vissery hielt sich nicht für geschlagen; er fragte mich um Rat, und ich forderte ihn auf, zu appellieren, um dieses lächerliche Urteil umstoßen zu lassen. Ich wurde beauftragt, ihn vor dem Obergerichtshofe zu verteidigen. Da es sich um einen Gegenstand handelte, der damals alle Gemüter einnahm, so wollte ich die öffentliche Meinung für meine Sache in Anspruch nehmen, weil ich überzeugt war, daß meine Richter, welche Lust sie auch hatten, im alten Geleise zu bleiben, doch fürchten würden, gegen die Meinung zu verstoßen, die bereits zu einer Macht angewachsen war. Ich gab eine Denkschrift heraus, welche ich in Arras und Paris reichlich verbreiten ließ. Ich behandelte darin die gesetzliche Aufgabe, beschäftigte mich aber auch, was eine Neuerung in unserm Provinzialrechte war, zu gleicher Zeit mit der physischen, die ich von allen Seiten untersuchte. Meine Denkschrift fand Beifall und brachte mir schmeichelhafte Briefe von ausgezeichneten Gelehrten ein. Von da an war meine Sache gewonnen und der glückliche Erfolg vor Gericht erleichtert. Der Hof stieß durch seinen Spruch vom 31. Mai 1783 das Urteil der Schöffen von St. Omer um und erlaubte Herrn von Vissery, seinen Blitzableiter wieder aufzurichten.

Dieser Handel gründete vollends meinen Ruf und breitete ihn selbst über den Bezirk meiner Geburtsstadt aus; der Kardinal Rohan, der übrigens ein eifriger Anhänger alles Neuen war, ließ sich schriftlich bei mir für die Zusendung meiner Druckschrift bedanken; er war für die Entdeckung Franklins ebenso voller Enthusiasmus, wie er es für Mesmers wunderbaren magnetischen Kasten und für die Zaubereien Cagliostros gewesen war. Bei einer Geistesrichtung, wie die seinige, findet man spät oder früh notwendigerweise einen Betrüger, von dem man geprellt wird.

Mein Geschäftszimmer bekam Zulauf; die Arbeiten nahmen überhand, ich hatte mich eines glücklichen Lebens zu freuen; meine Schwester wohnte bei mir und bewies mir,

37

worin sie nie aufgehört hat, die zärtlichste Zuneigung. Ihr sanfter, hochherziger Sinn, ihre duldsame, aufgeklärte Frömmigkeit, die Reinheit ihrer Sitten hatten ihr Ansehen und Achtung bei allen ihren Bekannten verschafft und machten sie mir von Tag zu Tag werter. Einige Freunde nach meinem Herzen teilten unser Vertrauen; die Sicherheit in ihrem Umgange erlaubte mir, alle Ideen, die in meinem Kopfe gärten, in ihren Busen auszuschütten; und bald bildete sich, sei es, daß ich ihrer Überzeugung folgte, sei es, daß dieselben Betrachtungen zu ähnlichen Schlüssen führten, eine völlige Gleichheit der Ansichten über politische Gegenstände unter uns.

Aus der Zahl derer, welche meine gewöhnliche Gesellschaft bildeten und am meisten mit mir übereinstimmten, muß ich die beiden Gebrüder Carnot hervorheben, welche vermöge der Vollmacht, die sie von den Wählern des Kanals erhalten hatten, jetzt an der gesetzgebenden Versammlung Anteil nehmen. Beide zeichneten sich damals als treffliche Genieoffiziere durch eine Vaterlandsliebe aus, die sich niemals verleugnet hat. Der älteste, ein Mann von hervorragenden Verdiensten, hat über die Befestigungskunde eine bemerkenswerte Schrift herausgegeben. Seine gegenwärtigen Arbeiten beweisen, daß er in allen Zweigen der Kriegskunst gründlich erfahren ist, und daß man nicht General gewesen zu sein braucht, um die Bewegungen einer Armee angeben zu können. Aber das Publikum hat nicht und wird vielleicht nicht erfahren, daß Carnot, der bei der Verwaltung der öffentlichen Angelegenheiten einen ernsten Charakter annehmen mußte, recht hübsche Verse, selbst Liebesgedichte und Trinklieder macht.

Mein ehemaliger Professor der Rhetorik, Fosseux, befand sich zu dieser Zeit in Arras; im Kollegium hatte er sich für verpflichtet gehalten, seine patriotischen Meinungen, die dort nicht gang und gäbe waren, zu verbergen; als er aber wieder frei war, benutzte er auch sein Recht, wieder zu denken und in dem Kreise einiger Freunde seine nichts weniger als monarchischen Ideen auszuschütten. Er hatte

38

ein bedeutendes Talent als Schriftsteller und arbeitete mit gleichem Talente in Prosa wie in Versen, so daß die Akademie von Arras, zu der er gehörte, kein ausgezeichneteres Mitglied besaß als ihn.

Unsere gewöhnlichen Zusammenkünfte mit den eben genannten Personen und einigen andern jungen Leuten, die in denselben Ideen verkehrten, wurden immer häufiger; um ihnen ein Siegel aufzudrücken und einen feierlichen, geheimnisvollen Charakter zu verleihen, der schwachen Geistern imponieren könne, hatte ich den Gedanken, aus unserer Gesellschaft eine Art Freimaurerloge zu bilden. Diese Art Vereine war damals geduldet, oder die Behörden drückten doch wenigstens ein Auge zu, um die Gefahr nicht zu sehen, die ihnen von dieser Seite drohte.

Schon der Name der Gesellschaft, die wir errichteten, war eine bittere Ironie. Man nannte sie die Gesellschaft der Rosati, als ob wir die aufgerufen hätten, welche mit rosenbekränzter Stirn in berauschendem Wohlgeruche schwelgen und nachlässig zum Feste gelagert, den Becher an die Lippen setzen und keine andere Sorge kennen als die, ihre Gelage zu verlängern und ein neues Bankett an das eben geéndete anzuschließen! Aber nein, es war kein fröhlicher Aufruf . . . . . . . . . . . . . . . . . . . . . . .

. . . . . . . . . . . . . . . . . . . . . . . . . . . . . . . . .

Unsere Gesellschaft war nur zum Schein ausgelassenen Zusammenkünften gewidmet, man sang die unschuldigsten Lieder von der Welt, denn der Gott des Weines, die Göttin der Liebe, die Grazien, die Nymphen, Sylen, und was weiß ich, der ganze mythologische Troß mußte der Reihe nach herhalten; man hätte uns für die fröhlichen Schüler Colles halten können, und ich glaube wahrhaftig, wir hätten ihm Ehre gemacht. Der muntere Ton, der sich am wenigsten der Empörung nähert, ward ohne Schwierigkeit an unserer Tafel zugelassen. Ich erinnere mich in dieser Hinsicht eines Liedes von Carnot, es heißt, glaub' ich, die Denn und die Aber, das in seiner Art ein kleines Meisterstück war; nur mußte er es nicht selbst singen; so

39

sehr er sich anstrengte, er konnte aus seinem Ernste nicht herauskommen. Auch ich lieferte meinen Beitrag, zwar nur armselige Kleinigkeiten, aber ich erwähne ihrer, um denen, die ein wildes reißendes Tier aus mir gemacht haben, zu zeigen, daß ich niemals Feind einer unschuldigen Freude war, und daß auch ich mich aufheitern konnte. Aber dies war nur der scheinbare Zweck unserer Gesellschaft; wir hatten noch andere Sachen zu tun, als zu trinken, zu essen, zu singen. Die Eigenschaft eines Bürgers, deren Wert wir vollkommen fühlten, legte uns ganz andre Pflichten auf. An bestimmten Tagen kamen wir zusammen, um uns über die wichtigsten Gegenstände zu besprechen. Anfangs beschäftigten uns die Theorien; die Schriften der Philosophen, besonders die Rousseaus, boten uns deren eine große Anzahl, die zu großen Auseinandersetzungen führten. Darauf suchten wir die Mittel auf, welche den Bürgern zum Handeln freigelassen waren, um sich von einer nicht mehr zu ertragenden Lage loszumachen und der guten Sache und der Wahrheit den Sieg zu verschaffen. Als später für die Gewalt der Horizont sich verfinsterte, für das Volk aber aufklärte, brachten wir Streitsachen von dem regsten Interesse vor: über das Recht, Kopf für Kopf zu stimmen, die Verdoppelung des dritten Standes und die Befugnisse der Generalstaaten. Da wir wenig Zutrauen zu den Grundsätzen der Staatsbeamten hatten, so setzten wir unter der Hand die Angriffspläne fort, die den Volksrechten den Triumph sichern sollten, und bestrebten uns, unsern Mitbürgern die kraftvolle Vaterlandsliebe einzuhauchen, die in uns glühte; der Erfolg krönte unsere Bemühungen, die Mehrheit der Abgeordneten von Artois verteidigte in der Nationalversammlung die Grundsätze der Freiheit und Gleichheit.

Unter den zahlreichen Ursachen, denen man den einmütigen Trieb des französischen Volkes nach seiner Wiedergeburt zuschreiben darf, sind, glaube ich, auch die Gesellschaften von großer Wichtigkeit, welche sich, nach Art der unsrigen, durch das ganze Reich verbreitet, gleichzei-

40

tig die Massen aufgeregt und eine große Anzahl Menschen an die Staatsgeschäfte gewöhnt haben. Freilich war der Weg noch weit von da bis zu unserm Jakobinerklub, seiner widerhallenden Rednerbühne und seinem überwiegenden Einflusse auf unsre Versammlungen; aber es offenbarte und erhielt sich hier doch wenigstens das Bedürfnis der Tätigkeit, in welcher das Leben der freien Staaten besteht; hier bildete sich der Gemeingeist. Bei dem Charakter unserer Nation, die Widerstand anregt, Genuß ermüdet, mußten diese geheimnisvollen Gesellschaften bewundernswürdige Ergebnisse hervorbringen.

## VIERTES KAPITEL

Wir hatten in Arras eine Akademie, wie es deren in jeder bedeutenden Stadt Frankreichs gab. Die unsrige war nicht besser, aber auch nicht schlechter als die übrigen in der Nachbarschaft, das heißt, sie bestand aus sehr wackern Leuten, als Kanonikern, Ärzten, Advokaten, Richtern, hohen Beamten, welche einmal wöchentlich zusammenkamen, um sich gelinden Beifall zu geben und sich untereinander bei verschlossenen Türen eine kleine Berühmtheit zu erteilen; übrigens war kein einziger Gelehrter dabei, und zwar aus dem einfachen Grunde, daß ein ausgezeichneter Gelehrter, der sich einzig und allein dieser Laufbahn gewidmet hätte, nicht in Arras geblieben wäre, sondern in Paris Ruhm und Vermögen gesucht haben würde. Dieser Mangel an hervorragenden Köpfen war nicht unserer Akademie bloß eigentümlich, sie hatte denselben mit allen Provinzialakademien gemein.

Ich weiß nicht, ob diese Art von Gesellschaften zu diesem Zwecke gegründet ist, Gelehrte auszubilden; wenn es aber der Fall ist, so haben sie ihren Beruf gar sehr verfehlt. Welcher Akademiker von Dijon, Chalons, Rouen, Amiens, Caen, Lyon, Metz, Nancy hat denn jemals die Unsterblichkeit überlebt, die seine Amtsbrüder ihm bei seinen Lebzeiten verehrt hatten?

Wir dürfen uns nicht täuschen, sie hatten einen andern Zweck, den sie erfüllt haben; den, den Geschmack der Wissenschaften in den Provinzen zu verbreiten, die Literatur daselbst zu Ehren zu bringen, Ackerbau und Künste blühend zu machen. In dieser Beziehung sind sie frei von aller Lächerlichkeit und verdienen unsere Anerkennung. Nehmt diesen arbeitsamen, überdies aufgeklärten Männern die törichten Anforderungen ihrer Eigenliebe; betrachtet

42

sie nur als das Echo alles Herrlichen, was die französische Literatur darbietet, als das Echo, welches sich über ganz Frankreich ausdehnt und in das Ohr des Volkes übertönt; dann habt ihr den rechten Maßstab für ihre Dienste.

Die Akademien der Provinzen waren deshalb eine gute Einrichtung, waren darum nützlich, und nützlicher vielleicht, als es beim ersten Anblick scheint. Die Zusammenkünfte dieser Männer haben dazu beigetragen, eine öffentliche Meinung im literarischen Fache zu bilden, und von da zur öffentlichen Meinung in der Politik ist nur ein Schritt. Denn das Urteil der Massen bildet sich erst nach der Besprechung und nach der freien Untersuchung. Die, welche den Kampf über reine literarische Gegenstände geweckt hatten, dachten sicher nicht daran, daß sie ihn auch für Sachen höherer Wichtigkeit beförderten. Aber das ist das Los unserer Berechnungen, daß wir selten das Ziel erreichen, welches wir uns vorgesetzt haben, ohne zu gleicher Zeit Ergebnisse zum Ausbruche zu bringen, die wir nicht geahnt haben.

Jetzt wären diese Provinzialakademien eine Überfülle von Segen, wenn sie nicht zugleich gefährlich wären. Ich sehe nicht, wozu selbst die Academie française, diese aristokratische Spitze unserer Literatur dienen soll. Im allgemeinen erkenne ich nur das für gut an, was der Mehrheit der Bürger nützt; eine weise, im Sinne der Wohlfahrt aller eingerichtete Regierung darf nur solche Verbindungen aufnehmen, begünstigen oder gar belohnen, die sich den Gewinn des gesellschaftlichen Vereins und den Nutzen des einzelnen zur Grundlage genommen haben. Dürfen wir das jetzt von den Akademien erwarten?

Als man die Menschen zur Aufklärung treiben und ihnen darum das Lockende einer leichtfertigen Literatur vorhalten mußte, waren sie nützlich, sie hatten einen Beruf, den sie erfüllt haben. Aber darf man jetzt noch jenen alten Götzenbildern der alten Verfassung Altäre aufbauen, Lieder und Witzworte bezahlen, kurz das zu Ehren bringen, was die Sittlichkeit, die Würde einer großen Nation verwirft? Wie! wenn die Rednerbühne des Volkes von den wichtigsten Gegenständen widerhallt, während man über Krieg und Frieden verhandelt, die Bestimmungen der Welt abwägt, sollen vierzig Personen eine lächerliche Versammlung halten, um den Gehalt einer Phrase abzuwiegen, einen Satz zu runden, schmeichlerische Verse zu messen? Nein! der Franzose soll lesen können; seine Einsicht sei frühzeitig durch die Bekanntschaft mit den großen Schriftstellern ausgebildet, die sich mit dem Rechte und dem Glücke des Menschengeschlechts beschäftigt haben; er gewöhne sich an die ernsten Verhandlungen unserer beratenden Versammlungen; er verachte als eine geistige Erholung die Erbärmlichkeiten der Dichtkunst, die knechtischen Formen der akademischen Schreibart; er verbanne die Dichter, die ihre Muse nicht dem Vaterlande widmen, und die Lobredner des Hofes unter Gauklern und Histrionen, an denen man sich manchmal ergötzt, aber die man immer verachtet.

Ich will nicht behaupten, daß die Ansicht, welche ich hier aufstelle, genau dieselbe war, welche ich 1783 hatte, aber ich weiß, daß ich schon damals keine besondere Achtung für die Akademien hatte. Als Herr von Fosseux, der damals Präsident in der Akademie von Arras war, mich fragte, ob ich mich nicht wollte vorschlagen lassen, scherzte ich anfangs über diesen Antrag, da wir uns bereits in unsern heimlichen Zusammenkünften oft auf Kosten der würdigen Versammlung lustig gemacht hatten. Mein Entschluß war jedoch bald gefaßt, ich sagte zu.

Ich darf, ohne mich zu schämen, die Beweggründe eingestehen, die mich dazu bestimmt haben: es war eine Berechnung von meiner Seite, aber diese Berechnung entsprang aus einem edlen Ehrgeize, aus einer glühenden Liebe zum Vaterlande. In der Akademie zu erscheinen, um dort als Schriftsteller zu glänzen; für den Intendanten, den Bischof, den Minister, den König ein zeitgemäßes Kompliment auszuarbeiten und dies besser oder weniger schlecht zu machen als meine ehrwürdigen Kollegen: das war freilich die Rolle nicht, zu der ich mich berufen fühlte. Ich

44

strebte nach einer ruhmvollern Bestimmung; mein Name sollte unter meinen Mitbürgern so volkstümlich werden, daß zur Zeit der Wiedergeburt aller Augen sich gerade auf mich wenden mußten. Alles, was mich zu diesem Ziele führen konnte, schien mir wünschenswert. Die Akademie war schon eine Erhöhung, und ich war überzeugt, daß eine gute Zahl wackerer Leute mich höher achten würde, wenn ich zu ihr Zutritt gefunden hatte.

Ich wurde demnach von Herrn von Fosseux vorgeschlagen, und am 15. November 1783 nahm mich die Versammlung in ihren Schoß auf. Kein Haß war bis jetzt gegen mich aufgeregt; viele, welche die Geradheit meines politischen Lebens seither zu meinen Feinden gemacht hat, beeiferten sich, mir ihre Stimme zu geben und bezeigten mir ihre Freude, mich als Kollegen zu haben.

Der Gebrauch verlangte, daß der neugewählte Akademiker in einer öffentlichen Sitzung aufgenommen werde und eine Rede hielt. Seit der Neuerung, die Voltaire bei der Académie française eingeführt, hatten sich auch einige Kandidaten in der Provinz erlaubt, das eingetretene Geleise zu verlassen und in ihren Antrittsreden, statt sich in pomphafte Lobeserhebungen eines abgeschiedenen Mitgliedes, des Stifters, der Verwalter zu versenken, interessante Gegenstände zu behandeln; dieser Gebrauch sprach meinen Geist zu sehr an, als daß ich ihn nicht angenommen hätte. Meine Rede drehte sich durchaus um das Vorurteil, welches die Schmach, die auf der Todesstrafe ruht, auch über die Verwandten des Verbrechers überträgt. Trotz der Kühnheit und Neuheit meiner Ansichten fand ich Beifall.

Diese Arbeit war nur der Auszug einer vorher entwickelten, die ich soeben, und zwar bei folgender Gelegenheit, vollendet hatte.

Seit der bekannten Abhandlung Rousseaus, welche von der Akademie zu Dijon gekrönt wurde, hielten die Provinzialvereine dies für eine Ehrensache und suchten dadurch mit der Hauptstadt selbst zu wetteifern, daß sie Gegenstände auf die Bahn brachten, welche die Aufmerksamkeit erwecken und die geschicktesten Ringer auf den Kampfplatz rufen sollten. Auf diese Art haben La Harpe, Chamfort und viele verdienstvolle Schriftsteller es nicht verschmäht, bei unbedeutenden Akademien sich um einen Preis zu bewerben und Kronen zu gewinnen. Die Mode mischte sich darein: man stritt sich um die Rose des Blumenspiels von Toulouse, um eine Medaille von La Rochelle. Der Merkur zeichnete die Namen der Sieger auf, und für die Jugend war das schon ein Weg zum Ruhme.

Die Wahl der Gegenstände war nicht immer glücklich; aber da die Richtung zu dem Studium der Philosophie und der bürgerlichen Ordnung in Frankreich damals vorherrschend war, da die wichtigsten Sätze täglich in Gesellschaften und Versammlungen in Anregung gebracht wurden, mußte die Literatur notwendigerweise den Charakter der Gesellschaft selbst annehmen und würdevoll, ernst werden.

Die Königliche Gesellschaft der Künste und Wissenschaften zu Metz hatte die Blicke auch auf ihre Arbeiten richten wollen. Sie hatte zur Preisbewerbung folgende Fragen aufgestellt, über die im Jahre 1784 entschieden werden sollte: 1. Woher entspringt die Meinung, welche über alle Glieder einer Familie einen Teil der Schande verbreitet, die an den entehrenden Strafen eines Verbrechens klebt? 2. Ist diese Meinung mehr schädlich als nützlich. 3. Welcher Mittel bedarf es, in dem Falle, daß man sich für eine bejahende Entscheidung bestimme, den daraus hervorgehenden Übelständen vorzubeugen?

Dieser Gegenstand sprach mich außerordentlich an: ich beschloß, ihn zu bearbeiten, und fragte deshalb den kleinen Kreis der Freunde um Rat, die meine engere Gesellschaft bildeten; sie billigten mein Vorhaben und versprachen mir, es geheim zu halten, da ich über alles den Schimpf einer Schlappe fürchtete. Vor allem ermutigte mich Carnot: „Schreibe,“ sagte er, „mit aller Glut deiner patriotischen Seele; mit blutiger Schrift grabe die Wahrheiten ein, welche du deinen Mitbürgern sagen wirst; entreiße ein Opfer wenigstens diesem gräßlichen Vorurteile, und du bist gut bezahlt."

Ich fertigte meine Abhandlung fast in einem Flusse: ich war unter dem Zauber meiner Ideen und so davon eingenommen, daß ich vor dem Gerichtshof gegen die entehrenden Strafen, statt von einer Scheidemauer gesprochen hätte. Ich war das Seitenstück, ich weiß nicht welchen Charakters, zu dem Advokaten Patelin, der die Kreuz und Quer von Tüchern und Hämmeln spricht; ich hütete mich darum, während der ganzen Dauer meiner Arbeit in der Sitzung zu erscheinen.

Endlich wurde mein Werk übergangen, gefeilt, ausgearbeitet, zu seiner Bestimmung abgeschickt. Ich mag die Unruhe nicht verhehlen, die mich in der Zwischenzeit von der Übersendung bis zu dem Augenblicke, wo ich mein Schicksal erfuhr, zu bestehen hatte. Nicht immer jedoch war sie peinlich; oft mischten sich süße Träume hinein; man ist nicht ungestraft 25 Jahre alt. Jetzt kann ich mir kaltblütig Rechenschaft davon ablegen. Ich dachte keinen Augenblick an den Geldgewinn; die Liebe zum Metalle ist ein unsittlicher Durst, den ich nie empfunden habe; der süße Kitzel, den ein Triumph der Eigenliebe gewährt, war nicht ganz aus meinen Gedanken verbannt: dies war eine Schwäche, ich gebe es zu; aber wo ist der Mann, der in ähnlicher Lage sagen könnte, er sei mehr Philosoph als ich? Doch die Idee, welche mich am meisten beherrschte, war die, daß ich meinen Namen an ein nützliches Werk knüpfte, außer dem Kreise bekannt wurde, in welchen das Geschick mich verpflanzt hatte, und ein Anrecht mehr an die Achtung meines Vaterlandes erhielt. Ich wiederhole es, diese Ansicht greift der Zukunft, späterer Nachrechnung vor; ich will mich nicht verteidigen, nicht bereuen. Mein Weg ist seit langer Zeit vorgezeichnet: ich wollte Staatsmann werden, die Interessen des Volkes aufrechterhalten; dieser Gedanke hat bis zu dem Augenblicke seiner Verwirklichung mich keinen Augenblick verlassen.

Endlich ward mir das Urteil der Gesellschaft bekannt:

ich bekam den Preis nicht! Doch hatte meine Abhandlung dem Areopage einer ganz besondern Auszeichnung würdig geschienen: man hatte mir eine Medaille von 400 Livres zuerkannt. Dies hieß meine Abhandlung durchaus auf eine Stufe mit dem Werke stellen, dem der Preis zugesprochen wurde, denn die Medaille war ganz dieselbe. Die beiden Denkschriften fanden also beinahe gleichen Beifall, mein Nebenbuhler hatte nichts vor mir voraus als

Den armsel'gen Gewinn der Ehre des Vortritts.

Das war wenig; aber immer genug, meine Freude zu trüben.

Ich erfuhr, daß ich Lacretelle, einen jungen Literaten aus Paris, der dort an verschiedenen Zeitschriften arbeitete, zum Mitbewerber hatte: wir haben gesehen, wie er sich später vergebens bemüht hat, sich auf der politischen Schaubühne, zu der er wenig Patriotismus und (trotz den Akademikern von Metz) wenig Talent mitbrachte, einen Namen zu erwerben. Er ist gegenwärtig Mitglied der Versammlung, in der er auf der rechten Seite sitzt.

Die Abhandlung Lacretelles wurde mir von ihm selbst zugeschickt; ich dankte ihm für diese Höflichkeit, die ich dadurch erwiderte, daß ich ihm die meinige zusandte, welche ich soeben herausgegeben hatte. Ich konnte jetzt die beiden Werke miteinander vergleichen und wußte nun, was ich von dem Scharfsinn meiner Richter zu halten hatte. Man wird mir ohne Zweifel Glauben beimessen, wenn ich sage, daß ich das meinige besser fand; aber was auch für Vorurteile natürlicherweise auf mein Urteil einwirken mußten, so bleibe ich doch dabei, es für gegründet zu halten. Wenn man die beiden Abhandlungen miteinander jetzt besonders vergliche, wo Künstelei der Worte der Wissenschaft der Sachen gewichen ist, würde man vielleicht meiner Meinung sein.

Man suche in der umständlichen Ausführung Lacretelles einen gediegenen Gedanken, eine kräftig geschriebene Stelle; man suche einige Phrasen, einige Ideen, die das Ge-

48

präge eines edlen, aus dem Herzen, nicht aus dem Kopfe
hervorgehenden Unwillens tragen: man wird sie nicht finden. Es ist ein Mann von Geist, nicht ein Bürger, welcher
denkt; ein Redner, nicht ein Philosoph, welcher schreibt.
Man trifft gerundete Sätze, gesuchte Phrasen, einen künstlichen Stil bei ihm; man glaubt, er sei immer auf der
Lauer nach Formen und kümmere sich nicht um den Grund;
sein Werk ist eine reiche Stickerei, die auf dem gröbsten
Gewebe nicht weniger glänzen würde wie auf dem zarte-
sten Stoffe.

Ich beurteile ihn jetzt, da die Sache von keiner Bedeutung mehr ist; er hat nicht so lange gewartet, seine Meinung über meine Arbeit auszusprechen: der Merkur von
Frankreich lieferte im Laufe des Jahres 1785 einen aus-
führlichen und höchst vorteilhaften Bericht über sein Werk;
später rückte er einen Brief ein, den ihm Thomas, der Lobredner, geschrieben hatte. Es war ein Stückchen von seiner alten Kunst; ihm zufolge glich nichts der Beredsamkeit Lacretelles. Dieser schämte sich vermutlich, daß er so
viel von sich sprechen ließ, während man kein Wort von
einem Werke erwähnte, das dem seinigen gleich geschätzt
worden war, wollte mir Gerechtigkeit widerfahren lassen
und ließ sich beikommen, selbst von mir zu sprechen.

Der Artikel, welchen er im Dezemberhefte 1785 über
mein Werk lieferte, ist eine wahre Merkwürdigkeit; zuerst fühlt man sich über eines betroffen, nämlich, daß zwei
Drittel des Artikels von Zitaten aus seinem eigenen Werke
eingenommen werden. Er hat auf das Geratewohl, und
der Form wegen, einige Stellen aus meiner Abhandlung,
und zwar nicht die besten, herausgehoben, um sie andern
aus seiner Denkschrift gegenüber zu stellen, die ihm am
geeignetsten schienen, die gehörige Wirkung hervorzubringen. Darauf erteilte er mir mit einem gewissen Beschützer-
ansehen, das mich nicht sehr entzückte, guten Rat und Aufmunterung.

Ich denke, daß viel Eigendünkel dazu gehört, wenn man
sich dazu hergibt, einen Mitbewerber zu belehren, wo gewiß

die Untergeordnetheit des Schülers neben dem Meister nicht zu erkennen war. Wenn Lacretelle die Einfachheit meines Stiles, und was er meine gemeinen Ideen nennt, tadelt, so bin ich durchaus nicht versucht, seinem Rat Glauben beizumessen noch ihn zu befolgen, wenn er recht hätte. Denn der belehrende, absprechende Ton, den er annimmt, ist in seinem Munde übel angebracht und keineswegs überzeugend; sein Tadel gibt mir eine geringe Idee von seinem Geistesumfange. Ich sah in ihm den Redner, nie den Philosophen. Gemeine Ideen! Aber, großer Gott, waren sie nicht in aller Herzen, waren sie nicht so aufgeschossen, daß sie die bürgerliche Gesellschaft beherrschten und der Regierung Achtung geboten? Und was kümmerte es mich, daß andere dieselben Ideen gehabt hatten, die ich aussprach, wenn jene sie fruchtlos ausgesprochen hatten? Hat man denn im Schreiben keinen andern Zweck, als zu schreiben?

Lacretelle hatte eine Phrase aufgefunden, die ihm passend schien, seinen Artikel damit zu beschließen; ich habe ihn nicht vor Augen, es tut mir leid, ich hätte sie gern wörtlich angeführt. Der Sinn war, daß meine Abhandlung um so bemerkenswerter wäre, da ich noch ein junger Mann, ein gewöhnlicher Advokat aus der Provinz wäre, der niemals die Hauptstadt gesehen habe. Er fügte hinzu, glaube ich, daß dieser Anfang zu großen Hoffnungen Grund gäbe, und ermahnte mich, fortzufahren.

Ich sah in diesen lobpreisenden Phrasen etwas ganz anderes, als was sie zu enthalten schienen; mir kam es vor, als ob jedes Wölkchen Weihrauch, das mir erteilt wurde, doch nur Lacretelles Kopf umzog. Überdies fühlte ich mich ein wenig gekränkt, daß man mir die Provinz vorwarf. Wenn man meinen Kunstrichter hörte, verdiente ich eher Aufmunterung als Lob; mein Werk müßte nicht an und für sich, sondern im Verhältnis zu den Umständen gewürdigt werden, in denen es gemacht wurde, und die seinen Unvollkommenheiten zur Entschuldigung dienten. Alles dies war von seiten meines Richters um so ungeschickter

50

oder um so hinterlistiger, da das Falsche deutlich für jeden hervorspringen mußte, dem es bekannt war, daß ich in Paris erzogen worden und diese Stadt erst im 20. Jahre verlassen hatte.

Ich schrieb an Lacretelle, dankte ihm für seinen Artikel und benachrichtigte ihn bloß, ohne mich in einen unnützen Streit mit ihm einzulassen, daß ich die Hilfsquellen, welche die Hauptstadt den jungen Männern bietet, die sich den Wissenschaften ergeben, nicht so ganz entbehrt hätte, wie er es gedacht habe. Ich war höflich, nichts weiter. Unser Briefwechsel hörte damit auf.

## FÜNFTES KAPITEL

Die Zeit, in der wir uns damals befanden, war reich an denkwürdigen Begebenheiten, die sich auf die Weltbühne drängten, um das unerhörte Schauspiel unserer Revolution vorzubereiten. Die größte, die wichtigste jener Begebenheiten ereignete sich auf einer andern Halbkugel und war eben, dank der edelmütigen Mitwirkung Frankreichs, zu ihrem Ende gediehen. England hatte, müde des Krieges und immer erneuter Unfälle, seinen überseeischen Provinzen den Frieden bewilligt, und diese hatten, da sie endlich die Freiheit erhielten, ihre Regierung selbst zu führen, im Angesichte Europas die heiligen Rechte bekanntgemacht und in Kraft gesetzt, welche sie seit fünf Jahren verteidigt und mit ihrem besten Blute benetzt hatten . . . . . . . . . .
. . . . . . . . . . . . . . . . . . . . . . . . . . . . . . . . . . . . . .
. . . . . . . . . . . . . . . . . . . . . . . . . . . . . . . . . . . . . .
. . . . . . . . . . . . . . . . . . . . . . . . . . . . . . . . . . . . . .
. . . . . . . . . . . . . . . .

Ein bewunderungswerter Mann, den der Zufall an die Spitze eines heldenmütigen Volkes geschleudert hatte, vollendete das große Werk. Washington, ehrwürdiger Name, vor dem jeder Freund der Menschheit das Haupt beugen sollte! Ein Mann, der Huldigungen der Nachwelt tausendmal würdiger als die aufgereihten Namen der Könige und Eroberer. Ein einfacher Landmann, ein Mann, den das Alter schon niederdrückt, den die Täuschungen der Jugend nicht mehr reizen, umfaßt mit der Wärme eines jugendlichen Herzens die Sache der Freiheit; er opfert alles, seine Ruhe, sein Vermögen, sein Leben; mit dem Enthusiasmus der Krieger vereint er die Kaltblütigkeit des Feldherrn, mit dem glühenden Eifer des Patrioten den Takt, die Tiefe, die Vorsicht des gesetzgebenden Bürgers. Und nachdem dies

Gebäude in Jugend und Frische strahlend sich erhoben, nachdem ein ganzes Volk, welchem seine Bestrebungen die natürliche Würde zurückgegeben haben, seinen Namen zu den Dankgebeten fügt, die es an das höchste Wesen richtet, hat eben dieser Mann nur etwas ganz Gewöhnliches vollbracht; sein Geist ist so vertraut mit großen Taten, daß diese eine ihn nicht stolz macht, er kehrt mit römischer Leichtigkeit zum Pfluge zurück, größer als Cincinnatus, der sein Vaterland nur verteidigt hatte.

Und doch ist dieser erhabene Bürger verleumdet worden. Man konnte sich nicht zur Überzeugung bringen, daß er, wenn er den Gipfel des Ruhmes erreicht hätte, sich entschließen würde, wieder herabzusteigen; man murmelte den Namen Cromwell um ihn her, als ob dieser heuchlerische Machträuber der Volksrechte ein Muster wäre, das Washington nachahmen könne! Es liegt etwas Niedriges, Gemeines in dem unseligen Gepräge, welches die Knechtschaft der neuern Gesellschaft aufgedrückt hat, daß wir unaufhörlich selbst das edelste Leben beschmutzen, indem wir ihm, nach dem Maß unserer Kleinheit, den Kreis, in dem es sich bewegen, das Ziel vorzeichnen, nach dem es streben soll.

Washington hat jene beleidigende Furcht zunichte gemacht; er hat im Schatten des Freiheitsbaumes, der ihm sein bestes grünendes Laub verdankt, fünf Jahre den Frieden, den seine schöne Seele verdiente, den Segen seiner Mitbürger genossen. Er ist jetzt zu den Staatsgeschäften zurückgerufen und wird, der erste unter seinesgleichen, sein Werk kräftigen und der Macht mit derselben Ruhe entsagen, mit der er sie wieder ergriffen hat. Ein lebendiges Beispiel für seine Zeitgenossen, die eine unerhörte Revolution in dieselbe Laufbahn schleudern kann!

Niemand hat sich der moralischen Vollkommenheit, welche den tugendhaften Menschen ausmacht, so genähert als Washington: wir suchen nach einem Fleckchen seines Lebens, um uns über unsre eigene Schwäche zu trösten, und das, welches wir finden, ist so leicht, daß es in einem andern Charakter nicht bemerkt werden würde. Ich meine den Cincinnatus-Orden, auf dessen Schöpfung er verfallen war. Einem so erhabenen Geiste wie der seinige, konnte es nicht unbekannt sein, wie unerträglich diese aristokratischen Abzeichen, dieser monarchische Flitterkram mit der republikanischen Einfachheit ist; er wußte, daß es wertvollere Belohnungen gibt als Bänder und Kreuze. Aber er hatte einen Haufen Franzosen, leichtfertige, flatterhafte Hofmänner, wie sie damals waren, um sich; Männer, die gewohnt waren, für ein Ludwigskreuz sich den Kopf zerschmettern zu lassen, und sich unglücklich gedünkt hätten, wenn sie ohne ein rotes oder blaues Band in Versailles eingezogen wären. Er warf ihnen deshalb diesen Orden hin, wie man den jungen Mädchen ein Kleid gibt, und gewann sie durch ihre Gefallsucht.

Washington gab der Klagen wegen, welche strenge Republikaner sich erlaubten, selbst diese Erklärung; aber da er einsah, daß er zu weit gegangen sei, beschränkte er sein eignes Institut und erteilte den Rittern kein Erbanrecht mehr. Ich bekenne, daß ich ihn nicht ohne Verdruß in einem neugebornen Staate diese Schattenbilder des Adels schaffen sah. An seiner Stelle hätte keine Rücksicht mich vermocht, etwas so Widersinniges zuzugeben, und ich hätte den französischen Edelleuten auch diese Lehre nicht erspart.

Die Mündigsprechung der neuen Welt war das gewöhnliche Thema unserer vertraulichen Gespräche; Washington war unser Held; mehrere meiner Freunde haben ihn in Gedichten gefeiert, welche die Vergessenheit, der wir sie bestimmt hatten, wohl verdient haben mögen.

Andre Gegenstände, die, wenn auch nicht die Bewunderung, doch die Neugierde in Anspruch nahmen, brachten damals alle Geister in Anregung. Ein Papierfabrikant von Annonay, Herr Montgolfier, hatte damals das Mittel entdeckt, einen Ballon in die Luft steigen zu lassen und ihn oben zu erhalten; nach diesem ersten Schritte kam er auf den Gedanken, einen Kahn daran zu befestigen, der einen

Menschen aufnehmen könne; auch dieser Versuch glückte. Die Entdeckung diente zuerst zu einem königlichen Spiele, bald nachher riß sich das Volk darum, und ganz Frankreich wollte Luftschiffer haben; die öffentlichen Blätter sprachen von nichts als von aufsteigenden Ballons und herabgelassenen Fallschirmen. Die Namen der Herren Blanchard, Pilastre-Durosier nahmen mehr Platz darin ein als die Katharinas und Josephs; bald jedoch legte sich auch diese Wut wieder. Einige Unglücksfälle wie der, welcher den armen Pilastre-Durosier traf, entzauberte das Publikum; die sichere Überzeugung, daß es unmöglich sei, die Ballons zu lenken, stellte diese Entdeckung unter die glänzenden und gefährlichen Überflüssigkeiten. Man gab sie auf, und mit Recht.

Eine noch sonderbarere Neuigkeit, die durch die unendlichen Folgen, welche davon zu erwarten waren, bei weitem größere Wichtigkeit hatte, stürzte Paris in eine Art von Taumel, den auch die Provinzen teilten. Ein deutscher Arzt war zu uns gekommen und hatte sich als den Besitzer eines wunderbaren Geheimnisses angegeben, welches alle Wißbegierigen in Erstaunen setzte: Mesmer nämlich, der Erfinder des tierischen Magnetismus, welcher, für einige ein Mann Gottes, für andere ein abgefeimter Betrüger, vermittels seines magnetischen Kastens die Krüppel gehen lehrte, dem Tauben das Gehör, dem Blinden das Gesicht wiedergab. Der künstliche Zustand, in welchen er seine Kranken versetzte, bewirkte in ihnen eine vollkommene Verjüngung, brachte den Urstoff des Übels zum Vorschein, zerstörte ihn und verließ sie nicht vor der gründlichen Heilung. So sprach in ganz Frankreich der Ruf über Mesmers Kuren.

Obgleich ich diesem Wunder nicht völlig Glauben beimaß, konnte ich mich doch einer gewissen Hinreißung nicht erwehren, welche weder Zeit noch Erfahrung zerstört haben. Ich sah sogleich ein, daß die Fakultät es sich würde angelegen sein lassen, ein System zu verwerfen, welches das ganze Gerüst der medizinischen Wissenschaft über den Haufen stößt. Übereinstimmung und Vorurteil bewogen mich also, es günstig aufzunehmen.

Man brauchte durchaus nicht Arzt zu sein, um sich mit der großen Tagesentdeckung zu beschäftigen; jedermann mischte sich darein und auch unsre kleine Gesellschaft folgte der Mode und widmete ihr einige Abende. Einer unsrer Freunde, der Advokat B..., der soeben aus Paris zurückgekehrt war und dort Mesmer hatte operieren sehen, weihte uns in die Geheimnisse seiner Künste ein. Carnot, Rusé, Fosseux und andre Mitglieder der Gesellschaft machten Versuche, die ohne Erfolg blieben. Ich wollte es meinerseits auch prüfen; aber da ich es zuerst nach einer Probe an mir selbst beurteilen wollte, so nahm ich mir keine Zeugen dazu. Ich kam damals häufig mit einem jungen Mädchen, namens Susanna F...., zusammen; es hatte sich zwischen uns — ich hielt es wenigstens dafür, und was mich betrifft, so täuschte ich mich auch nicht — eine jugendliche Freundschaft gebildet. Die unschuldige Vertraulichkeit, welche unter uns herrschte und die ihre Mutter durchaus nicht zu stören suchte, gestattete mir oft, mit ihr allein zu sein; sie war lebhaft und geistreich. Wir hatten uns oft vom Magnetismus unterhalten; der Gedanke eines Heilmittels, das eine allgemeine Kur werden sollte, sprach ihre kühne, reiche Phantasie an. Ich benutzte ihren Enthusiasmus und schlug ihr eines Tages vor, mich die Probe an ihr machen zu lassen; sie schien über meinen Wunsch zu erstaunen, sah mich fest an, errötete, blickte um sich und machte mir dann ein Zeichen, daß sie einwillige. Ich setzte mich sogleich an das Werk, nahm die Miene eines Doktors an, strich mit den Händen vor ihren Armen und ihrem Gesichte vorbei, ohne es jedoch zu berühren; meine Augen waren auf ihre schönen blauen Augen gerichtet; nach und nach wurde sie beklommen, sie zog die Arme an wie jemand, der dem Schlafe erliegt, ihr Kopf sank herab, sie schlummerte ein.

Nun folgte eine wunderbare Szene. Niemals haben meine Freunde ein Wort davon erfahren. Ich werde sie nicht erzählen, es ist Robespierres Geheimnis, es soll mit ihm sterben. Jemand öffnete die Türe, sie stieß einen Schrei aus, erwachte und fiel unter den heftigsten Zuckungen in Ohnmacht. Ich fragte sie aus, als sie sich erholt hatte; sie erinnerte sich keines einzigen Wortes, das sie im Schlafe gesprochen hatte. Der einzige Eindruck, der ihr geblieben, war ein unbeschreibliches Wehe, das sie empfunden habe, als sie wieder zu sich kam. Alles übrige war ihr entflohen wie ein Traum, keine Spur davon hatte sich erhalten.

Mehrere Tage lang ließ mir der Gedanke an diesen Abend keine Ruhe. Ich ging zu Susannen und fragte sie nur immer: „Wie, erinnern Sie sich denn nicht?" „Nein," antwortete sie, errötete und sah mich an. Ich hätte meine Versuche gern erneuert, aber sie schlug es beharrlich ab. Ich merkte, daß ihr Schamgefühl aufgeschreckt sei, und daß sie ein zu zärtliches Gefühl für ihren Magnetiseur zu fassen fürchtete. Ich drang nicht mehr in sie, suchte auch keine Gelegenheit mehr, meine Kunst auszuüben, und verschloß Susannens Worte in meine Brust. Hätte ich sie damals gering schätzen können, mein ganzes Leben hätte mich gezwungen, ihnen Glauben beizumessen.

Meine literarischen Arbeiten füllten währenddessen die Muße, welche das Gericht mir ließ. Die Akademie von Amiens hatte für das Jahr 1785 als Thema zu einer Preisbewerbung eine Lobrede auf Gresset aufgegeben; der Gegenstand war kleinlich, und doch erlaubte ich mir, ihn zu behandeln; es betraf einen Mann, der durch gefällige Gedichte, durch seine geschmackvollen Scherze mich in meiner Jugend bezaubert hatte. Ich trat daher in die Zahl der Mitbewerber; allein dieser zweite Versuch lief nicht so glücklich ab als der erste. Will man den Gründen nachforschen, welche die Akademiker bewogen haben, mein Werk mit dem Banne zu belegen: jeder der sich die Mühe nähme, es zu lesen, würde sie, glaube ich, leicht herausfinden.

Zwei Männer mußte ich ins Auge fassen, als ich mich mit Gresset beschäftigte, denn Voltaire sagt von ihm:

Dem Gresset ward das Doppelrecht, daß man
In jeder Schul' als Mann von Welt und Geist,
Als Schulmann in der Zeit ihn preist.
Sonst macht' er Spaß, stimmt jetzt Gebete an,
Durch seinen Widerruf heilig gesprochen.
Zerknirschten Herzens gesteht er ein,
Was er durch seine Theaterstücke verbrochen,
Und fleht zur Jungfrau, ihm zu verzeih'n.

Ich möchte beinahe fortfahren und eine große Unziemlichkeit gegen meinen Helden begehen und, was noch schlimmer ist, mich als Mitschuldigen einer mutwilligen Unwahrheit bloßstellen. Wie wunderbar ist doch oft die Verführung des Geistes, die uns, trotz der Vernunft, hinreißt. Ich weiß diese Verse Voltaires auswendig, ich führe sie an, als ob ich sie mir zur Studie gewählt hätte, als ob sie eine unwiderrufliche Erkenntnis aussprächen, und doch verhüllen sie unter ihrem dreifachen Spottbesatze nur ein durchaus unrichtiges, falsches Urteil. Voltaire, Voltaire, wie geschickt bringst du Verachtung und Verspottung zuwege, wie leicht wird man von dir getäuscht!

Aber in Gressets Leben war wirklich etwas von dem Doppelgesichte, welches Voltaire in jenen Versen scherzhaft berührt hat; Gresset war bald Weltmann, bald Frömmler und hatte seinen Büchern und seiner Lebensart etwas von beiden entgegengesetzten Charakteren eingeprägt. In dieser Beziehung hatte seine Lobrede wahrhafte Schwierigkeiten. Die Gelehrten der damaligen Zeit, welche sämtlich von der Ungläubigkeit angesteckt waren, betrachteten die Bekehrung Gressets nur als eine Schwäche, als eine Zaghaftigkeit der Seele; höchstens ließen sie zu, daß man in einer Lobrede den zweiten Abschnitt aus Gressets Leben mit Stillschweigen übergehen oder leichthin entschuldigen könne: aber niemals hätten sie gewagt, eben diesen zu erheben, ihn über sein literarisches Treiben zu setzen, ihn in dieser Beziehung wie einen Mann hinzustellen, der dem Gewissen sein Talent und sein Glück opfert; ebensowenig konnten sie sehen, daß ein anderer sich dazu hergebe, ohne über Heuchelei zu schreien. Aber doch hatte ich dies getan.

58

Es schien mir nicht allein in literarischer Hinsicht effektvoll, sondern auch wahrhaft moralisch, Achtung für jeden Glauben zu verkündigen, für den sowohl, der glaubt, als den, der leugnet; für den, der schwindet, wie für den, der sich wieder erkräftigt; also gerade der damaligen Philosophie entgegengesetzt, welche eine Unduldsamkeit, die kaum im Katholizismus ein Muster finden dürfte, in die Untersuchung der Religionslehren legte. Denn wenn es irgend etwas Ehrwürdiges, Heiliges gegeben hat, so ist es der Glaube des rechtlichen Mannes, der mit voller Gewissensfreiheit sich die religiöse Partei auswählt, zu der ihn seine Überzeugung hinführt. Die Bekehrung Gressets, die frei von jedem heuchlerischen Vorbehalt war, verdient also, mit Schonung betrachtet und als eine kräftige Betätigung der Überzeugung, die er trotz aller Schwierigkeiten von seiten der Welt und seiner Eigenliebe ins Werk setzte, selbst gerühmt zu werden.

Die Verwegenheit, die ich hatte, triumphierende Ansichten so keck anzugreifen, hatte das Schicksal, auf das ich gefaßt sein mußte; mein Werk wurde von den Philosophen, denn es gab solcher Herren selbst in der Akademie von Amiens, ausgepfiffen und verhöhnt. Wenn sie sich wirklich an das Geheimnis der versiegelten Namenzettel gehalten haben, so müssen sie lange in ihren Vermutungen über den Verfasser der von mir überreichten Denkschrift geschwankt haben. Denn wenn einige Stellen deutlich eine religiöse Färbung, einen unverstellten Haß gegen die Lehren jener Männer verrieten und ihnen den Glauben einflößen konnten, daß sie es mit einem jungen Abbé zu tun hatten, in dem noch der theologische Unterricht des Seminars glühe, so offenbarte ihnen auf der anderen Seite die Kühnheit einiger wissenschaftlichen Theorien und einiger politischen Begriffe, die sich ganz natürlich an meinen Gegenstand angeschlossen hatten, einen Geist, der frei von jeder Kette und bereit war, seine Unabhängigkeit zu zeigen.

So hatte ich mich bei Gelegenheit der Beurteilung des Dramas Sydney bewogen gefunden, mich über eine Gattung auszusprechen, die man, trotz der Meisterstücke des Lachaussée, eine mißgestaltete Abart nannte, und nicht angestanden, meine Ansicht aufzudecken, die man leicht für eine Lästerung unserer großen Dichter halten konnte, die aber dennoch um nichts weniger wahr ist. So nahm ich auch Veranlassung, als die lebenslängliche Präsidentschaft der Akademie von Amiens Gresset angetragen und von ihm abgelehnt wurde, über die Diktatur im Staate auf eine Art zu sprechen, die gewiß nicht das Seminar verriet.

Wie dem auch sei, meine Frömmigkeit mag nun dem Philosophen oder meine Philosophie dem Frommen mißfallen haben, mein Werk erhielt den Preis nicht, und ich beschloß, von nun an nicht mehr in den Schranken der literarischen Preisbewerbungen zu erscheinen.

## SECHSTES KAPITEL

Bis jetzt haben die Begebenheiten, von denen ich gegesprochen habe, nur ein Interesse außer mir gehabt oder doch nur die geringfügigen Verhältnisse meines literarischen Lebens berührt; wenn ich mich aber der Nachwelt mit nichts anderm vorzustellen hätte als mit dem leichten Gepäck des Advokaten oder akademischen Schriftstellers, so dürfte sie andere Sachen zu tun haben, als sich um mich zu kümmern, und ihre Zeit besser anwenden wollen, als meine Memoiren zu lesen. Aber der Augenblick naht, in dem mein Name sich nicht ohne einigen Ruf den anziehendsten Revolutionen anschließen wird, welche je die Weltbühne in Bewegung gesetzt haben.

Das Bedürfnis einer Verbesserung unserer bürgerlichen Lage, die ich immer mehr empfand, je mehr ich nachdenken lernte, war endlich das Bedürfnis aller aufgeklärten Menschen geworden. Man nahm sich nicht mehr die Mühe, es zu verbergen, der Ausdruck des allgemeinen Wunsches blieb nicht mehr in den Herzen verschlossen, die öffentliche Meinung hatte einen Schwung genommen, welcher die alten Leute, die an das Geflüster am Kamine und an die Furcht vor der Bastille gewöhnt waren, in Erstaunen setzte, uns aber, die ganze Jugend, die sich voller Zuversicht in unsere Zukunft der Erfüllung des Berufes widmete, der unserer wartete, mit Enthusiasmus füllte.

Man tat sich selbst in Gegenwart der hohen Herren keinen Zwang an, welche die alten Überlieferungen des Despotismus mit einem Scheine von Unverletzbarkeit eingehüllt hatten. Die Geschichte mit dem Halsbande bewies, wie sehr sich die vernünftigen Bürger bereits von diesen Vorurteilen frei gemacht hatten. Ich weiß nicht, inwieweit die Königin in dem Listgewebe, welches zu diesem Ärgernis Anlaß gab, bloßgestellt werden konnte; aber die Kenntnis, welche ich von dem Charakter des armen Kardinals von Rohan habe, flößt mir die Überzeugung ein, daß er in diesem Handel nur den Geprellten, nicht den Betrüger gespielt hat. Der außerordentliche Leichtsinn Marie Antoinettens, ihre Neigung, mehr als Frau wie als Königin zu leben, gaben zu Beschuldigungen Stoff, die man ihr mit Unrecht vorgehalten hat. Was auch an jenen schuldvollen Ränken sein mag, ich habe ihnen nur in der Beziehung einige Wichtigkeit beigelegt, daß sie dazu beigetragen haben, die öffentliche Meinung mündig zu sprechen.

Diese fing schon an, sich vernehmen zu lassen. Die Ratgeber des Fürsten mußten, wie gern sie sich auch die Ohren verstopft hätten, trotzdem etwas tun, die Wünsche der Bürger zu befriedigen. In dem beklagenswerten Zustande unserer damaligen Finanzen fand das Volk den besten Beistand, den es nur haben konnte . . . . . . . . . . . . . .
. . . . . . . . . . . . . . . . . . . . . . . . . . . . . . . . .
. . . . . . . . . . . . . . . . . . . . . . . . . . . . . . . . .
. . . . . . . .

Der Staat war verschuldet, und alle Gewandtheit Calonnes brachte es nicht dahin, die Bresche zu verstopfen. Man riet als Mittel dagegen eine Versammlung der Notabeln an; kläglicher Behelf, der bloß die Größe der Wunde offenkundig machen mußte, da es dazu nur eines mutigen Mannes bedurfte, der den Finger darauf legte, aber nichts heilen, nichts vernarben durfte, weil der rechte Arzt, das ganze Volk, nicht aufgerufen war. —

Diese Vereinigung großer Herren, denen man noch, um die Täuschung zu vollenden, einige Schöffen, Maires und Munizipalbeamte der wichtigsten Städte des Königreichs beigefügt hatte, die unter dem Vorsitze der Prinzen von Geblüt in Bureaus verteilt wurden und über Fragen ihre Meinung abgaben, die, wohlverstanden, den Umsturz der angemaßten Macht herbeiführen mußten — war eigentlich nichts als eine bloße Schaustellung dieser Stellvertreter,

62

die nur sich vertraten, bestimmten nichts, taten keiner Beschwerde Genüge, schafften keinen Mißbrauch ab.

Ich bemerkte mit reger Freude, daß die Versammlung der Notabeln nur ein so geringes Ergebnis bot und den alten Zustand mit seinen Vorurteilen, Mißbräuchen und Ungerechtigkeiten förmlich wieder aufleben ließ. Gewiß, wenn der Nation ein großes Unrecht drohte, so mußte sie es von der Seite jener ungesetzlichen Versammlung fürchten. Eine halbe Gerechtigkeit hätte vielleicht alles verdorben. Wenn dieser angesehene mächtige Adel von dem schönen Feuer der Menschlichkeit und des Edelmutes beseelt gewesen wäre und einem Teile seiner angemaßten Rechte entsagt hätte; wenn er, die Rechte des Landes auffassend, für dessen materielle Interessen alle Opfer gebracht, die seine Stellung ihm erlaubte, und dadurch die Stimme des Volkes erstickt hätte: so hätten die moralischen Interessen vielleicht ohne Mühe beseitigt werden können; der Franzose hätte seine unverjährbaren Rechte vergessen, sich mit einem schwankenden Wohlstande begnügt und seinen Kindern nicht, wie er es jetzt tun kann, die Rechte des Bürgers, die Würde des Menschen hinterlassen können. Wie dem auch sei, die Aristokratie zeigte sich damals, wie sie immer gewesen ist, hartnäckig, hochmütig, sorglos; ihr müssen wir es danken, daß der mögliche Vergleich zwischen der Macht und dem Volke verworfen wurde.

In dieser Zeit wurde Calonne gestürzt, die Zügel des Staates gingen in die schwachen Hände des starrsinnigen Brienne über. Die einzige Stimme, welche damals mit Eindruck für das Volk sprechen konnte, war die der Parlamente; sie entledigten sich mit einiger Würde, obwohl ohne bestimmten Vorbehalt, dieser Pflicht; jeder wollte eigentlich nur die Volksgunst für sich haben, und darum versuchten auch die alten Körperschaften, die verfault waren wie die alte Monarchie, welche sie stützten, den Hof anzugreifen, der Meinung zu schmeicheln und sie dadurch für sich zu gewinnen. Es gelang ihnen; aber sie sahen nicht ein, daß man nicht sie liebe, sondern ihre Feinde nur verabscheue. Der Despotismus war ein solcher Greuel geworden, daß man sich drängte, die Räte, welche durch größern Eifer sich vorzugsweise seinen Haß zugezogen hatten, mit allen möglichen Triumphen und Festen zu feiern.

Mittlerweile zog sich Brienne mit dem Fluche Frankreichs, mit Gunstbezeigungen des Hofes belastet, aber nur erst nach zahllosen Krisen, in denen mehr als einmal das Blut des Volks vergossen wurde, von dem Steuer zurück und Necker wurde bestimmt, seine Stelle zu ersetzen.

Einige ansehnliche Finanzoperationen hatten die Teilnahme der Nation für ihn erregt; man kannte ihn als Feind der Hofleute, und schon das war ein Anrecht an die Liebe des Volkes. Sein Name wurde mit einstimmigem Zujauchzen begrüßt; endlich hoffte man die Entwicklung des Dramas erfolgen zu sehen, das schon so manches Jahr spielte.

Brienne hatte, als er sich zurückzog, seinem Nachfolger die mächtigste Stütze, die Volksgunst, entziehen wollen und vom Könige als einziges Mittel gegen die finanziellen Übel, welche den Staat niederdrückten, die Zusammenberufung der Generalstaaten für den Monat Mai des Jahres 1789 erwirkt.

Dieser Befehl verursachte eine unaussprechliche Freude in Frankreich; ich würde es vergebens versuchen, die meinige zu beschreiben: ich fühlte mich von diesem Tage an einem neuen Leben erstanden; ich glaubte, daß ich von jetzt an wieder in meine Rechte als Bürger eingesetzt sei, daß ich mein ganzes Dasein daran wagen müsse, allen diese schönen, unvertilgbaren Rechte zu erkämpfen.

Die erste Wirkung dieser großen Maßregel war, daß die Presse, welche so lange verstummt war, einen Schatten von Freiheit erhielt. Jeder Bürger war berechtigt, das Ergebnis seiner Untersuchungen, Erforschungen und Gedanken über die Art der Zusammenberufung und der Haltung der Generalstaaten bekanntzumachen. Schnell benutzte ich diese Erlaubnis, die unter diesen Umständen zu bedeutender Anwendung und zu unendlicher Ausdehnung gebracht werden konnte.

Ich gab eine Denkschrift über die Notwendigkeit heraus, die Stände von Artois umzuformen, und widmete sie dem Volke von Artois. Ich faßte auf diese Art die Frage bei der Wurzel an; man beschäftigte sich damals viel mit den Provinzialversammlungen, da es darauf ankam, ob wir für die Generalstaaten wirkliche Volkserwählte oder nur Abgesandte unserer großen Herren aus den Provinzen erhalten sollten.

Der dritte Stand aus Artois war eine lächerliche Einrichtung; wir brauchten einen andern, und ich hatte mir vorgesetzt, dies zu beweisen. Er bestand aus den Munizipalbeamten der Provinz, welche von den Abgeordneten der Stände gewählt worden waren.

Wer waren aber die Abgeordneten der Stände? Neun Männer, die, je zu drei, aus jeder der drei Klassen gewählt wurden. Drei Abgeordnete des Adels und drei der Geistlichkeit kamen also mit drei Abgeordneten des Bürgerstandes zusammen, um die Beamten, d. h. die Wähler des dritten Standes zu bestimmen!

Und einer solchergestalt zusammengesetzten Körperschaft wollte man die Wahlen für die Abgeordneten des dritten Standes bei den Generalstaaten anvertrauen! Die Falle war zu grob, ich machte meine Mitbürger darauf aufmerksam. Ohne an die Gefahr, der ich mich aussetzte, an den Haß zu denken, den ich gegen mich aufreizte, entschleierte ich ihnen die Geheimnisse der aristokratischen Verfassung, die sie ihrer Rechte beraubt und diese in die Hände weniger gelegt hatte, welche die Macht nur zu ihrem eigenen Besten benutzen. Ich bemühte mich, ihnen zu zeigen, wie die zwei bevorrechteten Klassen in ihrer Verwaltung allmächtig seien, die dritte verachtet, nichtig, von ihren Vertretern verkauft wäre; ich erinnerte sie, wie seit 1663 der Adel und die Geistlichkeit sich verbunden und von den durch die alten Gesetze von Artois ihnen aufgebürdeten Aufgaben frei gemacht haben, indem sie beide den Grundsatz einer gleichmäßigen Steuer anerkannt und zuletzt über den lästigen Widerstand der Abgeordneten des dritten Standes, weil diese käuflich waren, gesiegt hatten. Ich sprach von den schmählichen Geschenken, die unsere Abgeordneten sich untereinander machten; von der Freigebigkeit, mit der sie sich ihre eigenen Arbeiten vergüteten, die ohnehin schon so freigebig bezahlt wären, während sie in ihrer Großmut 400 Livres für die Armen der Provinz auswürfen! Kurz, ich schonte nichts; mit dem Mute der Rechtlichkeit entlarvte ich die Ränkemacher, welche sich an die Spitze der öffentlichen Angelegenheiten gestellt hatten, um für ihre eigenen zu sorgen.

Man kann sich keinen Begriff machen, welche Wirkung diese Schrift hervorbrachte; die gewissenhaften Bürger, die Freunde des Vaterlandes waren erstaunt und dankbar; aus alter Gewohnheit hatten sie die Augen zu den Mißbräuchen zugedrückt, von denen sie umgeben waren; aber die Mißbräuche waren so ungeheuer, daß man sie ihnen nur zu nennen brauchte, um von ihrer Empörung schnelle Gerechtigkeit zu erhalten. Einstimmig war das Lob auf dieser Seite für den wichtigen Dienst, den ich der Provinz geleistet hatte; aber von den Herren vom Stande und ihren Anhängern wurde mein Werk nicht so liebevoll aufgenommen; ein Schrei des Hasses, der Wut lief durch ihre Reihen. Wichtige Mißbräuche sind seitdem vernichtet worden; die, welche sich auf Kosten der Provinz und mehr noch auf Kosten des Staates gemästet, haben ihrer ungeheuren Vergeudung und schuldvollen Trägheit entsagen müssen; das Andenken an Opfer, zu denen man sie gezwungen hat, sollte, meint man, sich jetzt in eines verschmelzen und ein Gefühl des Hasses wecken, aber dem ist nicht so: mit Schmerz, mit Verdruß denken sie an die Verordnung, die ihnen das Gestohlene entrissen, aber voller Zorn, mit einer entschiedenen Wut, mit dem festen Wunsche, an diesem Gedanken ihren Rachedurst zu erfrischen, erinnern sie sich noch der Schrift, welche ich gegen die Stände von Artois bekanntmachte. Dieser Haß, mit dem sie mich vor andern ehren, ist ein Anrecht mehr an die Gunst des Volkes; ich danke ihnen dafür. In Tagen, wie die jetzigen, gibt es Feinde, die man gern hat; einen Haß, auf den man stolz ist.

Seit der Erscheinung meiner Denkschrift suchten die Stimmhaber der Provinz den Unwillen meiner Mitbürger gegen mich zu richten. Von diesem Tage an begannen die schändlichen Verleumdungen, von denen man noch jetzt nicht gelassen hat, obgleich die Achtung aller guten Bürger mir zeigt, daß sie nicht die gehofften Früchte getragen haben. Schon damals, wie es später in so vielen Schmähschriften geschehen ist, nannte man mich ehrgeizig ohne Scham und Schranke, den Heuchler der Volksliebe, einen aufrührerischen und zerstörungssüchtigen Schriftsteller; und was weiß ich, was für schändliche Eigenschaften jene Feinde meinem Namen noch anzuhängen versuchten! Ehrgeizig? Ja, wie es Brutus und Washington waren, wie es nur wenigen Menschen vergönnt ist! Ehrgeizig ohne Eigennutz, mit unüberwindlicher Verachtung eigener Wohlfahrt, aber mit einem unerschütterlichen Eifer, dem Volke die geheiligten, unverjährbaren Rechte zu verschaffen, die man ihm geraubt hatte!

Heuchler! alle meine Maßregeln lagen sonnenklar da; alle meine Schriften, alle meine Reden strebten unveränderlich nach einem Ziele, nach einem offenen Ziele! Suche, wer kann, in ihnen einen Widerspruch mit meinem Leben! Aufrührerisch! Zerstörungssüchtig! Ich, der ich in einem zerstörten, aufgelösten, verfaulten Körper die Wiederherstellung der ewigen Ordnung predigte, die der menschlichen Geselligkeit nötig ist; ich, der ich stets nur durch Gesetze zur Herrschaft der Gesetze gelangen wollte! So falsch, so unbeglaubigt diese Beschuldigungen auch waren, so machten sie doch einigen Eindruck, da man in den wichtigen Grundsätzen noch nicht erfahren genug, und der Einfluß der Männer, die ich angriff, noch zu mächtig war. Ich bemerkte dies leicht aus der Beziehung, in der ich durch mein Geschäft mit dem Bürgerstande von Artois lebte: das menschliche Herz verschließt so viele Kleinlichkeiten, daß ich mir die Schwierigkeit nicht verhehlte, von Leuten, die höchstens die Güte hatten, mich für ihresgleichen zu nehmen, die gewünschten Stimmen zu erhalten, um zur Generalversammlung der Nation berufen zu werden. Ein Mann, der vor ihren Augen in seiner Hingebung für die allgemeine Sache aufgestanden war, mußte ihren Verdacht erwecken, und eben durch diese Hingebung, mit der er seine eigenen Angelegenheiten, sein Vergnügen, seine Ruhe aufopferte, ihnen ehrgeizig scheinen. Ich sah ein, daß diese guten Leute einen ganz ausgezeichneten Mann wählen würden, wenn er nur rechtschaffen und geneigt wäre, dem allgemeinen Schwunge zu folgen, ohne durch einen Schritt diesen zu lenken oder ihm vorzueilen. Schnell war mein Entschluß gefaßt: ich wendete mich zu den Wählern vom Lande, mit denen mein Stand mich häufig in Berührung gebracht hatte, und die mir bei mehr als einer Gelegenheit eine Ehrerbietung, eine Achtung bezeigt hatten, die ich ohne Scheu meiner Rechtlichkeit, meiner Uneigennützigkeit zuschreiben darf. Ihr friedfertiges, arbeitsames Leben verhinderte die Täuschung und die Verführung, ihren gesunden Verstand, ihre vorurteilsfreien Ansichten zu fälschen. Kaum erkannten sie die Wohltaten, die eine neue Ordnung über ihren nützlichen und verkannten Stand verbreiten mußte, so hielten sie sie fest wie ihr Eigentum, und nichts brachte sie mehr von dem Wege ab, den der Wunsch, ihre Menschenwürde wiederherzustellen, ihnen vorgezeichnet hatte.

Es gelang mir leicht, mich ihnen begreiflich zu machen, und bald hatte ich die Gewißheit, die Mehrheit der Stimmen auf meiner Seite zu haben. Es fand sich eine Gelegenheit, die mich von dem Einflusse überzeugte, welchen ich auf diese wackern Landleute hatte. Die Bezirksversammlungen traten ein; für jede mußten die Vorschriften aufgesetzt werden, an welche die Abgeordneten bei ihrem Verfahren sich halten sollten. Ich wurde von meinem Bezirk beauftragt, dies abzufassen; ich machte mich dieses ehrenvollen Berufes würdig, sprach die ersten Grundsätze der Oberherrlichkeit des Volkes aus und bezeichnete im

Kreise dieser Schranken die Vollmachten, welche es seinen Abgeordneten erteilte. Ich verlangte freie, jährliche Abstimmung für die Abgaben; gleiche Beisteuer aller Bürger zu den öffentlichen Lasten; unbegrenzte Freiheit für die Person, den Glauben, die Presse; Einschränkung der zu großen Macht, welche dem erblichen Vertreter der Oberherrschaft verliehen worden war; strenge Verantwortlichkeit der Beamten, welche er einsetzt usw.

Meine Arbeit wurde hier gelobt, dort verleumdet; denn es ist die Eigentümlichkeit des öffentlichen Charakters, daß er nicht jeder Meinung nachkommen, nicht jede Leidenschaft zum Schweigen bringen, nicht jedes Interesse fesseln kann. Er muß sich in seinem Gewissen verwahren und sich selbst genügen: so habe ich gehandelt und mich wohl dabei befunden.

## SIEBENTES KAPITEL

Einige Monate vor der Eröffnung der Generalstaaten hatte die Akademie von Arras mich zu ihrem Präsidenten erwählt: ich würde dieser nichtigen Ehrenbezeigung nicht erwähnen, wenn sie mir nicht die Achtung bewiesen hätte, welche, trotz den widersprechenden Gerüchten, an deren Verbreitung man seither ein Vergnügen gefunden, trotz den Verleumdungen, mit denen man mich verfolgt hat, die ausgezeichnetsten und aufgeklärtesten Männer der Provinz für mich fühlten. Gewiß gab es manchen in diesem Vereine, der mich nicht für seinen politischen Freund halten konnte, der, infolge meines Charakters, der mich nichts, was ich der Wohlfahrt des Vaterlandes ersprießlich hielt, zurückhalten ließ, sich sogar über mich beschweren zu können glaubte, und doch erhielt ich bei der freien Wahl für die Besetzung einer friedlichen Ehrenstelle unserer Akademie die Mehrheit der Stimmen.

Ich widmete damals den Wissenschaften nur sehr wenige Zeit und beschäftigte mich, einige kleine Gelegenheitsgedichte ausgenommen, die ich, weil es die Mode verlangte, von Zeit zu Zeit meinen Freunden mitteilte, nur mit den großen Interessen, welche alle Gemüter in Bewegung setzten. — Das Gericht gab mir noch einen Prozeß in die Hand, welcher dem glücklichen Erfolge, der mir in diesem Fache zuteil geworden war, das Siegel aufdrücken und die allgemeine Aufmerksamkeit auf mich richten sollte. Ich muß diesen Handel näher beschreiben, da das Aufsehen, welches er in der ganzen Provinz erregte, mehr als mein früheres Leben dazu beitrug, meine Wahl zum Abgeordneten zu befördern. Die Sache war folgende. Ein Einwohner von Hesdin, namens Dupont, war das Opfer der schmählichsten Beraubung geworden; Bruder, Schwager, Verwandte, Freunde, kleine Dorfrichter und große Herren, alles schien sich vereinigt zu haben, dem Unglücklichen Freiheit und Vermögen zu entziehen. Nach einer Abwesenheit von 26 Jahren wollte er bei seiner Rückkehr sich wieder in den Besitz seiner Güter setzen. Seine gerechten Anforderungen wurden zuerst mit Stillschweigen, Ausflüchten, endlich mit einer Eingabe um seine bürgerliche Totsprechung aufgenommen; aber da die Verwandten vor der heilsamen Langsamkeit, welche die Gesetze in die Einleitung eines solchen Prozesses legen, mehr aber noch vor der Unzulänglichkeit ihrer Hilfsmittel erschraken, so hielten sie es für zweckmäßiger, um eine Lettre de cachet gegen den unglücklichen Ankömmling einzukommen. Von einem Gönner gelangten sie zu einem andern und endlich zum Minister, der, wie gewöhnlich lieber den zudringlichen vornehmen Leuten in seiner Nähe glaubte, als daß er sich nach den wahren Verhältnissen der Verfolgten erkundigt hätte. Eine Lettre de cachet wurde gegen Dupont geschleudert, er selbst in eine Bastille der Provinz, in Armantieres, gesperrt, in der er zwölf Jahre lang geschmachtet hat; durch ein Wunder war er dieser abscheulichen Höhle entkommen und flehte schon seit zehn Jahren vergebens um Gerechtigkeit. Darauf wendete er sich an mich. Ich sah in dieser Reihe von Unbilligkeiten, mit denen man ihn erdrückt hatte, nicht eine Sache, für die gewöhnliche Schadloshaltungen genügen würden. Ich behauptete, daß die ganze bürgerliche Gesellschaft gekränkt sei, und daß sie eine in die Augen fallende Rache begehre. Nachdem ich daher die Gerechtigkeit der Ansprüche meines Klienten, die unendlichen Beschwerden und Leiden auseinandergesetzt hatte, die er ertragen mußte, damit während der Zeit seine gierigen Verwandten ruhig in ihrem Raube schwelgen könnten, ging ich zur allgemeinen Untersuchung der lettres de cachets über. Es war ein an wichtigen Entwicklungen und Betrachtungen wichtiger Gegenstand. Ich bewies leicht, daß alles, was man zugunsten dieser schmachvollen Erfindung des Despotismus angeführt habe, nichts als elende Spitzfindigkeiten wären; ich ging weiter, ich begnügte mich nicht damit, das Ungesetzliche, Verbrecherische der Staatsgefängnisse festzustellen, ich zeigte, daß die königliche Macht selbst davon keinen Gewinn zöge, und daß sie nur für deren untergeordnete Geschäftsführer von Nutzen waren, die stets mit größerm Eifer als ihr Herr selbst, durch kleinliche Rache oder auf gräßlichere Art ihre niedrigen Leidenschaften, ihre Begierden, ihre Ausschweifungen zu beschwichtigen suchten.

Von diesem besondern Satze ging ich zu einem noch allgemeinern über. Die Abschaffung jener geheimen Verhaftsbefehle, die bei der nunmehrigen Gestaltung der Dinge nahe bevorstand, sollte nicht die einzige Wohltat der Verwaltung sein, welche jetzt vorbereitet wurde; das ganze alte Gebäude der Mißbräuche sollte zusammenstürzen, um einem jüngern, großartigeren Denkmale Platz zu machen. Ich hielt mich also nicht an den besondern Angriff, in den der Rahmen meiner Sache mich einzuspannen schien; freimütig behandelte ich die großen politischen Fragen und stellte in der heftigen Schlußrede ein Gemälde von dem künftigen Glücke Frankreichs auf, wenn es von nun an nach weisen, volkstümlichen Gesetzen regiert würde; ich stellte es über alle andern Staaten Europas, mit denen ich es einzeln verglich, und bezeichnete die Zusammenberufung der Volksdeputierten als die Morgenröte eines neuen Tages.

Ich ließ mich von meinem Gegenstande hinreißen und zollte, mit dem aufrichtigen Wunsche, daß das Oberhaupt des Staates sich ernstlich an das Werk unserer Wiedergeburt anschlösse, auch ihm sein Lob, das wohl eine Lehre galt, da ich weniger von der Vergangenheit als von den Pflichten sprach, die Frankreichs Zukunft ihm auferlege. Ich hielt, um einer Sitte der frühern Regierung nachzukommen, ihm die Namen seiner Ahnen vor, die noch einige Spuren in dem Andenken des Volkes zurückgelassen hatten; ich bat ihn, das Werk Karls des Großen und Heinrichs IV. zu betrachten und das Glück und die Freiheit Frankreichs zu verwirklichen. Allen, die sich durch Bewäh-

72

rung ihrer Unabhängigkeit oder Liebe zur Freiheit der Erkenntlichkeit des Volkes würdig gemacht hatten, spendete ich den Dank, den ihre Kühnheit verdiente, und ermutigte sie, in der gefährlichen Bahn, die sie eingeschlagen hatten, zu beharren. So wurden Monsieur, der Bruder des Königs, der Minister Necker, Desprémenil höchlich gepriesen. Seit der Zeit glaubte ich, daß in meiner Stimme einige Übereinstimmung mit den Wünschen des Volkes liege, und daß ich sein natürlichster Wortführer sei.

Die Männer, die ich soeben erwähnt, haben seitdem das Vertrauen, das die Nation in sie gesetzt hatte, zuschanden gemacht; aber man mußte ihnen zu jener Zeit das Beispiel, welches sie gaben, anrechnen und ihren kühneren Nachahmern, denen man mit der Hoffnung auf die Belohnungen des Volkes schmeichelte, Kraft und Geduld einflößen.

Ich habe mich bei diesem Werke aufgehalten, weil es Epoche in meinem Leben gemacht hat und mir noch eine der süßesten Erinnerungen ist; es bezeichnet den Punkt, an dem meine beiden Laufbahnen zusammenlaufen; ich hänge daran, weil es meine letzte gerichtliche Arbeit und die beste unter meinen früheren politischen Versuchen ist.

Ich habe noch mehr Ursachen, mich dessen mit Vergnügen zu erinnern. Sein Erscheinen in Arras fiel auf wie ein großes Ereignis. Niemals hatte man vor den Gerichtsschranken so frei sprechen hören. Niemals hatte man bei einem besondern Falle eine solche Masse von wichtigen Allgemeinheiten berührt. Das Publikum war anfangs betroffen, später über meinen Mut entzückt; denn die Mißbräuche, welche ich angriff, waren so schreiend, die Sache, die meinem Ausfall Gelegenheit gegeben, von so überzeugender Gerechtigkeit, daß selbst die Zaghaftesten zu meiner Meinung hingerissen wurden. Von allen Seiten sagte man mir Schmeichelhaftes; die selbst, welche meine Klageschrift am meisten aufgebracht hatte, wagten es nicht, mir ihr Mißfallen zu bezeigen und wünschten mir mit halben Worten Glück.

Mein Prozeß wurde gewonnen; es war viel, da einem Unglücklichen endlich eine so teuer erkaufte Wiedererstattung zuteil wurde; aber ein süßerer Lohn als der Segen meines Schützlings zahlte mich reichlich für alle meine Mühe. Die geringen Hindernisse, welche meiner Wahl noch entgegengestanden hatten, wurden durch die energischen Versicherungen meiner Denkschrift gehoben, ich erhielt die schönste Bestallung, welche die Arbeiten eines Wohlmeinenden krönen kann: ich wurde zum Abgeordneten des dritten Standes meiner Provinz erwählt.

Ich mag die Freude nicht beschreiben, die ich bei meiner Ernennung empfand. Alle Träume meines Lebens waren verwirklicht, ich stand auf einer Bühne, auf der ich meine Stimme für die so lange verkannten Rechte des Volkes und nicht mehr fruchtlos erheben durfte. Mein Geist wuchs bei dieser Aussicht, ich war auf der Höhe meines erhabenen Berufes.

Fünfzehn von drei Klassen erwählte Abgeordnete vertraten die Provinz Artois bei den Generalstaaten; wenige davon haben die allgemeine Aufmerksamkeit auf sich gezogen. Herr von Beaumetz und Karl von Lameth, zwei Mitglieder aus dem Adel, haben allein ihre Laufbahn als Gesetzgeber durch einige Reden bezeichnet, die der Aufbewahrung wert waren.

Der erstere war infolge meiner Schrift über die Stände von Artois von jener Zeit an mein erklärter Feind. Ich hatte die entehrenden Kunstgriffe, mit denen die Mitglieder der Stände die Güter der Provinz verschleuderten, in jener Denkschrift gebrandmarkt. Herr von Beaumetz hatte sich, als Königlicher Kommissär, einen ungesetzlichen Gehalt aussetzen lassen. Ich hatte dies angeführt; Herr von Beaumetz war zwar nicht genannt, aber jeder verstand es. Er hat mir das nie verziehen; so erhielt ich unter meinen Amtsgenossen einen Widersprecher, der alles mit Bitterkeit aufgriff, was ihm in meinem Verfahren oder meinen Reden tadelnswert erschien.

Ich fürchtete diese Aufsicht nicht; welche Larve Herr

von Beaumetz auch vornehmen, welchem Banner er auch
wirklich oder scheinbar folgen mochte, ich hatte die Überzeugung, daß wir uns nicht auf einem Wege begegnen
würden. Ich war entschlossen, festen Schrittes in der einzigen Laufbahn fortzuschreiten, die sich der Vaterlandsliebe der Volksvertreter eröffnet hatte, alles meinen Pflichten zu opfern, mich nicht um die Anklagen, mit denen man
mich verfolgen konnte, noch um die verleumderischen
Ausdeutungen zu kümmern, durch die man meine Absichten
vergiften würde; nur in der Stimme meines Gewissens,
nur in der des Volkes, das man nie täuscht, suchte ich die
Billigung meines Verfahrens. Diesen beiden Mächten allein war ich verpflichtet; und gern wollte ich alles tun, damit sie an meinem Leben nichts auszusetzen fänden. Die
Volksgunst, wie ich nach derselben strebte, sollte nur eine
förmliche Billigung meiner Grundsätze, eine Aufmunterung sein, darin zu beharren.

So wie ich dem Volke ergeben war, konnte ich kein anderes Interesse als das seinige, keine andere Freude als die
seinige, keine andere Zukunft vor Augen haben als die,
welche die Wiedergeburt, zu der ich es führte, ihm bereiten würden. Freiheit, Gleichheit, dies waren die beiden Eroberungen, zu denen die Nation berufen war. Ich durfte
mich von diesem Ziele nicht entfernen und knüpfte mein
ganzes Leben daran. Es lag mir wenig daran, durch Beredsamkeit zu glänzen, meine Gegner durch spitzfindige
Schlüsse in Erstaunen zu setzen, vor allem mußte ich dem
Volke gefallen und darum für den Triumph seiner Sache
streiten.

So war die Stimmung meines Geistes, als mir die Ehre
zuteil wurde, als Stellvertreter des Volkes aufzutreten. Man
begreift bei dieser Denkungsart die Strenge meiner Ansichten und die gründliche Beharrlichkeit, mit der ich während der Sitzungen der konstituierenden Versammlung deren Sieg zu erringen strebte.

Sobald meine Wahl beschlossen war, machte ich mich
fertig, nach Versailles, das für die Zusammenkunft der

Generalstaaten bestimmt war, abzureisen. Mein Bruder war damals in Paris und hatte eben sein juristisches Studium beendet; sein Wiedersehen machte mir eine unaussprechliche Freude. Der gute Augustin! er hatte meinen Triumph geteilt, seine Freude war ein wahrer Taumel. Das wenige, was ich in meiner Verpflichtung als Haupt der Familie für ihn getan, hatte einen so tiefen Eindruck auf ihn gemacht, daß die Freundschaft, welche er seit seiner frühesten Kindheit an für mich hegte, fast an Verehrung grenzte. Bei seinem vortrefflichen Herzen, seiner sanften, liebevollen Seele, bei seiner Leidenschaft für Tugend und Vaterland war seine Anhänglichkeit mir immer der teuerste Trost in Leiden, seine Achtung mein Stolz, die Schöpferin meines inneren Friedens. Wäre ich jemals vom Pfade der Tugend abgewichen, mein Bruder hätte mich schnell bedeutet und, wenn Rat vergeblich gewesen wäre, sich von mir entfernt. Möge dieser treffliche Bürger, dieser glühende Patriot bald einen glänzenden Beweis von der Achtung des Volkes erhalten! Möge er, wenn neue Versammlungen neue Wahlen herbeiführen, mit mehr Glück als im vergangenen Jahre die immer neuaufschießenden Ränke meiner Feinde zuschanden machen, die sich an ihn, als an mein zweites Ich, gehängt haben.

Versailles bot damals, als ich dort eintraf, ein bewunderungswürdiges Schauspiel dar. Aus allen Enden Frankreichs sah man die Neuerwählten herbeieilen, Advokaten, Großhändler, Landleute, lauter ehrenwerte Männer, die von ihren Mitbürgern hochgeachtet, aber nicht an das Geräusch der Hauptstadt und noch weniger an die Ränke des Hofes gewöhnt waren. Ich übergehe die Abgeordneten des Adels, größtenteils Hofleute, Parlamentsmitglieder, Offiziere, Männer mit großen Titeln oder Pensionen. Die unendliche Mühe, die sie sich gaben, von dem dritten Stande getrennt zu bleiben, zeigte schon im voraus, wie wenig die Nation von ihnen zu erwarten, wie viel sie von ihnen zu fürchten habe. Unter dem Klerus zählten wir viele Freunde, alle Geistlichen, die keine Pfründen, sondern nur eine kleine Pfarrei besaßen: sie waren das Volk, der dritte Stand ihrer Klasse; aus Rücksicht für ihr Kleid waren sie ängstlich und zurückhaltend, aber wir kannten ihre Stimmung.

Alle diese Neulinge kamen mit den edelsten Absichten an; man hatte sich nicht verabredet und doch sich von einem Ende Frankreichs bis zum andern verstanden. Wie vielen Verdruß Aristokratie und Despotismus auch über uns schicken würden, wir waren fest entschlossen, unser Werk fortzusetzen, ohne Murren die Beleidigungen zu tragen, die nur uns, aber die zurückzuweisen, welche die Nation beträfen. Der Hof mochte sich noch so anstellen, der Adel auf seinen Degen schlagen, halb war der Sieg schon gewonnen; das Volk stand endlich seinen Unterdrückern gegenüber; seine Zunge, seine Hände waren frei.

## ACHTES KAPITEL

Ich habe weder Zeit noch Lust, eine Geschichte der Begebenheiten zu schreiben, welche sich vor unsern Augen ereignen. Die Geschichte wird gewiß einstmals diesen großen Zeitabschnitt aufzeichnen; unsere Enkel werden, wenn die Freiheit und die Wohlfahrt, welche wir ihnen errungen haben, es ihnen nicht schon zur Genüge sagt, durch sie erfahren, was sie uns zu danken haben. Aber der Augenblick ist noch nicht gekommen: die Leidenschaften der Zeitgenossen verdunkeln die Wahrheit, daß es unmöglich wird, ohne Parteilichkeit Lob und Tadel zu spenden, und ich will ohnehin nicht von allgemeinen, sondern von besondern Tatsachen, nicht von der französischen Revolution, sondern von mir reden.

Aber da ich durch den Stand, zu dem ich berufen worden bin, mit allen Ereignissen zusammenhänge, welche die Wiedergeburt des Volkes vorbereitet haben, da ich an dem zweijährigen Kampfe, aus dem die Freiheit nicht wundenlos, aber siegreich hervorgegangen ist, auch meinen Anteil gehabt habe: so kann ich unmöglich das hervorheben, was durch mich geschehen ist, ohne zugleich von Zeit zu Zeit die Berichte oder die flüchtigen Beurteilungen einiger allgemeiner Tatsachen mit aufzunehmen. Ich werde deren hier und da fast willkürlich berühren und mich dabei nur von dem mehr oder weniger lebhaften Interesse, welches sie mir eingeflößt haben, und von dem Wunsche leiten lassen, den Eindruck, welcher mir davon geblieben ist, wiederzugeben.

Der leere Prunk der religiösen Zeremonien, die noch leerere Pracht, welche der Hof bei der Einweihung der Generalstaaten zur Schau stellte, war verschwunden, der dritte Stand hatte sich nach der Demütigung, den Kränkungen,

78

welche er mit stolzer Entsagung ertragen hatte, endlich in dem ihm bestimmten Lokale versammelt. Das Schwankende der von der Krone gegebenen Befehle ließ die große Schwierigkeit bestehen, welche die Zusammenberufung erhoben hatte. Sollen die drei Stände jeder für sich abstimmen? Oder sollen die Stimmen einzeln, ohne Unterschied des Standes gezählt werden? Darin lag die Schwierigkeit, deren Lösung das Schicksal Frankreichs bestimmen sollte.

Freilich war die Sache eigentlich schon früher durch die ausübende Macht entschieden worden, da diese befohlen hatte, daß der dritte Stand noch einmal so viele Vertreter haben solle als jeder der beiden andern Stände; sie war durch eine den Königen überlegene Gewalt, durch die ewigen Gesetze der Gerechtigkeit und der Vernunft nämlich, bestimmt worden, welche urteilte, daß die Stellvertreter von $19/_{20}$ der Nation nicht in Ohnmacht vor den Abgeordneten eines bevorrechtigten Zwanzigteils liegen dürften. Allein der Adel und die Geistlichkeit, welche sich von ihrem eigensüchtigen Kastengeiste und von den alten Erinnerungen beherrschen ließen, von denen sie sich immer noch nicht losmachen konnten, schlugen es von Anfang an aus, sich mit uns zur gemeinschaftlichen Prüfung der Vollmachten zu vereinigen. Die Opposition der Geistlichkeit war schwach und unsicher, denn die Anhänger der Vereinigung waren zu zahlreich. Bei der ersten Sitzung entschied nur eine Mehrheit von 10 Stimmen. Der Adel war friedseliger, oder freimütiger; die Sache des Volkes hatte hier nur wenige Verteidiger, und auch diese haben wir später, trotz dem ersten patriotischen Aufschwunge, furchtsam zu den Ansichten ihres nicht mehr bestehenden Standes zurückkehren und die Interessen des Volkes verraten sehen, wie sie früher die der Aristokratie verraten hatten.

Das Benehmen der Kommunen (so nannte man sie damals) war edel und würdig; sie warteten ruhig auf die bevorrechteten Stände, welche sie eingeladen hatten, sich mit ihnen zu den vorläufigen Arbeiten und zur Konstitution der Versammlung zu vereinigen. Weder die erheuchelte

Verachtung des Adels und seine scheinbare Sicherheit noch die höflichen Redensarten der Geistlichkeit und deren eigennützige Vermittlung, nichts konnte uns bewegen. Wir verließen uns auf unsere Untätigkeit und vertrauten auf die Zukunft und das Volk.

Unsere Versammlung hatte keinen gesetzlichen Bestand, wir selbst betrachteten sie nur als einen Verein von Männern, die sich zur Bildung der Generalstaaten darboten; sie hatte nicht einmal einen Namen. Der älteste von uns sorgte für die Ordnung; in unseren Sitzungen besprach man sich untereinander oder bestimmte einzelnes über die innere Verfassung oder setzte die Entwürfe unserer Berichte und unserer Unterhandlungen mit den anders gesinnten Ständen fest.

In einer Versammlung von 600 Mitgliedern konnten bei so unbedeutenden Vorspielen nur wenige Namen sich bemerkbar machen. Die, welche sich am meisten hervordrängten, machten kein Glück bei ihren Kollegen; dies Mißgeschick, welches ihre Debuts traf, war nicht ohne Einfluß auf die Art, wie sie hernach beurteilt worden sind, sowie auf die Bahn, nach welcher ihre gekränkte Eigenliebe sie getrieben hat.

Malouet, Abgeordneter von Riom, zeichnete sich in unserer ersten Sitzung durch eine Menge Anträge aus, welche sämtlich ein gleiches Schicksal hatten und ohne Erbarmen verworfen wurden. Auch ich bin freilich nicht immer so glücklich gewesen, meine Vorschläge von der Versammlung günstig aufnehmen zu sehen; doch habe ich deren Geduld wenigstens weder durch einen Schwulst verwickelter Phrasen noch abstrakter, metaphysischer Begriffe ermüdet, welche die Erörterungen nur verwickeln und nicht von innen herauswirken können. Und wenn meine Gedanken auch für die Versammlung, die davon nicht Gebrauch machen wollte, verloren gingen, so waren sie doch dem Volke nützlich, auf das sie gerichtet waren, und das mir Dank dafür wußte. Malouet war entweder durch falsche Ansichten irregeleitet oder hatte schon etwas anderes, vielleicht den noch unbestimmten Wunsch im Hinterhalte, seine Sache, wie er es später wirklich ausgeführt hat, an die der Aristokratie anzuschließen.

Außer ihm nahm in unseren vorbereitenden Vereinigungen auch noch Mounier das Wort, der bei weitem mehr Talent besaß als Malouet, aber furchtsam und, wie dieser, die Volkspartei aufzugeben geneigt war. Er hat noch mehr getan, er hat seine Stelle als Abgeordneter verlassen und in seiner Provinz von Bürgerkriegen gepredigt. Ein solches Verfahren läßt sich leicht würdigen; ich für meine Person achte Maury, Dupremenil und andere, die sich nicht gescheut haben, bis an das Ende eine verzweifelte Sache zu verteidigen, höher als alle jene Leute mit ihren sogenannten Grundsätzen und halbliberalen Ideen, als jene Anhänger der Monarchie, die sich wie Kinder geärgert haben, als ihre Seifenblasen verflogen, und der Versammlung den Todesstoß beizubringen dachten, als sie dieselbe nicht mehr mit ihren Besuchen beehrten.

Der bemerkenswerteste Antrag Mouniers bezog sich auf den Namen, den die Versammlung bei ihrer Konstituierung annehmen sollte *; aber obgleich derselbe lebhaft unterstützt wurde, fand ich ihn nur lächerlich und geeignet, den ungewissen Zustand, dem wir uns entziehen wollten, länger zu erhalten. Diesem Antrage konnte man mit größerem Rechte den Vorwurf machen, mit welchem Mirabeau den des Sieyes belegte, daß er nichtsbedeutend sei, weil die Vereinigung der Stände seine Umänderung zur Folge haben würde.

Mirabeau, das ist der energische und beredte Held der ersten Tage der Volksvertretung, die verkörperte konstituierende Versammlung. Die wunderbare Gewalt, welche er bei unsern Beratungen ausübte, wird niemanden erstaunen, der ihn auf der Tribüne gesehen hat. Es gehörte eine große Seelenkraft, eine unerschütterliche Kaltblütigkeit dazu, um

* Mounier hatte seinen Kollegen vorgeschlagen, sich als gesetzliche Versammlung der Vertreter der Mehrheit der Nation in Abwesenheit der Minderzahl zu konstituieren.

nicht von seiner Rede hingerissen zu werden. Bei den ersten Debatten nahm er seinen Platz, dieser Platz war der erste. Ich glaube ihn noch zu hören, wie er von der Höhe der Tribüne die gewaltigen, donnernden Worte heruntersprach*: „Ja, weil der Name des Volkes in Frankreich nicht geachtet, weil er verdunkelt, mit dem Roste des Vorurteils bedeckt ist; weil er uns einen Begriff zeigt, vor dem der Stolz zurückfährt, die Eitelkeit sich empört, weil er in der Kammer der Aristokraten mit Verachtung genannt wird; darum müssen wir uns die Pflicht auferlegen, ihn nicht allein zu erheben, sondern ihn zu adeln, ihn den Ministern achtbar, allen Herzen teuer zu machen." Ich wäre gern bei diesem denkwürdigen Verhältnisse der Meinung Mirabeaus beigetreten, allein die Versammlung war für so erhabene Versuche nicht reif genug; sie war der Eroberung der Sache nahe und scheute sich noch vor dem Worte. Sie wollte nicht Volk sein, da sie doch hätte stolz darauf sein sollen.

Diese glänzenden Debuts Mirabeaus fesselten mich an sein Talent; ich glaubte den Mann in ihm zu sehen, der zur Verwirklichung der Hoffnungen aller guten Bürger berufen war. Ich habe, als ich bei mehreren Gelegenheiten von ihm angegriffen wurde, übersehen und vergessen, wieviel Peinliches in seinen heftigen Ausfällen für meine Eigenliebe lag, aber ich habe über die Verirrungen geseufzt, die ich nicht als unfreiwillig anerkennen durfte. Mit einem so gewaltigen Talente, mit der Bestimmung des Vaterlandes in der Hand, diesem schönen Berufe zu entsagen, sich vielleicht für ein wenig Gold zu verkaufen! — Nein, welche Blendwerke auch das Genie umgeben, die Tugend allein verdient angebetet zu werden. Ich habe Mirabeau als eines der schönsten Werke der Schöpfung bewundert, wenn er sprach, an seinen Lippen gehangen; jetzt ruht er im Pantheon: ich habe zu diesem großen Beweise der Dankbarkeit des Vaterlandes das Meinige beigetragen; aber zu sei-

* Mirabeau hatte der Versammlung vorgeschlagen, sich unter dem Namen der Vertreter des Französischen Volkes zu konstituieren.

nem eigenen Ruhme wünschte ich dennoch ihm weniger Bewunderung und mehr Achtung zollen zu dürfen.

Die denkwürdige Verhandlung, welche ich soeben erwähnt habe, war von einem Manne angeregt worden, der mit einem ungeheuern Rufe in die Versammlung eingetreten war. Der Abbé Sieyes hatte durch seine Schrift: Was ist der dritte Stand? seine Stelle unter unsern ausgezeichnetsten Staatsrechtslehrern eingenommen. Man hörte auf seine Worte wie auf ein Orakel, und er ging, wie das Orakel, nicht verschwenderisch damit um. Mirabeau, der im Spott eine unerreichte Überlegenheit besaß, brachte Sieyes durch den Ausspruch den Todesstoß bei: Sieyes Schweigen ist ein Unglück für das öffentliche Wohl. Er wollte damit sagen und machte kein Hehl daraus: ich will ihm einen Ruf machen, dem er nicht gewachsen ist. Sieyes nahm wirklich die Ironie Mirabeaus für Ernst auf, trat aus seiner Schweigsamkeit heraus und trug, indem er die Mißbräuche der Geistlichkeit verteidigte und ein Glaubensbekenntnis, das man gar nicht von ihm begehrt hatte, als Muster aufstellte, der Versammlung seine Ideen vor: er war beim Volke für immer gesunken. Alles was sich von ihm als Gesetzgeber erhalten wird, ist vielleicht sein Antrag, uns zu konstituieren und seine berühmte Phrase, die übrigens aus aller Herzen sprach: wir sind heute, was wir gestern waren, wir beraten.

Die Versammlung war jetzt wirklich konstituiert; ein Beschluß der Geistlichkeit hatte die Frage über die gemeinschaftliche Prüfung der Vollmachten endlich zu unsern Gunsten bestimmt. Die Aristokratie lag in den letzten Zügen. Die Adelskammer stellte userm ersten, gemäßigten Benehmen Trotz entgegen: ihre Mitglieder beratschlagten wie die Kreuzritter und hatten immer die Hand an dem Degen, um die Andersgesinnten im Zaume zu halten. Der Hof war in Todesangst. Die Partei, welche unserer Wiedergeburt Krieg und Haß geschworen hatte, regte sich im Dunklen und drohte mit einer letzten Kraftäußerung. Man versuchte sie, aber die Sitzung im Ballsaale offenbarte die

Schwäche der Bevorrechteten und die Gewalt, mit der das Volk seine Bevollmächtigten bekleidet hatte.

Schöner, großer Tag, Morgenröte einer bessern Zeit! Die Vertreter von 25 Millionen Menschen werden aus ihrem Sitzungssaale vertrieben, vereinigen sich, drängen sich zusammen, schwören, die Hand auf dem Herzen, süße Tränen im Auge, sich nicht zu trennen, bis sie die erhabene Schöpfung der Konstitution des Königreichs vollbracht haben! Alle verbünden sich in einem Gefühle und stehen nicht an, ihre Freiheit, ihr Vermögen, ihr Leben der heiligen Sache zu opfern, deren Verteidigung sie gelobt haben. Alle... ich irre mich *: ein einziger erklärt sich gegen die Beratung, und sein unter der unsterblichen Akte aufgezeichneter Widerspruch zeugt für die Mäßigung und Ruhe, die bei jener bedeutungsvollen Sitzung geherrscht haben.

Nach einer solchen Akte war die Sache der Mißbräuche, der Vorrechte, der Ausschweifung und Ungerechtigkeit der alten Regierung unwiderruflich verloren. Der Hof hätte dies einsehen sollen, tat es aber nicht. Es ist das Reich der Täuschungen; zu schwer entsagt man denen, mit welchen man sich gewiegt hat und glaubt ihnen sogar noch, wenn sie schon verschwinden. Man wollte eine königliche Sitzung versuchen und die Nationalversammlung mit ebensowenig Umständen wie ein Parlament behandeln. Am 23. Juni, als unser Herz noch der Erinnerung des Ballsaales nachklopfte, fand die prunkvolle und letzte Vorstellung der unumschränkten Gewalt statt. Um sich den Geist der Kommunen ja recht abwendig zu machen, ließ man uns über eine Stunde an der Saaltüre im Regen stehen, während die bevorrechteten Stände bereits eingeführt und auf ihren Plätzen waren.

Ich werde die einzelnen Umstände dieser denkwürdigen Sitzung, deren Ergebnisse so lächerlich und nichtig waren, daß wir selbst, wenn wir ihr nicht beigewohnt hätten, sie für einen Traum halten würden, hier nicht erwähnen. Man denke sich Drohungen, strenge Vorwürfe, Beteuerungen

* Martin d'Auch.

84

von Zuneigung zum Volke, offenbare Verletzung der Rechte seiner Vertreter, Vernichtung unserer Arbeiten, Bewilligung der Konstitution, welche man wie eine der Nation erwiesene Wohltat ansah, und füge zu diesem Wortkram, zu diesen willkürlichen, den Volksvertretern, weil es dem Könige so gefiel, aufgelegten Schranken eine Versammlung, die den Befehl erhält, sich aufzulösen, und unbeweglich bleibt; deren Beschlüsse man aufhebt, und die dabei beharrt; die man in Schrecken setzen wollte und voller Ehrfurcht für ihre eigene Würde, voller Mitleid für eine irregeleitete Strenge sich stellt, als ob sie nichts sähe, nichts hörte — und man hat die Königliche Sitzung.

Den andern Morgen und den andern Tag darauf war es, als ob diese Sitzung gar nicht stattgefunden habe; die Mehrzahl der Geistlichkeit, die Minorität des Adels unterwarf sich der gemeinschaftlichen Prüfung. Bald empfand der Hof selbst den Schrecken, den er uns einflößen wollte, und erteilte dem Rest der Andersgesinnten den Befehl, sich mit uns zu vereinigen.

Wir hatten also endlich den Lohn unserer Ausdauer errungen. Die Abgeordneten des Volkes standen den Bevorrechteten gegenüber, waren ihnen gleichgestellt, durften ihnen Rechenschaft für die Anmaßung ihrer Rechte, den Raub ihrer Güter abfordern, verkündeten endlich die den Bevorrechteten so gehässigen Grundsätze der Gleichheit und Freiheit, durch welche sie die Mißbräuche und Ungerechtigkeiten abstellen wollten.

Aber die Intriganten, welche den Brand des Bürgerkrieges mitten in Frankreich zu schleudern geschworen hatten, ruhten noch nicht. Zahlreiche Truppen wurden in der Gegend von Paris zusammengezogen. Versailles wurde auf einmal mit fremden Regimentern angefüllt, in welchen das patriotische Feuer nicht wie in der französischen Garde auflodern konnte. Alles weissagte unheilvolle Pläne. Vergebens hatte die Versammlung durch das Organ ihres Präsidenten den König angefleht, die Truppen zurückzusenden, deren Gegenwart Paris in Bestürzung gesetzt hatte.

Die Antwort des Monarchen war durchaus nicht befriedigend; statt der Entfernung der Truppen schlug er die der Versammlung vor. Man machte uns den ironischen Antrag, uns nach Noyon oder Soissons zu verlegen. Indes waren schon 40 000 Mann zwischen Versailles und Paris gelagert; frische Korps waren auf dem Wege, die Ankunft des Artillerietrains und der Munitionswagen vollendete die schreckliche Rüstung dieser Truppenversammlung.

Necker war damals der Götze des Volkes; man schickte ihn fort. Das Ministerium wurde anders besetzt; die Namen der neuen Ratgeber des Fürsten enthüllten die gegenrevolutionären Pläne, welche man nicht mehr verbergen zu müssen glaubte.

Wir erfuhren den 12. Juli morgens diese ministerielle Revolution. Camille Desmoulins, welcher von Zeit zu Zeit mich in Versailles besuchte, war gerade diesen Tag gekommen, um mir die Unruhe mitzuteilen, in der die Hauptstadt schwebte. Als er die Entfernung Neckers erfuhr, fiel er in ein krampfhaftes Zittern und sagte: „Alles ist verloren; man wird uns niedermetzeln, ermorden; wir müssen alles an alles setzen. Ich gehe nach dem Palais-Royal." Er umarmte mich und eilte fort.

Sein Benehmen an diesem Tage trug viel zu den wunderbaren Ereignissen bei, welche Paris umgestalteten und die Absichten unserer Unterdrücker vernichteten. Wenn eine ganze Stadt in einen Zustand von Betrübung und Besorgnis für ihr Wohl verfällt, in der man keine Gefahr mehr zu scheuen hat, so ist ein einziger Enthusiast, ein sich ganz hingebender Mensch hinreichend, sie aufzuregen, sie in die Gefahr selbst zu stürzen und aus einer unerfahrenen Masse ein Korps heldenmütiger Soldaten zu bilden. Camille war mit seinem Feuerkopfe, seinem Vorpostenmute ganz der Mann für solche Auftritte.

Am 12., 13. und 14. Juli erhielt die Revolution in Paris ihre wahre Weihe. Sobald das Volk sich einmal mit den Armeen gemessen, sich in Nationalgarden gestaltet, das Bollwerk des Despotismus, die Bastille, gestürzt hatte, war es anerkannt, daß es Herr war und daß die ausübende Macht sich seinem souveränen Gesetze unterwerfen müsse.

Diese großen Tage verdrängten für den Augenblick sämtliche Pläne des Hofes. Die Auswanderung begann und befreite den König von seinen gefährlichsten Ratgebern. Die Versammlung, welche Tag und Nacht in beständiger Unruhe vereinigt geblieben war, erlangte endlich die Entfernung der Truppen. Der König selbst wollte ihr diese Nachricht mitteilen, welche auch mit einstimmigen Beifallsrufen aufgenommen wurde. Bei der Einnahme der Bastille geriet er außer sich vor Erstaunen; er hatte das ganze Ereignis für einen Aufruhr gehalten. Der grand maître de la garderobe, ein Volksfreund, machte ihm bemerklich, daß es eine Revolution sei.

Die Freude der dem Volke ergebenen Abgeordneten war außerordentlich und der Haß, den die Ränke der Hofleute jedem einflößten, der nur einige Liebe für sein Vaterland hegte, so groß, daß Mitglieder der Versammlung, welche durch die Zaghaftigkeit ihrer Meinung bekannt waren, wie Clermont und Mounier, laut unsere Freude teilten und den 14. Juli den schönsten Tag ihres Lebens nannten.

## NEUNTES KAPITEL

Ich hatte noch nicht in der Versammlung gesprochen. Ich war von der Wichtigkeit meiner Verpflichtungen, von ihren großen Schwierigkeiten zu sehr durchdrungen, überließ es kühneren, geschickteren Männern, ihre Kollegen und das Publikum an die gewichtigen, strengen Formen der beratenden Versammlung zu gewöhnen, und zog mich in mich selbst zurück, um von den Erfolgen wie von den Niederlagen Gewinn zu ziehen, welche die Tribüne für die herbeiführen mußte, die sie zuerst zu besteigen wagten.

Einige Tage nach dem 14. Juli erkühnte auch ich mich, das Wort zu nehmen. Ein Antrag des Lally-Tolendal gab mir die Veranlassung dazu. Dieser Abgeordnete, der, nach Mirabeaus Ausspruch, da fühlte, wo er denken sollte, hatte in der Sitzung vom 20. den Antrag gemacht, daß die Versammlung einen Aufruf an die Franzosen ergehen lassen und sie darin auffordern solle, die Ordnung und den Frieden zu erhalten, die dem Könige und den Gesetzen schuldige Ehrfurcht zu bewahren und nie an dem Eifer ihrer Vertreter zu zweifeln. Außerdem wollte er von der Versammlung festgesetzt haben, daß jeder, der von jetzt ab die öffentliche Ruhe störe, der Gerechtigkeit überliefert würde, diesem Aufruf seine Genehmigung und den Befehl zu erteilen, daß er in allen Provinzen verteilt und in jeder Gemeinde von der Kanzel abgelesen würde.

Trotz der empfindsamen Form, in die Lally seinen Vorschlag eingehüllt hatte, trotz den gezwungenen Lobeserhebungen, die er den Bewohnern von Paris spendete, ging deutlich aus demselben hervor, daß er eigentlich, freilich nur furchtsam, das Benehmen des Volkes in den ruhmvollen Tagen des 12., 13. und 14. Juli mißbilligen sollte. Der Antrag rühmte die großen Ergebnisse, welche die Energie

88

der Pariser herbeigeführt hatte, stellte aber die Anwendung des heiligsten aller bürgerlichen Rechte als verbrecherisch und einer kräftigen Hemmung bedürftig auf und suchte eben dadurch die Bürger zu entmutigen und ihren Eifer zu lähmen.

Einige Redner, welche den Herrn von Lally bestreiten wollten, gingen um die eigentliche Frage herum; ich scheute mich nicht, sie von vorn anzugreifen: „Man muß," sagte ich der Versammlung, „den Frieden, vor allem aber die Freiheit lieben. Wir wollen den Antrag des Herrn von Lally näher erörtern: er enthält erstlich eine feindliche Stimmung gegen die, welche die Freiheit verteidigt haben. Aber gibt es etwas Gesetzmäßigeres, als wenn man sich gegen eine schreckliche Verschwörung, welche die Nation vernichten soll, erhebt? Der Aufruhr ist unter dem Vorwande des Kornwuchers in Poissy entstanden; in der Bretagne aber herrscht Friede, die Provinzen sind ruhig, der Aufruf würde erst Unruhe erwecken und das Vertrauen zerstören. Wir dürfen nichts übereilen: wer bürgt uns, daß die Feinde des Staates schon der Ränke müde sind?"

Diese letzten Worte bezogen sich auf Leute, welche den Aufstand der Pariser Bürger durchaus von den verbrecherischen Umtrieben absondern wollten, welche diesem vorhergegangen waren und ihn herbeigezwungen hatten; sie machten den erwünschten Eindruck. Der Antrag wurde in die Bureaus zurückgeschickt und einige Tage nachher nur mit so großen Einschränkungen angenommen, daß ihm alles Unvolkstümliche genommen wurde und er eigentlich aus nichts, als einer bloßen Aufzählung von Tatsachen bestand.

Wenn der Antrag des Herrn Lally den Mißbrauch offenbart hatte, den man von empfindsamen Redensarten machen konnte, so bewies dagegen die Verhandlung über die Beschlagnahme der Briefe des Barons von Castelnau *, daß

* Der Baron von Castelnau wurde auf dem Pont royal festgenommen. Man fand vier Briefe bei ihm, von denen einer an den Grafen von Artois gerichtet war.

sich noch ein größerer Mißbrauch mit gewissen Grundsätzen treiben lasse, welche, an und für sich wahr und richtig, vor dem Interesse der allgemeinen Wohlfahrt weichen müssen.

Kaum wurde die Beschlagnahme in der Versammlung bekannt, so schrie man von allen Seiten über die Unverletzbarkeit der Geheimnisse der Briefe; man begehrte ganz unbefangen, daß diese zurückgegeben würden: ich widersprach aus allen Kräften. „Die Schonung gegen Verschwörer," sagte ich, „ist ein Verrat gegen das Volk." Aber meine Bemühungen waren vergeblich, die Versammlung begriff noch nicht, hat es auch später nicht begriffen, daß die öffentliche Wohlfahrt sowohl von seiten der Rechte als der Privatinteressen ihre Opfer verlange. Frankreich und sie selbst haben ihr Umhertappen, ihre Täuschungen teuer bezahlt.

Necker, den die Versammlung laut zurückgefordert hatte, war endlich wieder da. Dieser Eintagsgötze hatte sich nach Paris begeben, um den Beifall des Volkes in Empfang zu nehmen, welches bald genug einsah, wie wenig es auf diese kleinmütige, von Stolz verzehrte Seele zu zählen hatte. Der Genfer Bankier schwamm im Golde und strebte nur noch nach der Volksgunst. In einem schönen Anfall von Empfindsamkeit (diese Krankheit war bei ihm und seiner Partei gerade an der Tagesordnung) war es ihm eingefallen, die Versammlung der Wähler um eine allgemeine Amnestie für alle aus politischen Gründen Verhaftete anzugehen. Sein eigentlicher Zweck dabei war, seinen Landsmann, den Baron Bezenval, zu retten. Die Wähler ließen sich durch einen törichten Enthusiasmus hinreißen und nahmen den Vorschlag an; aber die Distrikte kannten ihre Rechte und ihre Pflichten besser, stießen den Beschluß des Rats der Wähler um, sodaß diese andern Sinnes wurden, sich ihrer unklugen Maßregeln schämten und sie zurücknahmen.

Als die Nationalversammlung diese Tatsachen aus dem Bericht erfuhr, den ihr eine Deputation des Distrikts der

Blanc-Manteaux machte, ließen Mounier, Lally und Clermont-Tonnerre auf der Tribune wieder ihrer Empfindsamkeit freien Lauf. Mirabeau stellte jedoch mit der Kraft und der Klarheit in den Ideen, durch welche seine Beredsamkeit sich so auszeichnet, die Sache in ihr wahres Licht. Ich sprach nach ihm und verlangte die Anwendung der aufgestellten Grundsätze in ihrer ganzen Strenge; ich begehrte, daß jeder der Nation Verdächtige einem exemplarischen Gerichte unterworfen werde. „Wollen Sie," fügte ich hinzu, „das Volk beruhigen? Reden Sie die Sprache der Gerechtigkeit und der Vernunft mit ihm. Ist es sicher, daß seine Feinde der Strafe der Gesetze nicht entgehen, so wird das Gefühl der Gerechtigkeit dem des Hasses folgen." Diese Ansichten fanden Eingang; Neckers Beliebtheit im Volke erhielt einen Stoß, von dem sie sich nie wieder erholen konnte.

Die Sitzungen der Versammlung vergingen mit der Untersuchung der Grundlagen der Konstitutionsakte, welche von ihr ausgehen sollte. Mehrere deutliche Abschattungen, welche ich später hervorzuheben Gelegenheit haben werde, fingen jetzt an, die verschiedenen Meinungen abzusondern. Eine denkwürdige Sitzung schien für den Augenblick alle diese Schattierungen zu vertreiben und sie zu einer einzigen zu verschmelzen: ich meine die Nacht vom 4. August; es war, als ob die Bevorrechteten sich verabredet hätten oder mit der Großmut Sturm laufen wollten. Freilich konnte man ihre ungewöhnliche Uneigennützigkeit einigermaßen für gezwungen ansehen, freilich trug die Furcht gar viel zu ihrem Entschlusse bei; denn die Herren konnten, bei einiger Einsicht in die Zukunft, leicht bemerken, daß die Mißbräuche, unter welchen das Volk so lange gestöhnt hatte, bei dessen Erwachen nicht länger bestehen konnten. Aber wie dem auch sei, sie fügten sich gutwillig. Noailles, Aiguillon, Guiche, Mortemart, Montmorency, Herr von Foucault selbst entsagten ausdrücklich ihren Rechten, Freiheiten und Begünstigungen; die Geistlichkeit wird durch dieses Beispiel hingerissen. Die Abgeordneten des dritten

Standes treten ihrerseits im Namen ihrer Städte und Provinzen auf und entsagten den ihnen eigentümlichen Rechten; um das Andenken dieser merkwürdigen Sitzung zu heiligen, schlägt ein großer Herr, der Herzog von Liancourt, vor, eine Medaille derselben zu Ehren schlagen zu lassen. Der Erzbischof von Paris erbietet sich zu einem Te Deum, und Lally-Tolendal verlangte für Ludwig XVI. den Titel eines Wiederherstellers der französischen Freiheit.

Diese Beschlüsse der Versammlung, die Frucht eines augenblicklichen Enthusiasmus, welche der französische Charakter so leicht mitteilt, waren noch freilich weit von der eigentlichen Gerechtigkeit entfernt; aber man war von seiten der Bevorrechteten so wenig an einen Aufschwung von Großmut gewöhnt, daß man ihre vermeintlichen Opfer wie Wohltaten dankbar annahm. Überdies vernichtete man, indem man die Vorrechte ausrottete, die Grundlage des alten Gebäudes, man grub einen Abgrund zwischen dem wiedergebornen und dem lehnspflichtigen Frankreich; unsere Befreiung war ausgesprochen.

Ich nahm bei dieser Gelegenheit das Wort nicht; auch war dies hierin unsere, der Abgeordneten des dritten Standes, Sache nicht. Unsere Pflicht war, schweigend unsere Eroberungen einzutragen und die Feinde des Volkes zu seinen Gunsten die Rechte ablegen zu lassen, welche sie sich über dieses angemaßt hatten.

Die Verhandlung über die Erklärung der Rechte dauerte fort; bald wurde die wichtige Frage über die Preßfreiheit vorgenommen. Ich habe später, besonders in dem Vereine der Konstitutionsfreunde, Gelegenheit gehabt, mich darüber auszulassen; ich werde dort umständlicher davon sprechen: damals war nur die Rede davon, den Grundsatz festzusetzen. Einige Mitglieder verlangten, daß man ihm die zwangmäßigen Einschränkungen beigebe, welche nur dem Despotismus die Waffen in die Hand geben. Ich widersetzte mich denselben mit größtem Eifer: „Sie dürfen nicht anstehen, unumwunden die Freiheit der Presse zu erklären. Freie Männer dürfen ihre Rechte nicht schwankend aussprechen; alle Beschränkungen müssen aus der Konstitution verworfen werden, sie sind die Erfindung des Despotismus, durch sie hat er unsere Rechte zu untergraben vermocht. Es gibt keinen Tyrannen auf der Erde, der nicht einen eingeschränkten Artikel, wie der Ihnen vorgeschlagene, annehmen würde."

Worte haben oft einen Wert, der nicht aus ihnen selbst entspringt und, sobald einem daran liegt, ihn zu mißbrauchen, zu dem sonderbarsten Widerspruch Anlaß geben kann. Der Vorschlag des auf die Besteuerung bezüglichen Artikels, den uns das Komitee der Konstitution vorlegte, hatte alles das Schwankende in sich, welches aus einer falsch aufgestellten Erörterung und aus einer verwirrten Abfassung hervorgeht. Ich führte die wahren Grundsätze über das Recht der Nation an, allein das Gesetz der Besteuerung zu verfassen; ich bewies, daß die vorgeschlagenen Bestimmungen es nicht genügend auseinandersetzten und es im Gegenteil sogar entstellten. „Das Gesetz, die Abgaben zu bewilligen," sagte ich, „setzt das Recht voraus, das Gesetz der Abgaben zu machen; statt dessen gestattet der vorgeschlagene Artikel der Nation nur eine Art von Veto. Der Grundsatz war bereits anerkannt, ehe noch die Nation die gesetzgebende Macht wieder an sich gebracht hatte; kann also jetzt, da diese Macht ihr nicht mehr entrissen werden kann, ihr einziges Recht darin bestehen, daß sie nur die Abgaben untersucht und bewilligt, oder hat sie nicht vielmehr das Gesetz zu machen? Was die Erklärung betrifft, die man über die Abgabe verlangt, so möchte ich sie einen Teil des bürgerlichen Eigentums nennen, welcher gemeinschaftlich zur Bestreitung der öffentlichen Bedürfnisse niedergelegt wird; es ist daher unmöglich, die Rechte der Nation zu erörtern, ohne zugleich von dem Entwurfe des Gesetzes zu sprechen, welches ihr heimgefallen ist."

Dies waren rein philosophische Erörterungen; die Folge hat gezeigt, daß ich recht hatte; in allen spätern Untersuchungen der Besteuerung richtete sich die Versammlung nach dem von mir aufgestellten Grundsatz.

Am 28. August nahm ich das Wort, um die Ordnung der Beratung zu bestimmen; es war eine formelle Erörterung, die ich nur erwähne, weil ich, unterbrochen und zur Sache beschieden, von Mirabeau unterstützt wurde; er bewies mir damals eine wahre Freundschaft; nur später erst habe ich ihn nicht mehr so gefällig und gerecht in Beziehung auf mich gefunden. Vielleicht hoffte er mich an sich zu ziehen und in den Intrigenwirbel zu treiben, in den er selbst sich gestürzt hatte. Er kannte mich schlecht.

Der Monat September sah die wichtigsten Sachen unter uns in Anregung bringen, zu deren Erwägung nur je die Volksvertreter berufen sein können. Alle Grundsätze des Naturrechtes, alle Theorien der Regierung, alle Formen der praktischen Ausführung, alle Arten von Staatsentwürfen wurden nach und nach in Betracht genommen. Die Beschlüsse waren matt und zaghaft; doch genügten sie, uns den Sieg für die Zukunft zu sichern. Die Frage über das Veto wurde zuerst unserer Beratung unterworfen. Die Anhänger des Despotismus strengten sich vergebens an, das unbeschränkte Veto zu verteidigen; man trieb sie bis in ihre äußerste Verschanzung zurück: der Grundsatz der Oberherrlichkeit des Volkes wurde anerkannt und trotz allem verkündet. Demzufolge konnte das System des unbeschränkten Vetos nicht mehr behauptet werden. Man schlug einen Mittelweg ein; die Versammlung war von jeher versessen darauf. Es wurde ein aufschiebendes Veto vorgebracht. Der Minister Necker, der den Rest seines Einflusses benutzen wollte, hatte seinen Freunden diese Idee eingegeben. Ich bestritt sie aus allen Kräften und zeigte das Lächerliche und Feige in dieser Abfassung. Ich verhehlte nicht, wieviel Böses in der Berechnung gewisser Leute läge, die sich damals als die eifrigsten Verteidiger des Volkes stellten, und zwar zugaben, daß das königliche Veto, wie es auch sei, dem wahren Grundsatz entgegen sei, aber dennoch zu glauben behaupteten, daß man, um dem unbeschränkten Veto zu entgehen, sich zu dem System des aufschiebenden Vetos flüchten müsse. Meine Aufrichtigkeit

94

mißfiel ihnen; man fing schon an, mich für einen unverträglichen Menschen zu halten, der sich weder in Hinsicht der Volksrechte abfinden lassen noch die ungesetzmäßig erlangten Rechte schonen wolle. Meine Bemühungen blieben ohne Erfolg, das aufschiebende Veto wurde angenommen. Einige Tage später verlangte ich für das Volk die häufige Anwendung des Wahlrechtes und unterstützte zu dem Ende den Antrag Lepelletiers, der eine durchgängige, jährliche Erneuerung der Versammlung begehrte; der Antrag wurde verworfen. Den 3o. sprach ich zugunsten der vier Bürger von Avesnes, welche die Opfer einer willkürlichen Verhaftung geworden waren; die ihnen angetane Gewalt war ein Frevel an dem Gesetze und der Freiheit; ein um so tadelnswerterer Frevel, als ihr ganzes Verbrechen darin bestand, daß sie, wie es in mehreren andern Städten, namentlich in Paris unter den Augen der Nationalversammlung geschehen war, sich versammelt hatten, eine neue Munizipalität zu ernennen. Ich verlangte demnach, daß, da das Komitee der Berichte gefunden habe, daß man gegen den Grafen von Esterhazy, Kommandanten der Provinz, nicht einschreiten könne, die Versammlung wenigstens erkläre, daß das Verfahren eine Verletzung der Rechte und Freiheiten gewesen sei. Sie erklärte, daß es zu keiner Beratung Anlaß gäbe. Man sieht, ich war nicht glücklich in meinen Anträgen, allein ich tröstete mich über mein Mißgeschick und bedachte, daß ich für das Volk arbeite, welches meine Dienste anerkennen würde.

Am 5. September morgens las uns Mounier, der Präsident der Versammlung, die Antwort vor, welche der König in betreff der Erklärung der Menschenrechte und konstitutionellen Beschlüsse, die ihm zur Genehmigung vorgelegt waren, gegeben hatte. Diese schwankende Antwort, in der jedes zusagende Wort umgangen war, in der der Monarch nicht seine Genehmigung, sondern seinen Beitritt zu den Beschlüssen offenbarte, verursachte Erstaunen und Unentschlossenheit in der Versammlung. Man hatte die Antwort nicht verstanden und wagte nicht, sich auszusprechen.

„Alles zeigt Ihnen," sagte ich bei dieser Gelegenheit, „daß die Minister an Gewalt mit der Nation wetteifern wollen; man hat einen Teil Ihrer Beschlüsse durch einen Ratsschluß mit der alten Form des Despotismus, denn das ist unser Wille, genehmigt; ein anderer ist in eine Verordnung umgeschaffen worden, und der König macht Gesetze ohne Sie, während Sie keines ohne ihn machen können. Sie dürfen bei dieser Antwort des Königs die Augen nicht zudrücken, wenn Sie nicht einer eigentlichen Konstitution auf immer entsagen wollen." Ich schlug demnach vor: 1. anzuerkennen, daß keine menschliche Gewalt der Konstitution, welche sich ein Volk geben will, etwas in den Weg legen könne; 2. zu bestimmen, daß die aufschiebende Macht auf die gesetzgebenden Verhandlungen beschränkt werde.

Die Versammlung entschied sich auf eine ihrer unwürdige, halbe Maßregel. Sie beschloß, daß ihr Präsident sich an der Spitze einer Deputation zum Könige zurückbegebe und ihn ersuche, der Erklärung der Menschen- und Bürgerrechte sowie den ihm vorgelegten Artikeln der Konstitution eine einfache, unumwundene Genehmigung zu erteilen.

Aber wichtigere Begebnisse, als alle diese inneren Zänkereien, brachten die Volkssache um einen ungeheuern Schritt weiter. Die Intriganten vom Hofe hatten ihre Umtriebe mit neuer Wärme begonnen. Die fremden Truppen häuften sich um Versailles an: Mahlzeiten, Orgien fanden statt, der Taumel der Gäste hatte die Geheimnisse verraten, an deren Kunde dem Volke am meisten gelegen war. Man sprach laut davon, den König nach Metz zu entführen, die Versammlung aufzulösen und selbst die Hoffnung einer Konstitution zu vernichten. Die Pariser Bürger waren anfangs bei dieser Nachricht bestürzt, bald jedoch erstickte der Unwille jedes andre Gefühl, man schritt zu energischen Maßregeln, die das Vaterland retten sollten.

Ich gehe nicht auf die Einzelheiten ein, welche der Welt bekannt sind. Die kleinlichen Ränke, welche in der Krisis des 5. und 6. Oktobers angewendet wurden, sind mir fremd.

96

In allen denen, welche unsere Revolution bezeichnet haben, sah ich nur das Interesse des Volkes; es kümmerte mich nicht, daß ihm seine Wohlfahrt aus unreinen Händen ward, früh oder spät mußten die Ehrsüchtigen doch entlarvt werden. Die Gerechtigkeit des Volkes ist sicherer als die des Gerichtshofes.

Die Versammlung hatte am 6. Oktober beschlossen, daß sie von der Person des Königs unzertrennlich sei; aber da man vorher Anstalten treffen mußte, ein passendes Lokal herzustellen, so konnte sie ihre Sitzungen nicht vor dem 19. Oktober nach Paris verlegen. Ich betrat in diesem Zwischenraume mehrmals die Rednerbühne, unter anderm, um die Abschaffung der alten Formel des Ratsschlusses: denn das ist unser Wille, zu verlangen.

## ZEHNTES KAPITEL

Die Versammlung, welche am 19. Oktober nach Paris verlegt worden war, bekam von dieser Zeit ein anderes Aussehen, wie das war, als sie noch ihre Sitzungen in Versailles hielt. Die Unterscheidung der Kostüme und Plätze war aufgehoben worden: der Adel und die Geistlichkeit verloren die nichtigen Zeichen der Obergewalt, die mit den Grundsätzen der Gleichheit nicht mehr im Einklange standen, welche die Versammlung bereits ausgesprochen hatte und im Volke immer mehr begründen wollte. Die Abgeordneten setzten sich untereinander; nach und nach schlug sich die aristokratische Partei auf die rechte Seite des Präsidenten, auf der sich ihr Kern bei der alten Verteilung der Plätze befand; die Volkspartei nahm die linke ein.

Ein anderes Ereignis vereinfachte noch die Stellung der verschiedenen Parteien. Einige Mitglieder, von denen ich die vorzüglicheren bereits erwähnt habe, hatten sich in der Versammlung erhalten wollen, ohne sich an die Aristokratie noch an die Männer des Volkes anzuschließen, und bewährten das Talent, sich bei beiden Teilen verhaßt zu machen. Das System, welches sie hatten geltend machen wollen, beruhte auf einer abgeschmackten Vermischung aller Gewalten und hatte ihnen den Beinamen der Monarchisten verschafft: sie bezeigten für Necker als Muster eines vollkommenen Ministers und für die englische Konstitution als Ideal einer Regierung die höchste Bewunderung. Da sie anfangs im Komitee der Konstitution herrschten, so hatten sie ihre Theorien der Versammlung vorgelegt, von der sie verworfen worden waren. Über diesen Stoß und die Verachtung, welche man ihrem Lieblingsminister erwies, erzürnt, grollten sie mit uns und warteten nur die Gelegenheit ab, Zwiespalt in der Versammlung zu verbreiten und

98

den allgemeinen Haß gegen sie zu erwecken. Sie zählten auf ihre veraltete Beliebtheit beim Volke, welche ihr Benehmen als Gesetzgeber ihnen längst schon entzogen hatte. Die Ereignisse vom 5. und 6. Oktober schienen ihnen geeignet, ihre Pläne, welche damals die Auflösung der Versammlung bezweckten, zu verwirklichen. Plötzlich wurde der Präsident mit einer Menge Anfragen um Pässe bestürmt: Mounier, Lally und die übrigen verleugneten ihre Absicht gar nicht mehr, sich ihrer Pflichten als Abgeordnete zu entledigen und an die Provinzialstände zu appellieren. Diese schuldvolle, engherzige Intrige hatte keine andere Folge, als daß sie deren Anstifter entlarvte. Mounier und Lally reisten ab; ihre Anhänger blieben, schlossen sich jedoch, da sie einsahen, daß sie nicht länger zwischen beiden Parteien schwanken konnten, an die rechte und taten wohl daran.

Drei augenscheinliche Abschattungen bestanden damals in der Versammlung: entschiedene Patrioten, falsche Patrioten und Aristokraten.

Die ersteren waren damals nicht zahlreich, ohne Einfluß, und mußten sich zu Bannern halten, welche nicht die ihrigen waren und sich mit dem bekannten Triumvirat Barnave, Duport und Lameth verbinden. Später wird man sehen, wie wir entschiedener auftraten und uns die Führer aus unserer Mitte wählten; da man aber damals soviel als möglich für die Volkssache erobern mußte, so drückten wir zu den unwürdigen Beweggründen, welche das Verfahren unserer Verbündeten bestimmten, zu ihrem ungeregelten Ehrgeize, zu ihren engherzigen Nebenabsichten ein Auge zu, benutzten ihre Siege und verschluckten schweigend ihre Beleidigungen.

Die falschen Patrioten waren zahlreich; die Folge hat sie entlarvt; aber ihr Haß gegen die Aristokraten führte sie uns damals zu. Gutwillig oder nicht, sie gingen mit uns, schienen jedoch, wie Laclos irgendwo gesagt hat, in einem schlammigen Moraste zu stecken und, sooft sie sich bewegten, noch tiefer hineinzugeraten. Ich nenne ihre Führer nicht; ihre Namen, die während der ersten Tage der Revolution in der Gunst des Volkes geglänzt hatten, sind jetzt in den verdienten Verruf gefallen.

Die Aristokratie hatte alle mit der Wiedergeburt Frankreichs unzufriedenen Parteien an sich gezogen. Ihr Benehmen in der Versammlung war aufbrausend, ungeordnet. Ihre Verfechter hatten keinen Zweck, als das Gute zu verhindern, keine Beschäftigung, als der Versammlung zuwider zu handeln, ihre Arbeiten zu verwickeln. Der Zahl nach ohnmächtig, beriefen sie sich, der Adel auf sein Schwert, wie die Geistlichkeit auf ihren kirchlichen Donnerkeil und begleiteten alles mit Beleidigungen und groben Drohungen.

Obgleich ich nicht alle Ansichten berichten will, die ich in den zwei Jahren der konstituierenden Versammlung aufgestellt habe, so muß ich doch, da ich von mir spreche, das Vorzüglichste meiner Anträge und Reden erwähnen. Diese Skizze wird zur Genüge zeigen, ob ich die mir anvertrauten heiligen Interessen vernachlässigt habe.

Die Begebenheiten des 5. und 6. Oktober gaben dem furchtsamen Teil der Versammlung Veranlassung, seine schmachvolle Schwäche für die ausübende Macht und sein Mißtrauen gegen das Volk zu offenbaren. Das Kriegsgesetz, welches von zwei Hauptführern der sogenannten Volkspartei vorgeschlagen wurde, ward trotz meinem lebhaften Widerspruche von der Versammlung angenommen. „Die Abgeordneten der Kommune," sagte ich bei dieser Gelegenheit, bei der jede Schonung mir ein Verbrechen geschienen hätte, „verlangen Brot und Soldaten. Und warum Soldaten? Um in dem Augenblicke, in welchem die Leidenschaften und Umtriebe jeder Art die Revolution scheitern lassen möchten, das Volk zurückzutreiben. Die, welche an dieser Bewegung schuld sind, haben vorausgesehen, daß sie dieselbe gegen Sie anwenden würden; sie haben berechnet, daß ein Volksaufstand ein sicheres Mittel ist, ein Gesetz zu erhalten, welches die Freiheit unterdrücken wird. Wenn das Volk vor Hunger umkommt, so rottet es sich zusammen; man muß auf den Grund des Aufruhrs zurückgehen und

100

Maßregeln ergreifen, dessen Anstifter zu entdecken, die drohenden Verschwörungen zu ersticken, Verschwörungen, welche uns nichts als eine unnütze Ergebung freilassen. Verlangen Sie von der Munizipalität, meine Herren, daß sie Ihnen die Belege über eine Menge Verschwörungen wider das Volk ausliefere, wie sie sich unaufhörlich erneuern. Setzen Sie nicht ein vorläufiges, sondern ein ordentliches Tribunal ein, welches die Verbrechen der Verletzung der Nation zu richten hat; dulden Sie nicht, daß der Prokurator des Chatelet die Geschäfte eines Generalprokurators der Nation besorge; die Nation kann diese Art Verbrechen nur selbst oder durch ihre Stellvertreter richten: wenn Sie ein Tribunal mit Männern aus Ihrer Mitte besetzen, so nehmen Sie selbst die Verschwörungen und Komplotte vor, welche gegen die allgemeine Sache und die Nationalfreiheit im Werke sind. Hier geben Bischöfe ihre aufrührerischen Befehle, dort lassen die Kommandanten der Grenzprovinzen das Getreide in ein fremdes Land ausführen. Fordern Sie das Untersuchungskomitee auf, Ihnen über diese Tatsachen zu berichten; rede uns niemand mehr so viel von einer Konstitution vor, das Wort hat uns nur zu sehr eingeschläfert, erinnern Sie sich, daß, während man darauf ausging, die Freiheit in ihrer Wiege zu ersticken, man unaufhörlich von Konstitution zu uns sprach."

Blieb mein Antrag auch in der Versammlung ohne Erfolg, so bewies doch die Art, mit welcher das Volk das Kriegsgesetz aufnahm, daß ich seine Gefühle treulich wiedergegeben hatte. Jedermann weiß, wie wenig Eingang dieser Beschluß bei dem Volke gefunden hat, in welchen Verruf die Männer gekommen sind, die ein einziges Mal denselben zur Ausführung bringen wollten.

Einige Zeit nach dem 23. September erhob ich mich gegen das Vorurteil, welches einige Klassen der Menschen aus der Reihe der stimmfähigen Bürger ausgeschlossen haben wollte: die Juden ihres Glaubens, die Schauspieler und Nachrichter ihres Standes wegen. Ich sagte, daß gute Gesetze die Vorurteile abschaffen müßten, welche Per-

sonen, die mit der Vollstreckung der Gerichtsbefehle beauftragt sind, als infam bezeichnen; daß das Theater bei
einer bessern Polizei eine Sittenschule werden würde; daß
man endlich die Juden gegen das allgemeine Interesse auf-
reize, wenn man ihnen die Vorteile versage, um die sich
andere Bürger bewerben dürfen. Ich hatte bei dieser Gelegenheit das Glück, mit Herrn von Beaumetz zusammenzu-
treffen, der sehr gut über den Gegenstand sprach. Man
hat mich versichert, doch wag' ich es nicht zu behaupten,
daß er von den Elsässer Juden eine ganz artige Geldsumme
erhalten habe, um in der Versammlung als ihr Advokat
aufzutreten. In einer der folgenden Sitzungen, in der ich
einen ungesetzlichen Akt der Stände von Artois angab,
herrschte nicht dieselbe Übereinstimmung zwischen Herrn
von Beaumetz und mir. Es sollte ein Befehl erlassen werden, alle Rechnungen der Provinzialverwaltungen zu revi-
dieren. Bei dieser Gelegenheit erwähnte ich eines Miß-
brauchs, den sich die Kommissäre der Stände von Artois
hatten zuschulden kommen lassen, welche die Kriegssteuer
für das Jahr 1788 hatten erheben lassen, obgleich ein königlicher Beschluß ganz Frankreich davon freigemacht
hatte. Herr von Beaumetz antwortete, aber seine Antwort
bewies nichts. Ich werde noch Gelegenheit haben, unserer
späteren Händel und eines Briefes zu gedenken, den er
mich ihm zu schreiben gezwungen, und dabei auch nochmals auf diese Tatsachen zurückkommen.

In den ersten Tagen des Januars 1790 beschäftigte man
sich mit einer neuen Einrichtung der Besteuerung. Die
rechte Seite, welche sich, indem sie einige scheinbar volkstümliche Ansichten aufstellte, vermutlich in Gunst setzen
wollte, schickte den Abbé Maury auf die Tribüne, welcher
darauf antrug, daß die Verzollung an den Barrieren abgeschafft und durch eine Steuer auf den Luxus ersetzt
würde. Man erstaunte, daß ein Verfechter der Aristokratie
die Genüsse, welche sie allein sich verschaffen kann, zu
erschweren suchte: aber eine kurze Überlegung löste das
Rätsel, der Zweck des Abbé Maury war, Unzufriedenheit

im Volke zu erregen. Man ließ sich nicht von ihm täuschen, sondern zahlte ihm mit Wucher seine guten Absichten; denn der Abbé de la Salcette bestieg die Rednerbühne und trug ebenfalls darauf an, den Luxus in den Bann zu erklären, und zwar bei den Geistlichen, da er bei diesen, mehr als bei jedem andern, dem öffentlichen Elende Hohn spräche. Er schlug vor, daß keine Pfründe eines Geistlichen über 1000 Taler einbringen dürfe.

Ich unterstützte diesen Antrag. Zuerst zeigte ich, wieviel für das Volk Gefährliches in dem Antrag des Abbé Maury läge, und stellte dann den Satz auf, daß ein großer Teil der geistlichen Güter der Nation gehöre, und daß man, wenn dem Volke oder dem ärmern Teil desselben ein Gewisses von diesen Einkünften abgetreten würde, ihm nur sein Eigentum zurückerstatte.

Der Abbé Maury stotterte einige Worte und nahm seinen Antrag zurück. Der des Abbé de la Salcette wurde vertagt.

Die Republik Genua hatte bei dem Minister der auswärtigen Angelegenheiten wegen des Beschlusses der Versammlung, welcher die Insel Korsika als zur französischen Monarchie gehörend erklärt hatte, Einspruch getan. Ich sprach gegen diese sonderbare Anmaßung und bezeichnete die Feinde, welche die Republik Genua aufregten. „Das korsische Volk," fügte ich hinzu, „gedenkt noch seiner alten Freiheit und seiner alten Unterdrückung. Es wünscht, die Freiheit zu teilen, welche allen Franzosen zugesichert ist. Der Einspruch der Genueser ist befremdend: sie haben doch sonst nicht ihrer angeblichen Oberhoheit über Korsika erwähnt. Was fordern sie also gerade jetzt? Ich widersetze mich der Vertagung. (Der Abbé Maury hatte sie verlangt.) Man muß diese Forderung so behandeln, wie sie es verdient: sie ist abgeschmackt. Man muß demnach erklären, daß sie gar nicht in Beratung zu nehmen ist." Dies wurde in der Tat beschlossen.

Am 19. Februar widersetzte ich mich dem Vortrag über das Reglement der geistlichen Pensionen, welche Dupont von Nemours vorgeschlagen hatte. Ich erklärte, daß die Güter der aufgehobenen Orden den Geistlichen ein anständiges Auskommen liefern könnten, und daß die Vertreter der Nation nicht umhin könnten, ihnen dies zuzusichern. Ich äußerte den Wunsch, daß ihre Pension vergrößert und bei allen Geistlichen, reichen oder armen, wenn sie über 60 Jahre alt sind, gleich wäre.

Das Kriegsgesetz hatte nicht die Wirkung gehabt, die man davon erwartet zu haben schien. Neue Maßregeln, zum Teil heftige, zum Teil solche, die ein Mißtrauen gegen das Volk offenbarten, wurden vorgeschlagen. Ich bestritt sie alle in verschiedenen Beziehungen. Ich erwähne hier besonders, was ich in der Sitzung vom 22. Februar sagte: „Ehe ich die mannigfaltigen Beschlüsse untersuche, muß ich vorausschicken, unter welchen Umständen sie uns vorgelegt worden sind. Vor einigen Tagen erst hat die Versammlung auf den bloßen Bericht über die Ereignisse von Quercy zur Unterdrückung der Unordnungen die Vereinigung der besoldeten Truppen und der Polizeireiter mit der Nationalgarde anbefohlen. Dieser Beschluß hat den Ministern nicht genügend geschienen, und sie haben in ihrem Aufsatze verlangt, daß die ausübende Macht bevollmächtigt würde, den Schrecken der Waffen anzuwenden. Dieser Aufsatz ist an das Komitee geschickt worden, und die Mitglieder dieser Versammlung haben uns darauf am Sonnabend Anträge gemacht, die ganz mit denen der Minister übereinstimmten. Ich bitte um Verzeihung, wenn ich nicht begreife, wie die Gewaltmittel des Despotismus jemals die Freiheit sichern können; ich erlaube mir zu fragen, wie eine Revolution, die vom Volke ausgeht, durch die ministerielle Anwendung der Waffen beschützt werden könne. Man müßte mir erklären, daß das Königreich von einem völligen Umsturze bedroht sei. Diese Erklärung haben eben die für nötig gehalten, welche sich der Forderung der Minister angeschlossen haben. Wir wollen sehen, ob sie gegründet ist. Wir kennen die Lage des Königreichs nur aus dem, was einige Mitglieder über die Unruhen von Quercy gesagt haben: Sie wissen, daß in diesen Unruhen nichts geschehen ist, außer daß einige Schlösser verbrannt worden sind; dasselbe Schicksal haben die Schlösser in der Landschaft Agenois. Mit Vergnügen erinnern wir uns, daß zwei Abgeordnete, welche dieser Unfall mittrifft, zwei Abgeordnete vom Adel, diesem nichtigen Titel den eines Volksverteidigers vorgezogen, uns beschworen haben, über diese Begebnisse nicht zu erschrecken, und dieselben Grundsätze aufstellten, welche ich soeben entwickelt habe. Es sind noch einige Tätlichkeiten in Auvergne und der Bretagne vorgefallen. Es ist bekannt, daß die Bretagner ärgere Meutereien beschwichtigt haben; es ist bekannt, daß in dieser Provinz diese Zufälle nur den Behörden zugeschrieben sind, welche dem Volke sein Recht verweigert, sich unsern Beschlüssen widersetzt haben und noch beständig sie verachten. Die Abgeordneten jener aufgeregten Gegenden haben mich versichert, daß die Unruhen aufhören. Sie hätten gewissermaßen schon durch die Denkschrift des Siegelbewahrers beruhigt sein können, die mehr durch die Kraft und Übertreibung des Ausdrucks als durch Tatsachen in Schrecken zu setzen vermag. Er führt nur eine einzige an, das Unglück, welches sich in Beziers ereignet hat. Sie haben das Volk getadelt, Sie haben einen rührenden Beweis gegeben, wie nahe sein Unglück Sie angeht; Sie haben gesehen, daß dieses nicht aus einer allgemeinen Ursache, sondern aus dem Zwange entspringt, der zur Eintreibung einer gehässigen Steuer angewandt wird, welche das Volk abgeschafft glaubt, und deren Bezahlung es seit dem Beginn der Revolution verweigert. Diese Vorfälle dürfen uns also nicht in Schrecken setzen: jetzt wollen wir die Ereignisse berichten, welche unsere Furcht zunichte machen können.

Sie wissen, welche Mittel man in der Normandie angewandt hat, die Landbewohner irrezuleiten; wie diese ihnen abgelockte Unterschriften zu einer Adresse verleugnet haben, die das Werk der Empörung und des Wahnwitzes und von den Gewährsmännern und Anhängern der

105

Aristokratie abgefaßt war. Wer weiß nicht, daß in den belgischen Provinzen aufrührerische Bücher verbreitet, daß die Beschlüsse über das Kriegsgesetz, über die Steuern, die Unterdrückung der Geistlichkeit eifrig bekanntgemacht worden sind; daß man die Grundsätze der Empörung von der Kanzel des friedliebenden Gottes herabgepredigt, daß man diejenigen von Ihren Beschlüssen geheimgehalten hat, welche, nicht weniger nützlich, dem Volke leicht faßliche Wohltaten gewährten? Man verleumde das Volk nicht. Ich berufe mich auf das Zeugnis von ganz Frankreich, mögen die Feinde jene Tätlichkeiten übertreiben, mögen sie es ausschreien, daß die Revolution sich durch Grausamkeit auszeichne. Ich frage alle guten Bürger, alle Freunde der Vernunft, ob jemals eine Revolution so wenig Blut und Tränen gekostet hat. Sie haben gesehen, daß ein gewaltiges Volk, Herr seines Geschickes, durch die niedergebeugten Gewalten, durch eben die Gewalten, die es so viele Jahrhunderte lang unterdrückt hatten, zur Ordnung zurückgekehrt ist. Nur seine unwandelbare Sanftmut, seine Mäßigung, hat die Umtriebe der Feinde gehemmt, und dennoch klagt man es vor seinen Vertretern an!

Wohin zielen alle diese Klagen? Sehen Sie nicht, wie das Königreich zerfallen ist? Sehen Sie nicht die beiden Parteien, die des Volkes und die der Aristokratie und des Despotismus? Wir wollen hoffen, daß die Konstitution fest begründet werde, aber auch anerkennen, daß noch große Sachen zu tun sind. Dank dem Eifer, mit dem das Volk durch Schmähschriften irregeleitet, mit dem man die Beschlüsse entstellt hat, die öffentliche Meinung hat die erforderliche Überlegenheit noch nicht erreicht. Sehen Sie denn nicht, daß man die edlern Gefühle des Volkes abzuspannen sucht, um es dahin zu bringen, daß es eine friedliche Knechtschaft einer Freiheit vorziehe, die nur um den Preis einiger Erschütterungen und Opfer zu erkaufen ist? Was die öffentliche Meinung bilden, was sie zur Freiheit hinneigen oder zum Despotismus zurückleiten wird, ist die Einsetzung der verwaltenden Versammlung. Aber wenn sich

Intrigen bei den Wahlen einschleichen, wenn die künftige
Gesetzgebung von den Feinden der Revolution abgefaßt
werden kann: so ist die Freiheit, die wir Europa gezeigt
haben, nur eine leere Hoffnung gewesen. Die Nationen
haben nur einen Augenblick, in dem sie frei werden können, es ist der, in welchem die Tyrannei so überhandnimmt,
daß man sich schämen muß, den Despotismus zu verteidigen. Ist dieser Augenblick vorüber, so wird der Aufruf
der braven Bürger als aufrührerisch angegeben, die Knechtschaft bleibt, die Freiheit verschwindet. In England ver-
bietet ein weises Gesetz allen Truppen, sich den Orten zu
nähern, in denen jährlich die Wahlen vor sich gehen, und
uns schlägt man in den schwankenden Bewegungen einer
Revolution vor, der ausübenden Macht zu sagen: schickt
eure Truppen, wohin ihr wollt, erschreckt die Völker, hin-
dert die Stimmfreiheit, zieht die Wagschale herunter.

In diesem Augenblicke haben die Städte außergewöhnliche Garnisonen erhalten, welche durch den erregten
Schrecken dazu beigetragen haben, der Freiheit des Volkes Gewalt anzutun und heimliche Feinde der Revolution
zu Munizipalstellen zu erheben. Dieses Unglück ist nicht
sicher? Ich werde es beweisen, ich verlange eine außerordentliche Sitzung dafür. Wir müssen dem Unglücke vor-
beugen, es durch ein Gesetz wieder ausgleichen, welches
die Freiheit und die Vernunft jedem Volke, das frei sein
will, auferlegt, welches sie einer Nation auferlegt hat, die
sich dessen mit ehrerbietiger Treue bedient, um eine Verfassung, deren Fehler sie kennt, zu erhalten; aber wir dürfen nie ein neues Kriegsgesetz gegen ein Volk geben, welches seine Rechte verteidigt, seine Freiheit wiedererlangt.
Können wir den Patriotismus entehren, ihn den Geist des
Aufruhrs, der Unruhe, und die Sklaverei Liebe zur Ordnung und zum Frieden nennen? Nein: der Unruhe muß
durch Mittel vorgebeugt werden, die der Freiheit mehr entsprechen.

Wenn man wirklich den Frieden liebt, muß man dem
Volke keine Kriegsgesetze vorlegen, sie geben nur Veran-

lassung, Unruhe herbeizuführen. Das ganze Reich wimmelt von Bürgern, die sich für die Freiheit bewaffnet haben, sie werden die Räuber zurücktreiben und ihren Herd verteidigen. Geben Sie dem Volke seine wahren Rechte wieder, beschützen Sie die patriotischen Grundsätze, die man jetzt von verschiedenen Seiten angreift; dulden Sie nicht, daß bewaffnete Soldaten unter dem Vorwande, die guten Bürger zu verteidigen, sie unterdrücken; legen Sie das Schicksal der Revolution nicht in die Hände der Heerführer, entfernen Sie aus allen Städten die Söldner, welche den Patriotismus einschüchtern möchten, um die Freiheit zu vernichten."

Trotz meinen Bemühungen wurden neue Anstalten getroffen, die ebenso ohnmächtig und volkswidrig waren als das Kriegsgesetz.

Bald darauf hatte ich einen sonderbaren Briefwechsel mit einem Agenten der ausübenden Macht, Herrn Lambert, Generalkontrolleur unter Necker. Er beschwerte sich darüber, daß ich in einem Brief, den ich an einen Brauer geschrieben haben sollte, diesen Bürger zur Empörung gegen die Gesetze aufgereizt und gegen die Hauptverwaltung darin geeifert habe.

Ich sandte ihm darauf folgende Antwort:

„Das Schreiben, mit dem Sie mich beehrt haben, hat verschiedene Gefühle bei mir in Anregung gebracht, von denen ich Ihnen so freimütig als möglich Rechenschaft ablegen will.

Man meldet mir (sagen Sie), daß Sie Herrn Moreau, Kanonikus von Paris, dem Bruder eines Brauers aus dem Kirchspiele Long, gegen den am 13. Februar ein Verbalprozeß wegen Widersetzlichkeit bei Eintreibung der Steuer aufgenommen worden ist, einen Brief zugeschickt haben, den er unvorsichtig genug gewesen ist, jedermann zu zeigen, und der voller Eiferreden gegen die Rechte der Hauptverwaltung und der Beamten sei und im Volke Aufruhr erregen soll.

Indem Sie von dieser Hypothese ausgehen, ermahnen

Sie mich, den Bewohnern von Long und den benachbarten Kirchspielen zu schreiben und die Verwirrung, welche der arge Brief gemacht hat, wieder auszugleichen. Sie hoffen, sagen Sie, daß ich dieselben bedeuten würde, wie weit entfernt ich sei, es zu billigen, wenn Steuerpflichtige sich durch Weigerung oder Widersetzlichkeit der Eintreibung der Beamten zu entziehen suchen; Sie hoffen, daß ich ihnen selbst anempfehlen würde, die schuldigen Abgaben pünktlich zu entrichten, die Eintreibung ruhig zuzulassen und über Plackereien sich nur auf schicklichem und angemessenem Wege zu beschweren. Endlich fordern Sie mich noch auf, Ihnen den Brief zuzuschicken, den ich zu dem Ende schreiben werde. Das ist in der Hauptsache der Inhalt Ihres Briefes.

Ich muß zuerst bemerken, daß die Sache, auf welche Sie alle Ihre Ermahnungen gründen, nichts als eine schmähliche Verleumdung, daß es durchaus falsch ist, daß ich das geschrieben habe, was man mir vorwirft, und daß alles, was Sie mir in dieser Beziehung mitteilen, mir wie ein wunderbares, aber durchaus unauflösbares Rätsel erscheint. Weiter bitte ich Sie, die Überzeugung zu haben, daß die Vertreter des Volkes niemals Briefe schreiben, die Eiferreden und aufrührerische Absichten enthalten. Ich weiß nicht, ob es wirklich zu den sträflichen Umtrieben der Feinde der Revolution gehört, wie sie sich täglich mehr ausbreiten, Briefe zu schmieden und sie hernach den Mitgliedern der Nationalversammlung unterzuschieben, welche sich durch ihren Eifer für die Sache des Volkes ausgezeichnet haben; aber ich fordere jedermann heraus, den vorzuzeigen, von dem Sie auf eine so unbestimmte Art sprechen.

Freilich haben Sie selbst der Bitte, mir diesen Brief mitzuteilen, welche natürlich erfolgen mußte, dadurch vorgebeugt, daß Sie mir anzeigen: Sie hätten keine Abschrift davon erhalten. Diese Erklärung ist mir aufgefallen. Ich weiß nicht, welchen Begriff Sie sich von dem Verfahren machen, welches ein Finanzminister wider die Mitglieder der Nationalversammlung anwenden darf, aber das ist doch auf keinen Fall zu begreifen, wie Sie, ohne von dem Dasein noch dem Inhalte obigen Briefes genau unterrichtet zu sein, sich erlauben konnten, mir aufrührerische Hetzreden beizumessen, mich gewissermaßen in meinen eigenen Augen als öffentlichen Ruhestörer, als einen Menschen hinzustellen, der sich den Beschlüssen der Nationalversammlung entgegenstemmt, welche doch, wie Sie mir einige Zeilen weiter bemerklich machen, ausdrücklich die Bezahlung der Abgaben befohlen hat.

Sie fügen hinzu, es wäre nicht das erstemal, daß die Briefe, welche Abgeordnete an Leute ihrer Provinz geschrieben haben, entstellt und aus Bosheit oder Unbedachtsamkeit auf eine, den Gefühlen des Schreibers ganz entgegengesetzte Art ausgelegt worden sind, und hoffen deshalb, daß ich die Bewohner der in Frage kommenden Ortschaft anhalten würde, ihrer Schuldigkeit nachzukommen und sich über Plackereien nur auf schicklichem Wege zu beschweren. Wie konnten Sie mir aber die Unklugheit zutrauen, daß ich in einer Sache Partei nehmen werde, die mir völlig unbekannt ist, von der Sie selbst so dunkel und zweideutig sprechen, und daß ich ohne allen Grund die Bewohner einer Gegend tadeln und verurteilen soll, mit denen ich nie in besonderer Verbindung gestanden habe? Ist es denn das erstemal, daß das Volk und seine Verteidiger verleumdet worden sind? Wenn nun dieser angebliche Brief nur ein Streich meiner Feinde ist, um meine Hingebung für die Sache des Vaterlandes in Verruf zu bringen! Soll ich den von Ihnen begehrten Schritt tun, damit übeldenkende Menschen Ihren Brief mit diesem Schritt zusammenhalten und ihn als ein Eingeständnis des Unrechts betrachten, welches Sie mir unterlegen? Soll ich Ihnen den Brief schicken, den Sie mich gern schreiben lassen möchten, damit ihn die Schlechtigkeit der Verleumder zugrunde legen kann? Wie hoch auch die ministerielle Politik über der Aufrichtigkeit und Gutmütigkeit der Volksvertreter stehen mag — das durften Sie doch niemandem zutrauen.

Wie sehr ich auch überzeugt bin, daß Ihre persönlichen Absichten gut und lauter sind, so werden Sie mir doch, in betreff der Umstände, eine große Vorsicht und selbst eine Art von Mißtrauen verzeihen, welches in den Zeiten der Intrigen und der Faktionen ohne Zweifel die erste Tugend eines guten Bürgers ist. Wenn sich die Freunde des Despotismus und der Aristokratie mit unermüdlichem Eifer bemühen, ihre unseligen Gewebe, sowie sie die Vorsehung unter ihren Händen zerreißt, wieder anzuknüpfen; wenn sie, nachdem sie sich umsonst der Konstitution entgegengestemmt haben, dieselbe leise zu untergraben oder durch Anwendung einer hinterlistigen Politik in einem Zustand von Schwäche und Unvollkommenheit zu erhalten suchen, wenn sie zwar die Sprache eines Bürgers nachahmen, aber unter den geheiligten Namen des Friedens und der Konstitution nur strafbare Absichten verbergen, Feigheit für Mäßigung, Gleichgültigkeit gegen die öffentliche Wohlfahrt für Klugheit, Freiheit für Zügellosigkeit, Patriotismus für ein gefährliches Feuer, Rechtlichkeit für Phantasterei, den Eifer für die rührende, heilige Sache des Volkes als den Geist des Aufruhrs und der Unruhe nehmen; wenn man sieht, wie die Agenten der ausübenden Macht den wahnsinnigen Gedanken hegen, ihre falsche Popularität, an die niemand mehr glaubt, über die Würde der Nation zu stellen, wie sie bald das Volk, bald dessen Vertreter verklagen und statt der Rechnungsablagen, die sie ihnen schuldig sind, vermessene Beschuldigungen und frevelhafte Schmähschriften gegen sie schleudern; wenn endlich mitten in der Hauptstadt die feigste wie die ungereimteste aller Verschwörungen hervortritt, die nur je von der Tyrannei und der Bestechung gegen Freiheit und Vaterland ausgegangen sind: in solchen Umständen werden Sie selbst eingestehen, daß es mir nicht zu verargen ist, wenn ich die in Rede stehende Sache mit jenen Umständen zusammenhalte und sie von dem Gesichtspunkte betrachte, den ich soeben berührt habe.

Ich füge zum Schlusse noch hinzu, daß ich mich bis

jetzt nicht als so eifrigen Verfechter der Aristokratie gezeigt habe, als daß man vernünftigerweise mir zutrauen könnte, ich würde deren Absichten unterstützen und die gesetzliche Beitreibung der Steuern stören; daß, trotz den Einreden der Feinde der Volksverteidiger, wir allein, und zwar nicht ohne Erfolg, Ordnung und Ruhe anempfehlen; daß wir aufrichtig den Frieden, freilich nicht den Frieden der Sklaven, den die Despoten so sehr verlangen, der in der gelassenen Duldung der Knechtschaft und Unterdrückung besteht, sondern den Frieden einer hochherzigen Nation lieben, welche ihre Freiheit begründet und mit dem nötigen Mißtrauen über die Bewegungen der offenen und heimlichen Feinde, welche diese bedrohen, wachen muß.

Übrigens bin ich Ihnen gewissermaßen erkenntlich dafür, daß Sie mir den Stoff zu dieser Korrespondenz geliefert haben. Ich bin der Meinung, daß dieselbe in einiger Beziehung von Nutzen sein kann, und habe daher soviel Zutrauen zu Ihrem Patriotismus, daß ich hoffe, Sie werden es billigen, wenn ich diesen Brief zur öffentlichen Kenntnis bringe.

Ich bin, mein Herr, Ihr ganz ergebener und gehorsamer Diener

von Robespierre."

## *ELFTES KAPITEL*

Im Laufe des Jahres 1790 habe ich zwar oft das Wort genommen, jedoch nur selten die Versammlung für meine Meinungen gewinnen können. Ich sage es frei heraus, ja ich bin stolz darauf: meine Anträge sind nicht angenommen worden. Ich war der einzige, oder doch fast der einzige von der linken Seite, dessen Reden in demselben Verrufe standen als die Despremenils oder des jungen Mirabeau auf der rechten Seite. Ich will damit natürlich nicht sagen, daß meine Anträge ebenso unpatriotisch, unvolkstümlich waren als die jener Herren: aber die Feigheit, die Lässigkeit der Kammer erschrak vor der Strenge meiner Grundsätze. Man wollte den Anschein haben, als ob man im Interesse des Volks handle, man sprach, beriet sich, legte das schönste Glaubensbekenntnis ab, in der Tat aber tat man so wenig als möglich für dasselbe, arbeitete im stillen daran, die Mißbräuche wieder einzuführen, und suchte zu dem Ende zuerst der ausübenden Macht und der Aristokratie ein Übergewicht zu geben, das früh oder spät zum Verderben der Nation ausschlagen mußte. Mein Streben sowie das einiger meiner Freunde ging damals nur dahin, diesen strafbaren Intrigen entgegenzutreten: man hörte uns nicht an, aber wir waren doch als lästige Aufseher immer an unserm Platze; konnten wir auch nur wenig Gutes tun, haben wir doch viel Böses verhindert.

Am 5. März sprach ich über einen Gesetzvorschlag des Komitees der Konstitution in Beziehung auf die Abschaffung der durch eine Ordonnanz von 1669 bestimmten Holzschlaggerechtigkeit. Man bestritt die Notwendigkeit dieser Abschaffung nicht, aber man wollte auch wissen, ob die wieder in ihren Besitz eingesetzten Gemeinen berechtigt wären, von ihren alten Herren die ungebührlich erhobenen

Rückstände zurückzufordern. Ich bejahte dies und stützte mich dabei nicht allein auf den Grundsatz des Naturrechts, sondern auch auf frühere Ordonnanzen und das Beispiel des unumschränktesten aller Könige, Ludwigs XIV. Mein Antrag wurde aus Furcht, nur im geringsten das aristokratische Interesse zu verletzen, nach einer langen Beratung verworfen.

Mehrere Vorschläge und Ansichten, welche ich die folgenden Tage aufstellte, hatten dasselbe Schicksal. Den 13. März verlangte ich, aber ohne Erfolg, daß der Beschluß, die Abschaffung der geheimen Verhaftsbefehle betreffend, acht Tage nach seiner Bekanntmachung im ganzen Königreiche in Kraft treten solle: man bestimmte sechs Wochen dazu. Den 23. wollte ich die Rechte der Versammlung gegen die Komitees verteidigen und behauptete, daß sie und nicht ihr Finanzkomitee über die Abzugskasse zu wachen habe: mein Antrag wurde nicht berücksichtigt. Den 26. bestritt ich das unnütze Gesetz über die patriotischen Beisteuern und die noch unnötigeren Veränderungen Chapeliers; Gesetz und Veränderung gingen durch. Den 29. widersetzte ich mich den Beschlüssen, wonach die Agenten der ausübenden Macht bevollmächtigt waren, vorläufig in allen Schwierigkeiten zu entscheiden, welche sich bei den Urversammlungen ereignen könnten: man übersah meine Opposition. Den 30. bestritt ich einen von Herrn von St. Fargeau aus einem ganz löblichen Zwecke vorgeschlagenen Beschluß, der aber in seiner Folgerung das Dasein und Fortbestehen des königlichen Obergerichts erkannte: „Das Gefühl, welches meinen Vorgänger zu dem Gesetzentwurfe, welchen er soeben vorgeschlagen hat, bestimmte, ist ohne Zweifel ein Gefühl der Menschlichkeit; aber ich finde es in der Tat unstatthaft, weil es die Beibehaltung der Obergerichtsbarkeit noch für längere Zeit anerkennt.'' Man unterbrach mich mit dem Rufe, daß ich nicht bei der Sache geblieben wäre, und nahm das Gesetz an.

Wenn sie mich durch diese Kränkungen zu entmutigen glaubten, so irrten sie sich gewaltig. Sie wußten nicht,

114

welcher Trost für die wahren Patrioten in dem Bewußtsein des Rechtes und der Zustimmung des Volkes liegt. Das eine sprach immer für mich, das andere neigte sich schon zu mir. Meine Mühe war hinlänglich belohnt.

Die Einführung der Jury wurde der Versammlung zur Beratung vorgelegt, welche dieser wichtigen Sache einen ganzen Monat widmete. Mehrere Pläne wurden vorgebracht, viele Ansichten aufgestellt. Es wurde ohne Schwierigkeit bestimmt, die Geschwornen in Kriminalfällen anzunehmen, aber als Duport die Jury auch für Korrektionssachen angewandt wissen wollte, widersprach man allgemein, die Rechtsgelehrten widersetzten sich so einstimmig, daß man hätte glauben sollen, es beträfe ihr persönliches Interesse; Barnave ließ sich jedoch von diesen kleinlichen Ansichten nicht bestimmen. Man muß ihm die Gerechtigkeit widerfahren lassen, daß er die Meinung seines Freundes Duport mit Kraft und Beredsamkeit verteidigte: die Vernunft war auf seiner Seite, aber sie half ihm nicht zum Siege. Ich hatte auch bei dieser Gelegenheit das Unglück, die Ansicht der Minderzahl zu teilen und die Jury für alle Zweige des Gerichtes zu verlangen. Ich verlangte, daß man wenigstens den Grundsatz feststelle: aber umsonst, die Advokaten wollten das Bestehende erhalten und sich für die Zukunft zu nichts verbinden.

Der berühmte Antrag des Dom Gerle, der von der rechten Seite so lebhaft angenommen wurde, führte eine der heftigsten Verhandlungen herbei, die je in der Versammlung stattgefunden hatten. Der gute Karthäuser saß bei uns, aber der Geist seiner Kutte riß ihn zu Zeiten noch zu den Abbés und Prälaten hinüber, die auf der rechten Seite ihr Wesen trieben und es geschickt genug anfingen, ihn zu dem Antrag zu bewegen, der in nichts weniger bestand, als zu erklären und zu verordnen: daß die apostolisch- und römisch-katholische Religion die herrschende des Königreichs und der öffentliche Kultus nur für diese allein gestattet sein sollte. Es war ein Meisterstreich der rechten Seite, daß sie von der entgegengesetzten einen Vorschlag

ausgehen ließ, der alle Folgen der Unduldsamkeit herbeiführen und früh oder spät ihren eifrigsten Wunsch, einen
Bürgerkrieg entstehen zu sehen, erfüllen mußte. Sie nahm
ihn daher höchst beifällig auf: beinah wäre er durch den
allgemeinen Zuruf angenommen worden. Aber unsere
Führer kamen zur Besinnung; in der nächsten Sitzung
wurden einige Anträge vorgebracht, welche unter mehr
oder weniger umgehenden Formen dahin zielten, den Antrag des Dom Gerle zurückzuweisen. Der Karthäuser schämte
sich seines Mißgriffs und wollte seinen Vorschlag zurück-
ziehen: Cazales nahm ihn wieder auf. Endlich erhielt er eine
von Larochefoucauld eingegebene Abfassung der Mehrheit
der Stimmen. Man schrie, die rechte Seite tobte wie un-
sinnig, Mirabeau stürzte auf die Tribüne und donnerte sie
mit den bekannten Worten an: „Da man sich in dieser
Sache einmal historische Anführungen erlaubt hat, so werde
ich nur eine einzige machen. Denken Sie daran, meine
Herren, daß ich von der Tribüne aus, auf der ich spreche,
das Fenster des Palastes sehe, in welchem die Aufwiegler
zeitliches Interesse an die heiligsten Interessen der Religion knüpften und einem schwachen Könige die Büchse
in die Hand drückten, welche das Zeichen zu der mörderischen Bartholomäusnacht gab."
Ich begehrte unmittelbar nach dieser zerschmetternden
Rede das Wort; es ließ sich ohne alle Floskeln viel über
die Freiheit sagen, welche die Versammlung so wenig begriff, daß man sie auf den Kultus, auf die Personen, auf
die Presse bezog. Der Augenblick war vermutlich nicht
zum Besten gewählt, denn man hörte mich nicht an; die
Beratung wurde geschlossen, der Antrag Larochefoucaulds
angenommen *.
Einige Tage darauf, am 18. April, nahmen meine Händel mit Herrn von Beaumetz und zwar bei folgender Gelegenheit ihren Anfang: Target machte im Namen des Ko-

* Dieser Beschluß sprach, nach einem ehrfurchtsvollen Eingange
in Beziehung auf die katholische Religion, die Tagesordnung über den
Antrag des Dom Gerle aus.

mitees· der Konstitution einen Bericht über die Wahl der Munizipalität von St. Jean-de-Luz. Diese Stadt befand sich in demselben Falle wie Artois und zahlte wenig direkte Abgaben, da der größte Teil ihrer Besteuerung in indirekten Abgaben bestand. Ich unterstützte die Einsprache vieler Einwohner, welche sich beschwert hatten, daß sie unter dem Vorwande, als ob sie nicht die von den Gesetzen bestimmte Summe an direkten Abgaben zahlten, von den Urversammlungen ausgeschlossen worden waren. Ich machte bemerklich, daß·der Berichterstatter mit Unrecht behauptet habe, ein derartiger Einspruch könne nur zugelassen werden, wenn die Einwohner durchaus keine direkte Steuer zahlten; daß eine solche Ansicht widersinnig sei, weil es keine Provinz gebe, in der diese Art von Besteuerung völlig unbekannt sei. Ich führte Artois als Beispiel an, da dieses in derselben Lage wie jene Bittsteller war.

Herr von Beaumetz antwortete mir, suchte zu beweisen, daß ich mit Unrecht Artois als Beispiel angeführt habe, gab aber keinen Grund an, der meine Behauptung widerlegt hätte, sondern stellte sich, als ob ich geleugnet hätte, daß, woran ich durchaus nicht dachte, Artois eine einzige direkte Steuer trage.

Wie dem auch sei, nach der Sitzung hatte ich einen unangenehmen Auftritt mit Herrn von Beaumetz; er zwang mich, ihm in ziemlich deutlichen Ausdrücken zu sagen, was ich von seinem Benehmen dachte. Er wütete und ließ, selbst in meiner Heimat, die schändlichsten Verleumdungen gegen mich verbreiten; man trug sich mit seinen Briefen, eine anonyme Schmähschrift machte sich meine Person und meine Arbeiten zum Vorwurfe; und der Tadel, den sie enthielt, der Ton und Stil des Schreibens verrieten deutlich genug den Verfasser. Ich glaubte es meinen Kommittenten und mir selbst schuldig zu sein, eine Erklärung über die Vorfälle zwischen meinem Kollegen und mir abzulegen. Ich machte dieselbe in Form eines Briefes an Herrn von Beaumetz bekannt. Er folgt hierbei:

117

„Es gibt Verhältnisse, in welchen die Volksverteidiger dahin gebracht sind, daß sie dem Vaterlande sogar den unüberwindlichen Widerwillen opfern müssen, den ihnen die Verteidigung gegen die feigsten Verleumdungen verursacht, wie Sie deren wider mich veranlaßt haben. Der gröbste Betrug kann, sobald er unter Ihrem Namen auftritt, sobald Sie selbst sich als dessen Urheber bekennen, gewissermaßen auf eine Widerlegung Anspruch machen, und es ist dies eine Pflicht, deren ich mich mit Vergnügen gegen Sie entledige. Sie erraten jetzt schon den Zweck dieses Briefes, und ich hoffe sogar, daß Sie bereits die auffallende Unbedachtsamkeit bereuen, welche Ihnen jenes Schreiben diktiert hat, das Sie in der Provinz, deren Vertreter wir beide sind, haben verbreiten lassen; Sie werden zugleich bemerken, daß der Unwille, mit dem ich hier wohl zu sprechen berechtigt gewesen wäre, in meiner Seele einem andern Gefühle Platz gemacht hat, dessen Gepräge Sie in allem, was ich Ihnen mitzuteilen die Ehre haben werde, nicht verkennen dürfen.

Urteilen Sie selbst: konnte Ihr sonderbares Verfahren, welches ich Ihnen nochmals vorhalten werde, wohl auch meinen Zorn erregen? Alles schien nach Ihrem Wunsche zu geschehen: Sie haben die klügsten Maßregeln ergriffen, um mich, ohne sich selbst eine Blöße zu geben, zu verleumden. Seit der Eröffnung der Nationalversammlung sind Ihre an Freunde und Korrespondenten geschickten Briefe, welche von den zu zahlreichen Anhängern der Aristokratie erläutert und durch die abscheulichen Schmähschriften bekräftigt worden sind, die jene wider mich, meine Kollegen überhaupt und selbst gegen die Versammlung der Volksvertreter verbreiteten, der Bosheit der Feinde, die mir mein Eifer für die Volkssache zugezogen hat, vortrefflich zustatten gekommen. Diese Umtriebe wurden mit einer gewissen Kunst und Vorsicht verhüllt, ich kannte sie und wußte, daß es nicht leicht war, sie ans Licht zu ziehen, aber ich wollte mich nicht mit ihnen abgeben und überließ der Zeit und der Wahrheit die Sorge, den Ein-

118

druck zu vernichten, welchen die reißenden Fortschritte des Nationalgeistes in meinem Vaterlande bereits verwischt haben: ich kümmerte mich so wenig darum, daß ich in Briefen an meine innigsten Freunde weder Ihrer noch Ihres Verfahrens gedachte. Auf einmal lassen Sie sich von einer ärgerlichen Aufwallung bewegen, selbst dieses glückliche Benehmen aufzugeben. Sie entfernen sich nach einer ziemlich lebhaften Erörterung, welche wir über einen interessanten Gegenstand hatten, in Wut von mir; Sie schreiben Ihrem Herrn Vater eine unbegreifliche Diatribe gegen mich und bitten ihn, dieselbe zirkulieren zu lassen; man schreibt sie ab, zeigt sie in allen Gesellschaften, man tischt sie den Herren vom Rate von Artois und denen vom Gerichte vor ihren Sitzungen auf; ein Beamter unter andern übernimmt es, sie zu verbreiten und jedem vorzulesen, der Lust hat, sie mitanzuhören. Was enthält nun dies berüchtigte Schreiben, in das die schlechten Bürger meiner Heimat soviel Wert setzen, als ob sich die Hoffnung meines Unterganges daran knüpfte? Der Hauptinhalt desselben, wenn ich die groben Schimpfreden übergehe, ist, daß ich die Interessen meiner Kommittenten verraten, daß ich mich beschwert habe, sie bezahlten nicht Abgaben genug; daß Herr von Beaumetz sie mit dem glänzendsten Erfolge verteidigt und mich gedemütigt, öffentlich beschämt habe. Sie wünschen, daß man dies auf allen Straßen bekanntmache, und daß man ja eifrig die Gemüter im voraus gegen alles bearbeite, was ich zur Entkräftigung dieser Beschuldigungen vorbringen könnte. Da jedoch dieser Brief weder vernünftig noch anständig genug geschrieben war, um sich in Kraft zu erhalten, da diese Maßregel überdies der gewöhnlichen Klugheit ihres Verfassers nicht entsprochen hatte, so verbreitete man statt dieser Diatribe eine anonyme Schmähschrift, die von demselben Geiste ausging und denselben Zweck hatte, betitelt: Adresse eines Bürgers von Artois an seine Landsleute. Man liest ausdrücklich darin, daß Herr von Robespierre zweimal öffentlich in der Nationalversammlung erklärt hat, Artois habe fast gar keine direkten Steuern zu zahlen, daß jedoch diese Behauptung sogleich von Herrn von Beaumetz angegriffen und widerlegt worden ist. Bei dieser Gelegenheit ruft der Verfasser aus: ‚Wie konnte sich Herr von Robespierre schmeicheln, daß in einer Versammlung, in der die Provinz Artois 16 Vertreter hat, von denen 15 es einsehen, wie gefährlich es wäre, wenn in einem Augenblicke, in welchem die Verteilung der Auflage in den Provinzen der Gegenstand einer vielleicht sehr lebhaften Verhandlung sein wird, die Meinung einwurzelte, daß Artois nicht auch seinen Teil zu der allgemeinen Beisteuer beitrüge, ein so sonderbarer Irrtum ohne Entgegnung bleiben würde?‘ Darauf rechnet er die Abgaben der Provinz Artois her, als ob es wirklich darauf ankäme, sie vor einer Überlast zu bewahren, die ich ihr zuziehen möchte.

Ich finde in der Tat in dieser Art, die Verleumdung einzukleiden, etwas von dem tiefen Scharfsinne, den ich zuweilen an Ihnen gelobt habe; im allgemeinen aber kann ich weder in der Erfindung noch in der Durchführung dieses Planes die Urteilskraft und die Umsicht eines ganz gewöhnlichen Menschen bemerken.

Wenn Arras an einem Ende der Welt läge und Paris an dem andern, wenn der Ruf der Begebenheiten, welche auf unsere ruhmvolle Revolution Bezug haben, überall, nur nicht in Artois bekannt wäre; wenn der Charakter, die Reden, die öffentlichen Handlungen der Mitglieder der Nationalversammlung in unserer Gegend in einem anderen Licht erscheinen könnten als in dem übrigen Frankreich: dann könnte ich denken, daß Sie mir bei meinen Landsleuten den Ruf eines Feindes meines Vaterlandes und des Volkes bereiten und dieselben überzeugen zu können gehofft hätten, daß ich gerade das Gegenteil von dem gesagt und getan habe, was ich in der feierlichsten Versammlung der Welt wirklich gesagt und getan habe. Aber wenn die einfachste Kenntnis der Tatsachen das merkwürdige Gebäude umstößt, welches Sie mit so vieler Mühe aufgerichtet haben, kann ich mich dann wohl erwehren, den zu bedauern, der einen so klaren Beweis von der Schwäche des menschlichen Geistes ablegt?

Hört mich, meine Mitbürger, erfahret, wie ich eure Interessen verraten habe. Ja, zweimal habe ich in der Nationalversammlung über die Auflagen der Provinz Artois gesprochen. Ob euch zu bedrücken oder euch zu nützen, darüber sollt ihr selbst urteilen. Das erstemal verlangte ich eine Abstellung der Beschlüsse, welche die Bürgerrechte von dem Vermögen und der Besteuerung abhängig machen, besonders aber desjenigen, welches so lange unter dem Namen des Beschlusses der Mark Silbers berüchtigt gewesen ist. Der Inhalt der Rede, welche ich damals hielt, ist folgender. Indem ich von mehreren wichtigen, unserer Provinz eigentümlichen Beziehungen ausging, sagte ich, daß das Gesetz, welches die Fähigkeit eines wirklichen Bürgers ausschließlich denen beilege, die eine bestimmte Summe an direkter Steuer bezahlten, den größten Teil der Nation der geheiligten und unverjährbaren Bürger- und Menschenrechte beraube; daß diese Ungerechtigkeit in einem Lande um so auffallender wäre, in dem, wie in Artois, ein großer Teil der allgemeinen Besteuerung in indirekten Abgaben bestände, die zur Erfüllung der verlangten Bedingungen nicht mitgerechnet werden. Ich habe bemerkt, daß die Kopfsteuer, eigentlich eine direkte Abgabe, daselbst in eine indirekte, d. h. in Auflagen auf den Verbrauch und die Getränke verwandelt worden sei; daß in Artois mehrere andere direkte Landsteuern, wie sie im übrigen Frankreich eingeführt sind, auf eben diese Art abgetragen würden. Dies ist wirklich der Fall, denn die Stände von Artois, welche die Abgaben erheben müssen, haben einen ansehnlichen Teil der von der Regierung unter dem Namen vom Zwanzigsten und Hundertsten verlangten Summen auf den Verbrauch übertragen. Diesen Einrichtungen zufolge, habe ich ferner gesagt, ist die Zahl der stimmfähigen Bürger dort bei weitem kleiner als in den andern Gegenden Frankreichs, denn alle diejenigen, deren Ländereien nicht so ausgedehnt sind, daß sie die verlangte Summe an Besteuerung bezahlten,

121

d. h. nicht allein der zahlreichste und interessanteste Teil der Gesellschaft, welchen den Stolz durch den rührenden heiligen Namen: Volk zu schänden gedacht hat, sondern sogar alle Bürger, deren Vermögen in beweglichen Gütern oder in den Früchten ihrer Betriebsamkeit besteht, die meisten Kaufleute und die bemittelten Pächter, alle diese sind des Rechtes beraubt, ihre Vertreter sowohl in den Munizipalitäten als in der Nationalversammlung zu ernennen, und werden auf diese Art, obgleich sie beträchtlichen indirekten Steuern unterworfen sind, von allen ehrenvollen Stellen ausgeschlossen, welche das Vertrauen der Bürger zu besetzen hat. Ich habe ferner bemerklich gemacht, daß auf diese Art jede Würde sowie die Macht, über das Schicksal des Volkes zu entscheiden, ganz allein den reichen Gutsbesitzern, den Bischöfen, den Abbés, den ehemaligen großen Herren in die Hand gegeben ist, welche den größten Teil unserer Ländereien besitzen. Ich habe deshalb ernstlich verlangt, daß die Einwohner von Artois von einem ungerechten Gesetze, welches sie zur Schmach der bürgerlichen Knechtschaft verurteilt, befreit würden. Ich bin weiter gegangen, ich habe die Bürgerrechte in ihrer ganzen Ausdehnung für alle Franzosen in Anspruch genommen und einen Gesetzentwurf vorgelegt, dessen wesentlicher Inhalt folgender ist:

,Die Nationalversammlung erklärt in Rücksicht auf die Verschiedenheit der in den einzelnen Teilen Frankreichs gegenwärtig angeordneten Bestimmungen und mit vollkommener Achtung für die Menschenrechte, welche sie feierlich anerkannt hat, daß jeder Franzose, daß jeder, der in Frankreich geboren und ansässig oder naturalisiert ist, ohne einen andern Unterschied als den der Talente und Tugenden, die Bürgerrechte in ihrer ganzen Ausdehnung genießen und zu allen Stellen Zutritt haben solle.'

Ihr seht also, daß ich nicht gesagt habe, die Abgaben für Artois seien an sich zu schwach, oder sie sollten vermehrt werden. Und wie? Ich, der ich mir so viele Feinde zugezogen habe, weil ich euch vor der Nationalversammlung die strafbaren Umtriebe aufgedeckt habe, vermöge derer eure Behörden die Besteuerung zu einer unerträglichen Bedrückung gemißbraucht haben; ich, der ich mich über jede Verschwendung, über die abscheuliche Freigebigkeit beschwert habe, mit der ihre unselige Gefälligkeit die Angestellten mit dem Raube und dem Gute des Volkes bereichert hat; ich hätte dies sagen mögen *?

Ich bekenne es, mein Herr, dieser Antrag war ein Frevel gegen den Despotismus und die Aristokratie, und Sie wissen, wie sehr er die verdrossen hat, welche den Erfolg ihrer ehrgeizigen Absichten in einem Systeme suchen, welches das Volk von den Versammlungen ausschließen, nur eine geringe Anzahl von Bürgern zu denselben zulassen und sie dem Einflusse der Reichen und Aristokraten überliefern soll; Sie wissen ferner, wie feurig derselbe von den Abgeordneten, welche den meisten Eifer bisher für die Volkssache entfaltet hatten, besonders aber von Herrn Karl von Lameth, einem unserer Mitabgeordneten, verteidigt wurde, der meiner Meinung nach seinen edlen Patriotismus, der ihm ein Anrecht auf die Dankbarkeit der Nation erworben hat, durch keinen schönern Zug bewähren konnte.

Sie können nicht vergessen haben, daß mein Antrag an das Komitee der Konstitution geschickt und dieses beauftragt wurde, einen Bericht darüber an die Nationalversammlung abzustatten, daß dasselbe, zufolge meines Antrags, die volle Wiedererstattung aller Bürgerrechte für alle Franzosen vorschlagen wollte, einige Tage darauf einstweilen einem Teile desselben genügen wollte, und daß demzufolge eine Verordnung zugunsten der Gegenden Frankreichs,

* Ich habe in der Schrift, welche ich hier anführe, unter andern der fortlaufenden Gratifikation erwähnt, welche die Stände von Artois jährlich dem Gouverneur, Intendanten und ersten Präsidenten des Rates von Artois, als Kommissär des Königs bezahlten; einer Gratifikation, welche in den letzten Jahren noch durch den Einfluß seines Freundes Calonne verdoppelt wurde. Es ist ein sonderbares Verhängnis, daß ich eben diesen Brief an den ersten Präsidenten des Rates von Artois schreibe.

in denen, wie in Artois, die indirekten Steuern hauptsächlich in Gebrauch sind, vorgeschlagen und von der Nationalversammlung angenommen wurde. In der Tat, als mir nicht allein die Patrioten unserer Heimat, sondern so vieler Teile Frankreichs ihre Zufriedenheit bezeigten; als die Stadt Paris seither bei der Nationalversammlung dieselben Grundsätze in Anspruch nahm; als diese durch die Wünsche und Meinungen der ganzen Nation, durch Adressen, welche man von allen Seiten dem Komitee der Konstitution zuschickte, geheiligt wurden; als es offenkundig ward, daß die Nationalversammlung eine Verordnung, welche sie selbst den großen, für das Wohl der Menschen getanen Dingen nicht angemessen genug hielt, noch zu verbessern denke: damals fiel es mir nicht ein, daß Sie, mein Herr, es mir einmal in den Augen meiner Mitbürger zum Verbrechen machen würden, daß ich zuerst das Köstlichste und Heiligste ihrer Interessen verteidigt habe.

Ich habe später noch einmal über die Besteuerung von Artois gesprochen, jedoch nur in Beziehung auf die obenerwähnten Tatsachen und in demselben Geiste; und das gerade ist die Zeit, in welcher Herr von Beaumetz diese sonderbare Klage, von der ich rede, geschrieben hat.

Den 18. April stattete Herr Target im Namen des Komitees der Konstitution der Nationalversammlung einen Bericht ab, betreffend die Wahl der Munizipalbeamten von St. Jean-de-Luz. Viele Einwohner dieser Stadt beschwerten sich, daß sie unter dem Vorwande, als ob sie nicht die gesetzliche Steuer bezahlten, von der Versammlung ausgeschlossen worden wären, und nahmen die früher erwähnte Verordnung zu ihren Gunsten in Anspruch. Der Berichterstatter war der Meinung, daß die Einwohner von St. Luz, da sie direkte Abgaben hätten, sich nicht auf diese Verordnung beziehen könnten. Dieselben Grundsätze und Gefühle, welche mir den ersten erwähnten Antrag diktiert hatten, bewogen mich, auch den Anspruch der Bürger von St. Jean-de-Luz zu unterstützen. Ich antwortete dem Berichterstatter, daß der bloße Umstand, als ob diese Stadt direkte Abgaben hätte, nicht hinreiche, ihren Anspruch zurückzuweisen, daß dieser vielmehr begründet wäre, sobald nur ein großer Teil ihrer Besteuerung in indirekten Abgaben bestände; ich erwähnte darauf Artois und bemerkte, daß ich den Geist der Verordnung um so besser zu kennen dächte, da dieselbe infolge der Ansichten, welche ich zugunsten der Einwohner von Artois und aller sich in derselben Lage Befindenden in der Versammlung aufgestellt hatte, von dem Komitee der Konstitution vorgeschlagen worden war; und daß ich diese Verordnung nicht deshalb verlangt hatte, weil Artois keine direkte Abgabe zahle, da diese Besteuerung wirklich in keiner Gegend von Frankreich ganz unbekannt ist, sondern weil im allgemeinen ein großer Teil der Lasten in dieser Provinz durch Auflagen auf Verbrauch und Getränke, d. h. durch indirekte Steuern bestritten wird, welche die Verordnungen bisher für nichts zu rechnen schienen, wenn die Besteuerung bestimmt werden sollte, von der die Stimmfähigkeit eines Bürgers abhängt. Herr von Beaumetz wird sich erinnern, daß ich diese kurzen Bemerkungen mit den Worten schloß: Man sollte diese der Volkssache günstigen Auslegungen um so leichter zulassen, da es in der Tat ja abscheulich ist, daß man, unter dem Vorwande von mehr oder weniger Abgabe, d. h. größerm oder kleinerm Vermögen, den Bürgern ihre heiligsten Rechte streitig macht.

Aber Herr von Beaumetz liebte solche Anträge nicht; zum Beweise dient, daß er sogleich nach meiner Rede die Tribüne bestieg, und zwar nicht um über die der Versammlung vorgelegte Untersuchung zu sprechen, sondern um sein Erstaunen auszudrücken, daß ich zweimal von der Besteuerung von Artois spreche, das er eine kleine Provinz nannte; er suchte darauf zu beweisen, daß die Provinz Artois beträchtliche Landsteuern zahle, was aber niemand streitig gemacht hatte und gar nicht zur Sache gehörte, welche zu wissen verlangte, ob die Bewohner von Artois, welche einen großen Teil der Besteuerung, der anderwärts mit direkten Abgaben entrichtet wird, mit indirekten Abgaben bezahlen, mit Recht durch die Organe ihrer Vertreter fordern dürfen: daß dieser Umstand sie nicht der jedem freien Menschen gebührenden Vorrechte beraube.

Das war der Streit zwischen Herrn von Beaumetz und mir. Ich weiß nicht, ob es das ist, womit er mich beschämt zu haben meint; etwas anderes erfolgte jedoch unmittelbar nach der Sitzung in dem Versammlungssaale und in Gegenwart mehrerer Abgeordneten. Herr von Beaumetz redete mich an und sprach über den Gegenstand unseres Streites; ich antwortete ihm mit der Gleichgültigkeit, die Folge des Eindrucks war, welchen sein Benehmen auf meinen Geist gemacht hatte: er entgegnete darauf mit einigen Redensarten, die, vermöge ihrer Grobheit, unbedeutsam sind.

Ich ließ mir jedoch ein großes Unrecht gegen ihn zuschulden kommen, ich erwiderte ihm auf alle seine Beleidigungen nur ein, aber desto gewichtigeres Wort: Sie sind ein Verräter an den Interessen Ihres Vaterlandes. Wütend verließ er mich; und vermutlich hat er in der Aufregung über diese Unterredung den Brief geschrieben, von dem hier die Rede ist. Man sieht, daß er ganz den Charakter der Rachsucht trägt. Es freut mich, daß ich auf diese Art gewissermaßen sein auffallendes Benehmen entschuldigen und die Nachsicht, mit der ich selbst wider ihn verfahre, rechtfertigen kann, ohne deshalb in den Verdacht zu kommen, als ob ich die Verleumder aufmuntere oder an Irrtümern, die das Volk verführen und ihm in jeder Beziehung unheilbringend sind, selbst teilhaben möchte. Darum werde ich noch eine Tatsache anführen, welche der erwähnten sehr entspricht und noch deutlicher beweist, daß Herr von Beaumetz, wenn er in der Nationalversammlung den Verteidigern der Volksrechte widerspricht, nicht unfehlbar ist. Er wird sich wahrscheinlich des Tages erinnern, an welchem ich den Antrag machte, daß die Mitglieder der Provinzialstände und alle rechnungspflichtigen Beamten veranlaßt würden, in der Versammlung der Departements mindestens für ihre Amtsführung der letzten 10 Jahre Rechenschaft abzulegen. Mein Herz war noch voll der ge-

126

rechten Empörungen über die jüngsten Bedrückungen, die ich in Artois bekämpft hatte, und die sich soeben erneuerten, ich wollte meinen Antrag durch ein Beispiel unterstützen und fragte deshalb, mit welchem Rechte man dem Volke von Artois die Freiheit rauben wollte, seine alten Beamten zur Wiedererstattung der unrechtlich erhobenen Summen zu zwingen, Summen, welche sie für die Kriegssteuer von 1788 noch jetzt einziehen, obgleich der König noch vor der Zusammenberufung der Nationalversammlung diese Auflage für das Jahr 1788 in ganz Frankreich aufgehoben hatte, um die traurigen Verwüstungen der Hagelschäden nicht noch drückender zu machen. Herr von Beaumetz ergriff darauf wieder das Wort und suchte die Stände von Artois dadurch zu verteidigen, daß die Befreiung von der Kriegssteuer nur eine augenblicklich unter der Bedingung bewiesene Begünstigung sei, daß man sie im nächsten Jahre doppelt zahlen müsse. Durften denn aber die Beamten einer Provinz ihren Mitbürgern einen wohltätigen Aufschub, eine, wenn auch nur vorübergehende, aber durch das gegenwärtige Unglück herbeigenötigte Hilfe entziehen; sah denn nicht eben zu der Zeit, in der jene diese Hilfe zunichte machten, jedermann voraus, daß das Ausheben der Rekruten und die gehässigen Steuern, welche es ersetzten, nach dem allgemein ausgesprochenen Wunsche der Nation von der Nationalversammlung unterdrückt werden würden? Sie hat diese Wohltat wirklich dem Volke zugesichert, aber das von Artois hat dennoch die Besteuerung zahlen müssen, die überall sonst für immer aufgehoben ist.

Die Verteidigung der Stände von Artois durch Herrn von Beaumetz hat die Annahme des Antrages, daß die Provinzialstände sich einer Rechnungsablage unterziehen sollten, nicht verhindert; aber es war nichtsdestoweniger schmerzhaft zu sehen, wie einer der Vertreter des Volkes von Artois durch die unbegreifliche Verteidigung seiner Unterdrücker gewissermaßen sein langes Elend noch verhöhnte, wie er seine erhabene und heilige Pflicht vergaß und sich nur der Würde eines Kommissärs des Königs bei den Ständen von Artois erinnerte, mit welcher er unter der alten Regierung bekleidet worden war. Hätte ich mich damals einem gerechten Unwillen überlassen dürfen, hatte nicht ich vielmehr das Recht, mich bei meinen Mitbürgern über die Hindernisse zu beschweren, die jemand, dem es so wenig zukam, dem Eifer ihrer Verteidiger in den Weg legte? Und dennoch schwieg ich; erwägen Sie das, mein Herr, bedenken Sie, daß Sie jene Tatsachen in Ihrem Briefe entstellen und mich verhaßt und verdächtig zu machen suchen, daß ich das alles wußte. Sie werden dann vielleicht einsehen, daß Sie mir einigen Dank für meine Mäßigung schuldig sind, und es sich zuschreiben, daß ich jetzt in die Notwendigkeit versetzt bin, sie selbst bekanntzumachen.

Ich habe diese gewiß unangenehme Pflicht jetzt erfüllt: ich habe nur noch ein Wort hinzuzufügen, dies soll Ihnen beweisen, daß ich nicht Ihre Persönlichkeit hasse, sondern nur Ihre Ungerechtigkeit verabscheue; ich will, statt des Übels, das Sie von mir geschrieben haben, Ihnen brüderlichen Rat erteilen, der Ihnen nützlicher werden kann, als Ihre Beschuldigungen mir nachteilig sein können. Entsagen Sie Ihrem Vorhaben, meinen Ruf anzuschwärzen.

Wollen Sie den Trieb Ihres Hasses oder Ihrer Abneigung befriedigen? Sie erreichen Ihren Zweck nicht. Ich werde Ihnen nicht vorhalten, daß die Zeit vorüber ist, in der Intrigen und Schmähschriften einen braven Mann entehrten und einen nichtsnutzigen oder schurkischen Menschen auf den Gipfel des Ruhmes erhoben; daß die treuen Verteidiger des Volkes seit langer Zeit Beleidigungen für ehrenwert halten; daß die wahre Liebe zur Gerechtigkeit und Menschlichkeit ihre himmlischen Zeichen hat, welche der heuchlerische Eifer der falschen Patrioten niemals nachahmen kann; daß sie alle Kräfte in Anspruch nimmt und sich in einem tiefen und mutigen Gefühle offenbart, nach welchem die kalte Politik kleinmütiger und verderbter Menschen gar nicht einmal zu streben wagt.

128

Ich werde Ihnen, wenn Sie wollen, zugestehen, daß es Menschen gibt, welche im Anfange eifrig die ihnen gelegenen Mißbräuche der alten Regierung verteidigt haben, hernach aber schlau genug gewesen sind, sie nicht zurückzuverlangen, als sie einmal für immer verschwunden zu sein schienen, welche mit vieler Gewandtheit den Augenblick ergriffen haben, in dem das aristokratische Geschwätz aufgegeben werden mußte, manchmal die Sprache eines wahren Bürgers gestottert und unter der neuen Verfassung ein neues Los gesucht haben, das sie für die Vorteile des Despotismus entschädigen konnte; welche kaum noch kluge Aristokraten waren und jetzt zaghafte Bürger sind und die Gelegenheit zu erfassen wissen, in welcher sie, ohne die Vorurteile noch die Interessen der ehrgeizigen Volksfeinde zu verletzen, mit einer scheinbaren Wärme irgendeine gerechte Sache oder einen guten Grundsatz verteidigen können, welche alle Parteien schonen, ihnen zuweilen zu dienen scheinen und sie alle verraten; welche die schwachen und beschränkten Gemüter fesseln, sich den Ruf des Patriotismus anmaßen und durch Intrigen zur Auszeichnung gelangen, die, dem Glauben des Volkes nach, nur durch Vertrauen sich erwerben lassen. Aber die Nation beobachtet sie: einsichtige und kraftvolle Bürger durchschauen sie, und die öffentliche Meinung führt sie auf ihren Platz zurück. Man sehe nur die Götzen alle, welche die flüchtigen Verehrungen des Volkes erhascht hatten: die fallen, andere wanken; der Patriotismus und die Tugend bleiben mitten unter den Stürmen, welche um sie toben und verschwinden, allein unerschütterlich. Die Verleumdung, mein Herr, reicht heutigen Tages nicht mehr hin, den Haß des Volkes gegen seine Verteidiger zu erwecken; es gehören schlimmere Frevel dazu. Wir wissen nicht, ob die Verwegenheit der Leute, welche ich soeben geschildert habe, sich so weit versteigen wird; aber wir sind auf alles gefaßt und werden wenigstens den Trost mit uns nehmen, daß von jetzt an die Verbrechen der Tyrannen die Freiheit und das Glück der Völker nur bekräftigen können.

Hat dieser Verleumdungsplan, den man so lange unermüdlich befolgt, den Zweck gehabt, den neuen ehrgeizigen Absichten zu genügen, welche durch eine neue Umgestaltung der Verhältnisse, die Ihr Ansehen aus der Vernichtung meines Einflusses bei meinen Mitbürgern entwickelt, Ihnen vielleicht erreichbar scheinen? Ich erkläre Ihnen, daß Sie sich in dem Falle ganz umsonst bemüht haben, denn Sie haben nie zu fürchten, mich als Mitbewerber in Ihrer Laufbahn zu finden. Sie mußten es fühlen, daß wir eine Sache nie von demselben Gesichtspunkte aus betrachten noch uns auf demselben Wege begegnen konnten. Die Beharrlichkeit, gegen alle Interessen zu verstoßen, welche nicht das allgemeine Interesse, von Ihnen Faktionsgeist benannt, betreffen; die unablässigen Weigerungen, uns mit den Vorurteilen sowie mit den gemeinen und grausamen Leidenschaften zu vertragen, die seit so vielen Jahrhunderten die Menschheit unterdrückt haben; das unbesiegliche Gefühl, durch welches man gezwungen ist, unaufhörlich die unverjährbaren Rechte des Unglücks und der Menschlichkeit gegen Tyrannei und Ungerechtigkeit zu verfechten, obgleich dabei nur Haß, Rache und Verleumdung zu ernten ist: dies alles führt, wie Sie wissen, nicht zu Ansehen und Vermögen. Sie wissen selbst, daß Nachgiebigkeit, Kriecherei und Intrige sichere und leichtere Mittel dazu sind, zugleich aber auch, daß ich nicht imstande bin, sie anzuwenden. Auch habe ich kein Interesse dabei; ich bin durch den Wunsch des Volkes dazu berufen worden, seine Rechte in der einzigen Versammlung zu verteidigen, in welcher seit Anfang der Welt man sich auf sie berufen und sie besprochen hat, in der einzigen, in der sie mitten unter den wunderbaren Verhältnissen, welche die ewige Vorsicht zusammengeführt hatte, triumphierten und den Vertretern der französischen Nation die Macht zusicherten, die Herrschaft der Gerechtigkeit und Vernunft wieder einzusetzen und dem Menschen seine Tugenden, sein Glück und seine frühere Würde zurückzugeben: ich habe, soviel ich vermochte, die uns auferlegte Pflicht erfüllt; ich habe weder dem

Stolz noch der Gewalt noch der Bestechung nachgegeben; jede Hoffnung, jedes persönliche Interesse schien mir, wenn es sich auf eine solche Sendung begründete, ein Verbrechen, eine Beschimpfung. Es kümmert mich nicht, ob meine Bürger es wissen oder nicht; der Erfolg Ihrer Verleumdungen und der Ihrer Anhänger mag Ihrer Erwartung entsprochen haben oder nicht: mir genügt, daß ich ihnen nach meinen Kräften gedient habe; ich habe von niemandem etwas gehofft und doch schon die jetzige Belohnung erhalten, nach der ich streben konnte...; möchten Sie eines Tages eine ähnliche begehren; gehen Sie nur immer Ihren Weg fort; was Sie auch für Vorteile dabei erreichen mögen, der wahre Bürger wird sich nicht verblenden lassen, sondern stets nach Ihren Handlungen und Gefühlen den Grad der Achtung abmessen, die er Ihnen erweisen zu müssen glaubt."

Nota. Ich habe es für meine Pflicht gehalten, unter dieser Schrift die Ansicht meiner Kollegen von der Verleumdung, über die ich mich beschwere, abdrucken zu lassen:

„Wiewohl Herr von Robespierre keines andern Zeugnisses für seine Vaterlandsliebe als seines bürgerlichen Lebens und der öffentlichen Meinung bedarf, so machen wir uns doch ein Vergnügen daraus, ihm einen Beweis der Achtung und Anhänglichkeit zu geben, die er von allen seinen Kollegen erwarten darf, und bezeugen hiermit für alle, welche die Verleumdung vielleicht hätte täuschen können:

Daß derselbe keineswegs in der Versammlung gesagt hat, Artois bezahle keine beträchtlichen Abgaben noch sonst etwas, was die Erschwerung der Lasten dieses Landes bezweckt hätte, sondern daß er nur über die Art und Weise dieser Besteuerung gesprochen und bemerkt hat, wie ein großer Teil in indirekten Steuern bestehe, daß er daraus die Notwendigkeit entwickelt hat, die Bewohner dieses Landes von der Verordnung zu befreien, nach welcher eine bestimmte Summe direkter Abgaben nötig ist, um die Rechte eines stimmfähigen Bürgers zu genießen, bei den verschiedenen, von der Konstitution bestimmten Stellen Wähler oder wählbar zu sein; daß derselbe endlich immer die Sache des Volkes und der Freiheit, insbesondere aber die Interessen von Artois verteidigt hat.

(Unterz.)

Fleury, du Boisson, Boucher, Payen, de Croix, Brassart, Karl von Lameth, Abgeordnete von Artois."

## ZWÖLFTES KAPITEL

Ich ließ den Brief drucken und reichlich verteilen. Er hatte die Wirkung, die ich mir davon versprach: Herr von Beaumetz wurde entlarvt und außer Kraft gesetzt, mir in den Augen der Wohlgesinnten zu schaden. Seine Verleumdungen waren in Paris kaum bekannt geworden, haben aber in Arras, wo sich zahlreiche Anhänger an ihn anschlossen, Aufsehen gemacht. Meine Rechtfertigung war vollständig und überzeugend; meine Mitbürger bewiesen es mir dadurch, daß sie meinen Bruder für das Amt eines Gemeindeanwalts beriefen.

Das Lehnskomitee fuhr in der Ausrottung der Mißbräuche fort, mit denen der Stolz und die Habgier der großen Herren das Land überschwemmt hatten. Es ließ von Merlin einen Beschluß über die Jagdgerechtigkeit vorschlagen. Obgleich dasselbe die Gerechtigkeit nur zur Hälfte handhabe, obgleich die Nacht vom 4. August den Adel hätte überzeugen sollen, daß kein Gedanke von Vorrecht mehr auf französischem Boden haften könne, setzte dieser Antrag trotzdem die rechte Seite in Bestürzung. Sie hätten aus dem Schutte von Ungerechtigkeit wenigstens ihren Sperling erhalten mögen: sie hingen an der ausschließlichen Jagdgerechtigkeit. Ihre Redner stotterten einige erbärmliche Spitzfindigkeiten her und begehrten die Einführung des Rechtes der Waffenführung. Aber ihr strafbarer Verdruß kümmerte mich nicht. Ich hielt mich nicht an den Mittelweg, den die Furchtsamkeit der Kommission gegangen war, sondern verlangte die vollständige und freie Anwendung des Grundsatzes; ich behauptete, daß die Jagd jedem Bürger frei stände, daß sie nicht von dem Eigentumsrechte abhinge, daß das Wild jedem gehöre, und vorausgesetzt, daß man keine fremde

Ernte dadurch beeinträchtige, überall verfolgt werden könne.

Dieser Antrag war zu strenge, als daß die Schlaffheit der Versammmmlung ihn hätte annehmen können; er ward verworfen. Einige Tage später erwies man der Einrichtung, welche ich für die Kriegsgerichte vorschlug, dieselbe Ehre, obgleich ich mich auf den Grundsatz gestützt hatte, aus welchem der Beschluß über das Jurygericht hervorgegangen war. Ich verlangte, daß das Kriegsgericht zur Hälfte aus Soldaten bestände.

Ich mischte mich nur wenig in die ersten Verhandlungen über die Gerichtsverfassung; die Advokaten hatten sich derselben bemächtigt, und ich war nicht begierig darauf, als Advokat aufzutreten. Die Rolle eines Gesetzgebers, eines Staatsmannes ließ mich leicht meine frühere vergessen. Überdies hatten meine eigene Überlegung und die Erfahrung mich überzeugt, daß der enge und pedantische Geist der Rechtsgelehrten den Einsichten nicht gewachsen ist, welche das Erkenntnis politischer Angelegenheiten verlangt. Thouret, Lechapelier, Target, Chabroud und einige andre beschäftigten sich fast ausschließlich mit der Untersuchung, welche die Bildung der Tribunale darbot, und die Versammlung ließ sie gewähren. Bei der Richtung, welche die Revolution allen Angelegenheiten gab, mußten ihre Pläne, so unvollkommen sie auch waren, eine bedeutende Verbesserung hervorbringen.

Die Verordnungen, welche die Einrichtung der Munizipalitäten in Ordnung bringen sollten, besonders die, welche die Stadt Paris betrafen, interessierten mich bei weitem mehr. Paris war der Mittelpunkt der Tätigkeit der Revolution; von hier aus ging sie in die Provinzen über, hier glühte ihr eigentlicher Herd. Der Berichterstatter Desmeuniers, der mit dieser schwierigen Sache beauftragt war, sah oder wollte den großen und edlen Zweck nicht sehen, zu dessen Erfüllung sein Vorschlag hätte hinzielen müssen. Die Einrichtung, welche er vorschlug, ging darauf aus, diese große Stadt ihres stärksten Hebels, ihrer Distrikte, wel-

134

che so unendliche Dienste geleistet hatten, und dadurch ihrer ganzen politischen Kraft zu berauben. Ich strengte mich vergeblich an, diese undankbare und unpolitische Maßregel zu hintertreiben.

„Ich glaube nicht," sagte ich, „daß es der Weisheit der Versammlung angemessen ist, über eine der wichtigsten Fragen, die ihr je vorgelegt worden sind, ich meine die über das Bestehen der Distrikte, leichthin zu entscheiden. Sie muß vor dem 1. Artikel des Komitee-Entwurfes beraten werden, welcher, einmal angenommen, die Wünsche der ganzen Hauptstadt vereiteln würde. Als Sie von einer Ausnahme zugunsten von Paris sprachen, habe ich nur die Erhaltung der Distriktsversammlungen darunter verstanden, welche die ungeheure Bevölkerung der Hauptstadt unumgänglich verlangt. In dieser Stadt, dem Sitze der entgegengesetztesten Grundsätze und Parteien, darf man sich gegen alles, was die Freiheit bedroht, nicht auf die Hilfe gewöhnlicher Mittel verlassen; die Gesamtmasse der Stadt muß ihr Werk und das Ihrige erhalten. Bedenken Sie, wo Sie sind; Sie haben zwar viel, aber noch nicht alles getan. Ich darf sagen, Sie müssen noch ebenso besorgt sein, als ob Sie Ihr Werk noch gar nicht begonnen hätten. Wer von Ihnen bürgt dafür, daß man nicht, ohne den tätigen Schutz der Sektionen, wirksamere Mittel angewendet hätte, Ihre Arbeiten zu hemmen? Wir dürfen uns nicht durch eine vielleicht scheinbare Ruhe verführen lassen; der Friede darf nicht der Schlummer der Sorglosigkeit sein. Ich will nicht weiter gehen, und aus dem wenigen, was ich gesagt habe, glaube ich schon schließen zu können... Was sage ich, aus diesem Wenigen? Für die, welche das Volk als nichts betrachten möchten, habe ich schon zu viel gesagt.

Ich schließe damit, daß man keinen Artikel annehme, ohne vorher in Beratung gezogen zu haben: 1. Ob die Distrikte ermächtigt sein sollen, bis zur Befestigung der Konstitution sich, sooft sie wollen, zu versammeln? 2. Ob sie nach der Befestigung der Konstitution sich wenigstens einmal im Monat versammeln dürfen, um den Gemeingeist zu verbreiten?"

Mirabeau wollte meine Ansicht nicht teilen. Seine glänzenden Sophismen und der Einfluß der Feinde der öffentlichen Wohlfahrt auf die Versammlung bestimmten die Annahme des Komitee-Entwurfes.

Ich wunderte mich nicht über die etwas bittere Entgegnung von seiten eines Mannes, der damals als die festeste Stütze der Volkssache betrachtet wurde. Obgleich ich es mir zur unwandelbaren Regel gemacht hatte, mich durchaus nicht um die Intrigen des Hofes und der Aristokratie zu bekümmern, so waren mir dennoch die Bestechungen zu Ohren gekommen, mit denen man Mirabeau zu verführen gesucht hatte. Die persönlichen Beziehungen, in denen ich in den ersten Tagen unserer Vereinigung mit ihm gestanden hatte, überzeugten mich, daß er unter der Maske des Patriotismus die höchste Sittenlosigkeit verbarg, und daß die Tugend für ihn nur ein Name war. Auf der Stelle entfernte ich mich von ihm und war überzeugt, daß er nicht der Mann sei, den das Volk verlangte, und daß Mirabeau einen traurigen Mißbrauch von seinem herrlichen Talente mache und früh oder spät sich jedem verkaufen würde, der reich genug wäre, ihn zu kaufen.

Alle, die noch eine andere Meinung von ihm hatten, wurden bald enttäuscht. Die wichtige, unerwartet aufgestellte Frage über das Kriegs- und Friedensrecht zwang ihn, sich zu erklären; trotz den schwankenden Ausdrücken seiner Rede und dem teilweisen Widerrufe, trotzdem, daß er mit einer unstörbaren Kaltblütigkeit behauptete, man habe ihn nicht verstanden, mußte er dennoch endlich einen Schluß ziehen, und dieser Schluß war antinational.

Ein Brief des Herrn von Montmorin hatte die Beratung der Versammlung bewirkt. Verschiedene Vorfälle zwischen Spanien und England hatten der ausübenden Macht zum Vorwand gedient, ihre Truppen und Flotten auf Kriegsfuß zu setzen. Man nahm zuerst den Punkt vor, ob die Regierung das Recht habe, so zu handeln, wie sie gehandelt hat-

136

te. Ich hatte das Wort und behauptete, daß der an die Versammlung überschickte Brief die Rechte der Nation verletze, daß das Benehmen der Minister imstande wäre, uns ohne Not in einen Krieg zu verwickeln, und daß man ähnliche Anmaßungen verhindern müsse. Ich fügte hinzu, daß nur die Nation und ihre Vertreter Beschlüsse fassen dürften, die einen so großen Einfluß auf ihr Glück und ihre Freiheiten hätten; daß es zu wünschen wäre, alle Völker erwögen so große Interessen mit gehöriger Reife und folgten der Absicht des französischen Volkes, keine Eroberung zu machen und in Ruhe die Wohltaten der Freiheit zu genießen.

Diese erste Frage wurde trotzdem zugunsten der ausübenden Macht entschieden und dem Könige für die angenommenen Maßregeln eine Danksagung zuerkannt; man beschloß zugleich, den Tag darauf, den 16., die konstitutionelle Frage zu erörtern: Soll die Nation dem Könige das Recht zuerkennen, Krieg und Frieden zu machen?

Die sogenannte Volkspartei teilte sich. Während Maury, Cazales, Montlosier und andere verlangten, daß das Recht Krieg und Frieden zu machen, dem Könige ausschließlich zugestanden werde, während Petion, Rewbel und die Minorität der Linken es der Nation und ihren Vertretern erhalten wollten; stellte die Mittelpartei, die aus einer unentschiedenen Schattierung der Versammlung bestand, einen matten Ausweg auf, durch den diese Gewalt zwischen den Gesetzgebern und dem Könige geteilt und dem Oberhaupt der Regierung in dieser Beziehung etwas übertragen werden sollte, was unsere konstitutionellen Gesetze ihm in allen andern versagen — das Antragsrecht. Ich widersetzte mich dieser gefährlichen Neuerung. Ich bemerkte, daß die gesetzgebenden Körper niemals ein Interesse daran haben könnten, Krieg zu führen, wenn dieser nicht für das allgemeine Interesse der Nation notwendig wäre, daß aber die Könige einen persönlichen Gewinn daraus ziehen, weil er ihnen die Mittel verschafft, sich viel Söldner zu schaffen und ihre Macht zu vermehren. Ich stimme daher für die Ansicht Petions und nahm seinen Gesetzvorschlag an.

Aber der Kampf begann erst; wir wußten alle, daß Mirabeau reden wollte, und daß er für die ausübende Macht gesinnt sei; man wußte auch, daß das Triumvirat alle Kräfte vorbereitet hatte, Stück für Stück den Koloß zu zertrümmern, der sie an seiner Hand zur Volksgunst geleitet hatte. Es war kein Kampf der Grundsätze, sondern der Eigenliebe: man verließ sich nicht sowohl auf das Recht als auf die Beredsamkeit. In dieser Beziehung waren es nur armselige Gegner, die man unserm Demosthenes gegenüberstellte. Seine donnernde Rede schien sich noch zu erheben, wenn er Barnave gegen ihn zum Kampf anrücken sah. Nie wird mir der Augenblick entschwinden, in welchem er auf der Tribüne stand, die er unter Murren bestiegen hatte, und wie durch Zauber durch einige große Worte die Aufmerksamkeit der Versammlung an sich riß, wie er darauf mit größerer Sicherheit ausrief: „Auch mich wollte man im Triumphe umhertragen; jetzt ruft man in den Straßen ‚die große Verschwörung des Grafen Mirabeau' aus. Ich bedurfte dieser Lehre nicht; ich wußte, daß neben dem Kapitole sich der Tarpejische Felsen erhebt; aber wer für das Recht und das Vaterland kämpft, gibt sich selber nicht so leicht auf." Einstimmiger Beifall unterbrach den Redner. Die Tribünen, welche mit Leuten besetzt waren, deren natürlicher Verstand sie mit Unwillen über Mirabeaus Abfall beseelte, ließen sich hinreißen und hatten nicht Zeichen genug, ihren Enthusiasmus zu erkennen zu geben. Ich selbst stimmte mit ein und bereue es beinah jetzt noch nicht. Es liegt so viel Verführerisches im Genie; es verdient eine Krone und schmückt sie es auch erst auf dem Schafott. Man denke sich Mirabeau tugendhaft. Die Erde wäre seiner nicht wert gewesen!

Die einem unerhörten Talente schuldige Bewunderung war, ich gestehe es, nicht der einzige Antrieb, vermöge dessen ich der heftigen Rede Mirabeaus meinen Beifall nicht versagte. Ich sah noch die Niederlage, den Schimpf für die Männer darin, deren falsche Popularität mich verdroß. Ich durchschaute besser als das Volk das Innerste dieser Führer, die sich in der Tat bald so zeigen sollten, wie die Natur und Erziehung sie gemacht hatte: herrschsüchtig, wie die Form der Regierung auch sein möchte, und imstande, ihrem Ehrgeize jedes verlangte Opfer zu bringen.

Nach achttägiger Beratung wurde ein Beschluß gefaßt, und, was auffallend ist, jeder maß sich die Ehre des Sieges bei, was zur Genüge beweist, daß man schöne Phrasen im Munde geführt hatte, ohne sie zu verstehen, und daß man eigentlich gar nicht wußte, worum es sich handle. Übrigens kümmerte mich das Schwankende des Gesetzes nicht sehr: in einer recht volkstümlichen Verfassung schlägt das Schwankende immer zugunsten des Volkes aus, weil alles auf dieses hinausläuft, weil es die meisten Mittel hat, seine Rechte anerkennen zu lassen.

Die geistlichen Angelegenheiten beschäftigten die Versammlung lange Zeit. Es war viel in Hinsicht auf die Sachen und die Personen in Ordnung zu bringen. Unsere Prälaten schrien; auf jeden neuen Punkt folgte eine neue Predigt, eine Berufung auf Papst und Konzilium; allein wir gingen immer gerade weiter, und geschah auch nicht alles, so wurden doch beträchtliche Verbesserungen eingeführt und viele Mißbräuche ausgerottet.

Diesen glücklichen Erfolg hatte man dem Klerus selbst zu danken, da das geistliche Komitee viele aufgeklärte Priester in sich begriff, welche teils aus Neid, teils aus christlicher Überzeugung sich über die anstößige Prachtliebe der Bischöfe ärgerten und die Rückkehr zur apostolischen Einfachheit verlangten. Man hatte ihnen Rechtsgelehrte beigesellt, die in Kirchensachen wohl bewandert waren und am rechten Ort, so gut wie Doktoren der Sorbonne, Dekretale und Konzilien anführten. Der Abbé Gouttes, Martineau, Camus, waren die tätigsten Mitglieder des jansenistischen Komitees. Ich nahm großen Anteil an dieser Verhandlung. Ich verlangte die Unterdrückung aller überflüssigen Würden, wie die der Kardinäle und Erzbischöfe. Ich begehrte, daß die geistliche Verfassung sich auf Bischöfe, Pfarrer und Vikare, als die einzigen apostolischen, beschränke, und daß das Volk dieselben erwähle. Ich widersetzte mich bei der Untersuchung der einzelnen Artikel dem Vorschlage des Komitees, die für die geistlichen Würdenträger bestimmten Gehälter noch zu vermehren, und trug vielmehr auf ihre Ermäßigung an. Ich sprach zugunsten aller siebzigjährigen Geistlichen, besonders derer, welche weder Pfründen noch Pensionen haben.

Eine andere Frage, die noch bedeutender war als diese kleinlichen Geldstreitigkeiten, verdiente mehr die Aufmerksamkeit einer umschaffenden Versammlung — die Priesterehe nämlich. Da ich es mir zur Richtschnur gemacht hatte, der Versammlung nichts zu verbergen, was in den Grenzen meines Auftrags lag und die Interessen meines Landes betraf, so bestieg ich die Tribüne, um diese wichtige Sache zu berühren. Ich wußte, daß ich den Unwillen der rechten Seite und das Geschrei ihrer Wut gegen mich aufregen würde. Aber ich war an diesen Sturm gewöhnt, kümmerte mich wenig darum und glaubte bei der Mehrzahl der Versammlung wenigstens einige Neugierde zu erregen: aber dem war nicht so; kaum hatte ich gesagt: ich werde von der Priesterehe sprechen, als eine fast einstimmige Mißbilligung mich übertäubte und den Präsidenten bewog, mir das Wort zu nehmen. Ich mußte, wie auch sonst schon, der Gewalt nachgeben. Es war keine so außergewöhnliche Sache, daß die Versammlung es für überflüssig halten konnte, meine Erörterungen anzuhören; sie gab den würdigsten und achtungsvollsten Geistlichen Stoff zum Nachdenken, und ich hätte leicht beweisen können, daß es nicht allein eine Sache innerer Disziplin sei, sondern daß es den Gesetzgebern sehr daran liegen müsse, sich damit zu beschäftigen.

Meine Gedanken waren infolge einer gehaltvollen Unterredung mit einem ehrwürdigen Priester, einem Landsmanne, der damals Vikar an einer Pfarre von Amiens war, auf diesen Gegenstand gerichtet worden. Der Abbé Lefetz (so

140

hieß er) hatte mir das Wort abgenommen, in diesem Sinne der Versammlung einen Antrag zu machen. Er schrieb mir darüber folgenden Brief, den ich als ein interessantes Aktenstück aufbewahrt habe:

„Da ich Ihre Liebe für das allgemeine Beste kenne und mich ohne Einschränkung Ihren Grundsätzen anschließe, so nehme ich mir mit wahrem Vertrauen die Freiheit, Sie an das Versprechen zu erinnern, welches Sie mir vor einiger Zeit so feierlich getan haben — ich meine in bezug auf die Priesterehe. Alle vernünftigen Menschen verlangen sie und betrachten sie, und zwar mit Recht, als unumgänglich notwendig. Die Natur verliert niemals ihre Rechte: das Benehmen der Geistlichen in allen Ländern ist der Beleg dafür. Man beweise mir, daß Jesus Christus den Priestern befohlen habe, dem weiblichen Geschlechte zu entsagen — und ich sage kein Wort mehr; aber ich fordere jedermann dazu heraus. Hätte der, der uns Priester eingesetzt hat, uns zum Zölibat zwingen wollen, so hätte er uns gewiß ein ausdrückliches Gesetz darüber erteilt. Aber es ist nicht so; wer hat das Gesetz über das Zölibat gegeben? Stolze, listige, unter Frauen lebende Männer. Was hat sie bewogen, dieses Gesetz zu geben? Die Herrschsucht und ihr Begleiter, der Eigennutz.

Übersehen Sie das Geschrei aller jener Wesen, die aus der Unordnung und der Verbreitung der Mißbräuche ihren Vorteil ziehen und benutzen Sie das große Talent, welches Sie besitzen, einen der Natur, der Politik und der Religion selbst so entgegengesetzten Zustand abzuschaffen. Sie hassen die Vorurteile und wenden Ihre Beredsamkeit an, sie auszurotten. Wie dankbar muß Ihnen schon jetzt das französische Reich, die ganze Erde sein! Ermüden Sie nicht. Sie haben zu gut begonnen; entfalten Sie alle Energie, die Kraft der Vernunft und der Rede, um alles zu vernichten, was das Volk im Aberglauben erhält. Ist es nicht eine Schande, daß Menschen aus Gemeinheit und Eigennutz zugeben, wie andere vor den Reliquien von Menschen niederfallen und ihnen eine Verehrung widmen, die nur Gott allein gebührt?

141

Ich weiß, daß Sie sich durch Ihren Antrag die Heuchler, Lüstlinge, alles Volk, das tausend Schlechtigkeiten begangen, sich allen möglichen Ausschweifungen hingegeben hat, zu Feinden machen werden, aber ich weiß auch, daß Sie sich nicht fürchten. Derselbe Mut, mit dem sie die Intrigen unserer falschen Stände aufgedeckt und sich offen gegen ihre schlechten, empörenden Einrichtungen erklärt haben, wird Sie auch mitten unter Feinden, Eifersüchtigen und Unzufriedenen, mitten in der berühmtesten Versammlung erhalten; Sie behaupten durch Ihre Talente einen so ausgezeichneten Rang darin, daß ganz Europa die Augen auf Sie richtet. Ihr Mut gleicht Ihrer Unbestechlichkeit; Sie haben Ihre Gefühle immer offenkundig dargetan. Nie hat das Privatinteresse, immer nur das allgemeine Wohl Ihre Worte und Handlungen geleitet.

Als Bürger derselben Provinz, die Sie zu ihrem Abgeordneten ernannt hat und auf Ihre Wahl stolz ist, glaube ich, ohne die einem Abgeordneten des Volkes gebührende Verehrung zu verletzen, Ihnen sagen zu dürfen, daß man über die geringe Besoldung der Geistlichkeit allgemein murrt. Mit Bedauern und Kummer sieht man, daß Männer, die schweigend alles nachgelassen haben, ärger behandelt werden als die Stiftsherren, welche alles aufbieten, um eine Kontrerevolution hervorzubringen, welche sich danach sehnen, welche die Verwegenheit so weit getrieben haben, gegen die von der Nationalversammlung ausgegangenen und von dem Oberhaupte der Republik anerkannten Verordnungen aufzutreten. Der Unterschied dieser Behandlung ist empörend. Sie sind zu gerecht, um zu einer Sache zu schweigen, die so viele mißhandelte Geschöpfe betrifft. Ich ersuche Sie, Ihren Ruhm zu erhöhen und durch einen Antrag, der einige Gleichheit in der Besoldung bezwecke, Ihre Feinde zum Schweigen zu bringen. Können in dem Jahrhundert, in welchem wir leben, Menschen, die an das Klosterleben gewohnt sind, sobald sie der Gesellschaft zurückgegeben werden, noch mit ihrer gegenwärtigen Besoldung bestehen? Diese Gründe scheinen mir stark genug,

142

Ihre Aufmerksamkeit zu fesseln; von Ihrer Billigkeit erwarte ich, daß Sie die Gabe der Rede, welche Sie mit so vielem Erfolge handhaben, dazu anwenden, daß den Lämmern nicht schlechter begegnet werde als denen, welche Tag und Nacht Ränke schmieden und wie die Wölfe heulen.

Nicht in Frankreich bloß huldigt und dankt man der Nationalversammlung, auch die Fremden, alle Völker rufen Ihnen und Ihren Arbeiten Beifall zu. Ihre Erklärung der Menschenrechte verbreitet das Licht. Der höhere Sinn der Franzosen wird überall Mode. Sonst hatte man uns in unserm leichtfertigen Tande nachgeahmt, jetzt wollen Sie unsere Weisheit, unsere Tugenden nachahmen.

Ein Prälat von Lüttich (Herr Jacquemart), der über allen Interessen seines Standes erhaben ist und sich bloß von der Wahrheit leiten läßt, hat sich nicht gescheut, seine Gesinnungen über die Konstitution, welche unsere weisen und unerschrockenen Gesetzgeber mitten unter Stürmen und Gefahren schufen, an den Tag zu legen.

In einem lateinischen Gedichte bringt der tugendhafte Abbé den erhabenen Volksvertretern seine Huldigungen dar. Mich beseelen dieselben Gefühle wie den würdigen und gelehrten Prälaten; ich nehme mir die Freiheit, Ihnen dieses Schreiben zuzusenden. Erhält es Ihre Billigung, so bitte ich Sie, den Vertretern des französischen Volkes die Ansichten der Ausländer über ihre Arbeiten und die Huldigungen, welche sie ihnen zuerkennen, nicht vorzuenthalten.

Wenn Apollo mir auch versagt hat, Sie und Ihr Streben zu besingen, so verwehrt er mir doch nicht, Sie zu bewundern und mich Ihnen zu unterwerfen. Niemand, ich schwöre es Ihnen zu, meine Herren, kann mehr an der Konstitution hängen und Sie alle mehr ehren als ich. Sie, Herr von Robespierre, mögen überzeugt sein, daß niemand Ihnen mehr Ergebenheit und Verehrung beweisen kann als ich, der ich mit aufrichtiger und vollkommener Hochachtung unterzeichne

Ihr ganz ergebener und gehorsamer Diener

Lefetz, Priester.“

143

Dieser Brief eines durchaus geachteten Geistlichen beweist, daß nicht die ganze Geistlichkeit, am wenigsten die große Anzahl gewöhnlicher Priester, denen das Heil der Seelen anvertraut ist, das Murren der Prälaten, der Pfründenträger teilt. Was die lateinische Poesie des Bischofs von Lüttich betrifft, so hielt ich es nicht der Würde der Versammlung für angemessen, ihr dieselbe vorzulegen; doch teilte ich sie mehreren Mitgliedern der Versammlung mit, welche, wie ich, dem Geiste, der den Verfasser beseelt hatte, das größte Lob erteilten; Dom Gerle ging noch weiter, geriet über die schöne Latinität fast außer sich und wollte durchaus seinen Enthusiasmus dem Verfasser selbst zu erkennen geben. Er schrieb ihm einen langen Brief, den er mir zeigte: er strotzte von Zitationen aus den Kirchenvätern, Virgil und Horaz; das Werk des Herrn Jacquemart wurde der Hymne von Santeuil, Stupele gentes, an die Seite gestellt.

Ich komme zu meinen Arbeiten als Gesetzgeber zurück: ich werde nur wenig über die Verhaftung des Herrn von Lautrec sagen. Es kam darin eine konstitutionelle Frage vor, die ich nicht konnte so hingehen lassen, die über die Unverletzbarkeit der Mitglieder der Versammlung. Ich stellte den Satz auf, daß die Vertreter allein das Recht hätten, über einen aus ihrer Mitte einen Spruch zu fällen, zwar nicht in Beziehung auf Verurteilung oder Lossprechung, aber auf das Einschreiten oder Unterbleiben eines gerichtlichen Verfahrens. Nur erst, wenn die Versammlung das Amt der anklagenden Jury erfüllt hätte, müßte die von ihr bevollmächtigte gewöhnliche Gerichtsbarkeit gegen den Angeklagten verfahren dürfen. Petion unterstützte mich: das Verfahren der Munizipalität in Toulouse wurde für null erklärt und die Sache an das Untersuchungskomitee geschickt.

Ich werde mich länger bei der Rede aufhalten, welche ich in Beziehung auf Herrn Albert von Riom hielt. Dieser Kontreadmiral war in der Versammlung soeben von einer gewichtigen Klage freigesprochen worden: trotzdem stand

144

er bei den bessern Bürgern noch immer im Verdachte der Aristokratie und schlechten Bürgersinnes. Sein Abfall hat zur Genüge bewiesen, daß wir ihn richtig beurteilt haben. Unter diesen Umständen schlug man der Versammlung vor, diesen Offizier zur Föderation vom 14. Juli zuzulassen, um daselbst die Marine zu vertreten und sowohl in seinem Namen als in dem der Eskadre, welche er befehligte, den Bürgereid zu leisten. Dieser Antrag wurde mit allgemeinem Beifall aufgenommen: man wollte auf der Stelle darüber abstimmen. Ich bestieg die Tribüne, um dagegen zu sprechen. Man rief: zum Stimmen! Es gelang mir dennoch, einige Worte vorzubringen: „Ich denke nicht daran", sagte ich, „mich der ehrenvollen Auszeichnung zu widersetzen. (Neues Murren.) Ich erkenne das militärische Verdienst des Herrn Albert an; aber ich glaube nicht, daß Ehrenbezeigungen und Auszeichnungen uns in diesem Augenblicke beschäftigen, daß wir durch solche Vorzüge das Fest der Freiheit und Gleichheit stören dürfen. Ich frage die eifrigsten Anhänger des Herrn Albert, ob er unter allen Bürgern das meiste Verdienst um das Vaterland hat, mit welchem Rechte man ihn mit Bürgerkronen überschütten will. Ich glaube, daß Herr Albert für seine Dienste sich durch die ihm übertragene Befehlshaberstelle schon hinlänglich belohnt hält; ich hoffe noch mehr, daß die Nation seine ausgezeichneten Talente nicht mehr nötig habe, daß der Streit in Spanien den gegenwärtigen Frieden nicht stören wird. Ich überlasse es der Versammlung, die Sachen, welche ich nicht gesagt, die Umstände, welche ich nicht erwähnt habe, zu ergänzen."

Es war keine rednerische Formel, mit der ich auf diese Art schloß: die Versammlung war in einer solchen Unordnung, der Tumult, den meine Worte bewirkt hatten, so groß, daß es bei der größten Kaltblütigkeit nicht möglich gewesen wäre, alles zu sagen, was zu sagen wäre, noch weniger möglich aber, gehört zu werden. Das Geschrei, das Gemurre, die Zeichen der Ungeduld und des Zornes, Beleidigungen und Drohungen machten übrigens keinen Eindruck auf mich. Ich war entschlossen, mich nicht um den Unwillen der Versammlung zu kümmern und auf keinen andern Zuhörer als auf das Volk zu rechnen, an das alle meine Reden gerichtet waren.

Als daher den Tag darauf, nachdem meine Stimme so übertäubt worden war, sich eine Gelegenheit darbot, meinen Kollegen von neuem das Verfahren gegen Herrn Albert von Riom vorzuhalten, so tat ich es wieder, als ob ich die Überzeugung hätte, mit Teilnahme vernommen zu werden. Handelsleute hatten eine Bittschrift bei der Versammlung eingereicht, in der sie begehrten, daß die Admirale bevollmächtigt würden, den Handel Frankreichs und seiner Verbündeten zu beschützen. Der Zweck dieses Schrittes, wie ihn das Ministerium auf tausenderlei Art verriet, war, uns in einen Krieg zu verwickeln; ich enthüllte denselben der Versammlung. „Der Vorschlag,“ sagte ich, „den man Ihnen soeben macht, den Admiralen zu gestatten, zum Schutze unseres Handels und unserer Bundesgenossen eine bestimmte Macht zu entfalten, würde ihnen zugleich gestatten, Feindseligkeiten zu begehen; die Minister haben die Wirkung dieser Maßregeln, deren Folgen Sie nicht berücksichtigt haben, wohl berechnet. Seit man ihnen bei dem Kriegs- und Friedensrecht eine Schranke vorgezogen hat, haben sie keine Mittel sonst, Ihnen etwas zu entreißen, was Sie für Ihren Wunsch halten könnten und doch nur der der Minister wäre. Bedenken Sie, daß Sie durch das Dekret, welches gestern in bezug auf Herrn Albert angenommen worden ist, die Aufmerksamkeit der fremden Nationen auf sich gezogen haben, welche mit Erstaunen sehen werden, daß ein Admiral insbesondere noch zu dieser Föderation zugezogen wird; hüten Sie sich, daß nicht die Verleumder weithin ausstreuen, daß die Nationalversammlung mit den Ministern und daß die Minister mit einer gewissen auswärtigen Macht einverstanden sind. Ich verlange, daß jeder Antrag über diesen Gegenstand verschoben und daß ein Tag bestimmt werde, an welchem zu untersuchen ist, was wir bei diesen wichtigen Verhältnissen zu tun haben.“

146

Diesmal ließ man mich reden; und obgleich das Murren der Mißbilligung meine Bemerkungen begleitete, ging die Versammlung doch, wie ich es verlangt hatte, zur Tagesordnung über.

Einige Tage darauf verfuhr ich auf dieselbe Art, wurde aber von der Versammlung noch feindseliger aufgenommen. Mehrere Bürger der Vereinigten Staaten, Paul Jones an ihrer Spitze, hatten um die Begünstigung angehalten, der Föderation beiwohnen zu dürfen. Ich wollte den Druck ihrer Reden und der Antwort des Präsidenten verlangen; aber man ließ mich nicht zu Worte kommen, wütendes Geschrei erstickte meine Stimme. Vergebens wollte ich die Versammlung daran erinnern, daß jedes ihrer Mitglieder das Recht hätte, sich freimütig auszusprechen, und daß das Schauspiel, welches sie jetzt zum Besten gäbe, dazu geeignet wäre, den Begriff von Würde und Majestät zu vernichten, welchen die bei der Sitzung anwesenden Fremden von ihr gehabt haben mochten. Alles war umsonst; ich mußte die Tribüne verlassen, ohne die Anträge entwickelt zu haben, welche die Versammlung zugestand, ohne sie nur zu kennen. Mitten unter dem Lärm und den Beleidigungen, welche man gegen mich richtete, nannte mich ein Mitglied der rechten Seite, Foucault glaube ich, einen Volkstribunen, und der gute Edelmann glaubte mich damit zu beleidigen!

Der Tag der Föderation brach an; ganz Frankreich schien sich nach Paris bestellt zu haben; aber welche Veränderung in einem Jahre! Das freie, bürgerliche Frankreich begrüßte die Wiege seiner Freiheit und schwor, sie zu verteidigen. Ich beschreibe die Festlichkeiten nicht; der Eindruck, den die Bewegung der großen Masse sowie der Glanz der Waffen und ein bunter Zug machen, hat für mich nur wenig Interesse. Der Jahrestag der Einnahme von Paris hatte jedoch zu gleicher Zeit etwas so Prunkvolles und so Rührendes, daß die Erinnerung daran mir ohne alle unangenehme Beimischung geblieben ist. Mitten in unsern Tagen der Gefahr und der Leidenschaft sah ich auf ihn

147

wie auf einen Tag der Ruhe und des Triumphs zurück. Oh! wären alle Schwüre, die man damals vorgebracht hat, aufrichtig gemeint gewesen!... Der Jahrestag des 14. Juli hätte nicht so traurig geendet... Das Blut des Volkes wäre nicht vergossen worden... Frankreich wäre glücklich und frei. Es gäbe jetzt keinen so schrecklichen Jahrestag für die Monarchie.

## DREIZEHNTES KAPITEL

Die Hofleute, besonders aber die Minister kostete es Zeit und große Mühe, ehe sie die hergebrachten Gewohnheiten der alten Regierung ablegten. Die geheimen Verhaftsbefehle, gegen die sich von allen Enden Frankreichs der Schrei einstimmiger Mißbilligung erhoben hatte, waren unter dem Vorwande, daß die neuern Gesetze darüber schwiegen und ein leidender Gehorsam notwendig sei, in der Armee noch im Gebrauche. Der Despotismus konnte aus bloßer Laune und Willkür einen Soldaten einkerkern lassen. Herr Dulac, ein patriotischer Offizier, lieferte einen Beleg dazu. Dieser Bürger war den Wünschen der eifrigen Freunde der Gleichheit zuvorgeeilt und hatte vor seinem Obersten, einem erklärten Aristokraten, geäußert, daß die Soldaten doch bald ihre Führer selbst wählen möchten. Diese Idee wurde als eine Beleidigung aufgenommen. Die Sache wurde den Ministern und der Versammlung vorgelegt; endlich glaubte Herr Latour-Dupin (der Kriegsminister) sie durch folgenden Brief entscheiden zu müssen:

„Auf Geheiß des Königs:

Seine Majestät befiehlt dem Herrn Dulac, Sekondeleutnant im Artillerieregiment der Garnison von Straßburg, sich sogleich, nach Empfang dieses Befehles, als Gefangener in das bürgerliche Gefängnis von Straßburg zu stellen und daselbst zu bleiben, bis anderweitig verfügt wird.

(Unterz.) L o u i s.                      Latour-Dupin."

Ich legte der Versammlung den Einspruch des Leutnants Dulac vor. Ich bestand darauf, daß diese Sache, welche in jeder Beziehung der willkürlichen Einwirkung der alten Regierung gliche, an das Untersuchungskomitee geschickt und das Benehmen des Ministers streng geprüft werde. Es geschah nichts; die Versammlung hielt das Interesse der Agenten der ausübenden Macht für geheiligt; der Abbé Gouttes hielt eine Predigt, und man ging zur Tagesordnung über.

Einige Tage später stattete das Komitee der Domänen einen Bericht über ein interessantes Gesuch der Juden von Metz ab. Es war wieder ein so abscheulicher Mißbrauch der alten Verfassung, deren Abstellung man verlangte. 450 jüdische Familien waren seit langer Zeit ermächtigt, sich unter der Bedingung, jährlich der Regierung 20 000 Livres zu zahlen, in Metz niederzulassen. Herr von Brancas hatte, als er eine Erbin vom Hofe heiratete, zum Lohne für seine Dienste und seine Vermählung diese Rente erhalten. Die allgemeine Verbesserung, welche die Versammlung im Werke hatte, bewog die Metzer Juden, derselben ihre gerechten Einsprüche vorzutragen; sie verlangten die Aufhebung einer Steuer, die sie ohne ein vernünftiges Anrecht nur als das Zeichen ihrer persönlichen Knechtschaft bezahlten.

Ich unterstützte ihre Ansichten aus allen meinen Kräften; denn in der Versammlung gab es Übelwollende genug, die dagegen kämpften, deren nichtigen Sätzen, als ob dieses Geld als Steuer für die Niederlassung der Juden bezahlt werde, ich entgegenhielt, daß ein Staat keinem Menchen verwehren könne, seinen Grund und Boden zu bewohnen, sobald er die gesellschaftliche Ordnung nicht störe, und daß der Schutz der Regierung pflichtig, aber nicht kaufbar sei. Den Schadenersatz, den man Herrn von Brancas für seine Beeinträchtigung zuerkennen wollte, verwarf ich ebenfalls, weil ein solcher nur dann demselben gebührt hätte, wenn das Anrecht des ersten Besitzers rechtmäßig gewesen wäre. Diese Schlüsse fanden Eingang.

Mitten in einer gewichtigen Verhandlung, zu der ein Bericht Freteaus über die Lage Frankreichs, den fremden Mächten gegenüber, Anlaß gegeben hatte, brachte Mirabeau eine Sache von der höchsten Bedeutung vor. Dies war von seiner Seite eine Gewohnheit oder vielmehr Taktik; denn er konnte sich auf einen Gegenstand vorbereiten,

150

warf ihn unerwartet in die Versammlung, überraschte seine Gegner und entriß ihnen auf diese Art zuweilen einen Beschluß.

Der Antrag, von dem ich spreche, ging dahin, daß der Prinz von Condé sich erklären solle, ob er der Verfasser des unter seinem Namen erschienenen Manifestes sei oder nicht, daß man sein Schweigen als ein Zugeständnis nehmen und nach der zur Antwort festgesetzten Zeit seine Güter zum Besten der Gläubiger in Beschlag nehmen solle. Ich weiß nicht, ob Haß, ob Patriotismus diesmal Mirabeau bestimmte. In diesem Menschen war alles unerklärlich. Ich teilte seine Meinung nicht; meine Ansicht wurde in der Versammlung nicht ohne Erstaunen vernommen. „Ich frage Herrn Mirabeau," sagte ich bei dieser Gelegenheit, „ob dieses Manifest auch gewiß existiert, und welche Beweise er dafür hat, daß Louis Joseph von Bourbon dessen Verfasser ist? Ich frage ferner Herrn Mirabeau, warum er nur Louis Joseph von Bourbon im Auge hat, warum, da uns Komplotte überall umschweben, seine ganze Strenge sich auf einen Mann richtet, dem das Vorrecht seiner Geburt und seine erblichen Vorurteile eine natürliche Abneigung gegen die Konstitution einflößen mußten, warrum sie sich nicht lieber gegen die wendet, die, durch ihr Amt und ihren Eid an die Konstitution gebunden, sie täglich zu stürzen trachten? Warum soll Ihre Aufmerksamkeit von den Strafbaren, die Sie umgeben, abgewendet, und Einer hervorgesucht werden, der so fern von Ihnen steht?" Ich verlangte darauf, daß die Versammlung sich den folgenden Tag mit den verschiedenen Maßregeln beschäftige, welche die öffentliche Wohlfahrt erheische.

Mirabeau antwortete mir mit Bitterkeit; ihm zufolge war der Hauptgrund, der ihn bewogen hatte, zunächst Louis Joseph von Bourbon anzugreifen, der, weil seine militärischen Talente ihn furchtbarer machten als die andern; es wäre übrigens natürlich, daß man zuerst an den denke, der, auf der höchsten Stufe stehend, in seiner Macht und seinem Ansehen die größten Hilfsquellen besäße und überdies schon vom Kriegsminister als sehr gefährlich angegeben worden sei. „Ich habe,“ fügte er hinzu, „zu dem Antrage geschwiegen, der dahin zielte, das Verfahren der Minister zu mißbilligen, nicht, weil er nicht im Grunde gut, sondern weil er in der Form verfehlt war. Die Versammlung darf sich in diesem Augenblick nicht auf eine schwankende Mißbilligung beschränken; sie hat das Recht, bald vielleicht auch die Pflicht, zu urteilen, ob die Minister beibehalten werden dürfen. Deshalb zog ich einen einfachen Bericht dem schwülstigen Antrag vor, der Ihnen vorgelegt worden ist; und jener Vorschlag zeugt vielleicht von ebensovielem Patriotismus, als wenn man unaufhörlich antiministerielle Redensarten deklamiert und wieder aufwärmt.“

Die letzten Worte bezogen sich auf mich; Mirabeau fühlte sich verletzt und hatte sich aus Eigenliebe zu der Schar meiner Feinde gesellt, die auf alles genügend geantwortet zu haben glaubten, wenn sie mir nachsagten: ich deklamiere. Ich kümmerte mich nicht um seinen bittern Spott und antwortete ihm, daß es nicht sehr großmütig sei, einen verbannten Franzosen zu verfolgen, gegen seine Person und seine Güter aus keiner andern Absicht zu verfahren, als um die öffentliche Aufmerksamkeit von dem Benehmen der Minister abzulenken, welche alles umstürzen und zuweilen auch alles bestechen können. Mirabeau verstand mich und schwieg trotz seiner Kühnheit: sein Antrag blieb ohne Erfolg.

Camille Desmoulins hatte sich kopfüber in die Revolution gestürzt und sich außerhalb der Versammlung durch sein Journal und seine Schriften einen ganz eigenen Ruf gemacht, der bis auf den heutigen Tag immer gestiegen ist. Sein lebhafter und unbesonnener Kopf trieb ihn oft zu unklugen Handlungen, die er gar nicht einmal bereuen mochte. Ich schalt ihn und forderte ihn auf, mit mehr Mäßigung zu handeln und zu sprechen. Meine Mühe war verloren. Gegen das Ende des Jahres 1790 brachte er sich ganz wohlgemut in eine so kritische Lage, daß ich ernst-

152

lich besorgt um ihn wurde. Ich war so glücklich, ihn her-
auszuziehen.

Malouet hatte Marat angeklagt, der damals, wie jetzt
noch, durch Übertreibung, die an Wahnsinn grenzt, die
Sache des Vaterlandes bloßstellte. Dieser Anklage, die man
gern stillschweigend übergangen hätte, fügte er eine ähnliche gegen Camille bei, der sich in einer Nummer seiner
Zeitschrift einige Scherze über die Gegenwart des Königs
bei der Föderation erlaubt hatte. Er hatte von der Frechheit der präsidierenden Obergewalt gesprochen, den König
mit jenen Fürsten verglichen, welche die römischen Trium-
phatoren hinter ihren Wagen herschleppten, seine klas-
sische Gelehrsamkeit, sein ungeheures Gedächtnis entfaltet und hinzugefügt, daß es wirklich ein Nationalfest gewesen sei, als man in Roms Straßen ausgerufen habe: Römer, keine Steuern mehr, keine Auflagen, keine Kapitu-
lation!

Malouet hielt dies alles für ein Verbrechen gegen die
Majestät der Nation und begnügte sich nicht damit, es
bloß bei der Versammlung anzugeben, sondern übergab das
Journal auch der königlichen Prokuratur. Er war also zugleich Richter und Partei und forderte ein Dekret, welches am Schlusse einer Abendsitzung durchgesetzt wurde.
Ich trieb Camille an, dagegen einzukommen: er tat dies in
der Sitzung vom 2. August. Er beteuerte seine Verehrung
für die Nation und verlangte die Zurücknahme des auf die
Klage eines Mannes gegen ihn erlassenen Dekretes, mit
dem er einen Kriminalprozeß hatte, und die Bevollmächti-
gung, seinen unverletzbaren Ankläger selbst anklagen zu
dürfen. Dieser Brief wurde mit vielem Beifall vorgelesen.
Der Präsident rief zur Ordnung. Aber Malouet bestieg die
Tribüne und brachte neue Störung in der Versammlung
hervor. Seine Reden erregen unaufhörliches Gemurmel, er
will jede persönliche Anfeindung von sich zurückweisen:
man hört ihn nicht an. „Ich habe,“ sagte er, „ein Blatt von
Camille Desmoulins angegeben, er wagt es, sich zu rechtfertigen.“ Camille war auf einer der Tribünen und rief:

„Ja, ich wage es." Ein unbeschreiblicher Tumult entsteht in der Versammlung. Der Präsident will den Unruhestifter verhaften lassen. Ich sprach dagegen und erinnerte im Namen der Menschlichkeit an die arge Lage, in der Camille, wenn er es wirklich war (ich tat, als ob ich daran zweifelte), sich befinden mußte, als er sich von seinem Ankläger so schmählich verleumdet sah. Ich verlangte, daß er nicht eingezogen würde, sondern daß man zur Tagesordnung schritte. Während dieser Debatte war Camille von einer Tribüne zur andern übergegangen; die Inspektoren des Saales zeigten an, daß er sich fortgemacht habe. Man dachte nicht mehr an den Vorfall und setzte die Beratung über seinen Brief fort: man beschäftigte sich während der ganzen Sitzung damit. Ich nahm mehrmals das Wort. Petion legte mit vieler Gewandtheit einen Gesetzentwurf vor, der den vom vergangenen Tage, insoweit er Camille betraf, vernichtete. Nach einer sehr zweifelhaften Untersuchung gelang es uns, ihn durchzubringen. Camille wurde darum nicht klüger, aber er wurde doch aus seiner schwierigen Lage gerissen und konnte kühn die beiden übrigen Gegner, Malout und den königlichen Prokurator verlachen.

Die Versammlung hatte bald nachher nicht über das Schicksal eines Journalisten, sondern eines ihrer Mitglieder zu entscheiden. Die Sache war wichtiger: der Verklagte war der Abbé von Barmont, und der Vorwurf der, daß er an der Flucht des Verschworenen Bonne-Savardin teilgenommen hatte. Dieser Agent des Ministers St. Priest hatte ein Mittel gefunden, vermöge eines falschen Befehls des Untersuchungskomitees aus dem Gefängnisse zu entweichen. Er hatte sich zu dem Abbé geflüchtet, der ihm eine Verkleidung schaffte, und war mit ihm abgereist. In Chalons verhaftet, waren sie unter guter Bedeckung nach Paris zurückgebracht worden, und das Untersuchungskomitee hatte einen Prozeß deshalb eingeleitet. Das Urteil des Komitees war, daß der Abbé Barmont in Haft bleibe und Herr von Foucault, der ebenfalls bei der Flucht des Bonne-Savardin beteiligt war, zu einem Verhöre kommen sollte.

Ich verteidigte den Vorschlag des Komitees und sagte, daß, wenn man gegen die Einrichtung des Untersuchungskomitees spräche, man zu vergessen scheine, wie die öffentliche Wohlfahrt das höchste Gesetz sei und der Gang einer Revolution nicht von Gesetzen abhängen könne, die den friedlichen Lauf des bürgerlichen Lebens regeln. „Man muß," fügte ich hinzu, „die wahre Menschlichkeit, welche nur das allgemeine Interesse im Auge hat und über die stärksten Bewegungen des Mitleidens triumphiert, von der Schwäche unterscheiden, welche gefühlvoll in Beziehung auf eine einzelne Person, schlecht aber in bezug auf einen Staat ist. Ich sage nicht, daß die ersten Regungen, welche die Natur dem Gemüte einflößt, nicht in gewissen Fällen als Entschuldigung dienen können. Ein Mann, welcher dem, der ihn um ein Asyl anspricht, anzugeben droht, ist dem Laster näher als der Tugend. Aber wenn von einem Verbrechen die Rede ist, welche eine ganze Nation betrifft, welches die öffentliche Sicherheit bloßstellt; wenn man tagelang einen, solchen Verbrechens überwiesenen Menschen verbirgt, wenn man seine Flucht begünstigt, sogar mit ihm abreist: dann können die Regungen des Gefühls nicht mehr als Entschuldigung dienen. Der Verdacht der Schuld zeigt sich überall. Ein Papier ist verfälscht worden, um Herrn Bonne-Savardin aus dem Gefängnis zu ziehen. Die Verfasser desselben sind unbekannt. Die sich uns zuerst als solche aufdrängen, sind die Personen (ich nehme auch Herrn Foucault nicht aus), welche die Verborgenheit und die Flucht des Angeklagten begünstigten. In diesem Dunkel gibt es doch einen Fingerzeig. Man muß also die Untersuchung verfolgen. Sie können während derselben den Gefangenen nicht freigeben. Es handelt sich um ein Verbrechen gegen die Nation; sie haben nur zu sehr den Verdacht der Teilnahme an der Schuld erweckt."

Die Verhandlung wurde stürmisch: anfangs war sie, ich weiß nicht durch welches Mißverständnis der Versammlung, dem Abbé von Barmont günstig und sollte schon mit der Annahme des Antrags des Abbé Maury geschlossen werden, der die vorläufige Befreiung des Gefangenen bezweckte, als ein absichtlich übertriebener Vorschlag Rewbels den Vertretern die Augen öffnete. Der Beschluß, welcher nun erfolgte, bestimmte, daß Anlaß zu einer Klage gegen den Abbé Barmont gegeben wäre.

Die Sitzung war tumultuarisch gewesen: seit einiger Zeit hatten die Männer der Rechten, welche die Länge der Sitzungen und das beständige Fehlschlagen ihrer Pläne ermüdete, es versucht, durch Beleidigungen ihrer Kollegen die Versammlung zu stören. Einige Tage zuvor hatte Goupil de Préfeln auf der Tribüne eine Flugschrift verlesen, betitelt: Rede des Herrn Präsidenten von Frondeville in Sachen des Abbé von Barmont, um derentwillen er getadelt worden ist. Die Schrift hatte das Motto: Dat veniam corvis, vexat censura columbas. Man führte die erste Stelle aus dem Vorworte an, die so lautete: „Diejenigen, welche sich die Mühe nehmen, meine Rede zu lesen, würden schwerlich den Zweck erraten, warum ich sie habe drucken lassen, wenn ich ihnen nicht selbst mitteilte, daß sie mit dem Tadel der Nationalversammlung beehrt worden ist.“ Ein heftiger Streit erhob sich über die Strafe, mit der ein so grober Verstoß gegen die Nationalvertretung zu belegen sei: als aber die Gemüter sich erhitzten, fand im Schoße der Versammlung selbst ein noch ärgerlicherer Auftritt statt. Faucigny-Lucinge, ein heftiger Mensch, ereiferte sich gegen die Volkspartei, und zwar so weit, daß er ausrief: „Da denn der Krieg zwischen der Majorität und der Minorität offen erklärt worden ist, so bleibt uns nichts übrig, als mit dem Degen in der Faust über das Lumpengesindel herzufallen.“

Dieser Vorfall stellte auf einmal den Gegenstand der Verhandlung in den Hintergrund; aber die Verlegenheit wuchs, als man eine so unumwundene Beleidigung zu strafen gedachte. Nach langen Debatten erließ die Versammlung dem Herrn Faucigny in Rücksicht auf das Bedauern, das er zu erkennen gab, die ihm gebührende Strafe und verurteilte Herrn von Frondeville zu achttägiger Haft. Das

156

war die einzige, der Lage der Dinge angemessene Entscheidung. Die Nachricht von den in den letzten Tagen des August zu Nancy geschehenen Ereignissen gelangte bald in die Versammlung; ich nahm mehrmals das Wort in dieser unglücklichen Sache. Die Berichte Bouillés, dessen späteres Benehmen seine unpatriotischen Gesinnungen aufgedeckt hat, schienen mir kein Zutrauen zu verdienen. Ich ließ der Ergebenheit des jungen Désilles Gerechtigkeit widerfahren, aber war, aus Überzeugung wie aus Mitgefühl, mehr geneigt, die Sache der Soldaten gegen ihre Obern zu verteidigen. Die Soldaten sind das Volk der Armee; unter dem Zelte, wie in den Städten und auf dem Lande, hatte die alte Regierung eine unerträgliche Aristokratie geschaffen. Überall lag sie jetzt darnieder, nur dort erhob sie den Kopf noch und stützte sich auf den leidenden Gehorsam, wie ihn die Kriegsgesetze vorschreiben. Die Soldaten von Chateau-Vieux waren nicht schuldiger als die Männer des 14. Juli, und doch wurden diesen Kränzen, den andern Tod und Ketten zuerkannt. Zwei Jahre später erst brach für diese Unglücklichen, soviel ihrer noch übrig waren, der Tag der Gerechtigkeit und später Vergeltung an.

Der Handel Bezenvals, Sulleaus und einer Menge anderer hatte mich von dem inkonstitutionellen Wesen des Tribunals überzeugt, welches vorläufig über die Verbrechen und Vergehungen gegen die Nation zu entscheiden hatte. Ich trug auf die unmittelbare Unterdrückung des Chatelet an; dies Begehren wurde günstig aufgenommen, aber die Versammlung schränkte es dahin ein, daß nur das Verfahren über Verbrechen gegen die Nation nicht mehr zu den Amtspflichten dieses Gerichtshofes gehören sollte.

Im Laufe des Novembers nahm ich an der wichtigen Verhandlung über das Gesuch der Bürger von Avignon teil. Zwei Sachen schienen mir gleich unwiderleglich: das Recht des Volkes von Avignon, sich von der päpstlichen Regierung loszumachen und sich unter eine andere zu begeben; und das Recht Frankreichs auf Avignon. Eine kurze historische Skizze wird diesen letzten Punkt hinreichend

157

beweisen: es ist ausgemacht, daß die Königin Johanna, welche Avignon dem Papste abgetreten hatte, dies, selbst nach den widersinnigen Grundsätzen jener Zeit, welche den Königen das Recht zuerkannten, ihre Völker zu verkaufen, gesetzlich nicht tun konnte, weil sie damals noch nicht majorenn war, und weil sie selbst, sowie die Parlamente und ihre Nachfolger bis auf den gegenwärtigen König von Frankreich fortwährend gegen diese Besitznahme protestiert haben. Außer der Untüchtigkeit des Verkäufers hatte der Vertrag noch einen andern Fehler, nämlich daß er der Preis der Absolution war, welchen die Königin bei dem Papste, vor dessen Richterstuhl sie wegen ihres ermordeten Gatten geladen war, unterhandelte. Was das Recht des Volkes von Avignon betraf, so stand dieses nicht allein in den ewigen Gesetzen der Moral und der Menschlichkeit geschrieben, sondern auch in jedem Akte unserer Revolution, die sämtlich nicht bloß für uns allein, sondern als Grundsatz die Oberherrlichkeit des Volkes und die Abhängigkeit der ausübenden Macht verkündeten.

Ich nahm darauf die politische Seite vor und stellte den Satz auf, daß Frankreich ein dringendes Interesse habe, sich Avignons zu versichern, da es bereits den Intrigen unserer südlichen Feinde zum Mittelpunkte diente, und, zwischen der Dauphiné, dem Languedoc und der Provence gelegen, den Verkehr dieser Provinzen erlauben oder hemmen und durch die militärische Stärke seiner Lage unseren Waffen die größten Hindernisse in den Weg legen könnte.

Meine Rede wurde, wider die Gewohnheit, von der Versammlung mit lebhaftem Beifall aufgenommen und zum Druck bestimmt; den Tag darauf wurde der Beschluß jedoch nach dem Vorschlag Mirabeaus auf unbestimmte Zeit vertagt.

Einige Monate nach dieser ersten Verhandlung machte ich einen neuen Versuch. Als die Rede davon war, sich bestimmt über das Schicksal Avignons und der Grafschaft zu entscheiden, bat ich die Versammlung, um der öffent-

158

lichen Wohlfahrt willen, um das Vergießen französischen Blutes zu verhindern, die Vereinigung auszusprechen. Der mit der Sache beauftragte Berichterstatter Menou schützte die Schwierigkeiten vor, auf die er in seinen Nachforschungen stieße: währenddessen erwürgte man sich an allen Enden der Grafschaft Venaissin und gab einen Bischof an, der das Evangelium in der einen Hand und den Dolch in der andern predige und nach dieser gotteslästerlichen Lehre die Straßen durchrenne und das Volk gegen die Patrioten aufhetze. Alles war umsonst; nach unendlichen Debatten erklärte die Versammlung mit einer schwachen Mehrheit, daß Avignon und die Grafschaft nicht mit Frankreich vereinigt werden sollten.

Erst kurz vor der Trennung, nach der Annahme der Konstitution, kam die Versammlung auf diesen unpolitischen Beschluß zurück und verordnete die Vereinigung.

# VIERZEHNTES KAPITEL

Die in der ersten Zeit der Versammlung in bezug auf die Kriminaljustiz begonnenen Beratungen wurden am Schlusse des Jahres 1790 mit großer Lebhaftigkeit wieder vorgenommen. — Einer der ersten Punkte, die zu entscheiden waren, betraf die Frage, ob die ministeriellen Gerichtsstellen unterdrückt werden sollten. Ich widersetzte mich dieser Unterdrückung, weil sie gefährlich und unnütz sei, weil der Vorschlag des Komitees statt deren ein Verteidigungssystem vor den Tribunalen einführen wollte, welches die größten Mißbräuche zur Folge haben mußte. Überdies waren erworbene Rechte dabei im Spiele, und es wäre demnach ungerecht, barbarisch und noch dazu nutzlos gewesen, wenn man den Teil der alten Ordnung unterdrückte, der den wenigsten Tadel verdiente.

Der Komiteevorschlag ging dahin, daß die Gendarmerieoffiziere in Beziehung auf die Sicherheitspolizei den Friedensrichtern beigesellt würden. Ich sprach gegen diese Bestimmung; ich machte bemerklich, daß diese Offiziere die Vollstrecker und nicht die Dolmetscher der Gesetze wären; daß, wenn man ihnen die Macht erteilte, selbst nur provisorisch über ein Vergehen zu urteilen, dadurch der persönlichen Sicherheit ein tödlicher Streich beigebracht würde. Überdies sind die Offiziere der berittenen Polizei Militär und können in dieser Beziehung nur militärische Geschäfte besorgen.

Ich kam wiederholt auf diese Ansichten zurück, welche nichtsdestoweniger die Zustimmung der Versammlung nicht erhielten.

Auf welche Art sollte der Zeugenbeweis von den Geschwornen behandelt werden? Mündlich oder schriftlich? Sollten materielle Beweise oder die innere Überzeugung dem Richter genügen? Das waren die wichtigen und schwierigen Fragen, welche der Komitee-Entwurf uns vorlegte. Ich untersuchte sie auf der Tribüne. Ich behauptete, daß die Aussagen der Zeugen schriftlich aufgesetzt werden müßten, daß materielle und gesetzliche Beweise nur bei der Verurteilung, nicht bei der Lossprechung des Angeklagten nötig wären. „Die Frage," sagte ich, „kann nicht entschieden werden, ohne daß man zu den wahren Grundsätzen aller gerichtlichen Verfassungen zurückgeht. Im allgemeinen ist das Kriminalverfahren nichts anderes als eine von dem Gesetze gegen die Schwächen oder Leidenschaften der Richter genommene Vorsichtsmaßregel. Man weiß, daß man die Magistratspersonen nicht als abstrakte, unteilnehmende Wesen betrachten darf, deren individuelle Existenz vollkommen mit der Staatsexistenz verschmolzen ist, sondern daß das Gesetz gerade diese am meisten bewachen und binden muß, weil der Mißbrauch der Gewalt die furchtbarste Klippe menschlicher Schwäche ist.

Der Gesetzgeber ist in einem ganz anderen Falle als der Richter; es ist ein großer Irrtum, wenn man sie zusammenstellt. Der Gesetzgeber ist frei von Leidenschaft und Parteilichkeit, weil er durch allgemeine Gesetze über Sachen und nicht durch besondere Beschlüsse über Personen entscheidet: er hat den Richter durch feststehende Regeln zu leiten."

Ich musterte hierauf die verschiedenen zur Sicherheit des Angeklagten und der Behörden eingesetzten Regeln: „Das Gesetz selbst," sagte ich, „hat die Beweise vorgeschrieben, welche, selbst wenn die innere Überzeugung da ist, notwendig sind, um eine Verurteilung herbeizuführen; es kann nur dem Geiste des Despotismus einfallen, gesetzliche Beweise durch die bloßen Gefühle der Richter zu ersetzen, darum kann kein gesetzlicher Beweis anders als schriftlich sein; er muß bezeugen, bekräftigen, daß die vom Gesetze vorgeschriebenen Formen erfüllt sind: ohne denselben entsteht Ungewißheit, Dünkel, Willkür, Despotismus. Aber wenn die innere Überzeugung den materiellen Beweis nicht ersetzt, so kann doch dieser allein nicht zur Verurteilung des Angeklagten genügen."

Ich führte zu diesem Behufe eine bemerkenswerte Tatsache an. In England wird ein Bürger, eines großen Verbrechens angeklagt, vor die Geschwornen geführt; die gewichtigsten Beweise werden gegen ihn erhoben: ein einziger Geschworner widersetzt sich allen in die Augen fallenden Zeugnissen und weigert sich mit einer unglaublichen Hartnäckigkeit, seine Stimme denen seiner Kollegen beizufügen. Er hatte selbst das Verbrechen begangen. „Wünschten Sie nun," sagte ich, „daß das Gesetz ihn verdammt hätte, ein Urteil zu fällen? Schaudern Sie nicht schon bei dem Gedanken zurück, daß ein Richter die Unschuld erkennt, sie beklagt, über ihr Schicksal seufzt und sie zum Schafotte schickt?"

Mein Antrag hatte zum Zwecke, die Angeklagten vor irrigen Urteilen zu bewahren, von denen die Jahrbücher unserer kriminellen Gerichtspflege nur zu traurige Beispiele lieferten. Zu demselben Zwecke verlangte ich einige Tage später, daß eine Verurteilung nur einstimmig ausgesprochen werden dürfte. Ich führte das Beispiel der Engländer und Amerikaner an; ich sagte, daß es durchaus nicht so selten wäre, das Recht auf seiten der Minorität zu finden. Diese Worte erregten ein beifälliges Lächeln auf der rechten Seite, die dies sehr bescheiden auf sich bezog.

Ein wichtiger Punkt blieb noch zu bestimmen übrig, der nämlich, von wem die Geschwornen für die Anklage und die Rechtsprechung gewählt werden sollten. Ich behauptete, gegen die Ansicht Duports, daß das Volk allein sie ernennen und daß man sich hüten müßte, eine solche Gewalt dem Prokuratoranwalt des Distriktes oder Departements anzuvertrauen.

Ein Opfer des Despotismus, ein Mann, der wegen des unverzeihlichen Verbrechens, daß er durch, ich weiß nicht welche, erdichtete Angaben die Ruhe einer Favoritin gestört hatte, lange Jahre in den Kerkern der Bastille schmachten mußte, der bekannte Latude nämlich, hatte der Ver-

162

sammlung ein Gesuch überreicht, in welchem er um eine Pension als Ersatz für die ausgestandenen Leiden und für seinen Schaden anhielt. Ich unterstützte seine Forderung: „man muß," sagte ich bei dieser Gelegenheit, „den Grundsatz anerkennen, daß jeder, der so lange das Opfer der Willkür gewesen ist, einen Anspruch auf die Gerechtigkeit und die Wohltätigkeit der Nation hat. Dieser Grundsatz ist besonders auf Herrn Latude anwendbar, und man kann ihm gar nicht schnell genug zu Hilfe eilen."

In der Tat bewilligte die Versammlung diesem interessanten Bittsteller eine Pension von 50 Louis, nicht als Wohltat, sondern als Schadenersatz. Das Geld ist nur wenig im Verhältnis zu solchen Kränkungen. Der Unglückliche hatte den 40 Jahren seiner Verhaftung die völlige Lähmung aller seiner Kräfte zu verdanken, und die Gerechtigkeit der Versammlung war ihm nur ein sehr kleiner Gewinn.

Herr Lafarge, ein großer Rechenmeister, hatte eine Art Leibrente erfunden und einen großen Teil der Versammlung mit seinem Plane bestochen. Man hatte ein Mittel darin zu finden geglaubt, sich wohltätig gegen Unglückliche beweisen und durch ein unbedeutendes Opfer den Armen eine köstliche Hilfe für das Alter schaffen zu können. Die Sache war so berechnet, daß man glauben konnte, die Nation werde selbst Gewinn davon ziehen und daß ein beträchtlicher Teil der Staatsschuld dadurch abgetragen werden könne. Im Grunde aber hatte dieser herrliche Plan keinen andern Zweck, als die Börse des Herrn Lafarge auf Kosten der Ersparnisse des Volkes zu füllen. — Mirabeau, der sonst der Mann nicht darnach war, sich durch die Pläne der Geschäftsmänner täuschen zu lassen, unterstützte nichtsdestoweniger durch eine beredte Vorstellung den Antrag, diese Anstalt anzuerkennen. Er tat mehr; in einem Anflug von Großmut schlug er vor, durch den Fiskus die Besoldung eines jeden Abgeordneten für fünf Tage vorläufig entnehmen zu lassen, um daraus 1200 Aktien für 1200 arme Familien zu bilden.

Ich antwortete darauf, beseitigte ein falsches Zartgefühl,

welches zum Übergehen eines so verfänglichen Vorschlages hätte bewegen können, und stand nicht an, ihn zu bekämpfen: „Ich lasse,“ sagte ich, „mich nicht von dem Edelmut, den Herr Mirabeau soeben dargelegt hat, hinter das Licht führen und werde, obgleich der Mut, den man bei dieser Gelegenheit offenbaren muß, unter allen vielleicht der schwierigste ist, weil er menschenfreundliche Ansichten bekämpfen soll, dennoch erklären, daß man von sich selbst und dem Charakter der Volksvertreter eine sehr hohe Meinung haben muß, um hierin nicht irgendein persönliches Interesse zu suchen.

Die Besoldung der Vertreter ist kein persönliches, sondern ein Nationaleigentum. Die Nation erkannte ihnen einen Schadenersatz zu, weil das allgemeine Interesse verlangt, daß alle Bürger befähigt werden, das ihnen anvertraute Amt zu besorgen. Deshalb bewilligt sie ihnen eine an sich unbedeutende Schadloshaltung, die nur deshalb eine größere Wichtigkeit erhält, weil sie für das allgemeine Beste notwendig ist. Demzufolge ist jeder Antrag, der die Besoldung der Volksvertreter von ihrem Zwecke abziehen will, nicht eine den Unglücklichen zugestandene Hilfe, sondern die Vernichtung des bedeutsamsten Grundsatzes des allgemeinen Interesses. Sie werden daher, meine Herren, zwar an sich große und wirksame Bestimmungen für die Leidenden annehmen, aber zu gleicher Zeit eine Grundlage des Staatsinteresses zerstören. Bemerken Sie wohl, daß diese Wohltat doch nur zum Nachteile des Volkes sein würde. (Unterbrechung.) Ich bitte die Versammlung, weniger auf einen unrichtigen Ausdruck als auf die Beschaffenheit der Sache zu sehen. Ich sage, daß dieses Opfer, für die einen leichter, als für die andern, für viele von uns gewiß sehr groß sein würde. Ich verlange demnach, daß die Versammlung auf das wesentliche Fehlerhafte des Planes und die Unstatthaftigkeit des vorgeschlagenen Amendements Rücksicht nehme und Plan und Amendement verwerfe.“ Diese Meinung wurde angenommen, und die Versammlung ging zur Tagesordnung über.

Bis dahin hatten meine Grundsätze mir die Mißbilligung der rechten Seite zugezogen; aber die linke Seite, auf der ich saß, hatte sich wenigstens denselben Grundsätzen treu bewährt und mich durch ihren Beifall gehalten. Ich glaubte z. B. nicht, daß eine scharfe Meinungsverschiedenheit zwischen Buzot, Petion und mir bestehen, daß Vadier, der alte pathetische Vadier, mir anders als Beifall geben könnte. Die Sitzung vom 20. August belehrte mich über meinen Irrtum. Jetzt, da so viele Masken abfallen, wundere ich mich nicht, daß ich mit gewissen Personen einmal gespannt gewesen bin, sondern daß ich so lange mit ihnen zusammengegangen bin, ihnen sogar so viel Vertrauen und Freundschaft geschenkt habe. Petion selbst! — Aber wir wollen der Geschichte nicht zuvoreilen: jede Zeit hat ihren eigenen Schmerz.

In Douai hatten sich im Laufe des Märzes Sachen von ernster Bedeutung zugetragen; das Volk hatte Kähne, welche Korn in das Innere des Landes führen sollten, festgehalten und, von Feinden der öffentlichen Wohlfahrt aufgereizt, sich zu verdammenswürdigen Ausschweifungen hinreißen lassen. Zwei des Kornwuchers beschuldigte Bürger waren angefallen, durch die Straßen geschleift und aufgehängt worden. Die Versammlung hielt diese Sache der ernstesten Aufmerksamkeit würdig. Ein Bericht wurde abgestattet, Alquier, der damit beauftragt worden war, verlangte die schärfste Strafe für die Munizipalität von Douai, der er eine strafbare Nachsicht schuld gab. Seine Vorschläge fanden bei der Versammlung, selbst bei der Partei Eingang, welche bis jetzt die wenigste Strenge gegen Volksaufstände gezeigt hatte. Der Grund, der ihr Benehmen bestimmte, war, daß man allgemein die nicht vereideten Priester als Anreger dieses Aufruhrs und die Munizipalbeamten als Anhänger des religiösen Fanatismus betrachtete.

Ich glaubte nicht, daß eine solche Rücksicht von Einfluß auf den zu nehmenden Entschluß sein dürfe: ich verlangte, daß man die Sache sorgfältig untersuche, ehe man ein Urteil über die Munizipalität spräche. „Die Ge-

165

gend", sagte ich, „in der sich diese Unruhen angesponnen
haben, ist mit derjenigen benachbart, welche mich zu ihrem Abgeordneten erwählt hat. Zum allgemeinen Interesse,
welches mich an alles fesselt, was die öffentliche Freiheit
befördern kann, kommt noch das, welches mich an mein
Vaterland knüpft. Dieses doppelte Gefühl verpflichtet mich,
sorgfältig die Tatsachen zu untersuchen, welche die Grundlagen des soeben abgestatteten Berichtes ausmachen, und
ich muß in der Tat bedauern, daß die Versammlung der
Gefahr ausgesetzt sein soll, sich infolge eines übereilten
Berichtes über eine so wichtige Sache zu entscheiden. Ich
habe folgendes zu bemerken: der Herr Berichterstatter hat
einen Dekretentwurf vorgelesen, in welchem er darauf an-
trägt, die Munizipalität von Douai vor seine Schranken zu
fordern. Bei diesen Worten hat sich ein heftiges Gemurre
erhoben, welches bedeuten sollte, daß dieses Dekret nicht
genug sage, und daß man jene auf der Stelle verurteilen
müsse."

Mehrere Stimmen auf der Linken: „Das hat man nicht
gesagt."

„Ich habe viele Stimmen zugleich rufen hören, daß man
sie in das Gefängnis von Orleans schicken solle; ich aber
bin der Meinung, daß es genug ist, sie vor die Schranken
zu fordern; denn ehe man richtet, muß man alle Parteien
abhören."

Man unterbricht mich mit den Worten, daß das Vorhaben, von dem ich spräche, nie wo anders als in meinem
Kopfe bestanden habe. Ich fahre fort:

„Und dennoch habe ich bei dem Lesen des Dekretentwurfes sagen und einstimmig rufen hören, daß man
sie nach Orleans schicken müsse. (Murren.) Es ist mir unmöglich, dieser lärmenden Unterbrechung zu widerstehen...
Wenn es eines Glaubensbekenntnisses bedarf, um in dieser
Versammlung gehört zu werden... so erkläre ich, daß ich
weniger als jeder andere geneigt bin, die Munizipalität
zu rechtfertigen oder zu entschuldigen; ich bespreche nur
allgemeine Grundsätze, welche eine weise und unpartei-

166

ische Versammlung bestimmen müssen. Ich bemerke, daß der gesetzgebende Körper sich in einer so wichtigen Sache es sich zum Gesetze machen muß, alles, ich will nicht sagen ängstlich, doch mit reifer, jedem Richter obliegenden Aufmerksamkeit zu untersuchen... Ich schlage nicht Vertagung vor; ich unterstütze im Gegenteil den ersten Artikel des Dekretentwurfes, denn Sie können nicht richten, ehe Sie die Munizipalität vernommen haben...

Ich gehe zum letzten Entwurfe des Artikels über. Ich habe sagen hören, daß man die Strafen für die Geistlichen bestimmen müsse, welche durch ihre Reden und ihre Schriften das Volk zur Empörung aufreizen. Ein solches Dekret würde die öffentliche Freiheit gefährden; es wäre allen Grundsätzen zuwider. Man kann gegen niemanden seiner Reden wegen so streng verfahren; man kann niemanden wegen Schriften bestrafen. (Murren.) Nichts ist so unbestimmt als die Worte: Reden, Schriften, die zur Empörung aufreizen. Die Versammlung kann unmöglich verordnen, daß die Reden irgendeines Bürgers zu einem Kriminalverfahren Anlaß geben sollen. Es ist kein Unterschied zwischen einem Geistlichen und einem Bürger. Es ist widersinnig, ein Gesetz gegen die Geistlichen richten zu wollen, das man sich nicht unterfangen hat, gegen alle Bürger zu richten; besondere Rücksichten dürfen nie über die Grundsätze der Freiheit und Gerechtigkeit triumphieren. Ein Geistlicher ist ein Bürger, kein Bürger kann wegen seiner Rede bestraft werden, es ist widersinnig, ein Gesetz bloß gegen geistliche Redner zu machen... Ich höre Murren und trage doch nur die Meinung der eifrigsten Anhänger der Freiheit vor; sie selbst würden meine Bemerkungen unterstützen, wenn nicht von geistlichen Angelegenheiten die Rede wäre...." Die Rechte ruft Beifall, die Linke murrt und verlangt, daß ich zur Ordnung gerufen werde. Ich fahre fort: „Ich fordere, wie ich schon oft vorgeschlagen habe, und wie es die Versammlung dekretiert hat, daß das Gesetz in Beziehung auf Freiheit der Meinungen und des Schreibens nur erst nach einer allgemeinen und tief eingehenden Untersuchung der Grundsätze gegeben werde, und daß es sich nicht bloß auf eine besondere Klasse beziehe. Ich verlange ferner, daß kein Spruch in dieser Sache gefällt werde, ehe man die Munizipalität von Douai gehört hat."

Die Beratung dauerte fort; diejenigen, welche mich während meiner Rede durch ihre ewigen Unterbrechungen ermüdet hatten, griffen mich lebhaft an. Sie gingen mit um so größerer Bitterkeit zu Werke, als sie nicht darauf gefaßt waren von einem Manne, der auf ihrer Seite saß, solche Grundsätze behauptet und die Sache der Priester verteidigt zu sehen. Ich beharrte dennoch dabei.

„Es gibt," nahm ich wieder das Wort, „in dem Dekretentwurfe einen Artikel, der bestimmt, daß der Prozeß gegen die Helfershelfer und Mitschuldigen des Vergehens eingeleitet werden solle... (Murren.) Ich kann nicht auf alle diese Unterbrechungen antworten. Ich sage, der Despotismus selbst mache es sich zur Regel, wenn ein Vergehen vom Volke ausgeht, nur gegen die Urheber und Anstifter des Vergehens zu verfahren. Durch das unbestimmte Wort: Mitschuldige, können aber alle, welche sich vielleicht unter der Menge befunden haben, beunruhigt und verfolgt werden."

Dieser neue Ausfall zog mir ein verstärktes Murren zu, man ließ mich nicht zu Ende kommen und stimmte für den von Chapelier verbesserten Komitee-Entwurf.

Der Plan, den ich mir bei Abfassung dieses Werkes vorgeschrieben habe, erlaubt mir fast gar nicht, mich hier mit den Personen zu beschäftigen; da ich durch keine unpassenden Abschweifungen den Bericht meiner Arbeiten als Gesetzgeber unterbrechen wollte, mußte ich alles, was mein Leben außerhalb der Versammlung, meine Beziehungen zu Kollegen, die Urteile und Tatsachen, welche sie betreffen, für einen besondern Raum aufbewahren. Trotzdem kann ich nicht umhin, hier noch des ausgezeichnetsten Mannes unserer Versammlung, Mirabeaus, zu erwähnen.

168

Sein Tod war ohnehin eine Staatsbegebenheit; wenn er auch nicht gerade die Gestalt der Versammlung veränderte, so befreite er sie doch von einem Manne, der ein unerträgliches Übergewicht in derselben an sich gerissen hatte. Mirabeau starb zur rechten Zeit; seine Volksgunst gründete sich nur noch auf die Bewunderung, welche sein ungeheures Talent einflößte. Sein Abfall war schon kein Geheimnis mehr. Als er der Versammlung sagte, daß er die Aufwiegler, wo sie auch säßen, bekämpfen würde, offenbarte er seinen neuen Vertrag mit dem Hofe; denn diese Benennung: Aufwiegler, wurde von den monarchischen und unpatriotischen Rednern und Schmähschreibern an die wärmsten Volksfreunde ausgeteilt. Uns wollte er damit bezeichnen; aber so mächtig Mirabeau auch war, in diesem Kampfe wäre er unterlegen; er hatte keinen Rückhalt, wir das ganze Volk.

Aber er war nicht mehr, und die Dienste, welche sein Mut und seine Beredsamkeit der Freiheit geleistet hatten, lebten noch in aller Andenken. Eine Deputation des Departements Paris kam vor die Schranken und verlangte außerordentliche Ehrenbezeigungen für seine Asche. Sie begehrte, daß die Kirche der heiligen Genoveva von nun an dazu bestimmt würde, die sterbliche Hülle der großen Männer aufzunehmen, und daß der Körper Mirabeaus zuerst daselbst beigesetzt würde.

Ich sprach zuerst über dieses Gesuch: „In dem Augenblick," sagte ich, „in dem der Schmerz noch so lebendig ist, in dem es sich um einen Mann handelt, der dem Despotismus den größten Mut entgegengestellt hat, kann man sich des Ergusses der Gefühle nicht erwehren, welche ein so bedeutender Verlust erregt. Ich unterstütze mit allen Kräften oder vielmehr mit ganzem Gefühle den ersten Teil des Gesuches und fordere, daß es sogleich dekretiert werde."

Was die allgemeine Bestimmung in Beziehung auf die Art betraf, wie die Nation die großen Männer nach ihrem Tode belohnen solle, so verlangte ich, daß diese an das Kon-

stitutionskomitee geschickt werde. Diese Beschlüsse wurden angenommen; alles um mich her erstaunte, daß ich
mich auf solche Art für den bittern Spott rächte, mit
dem mich Mirabeau bei so mancher Gelegenheit überhäuft
hatte.

# FÜNFZEHNTES KAPITEL

Mirabeau hatte auf seinem Sterbebette der Versammlung ein Vermächtnis hinterlassen, eine Rede nämlich, welche er über das Recht zu testieren, vorbereitet hatte. Der Bischof von Autun war von ihm beauftragt worden, uns diese Arbeit mitzuteilen, die er uns als ein köstliches Bruchstück darlegte, das noch dem ungeheuren Raube des Todes entrissen worden sei.

Mirabeaus Meinung trug wie alles, was von ihm ausging, wenn die Leidenschaften ihm den freien Gebrauch seiner Vernunft ließen, den Stempel der Wahrheit, welche Überzeugung gebietet. Mirabeau hatte sich mit seinem überlegenen Geiste gefragt, ob das Gesetz freie Verfügung des Vermögens zulassen könnte, und ob die Eltern das Recht hätten, eine ungleiche Teilung zu machen. Er hatte diese Fragen sorgfältig gelöst, und zwar verneinend. Ich unterstützte seine Ansicht und verlangte wie er, daß, im Falle das Recht zu testieren nicht gänzlich aufgehoben, die Erlaubnis, zu verfügen, wenigstens unendlich beschränkt und auf den zehnten Teil des Vermögens verkürzt würde. Diese Grundsätze machten jedoch kein Glück bei der Versammlung.

Die Organisation des Ministeriums nahm unsere Zeit in Anspruch. Nach Verhörung des ersten Berichtes wurde die Beratung so lange verschoben, bis das Komitee einen Bericht über die Vergehen, deren die Minister sich schuldig machen könnten, über die Art der Klage und die ihnen zu erteilenden Strafen abstatten würde. Trotz diesen Bestimmungen wurde, ohne daß man einen Grund davon angab, der Vorschlag unerwartet der Tagesordnung übergeben: ich forderte dringend eine neue Vertagung; man hielt mir die gewöhnliche Entschuldigung entgegen, daß man die Arbeiten beschleunigen müsse. Ich erschrak vor der ungeheuren Gewalt, welche jeder Artikel des Vorschlags den Ministern übertrug; ich bekämpfte sie Stück für Stück. Ich begehrte nach der Reihe, daß die Ernennung der Minister vom gesetzgebenden Körper ausgehe, daß die Mitglieder der Versammlung auf vier Jahre vom Ministerium ausgeschlossen seien; ich sprach dagegen, daß die Verjährung der ministeriellen Vergehen in der kurzen Zeit von zwei Jahren stattfinden sollte; ich stritt gegen ihre ungeheure Besoldung sowie gegen die Wut des Komitees, nur schwer an die Festsetzung ihrer Vorrechte zu gehen; es war, als ob man ihnen, im Falle sie sich gegen das Volk vergingen und nur geschickt genug waren, den Anschein zu behalten, als hätten sie die ihnen vorgezeichnete Grenze nicht überschritten, ihre Straflosigkeit verbriefen wolle. Zuletzt stritt ich noch mit Erfolg gegen den Artikel, welcher ihnen ein Ruhegehalt von 2 000 Franken für jedes Jahr ihres Ministeriums bewilligte.

Eine versteckte Intrige spann sich am Throne an; die ängstlichen Gerüchte wurden täglich verbreitet, die Volksverteidiger zitterten für die mühsam errungenen Rechte. Da uns eine zweijährige Erfahrung mit dem Macchiavellismus bekannt gemacht hatte, den die Ratgeber des Königs anwenden zu dürfen glaubten, so erstaunten wir weniger, als uns ein im Namen des Königs von Herrn von Montmorin an alle Gesandten Frankreichs gerichteter Brief mitgeteilt wurde, in welchem man die Anhänglichkeit des Monarchen an die Konstitution und die Grundsätze, welche die Revolution hervorgerufen hatten, beteuerte. Wer nur etwas in der Zukunft zu lesen wußte, sah die Flucht vom 21. Juni aus diesem arglistigen Briefe heraus; ich wenigstens ließ mich von dem Enthusiasmus, in den die Versammlung bei dem Lesen desselben geriet, nicht hinreißen. Es wurde laut verlangt, daß sich sämtliche Mitglieder zum Könige verfügen und ihm ihre durch diesen Brief aufgeregten Gefühle zu erkennen geben sollten.

Ich versuchte, die ruhige und strenge Sprache der Vernunft zu sprechen. „Man muß," sagte ich, „dem Könige eine edle und der Sache angemessene Huldigung darbringen. Er erkennt die Oberherrlichkeit der Nation und die Würde ihrer Vertreter an und würde es gewiß ungern sehen, wenn die Nationalversammlung diese vergäße und sich ganz von ihrem Platze entfernte. Ich weiche nicht von dem Vorschlage des Herrn Lameth ab und beschränke mich nur auf eine kleine Mäßigung. Er hat Ihnen vorgeschlagen, dem König Ihren Dank abzustatten: aber die Versammlung muß nicht erst jetzt an seinen Patriotismus zu glauben anfangen, sie muß denken, daß er seit dem Beginn der Revolution ihr immer treulich zugetan gewesen ist. Man muß ihm also nicht danken, sondern ihm zur vollkommenen Übereinstimmung seiner Gefühle mit den unsrigen Glück wünschen." Die Versammlung kehrte zum Gefühle ihrer Würde zurück und schickte bloß eine Deputation ab.

Infolge zahlreicher, von allen Seiten erhobenen Anforderungen hatte man endlich einen Gesetzentwurf über die Einrichtung der Nationalgarde vorgelegt. Die Ideen des Komitees stimmten durchaus nicht zu den meinigen; ich bestand hauptsächlich auf den wichtigen Punkt, daß alle Bürger zur Nationalgarde Zutritt haben sollten. Ich erhob mich gegen die Verleumdungen, denen der arme Teil des Volkes unaufhörlich ausgesetzt war. Auf den Einwurf, daß die Bürger, welche nicht stimmfähig wären, weder den Zeitverlust noch die Kosten tragen könnten, die der Dienst mit sich führte, antwortete ich, daß der Staat das Nötige hergeben müsse, um die Bürger zum Dienste tauglich zu machen. Ich berührte ferner die Verpflichtungen, welche die Nationalgarde haben sollte, und die Wahl ihrer Offiziere: in allen diesen Punkten konnte ich nicht mit dem Komitee übereinstimmen.

Der achtungswerte Teil des Volkes, den man unter der alten Regierung herabzuwürdigen versucht hatte, und den die neuere von den Geschäften entfernt halten wollte, fand einen unermüdlichen Verteidiger in mir. Die grausam von

173

dem Gesetze angegebene Unterscheidung zwischen stimmfähigen Bürgern und denen, die es nicht waren, eine Unterscheidung, die sich so widersinnig auf nichts als auf
das Vermögen stützte, verwickelte die Versammlung immer mehr in Folgewidrigkeiten und Unbilligkeiten. Das
Recht, ein Gesuch vorzubringen, wurde ihnen streitig gemacht; ebenso den Versammlungen im allgemeinen. Ich
machte zu ihren Gunsten auf die heiligsten Grundsätze aufmerksam; in zwei aufeinanderfolgenden Sitzungen brachte
ich die Rede auf denselben Punkt zurück; ich trug nichts
als persönliche Beleidigungen und Kränkungen davon, mit
denen der Präsident d'André, bei dem der Haß die seinem
Amte obliegende Unparteilichkeit in den Schatten stellte,
mich ruhig überschütten ließ.

Die Sache der Kolonien hatte die Versammlung zu wiederholten Malen beschäftigt. Sie hatte für die Staatsmänner in der Tat große Schwierigkeiten; aber sobald sie einmal in die Versammlung gebracht wurde, war es derselben,
bei den von ihr ausgesprochenen Grundsätzen, nicht mehr
gestattet, die Anwendung derselben, auch in Beziehung auf
die Farbigen, zurückzuweisen. Sollte man sie als stimmfähige Bürger zu den Kolonialversammlungen zulassen oder
nicht? Sollten diese Versammlungen das Antragsrecht zur
Bestimmung ihrer eigenen Interessen haben? Das waren
die Schwierigkeiten, welche die Kolonialangelegenheit darbot. Ich nahm tätigen Anteil an dieser Beratung. Ich erhob mich gegen die Amendements des Herrn Moreau von
St. Méry, der vorgeschlagen hatte, in einem der Artikel
statt des Ausdrucks nicht-freie Personen, das Wort Sklaven anzuwenden. „Ihr größtes Interesse," sagte ich, „erheischt, ein Dekret zu erlassen, welches nicht auf eine zu
empörende Art gegen die Grundsätze und die Ehre der Versammlung spricht. In dem Augenblicke, wo Sie in einem
Ihrer Dekrete das Wort Sklave aussprechen, sprechen Sie
Ihre eigene Entehrung aus, und (heftiges Murren) ich beklage es im Namen der Versammlung selbst, daß man sich
nicht damit begnügt, das Gewünschte zu erlangen, son-

174

dern daß man es auf eine für sie entehrende Art erlangen will, auf eine Art, die ihre Grundsätze Lügen strafen würde. Könnte ich ahnen, daß sich unter denen, welche die Rechte der Farbigen bestritten haben, ein Mann befände, der die Freiheit und die Konstitution verabscheue, so würde ich glauben, daß man sich ein Mittel zu erhalten sucht, immer mit Erfolg Ihre Dekrete und Ihre Grundsätze angreifen zu können; wenn von dem direkten Interesse des Mutterlandes die Rede ist, wird man uns vorwerfen: Sie führen so oft die Rechte des Menschen an und haben doch selbst so wenig daran geglaubt, daß Sie konstitutionsmäßig die Sklaverei diktiert haben.

Das höchste Interesse der Nation und der Kolonien ist, daß sie frei werden und nicht mit eigenen Händen den Grund der Freiheit umstürzen. Mögen die Kolonien untergehen, wenn es Sie Ihr Glück, Ihren Ruhm, Ihre Freiheit kosten soll! Ich wiederhole es: mögen die Kolonien untergehen, wenn uns die Kolonisten durch Drohungen zu Dekreten zwingen wollen, die am besten für ihre Interessen passen! Ich erkläre im Namen dieser Versammlung, im Namen der Mitglieder dieser Versammlung, welche die Konstitution nicht umstoßen wollen, daß wir den Abgeordneten der Kolonien weder die Nation noch die Kolonien noch die ganze Menschheit opfern wollen.“

Das Amendement des Herrn Moreau de St. Méry wurde zurückgenommen.

In der Sitzung vom 16. Mai forderte ich das Wort zu dem Vorschlag einer Verordnung. Man beriet sich über die Organisation des gesetzgebenden Körpers; ich schlug der Versammlung vor, zu dekretieren, daß ihre Mitglieder nicht zum ersten gesetzgebenden Vereine erwählt werden könnten. Dieser Antrag fand Eingang und wurde fast einstimmig angenommen. Ein zweiter Vorschlag schloß sich diesem an. Es mußte nämlich ausgemacht werden, ob die Mitglieder der gesetzgebenden Versammlung, welche uns nachfolgten, auch ohne Unterbrechung an den folgenden gesetzgebenden Vereinen teilnehmen könnten. Ich sah vor-

175

aus, daß die Versammlung über die ungewöhnliche Energie, welche sie den Tag zuvor entfaltet hatte, erschrecken, vor einem neuen geraden, kräftigen Entschlusse zurückfahren und sich zu einem jener Mittelwege verführen lassen würde, welche fast immer die Übelstände der äußersten Wege teilen. Barrere schlug in der Tat vor, die neue Wahl für zwei aufeinanderfolgende gesetzgebende Versammlungen zuzulassen und nur zu verordnen, daß die Vollmacht der Gesetzgebenden nicht für ein drittes Mal verlängert werden könne; seine Meinung wurde angenommen.

Die wichtigste Untersuchung, die nur je einer Versammlung von Gesetzgebern und Philosophen vorgelegt werden konnte, wurde in den letzten Tagen des Mais uns zur Erwägung übertragen. Hat der Staat das Recht, jemanden mit dem Tode zu bestrafen? Ist diese Strafe nützlich und darf sie vom Gesetzgeber angenommen werden? — Ich hatte lange über diese höhern Punkte der Staatstheorie nachgedacht: ich hatte sie mehr als Theoretiker, denn als gesetzgebender Staatsmann betrachtet. Daher trug meine Meinung das Gepräge der jugendlichen Glut, die mich begeisterte, als ich bei der akademischen Preisbewerbung die Schmach unserer Vorurteile bekämpfte. Jetzt, da eine lange Erfahrung in politischen Angelegenheiten mich belehrt hat, wie unverbesserlich die Schlechtigkeit gewisser Menschen ist, jetzt täusche ich mich nicht mehr über die schreckliche Notwendigkeit, in welche der Staat versetzt sein kann, das Leben einiger kürzen zu müssen, um die Ruhe und Freiheit aller zu sichern. Meine Meinung in dieser Beratung ist, ich stehe nicht an, es auszusprechen, die einzige unter allen, auf der Nationaltribüne von mir vorgebrachten, welche von Irrtum und Übertreibung befleckt ist: aber man wird wenigstens zugeben, daß es eine menschliche, eine edle Übertreibung ist.

Die Feinde des Volkes, welche in ihren Schmähschriften die französische Revolution vor dem Vaterlande und den fremden Völkern umsonst zu entstellen gesucht hatten, hofften eher zum Ziele zu kommen, wenn sie einen Apostel der Freiheit gegen sie predigen ließen. Der alte Raynal, der unter der alten Regierung seiner Schriften wegen verwiesen worden war, kehrte unter dem Schutze der Versammlung nach Frankreich zurück. Schwach und schwülstig, wie er war, wurde er leicht von seinen Standesgenossen und der kleinlichen Eitelkeit, zu deren Befriedigung man ihm die ferne Aussicht zeigte, verführt, die Völker zu meistern, wie er früher die Könige gemeistert hatte. Eine von ihm unterzeichnete Adresse wurde dem Präsidenten überbracht und der Versammlung vorgelesen. Sie enthielt eine bittere Beurteilung alles dessen, was sie getan hatte, und unverschämten Rat über das, was noch zu tun sei. Man hörte mit der größten Ungeduld zu: nur ein Rest von Ehrfurcht und das Mitleid der Versammlung mit einem schönen aber erlöschenden Genius verhinderte sie, ihre Verachtung und ihren ganzen Unwillen zu offenbaren. Als das Schreiben verlesen war, eilte ich auf die Tribüne und sagte: „Ich weiß nicht, welchen Eindruck der Vortrag dieses Briefes auf Sie gemacht hat. Was mich betrifft, so hat mir die Versammlung nie so sehr über ihre Feinde erhaben geschienen als in dem Augenblick, in dem ich sie mit einer so ausdrucksvollen Ruhe auf den heftigen Tadel ihres Verfahrens und der von ihr ausgegangenen Revolution horchen sah. Ich weiß nicht, ob ich mich irre, aber mir scheint dieser Brief höchst belehrend, nur in einem andern Sinn als er geschrieben worden ist. Als ich ihn lesen hörte, überraschte mich ein Gedanke. Dieser berühmte Mann, der neben so vielen Meinungen, denen man sonst den Fehler zu großer Übertreibung schuld gab, dennoch die Freiheit befördernde Wahrheiten bekanntgemacht hat; dieser Mann, der beim Beginnen der Revolution nicht die Feder ergriffen hat, weder seine Mitbürger noch Sie aufzuklären, dieser bricht sein Schweigen, und zwar jetzt, wo die Feinde der Revolution ihre Kräfte vereinigen, um sie in ihrem Fortgange aufzuhalten. Ich bin weit entfernt, die Strenge, ich will nicht sagen der Versammlung, sondern die der öffentlichen Meinung auf einen Mann richten zu wollen, der einen großen Namen hat. Ich finde in einem Umstande, auf den er selbst Sie aufmerksam gemacht hat, in seinem hohen Alter, eine genügende Entschuldigung für ihn. Ich verzeihe denen sogar, die zu seinem Schritte, wenn auch nicht beigetragen haben, doch ihren Beifall geben möchten, weil ich überzeugt bin, daß derselbe im Publikum eine der erwarteten Wirkung ganz entgegengesetzte machen wird. Die Konstitution, wird man sagen, muß dem Volke sehr günstig, der Tyrannei sehr verderblich sein, weil man zu so außerordentlichen Maßregeln greift, um sie in Verruf zu bringen; weil man, um zum Zwecke zu kommen, sich eines Mannes bedient, der in Europa bis jetzt nur durch seine leidenschaftliche Liebe zur Freiheit bekannt war, der einst von eben denen der Zügellosigkeit beschuldigt worden ist, die ihn jetzt zu ihrem Apostel und Helden wählen; und weil man unter seinem Namen nur solche, seinen frühern ganz entgegengesetzte Meinungen und Widersinnigkeiten vorbringt, wie man sie aus dem Munde der erklärtesten Feinde der Revolution hört, und zwar nicht bloß den gewöhnlichen einfältigen Tadel alles dessen, was die Nationalversammlung für die Freiheit getan hat, sondern der ganzen französischen Nation und der Freiheit selbst. Oder ist die Freiheit etwa nicht angegriffen, wenn die Unruhe, die Aufregung, welche die natürliche Krisis der Freiheit bilden, sodaß ohne diese Krisis der Despotismus und die Knechtschaft unheilbar wären, der ganzen Welt als das Verbrechen der Franzosen geschildert werden? Wir werden uns den Schrekken, mit denen man uns umringen will, nicht hingeben.

In demselben Augenblick, in dem man Ihnen durch einen außergewöhnlichen Schritt deutlich zeigt, was die eigentlichen Absichten sind, wie weit die Erbitterung der Feinde der Versammlung und der Revolution geht, in eben diesem Augenblicke stehe ich nicht an, in Ihrem Namen den Eid zu erneuern, immer die geheiligten Grundsätze zu befolgen, welche die Basis unserer Konstitution gewesen sind, niemals auf einem krummen Wege, der direkt zum Despotismus führt, auf dem wir unsern Nachfolgern und der Nation nur Unruhen und Anarchie hinterlassen würden, von diesen Grundsätzen abzuweichen. Ich will nichts mehr von dem Briefe des Herrn Raynal sagen; die Versammlung hat sich mit Ehre bedeckt, als sie ihn vorlesen hörte. Ich verlange, daß man zur Tagesordnung übergehe."

Diese Rede brachte mir fast einstimmigen Beifall in der Versammlung zuwege; die rechte Seite, welche sich, ich weiß nicht welche, Vorteile von dem widersinnigen Schritte versprach, zu dem sie den Abbé Raynal bewogen hatte, schwieg, und die Tagesordnung wurde angenommen.

Große Unordnungen waren in dem Heere ausgebrochen; viele Gesuche hielten teils um dessen gänzliche Abdankung der Offiziere an. Dieser Entschluß schien mir allein dem allgemeinen Interesse zu entsprechen. Frankreich, welches durch die Grundsätze von Freiheit und Gleichheit, welche in seine Gesetze übergingen, neu geboren war, konnte keine bewaffneten öffentlichen Beamten länger dulden, die vom Despotismus eingesetzt waren, eine despotische Verfassung hatten und daher aus Gewohnheit und Neigung bereit waren, den Despotismus zu verteidigen und die Freiheit zu unterdrücken.

Ich setzte zuerst auf der Nationaltribüne diese Ansicht auseinander, welche ich bereits in dem Vereine der Freunde der Konstitution verteidigt hatte: man nahm sie mit einer sehr deutlichen Unzufriedenheit auf, und Cazales erlaubte sich sogar die gröbsten Beleidigungen gegen mich. Ich kümmerte mich, wie gewöhnlich, nicht darum, denn die Furcht vor der Verleumdung hat mir nie das Opfer eines Grundsatzes abgezwungen.

Einige Tage darauf brachten die wichtigsten Ereignisse die ganze Versammlung in Bewegung und entlarvten den falschen Patriotismus einiger ihrer Wortführer. Der König war in der Nacht vom 20. zum 21. Juni entflohen.

## SECHZEHNTES KAPITEL

Das Benehmen des Volkes bei allen diesen wichtigen Angelegenheiten war edel und würdig; es zeigte, daß die Macht welche es übertragen hatte, dennoch ihm gehöre, und daß es, wenn es sie wieder ergreifen müsse, sie ruhig auszuüben wissen würde. Die Ahnung eines innern und äußern Krieges, den die Flucht des Königs herbeiführen könne, beunruhigte es keinen Augenblick; das Volk verließ sich auf seine Rechte, seinen Mut, und die Feinde schauderten vor seiner Haltung zurück.

Die Versammlung hatte sich permanent erklärt, die Minister vorgefordert und die Zügel der Regierung übernommen. Zwei Tage darauf brachte uns Mangin, Wundarzt von Varennes und eifriger Patriot, der sich besonders dabei tätig gezeigt hatte, die große Nachricht von der Verhaftung des Königs. Ich war der Meinung, daß bei einer solchen Gelegenheit die Nation einem Mann, der in ihrem Dienste sich den Streichen des Despotismus preisgegeben hatte, einen glänzenden Beweis ihrer Dankbarkeit schuldig sei. Die Belohnung, welche ich für diesen Mann von der Nation erbat, wurde ihm zugestanden.

Als der König zurück war, hatte die Versammlung zu erwägen, wie sie sich in Beziehung zu demselben zu benehmen habe. Die Verhaftung seiner Mitschuldigen war befohlen, über das Schicksal der Strafbaren aber noch nichts bestimmt worden. Das Verhör wurde den gewöhnlichen Tribunalen übertragen, aber man stand mit der Verordnung an, daß diese Tribunale wenigstens die Aussagen des Königs und der Königin in Empfang nehmen sollten. Man schlug sogar vor, daß man eine Ausnahme von dem gewöhnlichen Rechte machen und daß die Nationalversammlung aus ihrer Mitte Abgeordnete wählen möge, die sich

180

diesem Verhöre zu unterziehen hätten. Ich widersetzte mich und stellte fest, es wäre kein Grund da, zu verhindern, daß die mit dem einen Verhör beauftragte Behörde auch alle übrigen übernähme. Ich wollte die hohen, in diese Sache verwickelten Personen nur als Bürger betrachtet wissen, die der Gehorsam gegen das Gesetz nie entehren kann. Aber es war zu viel mattherzige Willfährigkeit, zu viel Feigheit in der Versammlung, als daß solche Bemerkungen hätten Glück machen können.

Endlich brach der Tag an, den ein ganzes Volk ungeduldig erwartete. Herr Muguet stattete im Namen der sieben vereinigten Komitees der Versammlung einen Bericht über das Ereignis vom 21. Juni ab. Wunderbar! Ihm zufolge gab es bei diesen verbrecherischen Tatsachen nur Mitschuldige, aber keine Straffälligen; er trug auf den Anklagestand Bouillés und anderer an, glitt aber leicht über die Schuld derer hin, denen Bouillé nur als Werkzeug gedient hatte. Er hatte zu dem Ende einen konstitutionellen Punkt angeführt, den verfänglichen und schlechtgestellten Punkt der Unverletzbarkeit, welcher, auf die Weise des Berichterstatters genommen, dem Oberhaupte der ausübenden Macht das Recht erteilte, das Volk zu beleidigen, seine Freiheit und seine Konstitution mit Füßen zu treten und niemandem Rechenschaft von seinem Verfahren abzulegen.

Petion griff zuerst, und zwar mit der Strenge der Grundsätze, zu denen er sich damals bekannte, aber mit den engherzigen Ansichten, die ich, ohne es zu sagen, schon in ihm entdeckt hatte, diese sonderbare Lehre an. Er verlangte zum Schluß, daß der König vor Gericht gezogen und entweder von der Nationalversammlung oder einer zu dem Zwecke ernannten Kommission gerichtet werde.

Auch ich sprach in dem Streite, der sich erhob; meine Meinung war, wie alle, welche ich bei dieser wichtigen Sache zu erkennen gab, geradezu und streng gegen die wahren Schuldigen, nachsichtig für die, welche nur die Rolle blinder Agenten gespielt hatten. „Ich denke nicht," sagte ich der Versammlung, „gegen einen einzelnen strenge Bestimmungen in Anspruch zu nehmen, sondern nur einen ebenso schwachen als grausamen Vorschlag zu bekämpfen und ihn durch eine milde und dem allgemeinen Interesse günstige Maßregel zu ersetzen. Ich will nicht untersuchen, ob die Flucht Ludwigs XVI. das Verbrechen einzelner Personen, ob er freiwillig und gern entflohen ist, oder ob ein verwegener Bürger ihn von den äußersten Enden des Königreichs durch den Einfluß seiner Ratschläge entführt hat, endlich ob die Völker glauben können, daß man Könige wie Frauen entführe. Ich will nicht untersuchen, ob, wie der Berichterstatter gemeint hat, die Abreise des Königs nur eine zwecklose Reise war, ob seine Entfernung gleichgültig ist. Ich will ferner nicht untersuchen, ob sie der Zweck oder die Ergänzung der stets ohnmächtigen und doch stets neu sich entwickelnden Verschwörungen ist. Ich will nicht einmal untersuchen, ob die vom Könige erlassene Erklärung nicht die Schwüre der aufrichtigen Anhänglichkeit an der Konstitution verletzt, die er geleistet hat. Ich will mich nur mit einem allgemeinen Satze beschäftigen. Ich werde vom Könige von Frankreich wie von einem Könige von China sprechen; ich werde nur die Lehre der Unverletzbarkeit erörtern."

Ich zeigte hierauf, daß die Unverletzbarkeit eines Königs nur für die Fälle in Anspruch genommen werden kann, in denen eine Verantwortlichkeit der Minister stattfindet; daß demnach alle persönlichen Handlungen, sowie Verbrechen und Vergehen gegen einen Privatmann, notwendig den allgemeinen Gesetzen unterworfen sein müßten. Ich schloß darauf mit den Worten: „Man beruhige mich über die Gefahren der Aufwiegelung, und ich bin bereit, alle Vorschläge der Komitees anzunehmen. Ich erkläre, daß ich jede Regierung verabscheue, in der Aufwiegler herrschen; man muß das Volk gegen die zu lange Dauer der oligarchischen Regierung sicherstellen. Es gibt vielleicht keine Mittel dazu... Sind sie Ihnen denn nicht nahe genug? Die vom Komitee vorgeschlagenen Maßregeln werden Sie entehren, und wenn ich sie triumphieren sehen müßte, würde

182

ich mich zum Sachwalter der Gardisten, der Madame Tourzel, sogar Bouillés hergeben. Wenn der König nicht straffällig, wenn kein Vergehen vorhanden ist, so gibt es auch keine Mitschuldigen. Es zeugt von Schwäche, wenn man einen Schuldigen, weil er mächtig ist, rettet, von Feigheit, wenn man ihm einen Schuldigen, der ohnmächtig ist, aufopfert; man muß entweder alle Schuldigen verurteilen oder alle lossprechen. Ich schlage vor, daß die Versammlung den Wunsch der Nation um Rat frage. Ich begehre ferner die vorläufige Untersuchung der Meinung des Komitees. Wenn sich meine Erörterungen nicht geltend machen können, so verlange ich, daß die Versammlung sich nicht besudele, indem sie den Untergang der vermeintlichen Mitschuldigen beschließt."

Die Versammlung beeilte sich, den Vorschlag der Komitees zur Abstimmung zu bringen und schloß, trotz mehreren lebhaften Einsprüchen, die Beratung; die Mehrheit war gegen die Ansichten der Volksverteidiger; ich machte in bezug auf den ersten Artikel noch einen letzten Versuch; da ich an voller Gerechtigkeit verzweifelte, wollte ich zu den Angeklagten wenigstens einen mächtigen Mitschuldigen beigesellt wissen, den man mit Fleiß vergessen zu haben schien. „In dem Falle," sagte ich, „daß man das Dekret annimmt, werde ich ein Amendement vorschlagen, das die Komitees wahrscheinlich annehmen werden: nämlich, daß alle des eben besprochenen Vergehens Schuldige, ausgenommen der König, angegeben, daß einige Personen, welche der Teilnahme an der Schuld verdächtig und nicht unverletzbar sind, so wie z. B. der Bruder des Königs, verfolgt werden..." Man forderte von mir die Beweise gegen ihn. Ich antwortete denen, welche mich fragten, daß sie nicht bei der Sache blieben. „Wenn es Beweise gäbe, so brauchte man nicht erst zu erklären, daß Anlaß zu einer Klage sei, sondern... (Unterbrechung.) Hätte man sich die Mühe gegeben, mich anzuhören, so würde man gefunden haben, daß meine Idee so widersinnig nicht ist. Ich wollte sagen, daß zu einer Klage weder Beweise, noch Anzeigen nötig sind, und ich frage jeden aufrichtigen Menschen, ob die Anzeigen gegen Monsieur nicht ebenso stark sind, als z. B. gegen Madame Tourzelle *. Hüten Sie sich ja, die mächtigen Verschwörer zu schonen; vergessen Sie nicht, daß der einzige Mensch, welcher der Revolution geopfert worden ist, von niederm Range war ... **, daß er eben dem Manne geopfert wurde, der soeben entflohen ist. Diese Betrachtungen sind einfach und können nicht anders als angenommen werden; denn wenn die Versammlung in ihrem Dekrete so viele Folgewidrigkeiten aufhäuft, so halte ich mich zugunsten des gebieterischen Gesetzes, welches mich zur Verteidigung des Interesses der Nation verpflichtet, für genötigt, in ihrem Namen zu protestieren."

Diese Bemerkungen waren, wie alle übrigen, ohne Erfolg; die Versammlung stimmte für den Dekretentwurf, wie er von der Kommission vorgeschlagen worden war, d. h. ohne sich darüber zu erklären, ob Ludwig XVI. zu verklagen sei oder nicht. Das Volk gab bei diesem Beschluß die deutlichsten Beweise seiner Mißbilligung. Denselben Abend verfügte es sich nach allen Theatern und ließ sie schließen. Der verständige Blick, der ihm eigentümlich ist, zeigte ihm bald, wie sehr die strafbare Schwäche der Versammlung seine Rechte gefährde.

Ich werde später, wenn ich meiner gleichzeitigen Arbeiten im Jakobinerklub gedenke, Gelegenheit haben, auf die Folgen dieses Dekretes und die schändlichen Auftritte, die auf dem Marsfelde stattfanden, zurückkommen. Das Bürgerblut, welches dort floß, war ebenfalls eines der traurigen Ergebnisse jenes Dekretes. Damals sahen die Patrioten ein, wie weise und vorsichtig unsere Widersetzlichkeit gegen die Kriegsgesetze war, da sie sich auf den Mißbrauch gründete, den eine straffällige Behörde von einer solchen Waffe machen konnte.

Ich schließe die gedrängte Skizze meiner Arbeiten als Gesetzgeber. Wir waren am Ende unserer Sitzungen; die

* Gouvernante des Dauphins.
** Favras.

Konstitutionsakte war fertig: sie durfte nur in einer letzten Revision noch einmal geprüft werden. Wir wußten bestimmt, daß der Hof auf diesen letzten Akt der konstituierenden Macht rechnete, um verschiedene Artikel des Grundvertrages, die denselben verletzten, abändern und die ohnehin schon ausgedehnten Schranken der ausübenden Macht noch weiter zurückstellen zu lassen. Seine Hoffnungen gründeten sich auf den Abfall einiger Volksführer, welche, ihrer Maske müde, diese seit den Ereignissen vom Juli weggeworfen hatten und mit den Feinden des Volkes zusammenhielten.

Wir waren auf diese sträflichen Pläne vorbereitet und verteidigten im Vertrauen auf die Zustimmung des Volkes eifrig die heilige Sache, welche unsere Kollegen aufgaben. Obgleich unsere Minorität nicht zweifelhaft war, setzte sie doch unsere Zuversicht in Erstaunen und verbreitete die Unruhe des bösen Gewissens unter sie; dank unseren Bemühungen und dem Murren des Volkes, ihre gegenrevolutionären Bestrebungen waren vergeblich.

Einer der wichtigsten in der Konstitution zu bestimmenden Punkte war der, von welchen Bedingungen die Ernennung zum Wahlamte abhängen solle. In der ersten Beratung, deren Ergebnis gewesen war, zu diesem Amte nur die Bürger zuzulassen, die eine Steuer von einer Mark Silbers an Wert zahlten, hatte ich eine weitläufige Rede gehalten, die zwar keinen Einfluß auf den Beschluß der Versammlung gehabt, aber durch die Übereinstimmung meiner Grundsätze mit den Ideen des Volkes sehr dazu beigetragen hatte, mich bei diesem beliebt zu machen. Meine Worte waren aufgefaßt und begriffen worden; ich hatte die rührendsten Beweise der Zustimmung und Erkenntlichkeit des achtbaren Teils im Volke erhalten, dessen Rechte ich verteidigt hatte. Ich erwähne hier nur einer bekannten Sache, der Adresse, welche mir bei dieser Gelegenheit der Verein für Hilfsbedürftige zusandte.

Die Zeichen allgemeinen Unwillens, welche dieses Dekret veranlaßte, blieben nicht ohne Folgen. Thouret, der Berichterstatter des Revisionskomitees, schlug eine ängstliche Abänderung vor, und noch dazu mehr um den Zweck, das Volk irre zu führen, als sein Los zu verbessern. Sein Vorschlag bestand darin, die Steuer der Silbermark durch den Verdienst einer bestimmten Anzahl Arbeitstage zu ersetzen. Ich ließ mich durch diesen neuen Plan, der das Gute hatte, daß er bei der Wählbarkeit jeden der Schätzung überhob, nicht bestechen. Ich sagte unter anderem: „Die Komitees schlagen Ihnen vor, eine schlechte Bedingung durch eine noch ungerechtere, noch lästigere zu ersetzen. Das neue System hat noch stärkere Unannehmlichkeiten. Hat das Volk die Freiheit, seine Stellvertreter zu wählen, wenn es nicht die Freiheit hat, seine Mittelsmänner zu wählen? Die Komitees scheinen mir sich beständig zu widersprechen. Sie haben auf ihren Vorschlag erkannt, daß alle Bürger ohne andern Unterschied als den der Tugend und Talente zu allen Ämtern tüchtig seien. Wozu nützt aber dies Versprechen, wenn es sogleich wieder gebrochen wird? Was hilft es uns, daß es keinen Lehnsadel mehr gibt, wenn Sie eine wesentlichere Unterscheidung dafür einsetzen, an die Sie ein politisches Recht anknüpfen? Und was kümmert es mich, daß es keine Wappen mehr gibt, wenn ich eine neue Klasse muß entstehen sehen, der ich ausschließlich mein Vertrauen zu schenken habe? Dieser Widerspruch würde mir das Recht geben, an Ihrer Aufrichtigkeit, an Ihrer Rechtlichkeit zu zweifeln. Ich gebe zu, daß eine Gewähr gegen die Wähler nötig ist. Aber ist das der Reichtum? Wer mißt die Unabhängigkeit, die Bravheit nach dem Vermögen? Ein Handwerker, ein Landmann, der den Verdienst von zehn Tagen bezahlt, ist unabhängiger als der Reiche, weil seine Bedürfnisse noch beschränkter sind als sein Vermögen. Obgleich diese Ideen die Moral betreffen, verdienen sie doch der Versammlung vorgelegt zu werden ... Es sind nicht bloß Worte. Man hat das Beispiel der Engländer und Amerikaner angeführt; sie haben ohne Zweifel Unrecht gehabt, Gesetze zuzulassen, welche dem Grundsatze der Gerechtigkeit zuwiderlaufen; aber diese Übelstände sind

186

bei ihnen durch andere gute Gesetze wieder ausgeglichen. Wo ist die Gewährleistung des Aristides, als er alle Stimmen von ganz Griechenland für sich hatte? Der große Mann, der den öffentlichen Schatz seines Vaterlandes verwaltet und nicht genug hinterlassen hat, daß man ihn hätte davon begraben können, wäre bei uns nicht einmal zu der Wahlversammlung zugelassen worden. Nach den Grundsätzen müssen wir uns schämen, dem J.-J. Rousseau eine Bildsäule errichtet zu haben, denn er hat keine Mark Silber bezahlt. Erkennen Sie die Würde des Menschen in jedem an, der nicht den Stempel der Infamie trägt. Es ist nicht wahr, daß man reich sein muß, um an seiner Heimat zu hängen, das Gesetz ist da, um die Schwächern zu schützen; ist es aber nicht ungerecht, ihnen allen Einfluß auf seine Abfassung zu entziehen? Ehe Sie sich entscheiden, erwägen Sie, wer Sie hierher gesandt hat. Waren Sie nach einer halben oder ganzen Mark berufen? Ich erinnere Sie an die Artikel Ihrer Zusammenberufung: jeder Franzose, sowie jeder naturalisierte Franzose, was er auch für Steuern zahle, soll zur Ernennung der Wähler zugelassen werden. Wir sind also nicht statthaft, weil wir von Wählern ernannt worden sind, die nichts bezahlen?"

Herr von Beaumetz, der, wie ich angeführt habe, schon bei andern Steuerangelegenheiten mein Gegner gewesen war, wollte auch diesmal gegen mich sprechen und erlaubte sich zu dem Zwecke, wie gewöhnlich, mich zu verleumden und auf Sachen zu antworten, die ich gar nicht gesagt hatte. Ich machte ihn darauf aufmerksam, als er behauptete, ich hätte angegeben, man brauche nicht einmal stimmfähiger Bürger zu sein, um Wähler zu sein. Er antwortete mir mit neuen Beleidigungen.

Nach langen Debatten wurde der Antrag vertagt und später im Sinne der Komitees entschieden.

Einige Tage darauf nahm man die Stellung der Minister zur Versammlung vor. Das Komitee und die Feuillants drangen darauf, daß man ihnen das Recht zu sprechen gestatte, sooft sie es begehrten; ich wollte der Versammlung bemerklich machen, daß dadurch die Konstitution entstellt und den Ministern ein entschiedener Einfluß auf die Beratungen gegeben würde. Ich bezeichnete die Verwirrung, welche eine solche Maßregel zwischen der gesetzgebenden und der ausübenden Macht hervorbringen würde, nachdem die Arbeiten der Versammlung bis jetzt dahin gestrebt hätten, dieselben deutlich zu bestimmen und abzusondern. Meine Bemühungen waren umsonst, die Intriganten siegten.

In der Sitzung vom 22. August beschäftigte man sich mit dem Gesetze, welches die Presse regeln sollte. Meine Ideen über diesen Punkt waren schon bekannt. Ich hatte sie in einer Rede, welche seitdem bekannt gemacht worden war, auf der Jakobinertribüne entwickelt. Ich wollte die unbedingte Freiheit dieses heiligen Bürgerrechtes und demnach kein eingreifendes Gesetz, keine Zensur und eine Steuerung nur in dem Falle, daß Personen verleumdet worden waren. Ich bestand auf meiner Meinung und legte, um der Versammlung begreiflich zu machen, wie die öffentliche Wohlfahrt dem Gesetzgeber die Notwendigkeit auferlege, dem Beamten jedes Verfahren gegen einen Schriftsteller zu untersagen, der seine Handlungen kritisiert habe, einige Beispiele vor, in denen diese Kritik, und wäre sie auch noch so bitter, den Staat retten könnte. „Wenn ein Minister,“ sagte ich, „sich in der Ausübung der auf die Verteidigung des Königreichs bezüglichen Gesetze nachlässig zeigte, mit auswärtigen Fremden ein geheimes Einverständnis unterhielte, soll dann etwa das Recht des Bürgers sich darauf beschränken, daß er sehr bescheiden, sehr ehrerbietig sagen darf: der Herr Minister hat vergessen, ein Armeekorps an die Grenze zu beordern; oder darf er nicht vielmehr, wenn er Mut hat, sagen: ich bemerke in seinem Verfahren eine Verschwörung gegen die öffentliche Wohlfahrt, ich fordere meine Mitbürger auf, über ihn zu wachen *.

Ein anderes Beispiel: ein General, dem die Verteidigung

* Duportail, Kriegsminister.

188

unserer Grenzen anvertraut war, hat einen Plan ausgeführt, der zum Zwecke haben sollte, die Nation den Greueln eines innern und äußern Krieges zu überliefern. Ich nehme an, daß ich gewisse Anzeichen für dieses Verbrechen habe, wie sie denn jeder aufrichtige und hellsehende Bürger haben könnte: sollte ich nun nicht die öffentliche Aufmerksamkeit auf einen solchen Mann richten dürfen, ohne als ein Verleumder bestraft werden zu können *?"

Den Tag darauf widersetzte ich mich der Organisation der königlichen Garde. Bei der Aufregung, die zwischen Hof und Volk stattfand, schien mir eine solche Maßregel unpolitisch und gefährlich, da das Oberhaupt der ausübenden Macht gewiß nicht säumen würde, die 1800 Mann, mit denen er sich umgeben durfte, aus den erklärtesten Feinden der Revolution auszuwählen. Das Dekret wurde nichtsdestoweniger angenommen. In derselben Sitzung beschäftigte man sich mit den politischen Rechten der Mitglieder der königlichen Familie. Man schlug vor, ihnen die eigentlichen bürgerlichen Rechte zu nehmen und ihnen kein politisches Recht zu lassen, ausgenommen der möglichen Thronfolge. Philipp von Orléans, den dieser Antrag eigentlich traf, erklärte auf der Tribüne, daß er, im Fall dieses Dekret zugelassen würde, die förmliche Entsagung seiner Rechte als Mitglied der königlichen Familie zugunsten derer eines französischen Bürgers erklären werde.

Eine solche Beratung schien mir der Majestät der Versammlung unwert. Ich versuchte meine Ansicht zu entwickeln, aber starkes Murren unterbrach mich. Zum erstenmal vielleicht wollte ich meinen Kollegen begreiflich machen, wie wenig ein solches Benehmen dem wichtigen Rufe der Gesetzgeber entspräche: „Ich stehe," sagte ich, „von dem Vorhaben ab, meine Ansicht zu entwickeln; es tut mir sogar leid, sie auf eine Art ausgesprochen zu haben, daß sie einige verletzt hat; aber ich bitte die Versammlung zu berücksichtigen, wie ungünstig diejenigen, welche Grundsätze aufstellen, wie ich sie verteidigt habe, auf der Tribüne

* General Bouillé.

empfangen werden. Ich glaube, daß die Liebe zum Frieden wenigstens den Wunsch erwecken muß, daß die, welche andere Meinungen als ich und ein Teil der Versammlung angenommen haben, von nun an aufhören mögen, unsere Meinungen so zu deuten, als ob sie die königliche Würde erniedrigen wollten und der öffentlichen Wohlfahrt fremd wären. Können wir denn nicht, ohne übelgesinnt zu sein, doch noch in dem gegenwärtigen Augenblicke uns zu den Meinungen bekennen, die jene selbst in der Versammlung behauptet haben?"

Der Haß, den die Häupter der Feuillanten mir gelobt hatten, wartete nun eine Gelegenheit zum Ausbruche ab. Alexander Lameth glaubte diese gefunden zu haben, als Chabroud seinen Bericht über die Insubordination des Regimentes Beauce, Garnison Arras, abstattete. Lameth behauptete, daß die von Petion und mir in der Nationalversammlung aufgestellten Ansichten das größte Unglück in der Armee angerichtet hätten. Ich begehrte das Wort; nach langem Kampfe erhielt ich es. „Ich habe," sagte ich, „der Versammlung nur einige sehr einfache Bemerkungen zu machen; ich werde jedermann beweisen, daß meine Ansichten keine Unruhen bezwecken, und werde die Sache nach denselben Grundsätzen auseinandersetzen, die mich immer geleitet haben, und die Waffen der Vernunft denen der Verleumdung vorziehen. Wenn die Rüstung der Gewalt irgend gefährlich ist, so ist sie es besonders, wenn sie unnütz ist. Ich denke, daß dieser Handel nicht nach dem Schrecken, welchen einige Personen zu erregen suchen, sondern nach Tatsachen entschieden werden muß. Ich weiß nicht, ob alle Tatsachen, welche man angeführt hat, falsch sind, aber ich schwöre, daß viele Übertreibung dabei im Spiele ist. (Man unterbricht mich mit dem Rufe, daß ich einen Briefwechsel mit der Armee unterhielte.) Ich antworte nicht auf eine Beschuldigung, die nichts als eine lächerliche Zumutung, eine abscheuliche Verleumdung ist; ich sage aber, es ist durchaus nicht wahr, daß es 3oo Straßenräuber in der Zitadelle von Arras gibt."

190

Karl Lameth unterbricht mich mit den Worten, daß nicht ein Offizier in Arras wäre, der nicht die Ausschweifungen des Bataillons Beauce für geeignet hielt, alle Regimenter aufzuwiegeln. Ich antwortete: „Es ist möglich, daß die 300 Soldaten, welche in der Zitadelle von Arras liegen, sich unehrerbietig gegen ihre Führer betragen haben. Aber welchen Befehl hatte man ihnen gegeben? Den, das patriotische Band abzulegen. Die Feinde der Revolution haben diese Aufregung sogleich benutzt, um diese Soldaten zu Werkzeugen ihrer Pläne zu machen, aber sie sind von den Soldaten selbst bei dem Tribunal angegeben worden, und das gerichtliche Verfahren wird der Nationalversammlung zugestellt werden. Ich sehe nicht ab, wie dies die außerordentlichen, Ihnen vorgeschlagenen Maßregeln bedingen müsse.

Aber ich komme zur Sache zurück. Ich denke, daß, wenn man so handelt, als ob ein Aufruhr stattfände, dies gerade das Mittel ist, Aufruhr und Empörung zu erregen. Ich denke, daß es sehr gefährlich ist, den Linientruppen zu zeigen, wie die Nationalgarden immer bereit seien, gegen sie zu marschieren. Ich füge hinzu, daß Ihre peinlichen Gesetze immer unvollständig bleiben werden, solange Sie nur immer die Soldaten und nie die Anführer im Auge haben."

Der Gegenstand dieser Beratung war an sich kleinlich; die Soldaten von Beauce hatten das Nationalband behalten und ihre Anführer dies nicht gestatten wollen. Das war die ganze Ursache, warum sie angeklagt und der Versammlung ein so strenger Bericht abgestattet worden war; aber die Leute, deren Popularität durch unsere energische Freimütigkeit vernichtet worden war, brauchten einen Vorwand, uns in den Augen des Volkes zu verleumden.

Wenn die Klage Alexander Lameths auch nicht den Erfolg hatte, den er davon erwartete, so hatte sie wenigstens die Wirkung, daß sie die Umtriebe des Triumvirats enthüllte und uns der Mühe überhob, von nun an noch die Artigkeit gegen sie zu gebrauchen, die man alten Freunden schuldig ist. Bald darauf zeigte ich ihnen die geringe Ach-

191

tung, die ich für ihr Benehmen hatte, und klagte Barnave und die beiden Lameths an. Eine Deputation von Brest war vor den Schranken erschienen, um die freie und unbedingte Vollstreckung des Dekrets vom 15. Mai in betreff der Kolonien zu fordern und die Hindernisse anzugeben, welche die Verwaltungsbehörden und besonders die Mitglieder des Kolonialkomitees dieser Vollstreckung in den Weg gelegt hatten. Alexander Lameth beleidigte statt der Antwort die Bittsteller und die Mitglieder, welche jenes Dekret durchgesetzt hatten. Ich war des Übermuts und des Scheins der Überlegenheit, den dieser Abgeordnete über seine Kollegen annahm, müde und stand nicht an, ihm vor den Augen der Versammlung den Schleier abzureißen. „Wenn,“ sagte ich, „in diesem Augenblick die Rede davon wäre, die Sache der Kolonien zu beraten, so würde es leicht sein, Herrn Alexander Lameth eben so ausführlich zu antworten, als er soeben gesprochen hat; aber hier kommt es nur auf eine Bittschrift an, welche die Bürger von Brest der Nationalversammlung überreichen.

Ich werde mir nicht erlauben, wie Herr Alexander Lameth, auf den Grund der Sache zurückzugehen, und Ihnen nur sagen, daß ich nicht glaube, eine der Nationalversammlung über diesen Gegenstand überreichte Bittschrift bedürfe einer Schutzrede oder könne gar an und für sich selbst von einem Mitgliede der Nationalversammlung angegriffen werden. Wenn es, um vernommen zu werden, genügt, Persönliches vorzubringen, so werde ich Ihnen sagen, daß diejenigen, welche sich erlaubt haben, den Grund der Sache und die Deputation von Brest verdächtig zu machen, daß eben diese Menschen es sind, welche das Vaterland verraten. Wenn es Männer, wenn es irgendeine Abteilung der Versammlung gibt, die einigen Mitgliedern der Versammlung Stillschweigen auferlegen kann, wenn von Interessen die Rede ist, die sie nahe angehen, so werde ich Ihnen sagen, daß es die Verräter des Vaterlandes sind, welche Sie zur Zurücknahme Ihres Dekretes bewegen möchten; und wenn man, um sich in dieser Versammlung ver-

192

nehmbar machen zu können, die Leute angreifen muß, so
erkläre ich Ihnen, daß ich persönlich die Herren Barnave
und Lameth angreife..."

Dieses plötzliche Belangen erregte den größten Tumult
in der Versammlung. Das Volk rief Beifall, unsere Gemäßigten wollten mich nach der Abtei geschickt haben.
Und doch hatte ich nur mein Recht benutzt und meine
Schuldigkeit getan. Einige Tage zuvor hatte man es ganz
passend gefunden, daß dieselben Männer, welche ich anklagte, mich treuloserweise und ohne Angabe einer Ursache
angaben. Ich im Gegenteil erbot mich alles zu beweisen,
was ich sagte, und bat mir zu dem Ende eine auf einen der
nächstfolgenden Tage anzuräumende außerordentliche Sitzung aus. Nach einigen ausweichenden und verächtlichen
Erklärungen Barnaves wurde zur Tagesordnung geschrit-
ten. Man mußte jedoch auf die Sache der Kolonien zurückkommen; unsere Staatsmänner hatten nun einmal dem
Dekrete vom 15. Mai den Tod geschworen. Sie wollten wenigstens die letzten Tage ihres Einflusses auf eine sich auf-
lösende Versammlung benutzen und das nützlichste, ehren-
vollste ihrer Dekrete vernichten. Ein listiger Bericht Barnaves, in dem die Tatsachen verunstaltet und die Grundsätze auf eine freche Art verkannt waren, wurde unver-
sehens mitten in unsere Beratungen eingeschoben. Barnave
war ein Feind Brissots, mehr als seine übrigen Kollegen,
weil er von diesem Journalisten in dem Kolonialstreite,
den derselbe als eifriges Mitglied des Vereins der Freunde
der Schwarzen unter dem Gesichtspunkte allgemeiner Freiheit und Menschlichkeit, und nicht in bezug auf kleinli-
ches Privatinteresse, betrachtete, arg mitgenommen worden
war. Die Farbigen, zu deren Sachwalter sich Brissot aufgeworfen hatte, sollten Barnaves Kränkungen entgelten.
Ich hätte sie gern beide ihre Mißhelligkeiten untereinander
ausmachen lassen, wenn es sich nicht um eine Sache gehandelt hätte, in der Schweigen eine Schwäche, Nachgeben
ein Verbrechen gewesen wäre. Außerdem stand ich damals
auch in einiger Verbindung mit Brissot. Er hatte sich da-

mals noch nicht so gezeigt, wie ich ihn später gefunden habe. Ich verteidigte also das Dekret vom 15. Mai, zwar ohne Erfolg, aber doch mit dem Eifer, welchen das Gefühl der guten Sache einflößt. Der Vorschlag des Komitees wurde angenommen; die Kolonien wurden zerrüttet, die heiligsten Grundsätze verkannt. Denn es ist ausgemacht, daß die Gerechtigkeit und das wahre Interesse des Volks zusammenhängt, und daß die Verachtung des einen nie zum Nutzen des andern ausschlägt.

Die Revision war beendet. Ohne Nutzen für das Volk, sogar ohne Nutzen für dessen Feinde, hatte sie nur dazu gedient, die Macht der Gesetzgeber den Leuten noch länger in der Hand zu lassen, die untröstlich waren, daß sie sie verlieren sollten. Es blieb noch die Art zu entscheiden, wie die Konstitution dem Könige überreicht werden solle. Der Streit, welcher sich bei dieser Gelegenheit erhob, verschaffte mir zum letzten Male eine Gelegenheit, Frankreich die Umtriebe jener Menschen zu offenbaren, welche anfangs eine falsche Volkstümlichkeit ausgehängt hatten, hernach aber zu ihrer eigentlichen Natur zurückgekehrt waren und uns die Gewährleistung, welche sie in ihrem eigenen Interesse uns mitverschafft hatten, wieder zu entreißen suchten. Die Beleidigungen, mit denen sie mich unaufhörlich beehrten, wurden diesen Tag auf das höchste getrieben. Sie waren nicht zufrieden, mich von ihren Plätzen aus zu schmähen, Duport stellte sich neben mich auf die Tribüne, um mich bequemer beleidigen zu können, und zwar so, daß ich den Präsidenten bitten mußte, er möge denselben, wenn er nicht aufhören wolle, sich entfernen heißen. Als man mich endlich zu sehr reizte, fiel auch ich gegen diese Mantelhänger und auf eine Art aus, die sie zu Boden schmetterte. „Ich nehme nicht an,“ sagte ich, sie ansehend, „daß in dieser Versammlung ein Mann so feige ist, daß er sich über einen Artikel unserer Konstitutionsakte mit dem Hofe abfinde, oder so treulos, daß er von demselben Veränderungen vorschlagen ließe, vor deren Antrag er sich selbst schämt; oder ein solcher Feind des Vaterlandes, daß er die Konstitution in Verruf zu bringen sucht, weil sie seinem Ehrgeize oder seiner Habgier einiges Ziel setzt; oder so unverschämt, daß er vor den Augen der Nation eingestehen möchte, er habe in der Revolution nur ein Mittel, sich zu erheben und zu vergrößern gesehen; denn ich will gewisse Schriften und Reden, welche diesen Sinn haben könnten, nur als den flüchtigen Ausbruch des Ärgers ansehen, der durch Reue schon gesühnt ist. Aber wir wollen wenigstens nicht so einfältig, nicht so gleichgültig gegen das allgemeine Beste sein und nicht uns ewig zum Spielball der Intrige hergeben, und nach und nach, auf den Wunsch einiger Ehrgeizigen, die einzelnen Teile unseres Werks wieder umstoßen, bis uns jene sagen werden: Jetzt ist es so, wie wir es haben wollen. Wir sind hierher geschickt worden, die Rechte des Volkes zu verteidigen, nicht das Vermögen einiger Personen zu vergrößern; um den letzten, der Bestechung noch übrigen Damm zu zertrümmern, nicht die Verbindung der Intriganten mit dem Hofe zu begünstigen und ihnen den Lohn ihrer Nachgiebigkeit und Verräterei zu sichern. Ich verlange, daß jeder von uns schwöre, niemals über irgendeinen Artikel der Konstitution sich mit der ausübenden Macht zu vergleichen, und daß jeder, der einen ähnlichen Vorschlag machen würde, als Verräter des Vaterlandes erklärt werden sollte."

Der Beifall der Versammlung, das ironische Gelächter der rechten Seite, die Verlegenheit der Intriganten, alles bewies mir, daß man mich verstanden, daß der Schlag getroffen hatte.

Der letzte wichtige Akt der Gesetzgeber war ihr letzter Frevel an der Freiheit. Lechapelier, nicht mehr der feurige Lechapelier von Versailles, der Gründer des Bretagnischen Klubs, der Präsident vom 4. August, sondern der ränkevolle, von den Staatsmännern nachgeschleppte, mit dem Hof unterhandelnde, dieser Lechapelier, sage ich, schlug ein Dekret über die Volksvereine vor. Sein Antrag ging dahin, diesen Vereinen jedes Handeln gegen die öffentlichen Beamten, jede förmliche Aufnahme, sowie alle Gesuche und Deputationen zu untersagen; mit einem Worte, man wollte diese Vereine politisch vernichten. Ich verteidigte zum letztenmal die Grundsätze und sprach zugunsten jener Verbindungen, welche der Revolution so ungeheure Dienste geleistet hatten. Aber die Jakobiner, auf die es besonders gemünzt war, hatten den falschen Patriotismus der Führer der Versammlung an das Licht gezogen und ihren Stolz auf das tiefste verletzt. Die Feuillants hatten kaum noch einen Schatten von Leben, Lechapelier und andere sprachen dort vor einer Wüste; das Volk hatte ihre erbärmliche Spaltung mit schweigender Verachtung angesehen und war ununterbrochen zu den Sitzungen der Muttergesellschaft geströmt. Man mußte also die Jakobiner strafen und ihnen allen Einfluß auf die Staatsangelegenheiten rauben. Dieses Dekret, dieses tyrannische, aber durch die Vergessenheit, in die es jetzt wieder geraten ist, zum Glück nur wirkungslose Dekret ging durch.

Dies ist die gedrängte Schilderung meiner Arbeiten in der konstituierenden Versammlung. Ich habe sie nicht alle herzählen mögen, noch viel weniger die Idee gehabt, die Hauptstreitigkeiten zu erwähnen, welche das lange Bestehen dieser Versammlung bezeichnet haben; es war, wie ich schon anfangs gesagt habe, meine Absicht nicht, ihre Geschichte zu schreiben.

Wenn ich jetzt einen Blick zurückwerfen und diese erste Zusammenkunft der Gesetzgeber bezeichnen und sie nach dem, was sie getan hat und was von ihr zu erwarten war, richten wollte, so würde meine Ansicht durchaus nicht der jener Flugblattschreiber gleichen, welche eine hohe Meinung von ihrer Fähigkeit und ihrem Patriotismus zu erwecken denken, wenn sie jene mit herabsehender Verachtung behandeln. Die Rolle, welche ich in derselben gespielt habe, die einer nur selten angehörten Opposition, kann mich der Schmeichelei nicht verdächtig machen. Ich habe meinen Kollegen so harte Wahrheiten gesagt, daß ich es auch anerkennen darf, was sie Gutes getan haben.

Wenn man an die Lage denkt, in der sich Frankreich

1789 befand, und sie mit der jetzigen vergleicht, so muß man die unermeßlichen Fortschritte zugeben, die es in seiner politischen Bildung gemacht hat; und wie groß auch der Anteil sei, welcher dem Verstande und dem Mute des Volkes beizumessen ist, der der Versammlung bleibt noch immer schön. Ich weiß wohl, was für Verwirrung und Stockung ihre Langsamkeit, ihre Schwäche und das sträfliche Benehmen der einen, die Intrigen, die Bestechlichkeit der andern in der Entwicklung unserer Verfassung gebracht hat; aber ich weiß auch, wie langsam und allmählich in die ewige Ordnung der Natur die der Menschheit vorbehaltenen Verbesserungen sind. Ich weiß, daß diese täglich erneuerten Kämpfe und Hindernisse die Erfüllung der Beschlüsse der Vorsehung nicht verhindern, und daß ihre Wohltaten um so teurer, deren Genuß um so stärker ist, je teurer man sie erkauft hat.

Jetzt also kann ich der Versammlung für die Schwierigkeiten, welche sie der französischen Freiheit in den Weg gelegt hat, keine Vorwürfe mehr machen. Die hauptsächlichsten Grundsätze sind von ihr anerkannt worden, und diese Anerkennung genügt, daß sie früh oder spät Früchte zu tragen vermögen.

Wenn ich die Versammlung aus einem untergeordneteren, aber doch noch interessanten Gesichtspunkte beobachte, muß ich den Talenten derer, die sie in sich schloß, und der gebietenden Ordnung, welche sie fast immer bei ihren Verhandlungen zu behaupten gewußt hat, ihr Recht widerfahren lassen. In dieser Beziehung ist, im Vergleich zu der jetzigen Versammlung, der Vorteil ganz auf ihrer Seite. Es gibt Dinge, welche ich den Jakobinern nicht sagen werde, aber was ist Brissot neben Barnave, Ramond neben Maury; Vergniauld, Guadet, Ifnard und andere neben dem großen Schatten Mirabeaus? Man vergleiche die Haltung Chabots, Bazires, Duhems mit der Würde, welche wir, die Konstituierenden von der äußersten Linken, trotz unserer kleinen Zahl und der Gewalt unserer Opposition zu behaupten wußten.

197

Ehe ich zu der Erzählung meines Lebens nach dem Austritt aus der konstituierenden Versammlung übergehe, muß ich noch für einige Augenblicke zurückkehren und nur kurz die Hauptbegebenheiten berichten, welche mich außerhalb meiner Laufbahn als Gesetzgeber berühren, namentlich meine Privatverbindungen und meine Arbeiten im Vereine der Jakobiner. Der Wunsch, die Folge der gleichartigen Tatsachen nicht zu unterbrechen, hat mich zu diesem Gange bewogen.

## SIEBZEHNTES KAPITEL

Als ich in Versailles ankam, kannte ich nur meine Mit-Abgeordneten. Ich war den Machthabern fremd, stand in keiner Verbindung mit ihnen und wollte auch deren keine anknüpfen. Unter den Ministern war nur einer, dessen Popularität derart war, daß man, selbst ohne den Verdacht einer Bestochenheit zu erwecken, mit ihm umgehen und seine Gesellschaften besuchen konnte; dies war Necker. Ich ging zu ihm und wurde mit der zeremoniösen Höflichkeit eines Mannes aufgenommen, der sich zwar über die ihm dargebrachte Huldigung erhaben dünkt, aber schon die Vorteile berechnet, die ihm aus dem guten Empfange, zu dem er sich herabläßt, entspringen müssen. Seine vergoldeten Säle waren der Sammelplatz aller einflußreichen Männer jener Zeit; man fand auch viele Frauen dort, die sich in die Tagesbegebenheiten zu mischen suchten. Sie drängten sich um Madame Necker und ihre Tochter, welche den schwedischen Gesandten geheiratet hatte und im Rufe stand, daß ihr Wissen und ihr Geist bei weitem ihr Geschlecht überrage.

Diese Gesellschaft hätte trotz des Übermutes der Hofleute und der Pedanterie der Schöngeister einigen Reiz für mich gehabt. Aber ich bemerkte gar bald, daß ein Abgeordneter des Volkes, ein aus Überzeugung und Pflicht der Sache der Freiheit ergebener Mann unter den Politikern, welche Neckers Hotel besuchten, nicht an seinem Platz sei. Die Leute wollten wohl mit uns gehen, nur hätten wir auch zugleich mit ihnen einhalten sollen; das Ziel, welches sie sich gesetzt hatten, war so eng beschränkt, die Verbesserungen, welche sie für das Volk wünschten, so nichtig, daß wir dieses Bündnis nicht lange eingehen konnten. Sobald daher Neckers Lieblingstraum, nämlich die

**199**

Bildung eines Schattens von repräsentativer Regierung mit zwei Kammern und einer fast unbegrenzten ausübenden Macht, von der Mehrheit der Versammlung verworfen worden war, sah ich ein, daß mein Platz nicht mitten unter diesen Träumern einer englischen Verfassung sein konnte; ich ließ Necker mit Malouet, Mounier und andern die Verblendung der Versammlung beklagen, welche die bestmögliche Regierung nicht aus ihren Händen hatte annehmen wollen.

Necker ausgenommen, habe ich mit keinem Minister Umgang gehabt; ich wich sogar dem zuvorkommenden Wesen Duport-Dutertres aus, der, unter dem Vorwande einer alten Brüderschaft, mir einige Besuche gemacht hat, mit denen er mich an sich ziehen zu wollen schien.

Zur selben Zeit bildete sich ein anderer Vereinigungspunkt für die patriotischen Abgeordneten und bereitete, unabhängig von dem Willen der Gründer, wichtigere Ergebnisse vor. Die vierzig Abgeordneten vom dritten Stande der Bretagne schlossen sich an die Mehrheit der Abgeordneten der Geistlichkeit aus derselben Provinz und hatten den glücklichen Gedanken, einen Klub einzurichten, um durch ihn die Mitteilungen der Abgeordneten unter sich lebhafter, fruchtbarer zu machen und auf die Beratungen der Versammlung einzuwirken. Lechapelier, der damals für die patriotische Sache glühte, war einer der Hauptgründer dieses Vereins; Gleizen wurde zum Präsidenten ernannt. Bald ließen sich eine Menge Abgeordnete, auch ich, in denselben aufnehmen. Man kann die wichtigen Dienste nicht abstreiten, welche dieser Klub der Sache der Nation geleistet hat. Hier wurden die kräftigen Beschlüsse, welche die aristokratische Partei unterdrückten und die Revolution entschieden, zur Reife gebracht und bestimmt. Aber außer diesen ruhmvollen Beziehungen kann der Bretagnische Klub noch auf ein anderes Ergebnis stolz sein, worüber seine Gründer sich jetzt vermutlich nur wenig freuen, daß er nämlich zur Entstehung des Vereins der Konstitutionsfreunde Anlaß gegeben hat.

200

Eins der wichtigsten Mittel, welches die Abgeordneten anwandten, um ihre Popularität zu begründen und der Sache, der sie sich ergeben hatten, zum Siege zu verhelfen, war ihr Mitarbeiten an den Journalen. Mirabeau, Barrere und mehrere andere verschmähten nicht, in dieselbe Laufbahn zu treten, in der Camille, Louvet und Freron kämpften. Auch ich trat in die Schranken; es ist gut, wenn man mehr als eine Tribüne hat, um zu dem Volke zu sprechen. Das von Montjoye gegründete Journal: Die Vereinigung, verschaffte mir die gewünschte Gelegenheit; ich sprach darin weitläufiger, als ich es in der Versammlung tun konnte, meine Grundsätze aus und hatte hier nicht die ermüdenden Unterbrechungen der rechten Seite zu bestehen.

Innere Mißhelligkeiten hatten die Bekanntmachung dieses Journals einige Zeit aufgehalten, es wurde erst das nächste Jahr fortgesetzt; ich arbeitete, solange es bestand, fortwährend daran.

Die Verlegung der Versammlung nach Paris gab den von den Abgeordneten zur Sicherheit des freien Ausdrucks ihres Willens sowie des freien Gebrauches ihrer Kräfte ergriffenen Maßregeln einen neuen Schwung. Die eifrigen Anhänger, welche die Revolution unter den Journalisten, Rechtsgelehrten und Kaufleuten zählte, vereinigten sich um uns und bildeten eine dichte Masse, gegen welche die Waffen des Hofes nur wenig vermochten. Der Bretagner Klub war nicht mehr; an seiner Stelle hatte sich der bewunderungswürdige Verein der Freunde der Konstitution erhoben, welcher jetzt der Schrecken unserer Feinde, der Schutz der guten Bürger ist. Er zeigte damals zwar schon denselben Patriotismus, war aber noch nicht, was er jetzt ist. Er war anfangs nur aus Abgeordneten zusammengesetzt und hatte beschlossen, sich nur in der Versammlung und durch Gelehrte oder Schriftsteller, die irgendein bemerkenswertes Werk herausgegeben hätten, zu ergänzen. Dies hieß, auf den Trümmern einer alten Aristokratie eine neue errichten: eine solche Regel konnte nicht lange bestehen. Trotz der Bemühungen der Intriganten, die sich in der zaghaften Mehrheit der Versammlung, die immer bereit war, ihren Redensarten Beifall zu geben, sehr wohl befunden hätten, wurde beschlossen oder wenigstens stillschweigend angenommen, daß jeder Bürger, war er nur ein Freund des Vaterlandes, auf den Antrag einer bestimmten Anzahl Mitglieder in den Verein aufgenommen werden könnte.

Wie matt auch damals der Widerstand der Jakobiner gegen den Hof und die Aristokratie war, so erschreckte er doch mehrere Abgeordnete, die sich von dem Klub lossagten und einen besonderen Verein bildeten, einen geputzten, aristokratischen Klub, der jedoch noch einigen Patriotismus zur Schau stellte. Diese erste Spaltung machte nur wenigen Eindruck auf uns; es blieben noch Abgeordnete genug bei den Jakobinern; von den 400, welche eingeschrieben worden waren, hatten sich nur 89 getrennt; daher der Name: Klub der Neunundachtziger, dessen Bedeutung mehrere verkannt haben, die ihn auf die Zeit der gesellschaftlichen Wiedergeburt Frankreichs bezogen, wie wenn die Dissidenten sich als deren festeste Verteidiger bewähren wollten.

Ihre Hauptmitglieder, Bailly, Lafayette, Larochefoucauld, welche jetzt die Gunst des Volkes verloren haben, hatten damals einige Popularität. Unsere Führer hielten auf Einheit; die Folge hat gezeigt, daß diese auffallende Spaltung zwischen ihnen und den Neunundachtzigern nichts als ein Streit der Intrige und des Ehrgeizes war, und daß sie, indem sie, ohne sich recht zu verstehen, über Sachen stritten, eigentlich nur über Personen zankten. Um sich nicht zu schwächen und sich einer nachgiebigen Mäßigung rühmen zu können, luden sie die Dissidenten durch eine Deputation ein, nicht bei ihrer Trennung zu beharren und sich wieder an die Muttergesellschaft anzuschließen. Dieser Vorschlag fand keinen Eingang: der Klub der Neunundachtziger blieb; aber er war ein Körper ohne Bewegung und verriet kein Leben; die einzelnen Mitglieder der Spal-

202

tung nahmen zuletzt auch ihre alten Gewohnheiten wieder an und kamen zu den Jakobinern zurück.

Ich hatte anfangs nur geringen Einfluß in diesem Verein; aber ich ließ mich hier so wenig wie in der Versammlung zurückschrecken und verfolgte beharrlich das Ziel der Popularität. Auf diesem Wege hier gelangte ich eher dazu, weil ich in den Jakobinern das Volk nicht allein zu Zuhörern, sondern auch zu Kollegen hatte.

Mirabeau hatte an dem Verein teilgenommen und war selbst kurz vor seinem Tode zum Präsidenten erwählt worden. Aber Mirabeau sparte seine Kräfte für die Versammlung; im Klub nahm er nur selten das Wort und ging nicht regelmäßig hin.

Das Triumvirat hielt sich also für den Herrn des Vereins, den ihnen der Meister überließ. Ein ganzes Jahr lang herrschte es ohne Einschränkung darin. Allein eine solche Macht konnte nicht von Bestand sein. Solange die Intriganten nur die Mitglieder der Versammlung zu Kollegen hatten, welche aus aller Verpflichtung und aus Gewohnheit unbedingt zu ihren Gunsten stimmten, war ihnen nur unser ohnmächtiger Widerstand entgegen. Aber als nach und nach aufgeklärte Männer, die nicht zur Versammlung gehörten, in den Verein aufgenommen wurden, schlug die Majorität um; Lameth und andere ermüdeten, kamen selten, sprachen noch seltener und fühlten endlich auch, wie verdrießlich es ist, wenn man Meinungen aufstellt, ohne die Stimmen für sich zu haben, und wenn die Vorschläge nur trotziges Murren erregen. Es war der Todesstreich für die Eitlen und Lauen. Aber wenn ich ihre Stellung mit der meinigen vergleiche, wenn ich bedenke, daß ich dreißig Monate hindurch in der Versammlung eine Rolle gespielt habe, welche sie kaum einen Monat bei den Jakobinern ertragen konnten; daß ich mehr als sie und während der ganzen Zeit von der Presse, um deren unbedingte Freiheit ich anhielt, mit Schmähungen überhäuft worden bin; daß meine Worte übertäubt, meine Grundsätze wie Beleidigungen behandelt wurden: so darf ich wohl sagen, daß diese Herren wenig Ausdauer bezeigt haben und daß die meinige selten und lobenswert gewesen ist. Nur kam freilich auch das Volk zu mir und zog sich von ihnen zurück.

Der scheinbare Grund, den sie für ihren auffallenden Bruch aufstellten, war der angebliche Anteil, den die Jakobiner an den Unruhen vom Juli 1791 genommen hätten. Die Nationalversammlung machte ihr Dekret über die Abreise des Königs bekannt; die Lauheit, welche sie dabei gezeigt hatte, war nicht nach dem Geschmack des Volkes, der Beschluß wurde in unserem Verein mit heftigem Murren aufgenommen. Laclos benutzte die Stimmung der Mehrzahl, schlug aus einem durchaus nicht republikanischen Zwecke, den ich hier nicht bezeichnen will, eine Adresse gegen dieses Dekret vor und stellte den Antrag so, daß er die Zustimmung der Zuhörer erhielt. Danton unterstützte ihn mit seiner gewöhnlichen Energie. Ich sprach nach ihm und ließ mich nicht von dem Sturme hinreißen, sondern verlangte die Zurückweisung des Vorschlages. Er wurde in dem Tumulte nichtsdestoweniger angenommen. Ganz Frankreich weiß, was erfolgte. Das Marsfeld wurde mit Blut getränkt; eine Menge Bürger kamen um, ein blutiger Wall erhob sich zwischen dem Volke und seinen ersten Behörden.

Unter diesen Verhältnissen trennten sich die Abgeordneten von uns. Nur sechs Mitglieder weigerten sich, diesen Akt der Feigheit und Treulosigkeit zu unterzeichnen, und vielleicht wäre ohne das Beispiel, welches sie gaben, ohne den Mut, welchen sie den Bürgern einflößten, die Sache der Nation sehr gefährdet worden. Diese sechs Mitglieder waren Petion, Royez, Buzot, Röderer, Antoine und ich. Andere schlossen sich später wieder uns an, zu diesen gehörten: Salles, Coroller, Bontidoux, Prieur und Vadier.

Die Abgeordneten, welche den Mut gehabt hatten, dem sträflichen Beispiele ihrer Kollegen zu widerstehen, wurden, wie sich denken läßt, von den besoldeten Schreibern mit einer ungewöhnlichen Erbitterung mißhandelt. Ich glaubte, daß man solche Beschimpfungen nicht gelassen ertragen dürfe, und entschloß mich, eine Rechtfertigung herauszugeben, die ich an ganz Frankreich richtete. Petion ahmte mein Beispiel nach, das französische Volk erkannte die Gefühle, welche uns, uns und unsere Gegner, beseelten.

Nach einigen Versuchen zu einer Vereinigung, die jedoch durch den Übermut der Dissidenten vereitelt wurden, gewann der Jakobinerklub ein anderes Aussehen. Der Einfluß, den die Minorität bisher ausgeübt hatte, war schwach, gehemmt und versteckt; er wurde umfassend und offen. Die Dissidenten machten einige große Worte, nannten sich die einzigen Freunde der Konstitution, sanken zuletzt in der Meinung des Volkes und erregten sogar dessen Unwillen gegen sich. Sie mußten von der Bühne abtreten, überlebten kaum die konstitutionelle Versammlung und gingen in der Verachtung unter.

Ich werde keine umständliche Ausführung aller meiner damaligen Arbeiten im Jakobinerklub geben; sie waren zahlreich und hatten Beifall; fast alle meine Meinungen über wichtige Gegenstände wurden auf Befehl des Vereins gedruckt. Ich nahm fast in allen Sitzungen, zu denen ich sehr regelmäßig kam, das Wort. Meine Ansicht über die Preßfreiheit fand schnell Eingang; die Geister waren dort freier, hingen mehr an den Grundsätzen, waren strenger in der Annahme der Folgerungen als in der Nationalversammlung; die Flucht des Königs, die Spaltung der Feuillants, die konstitutionellen Untersuchungen gaben mir Stoff zu vielen Reden. Mein Einfluß wurzelte täglich fester; nur meinen damaligen Arbeiten habe ich die Achtung zu danken, in der ich jetzt stehe.

Diesen Einfluß dankte ich jedoch auch dem beständigen Schutz, den ich den verfolgten Bürgern zuteil werden ließ, sowie dem Eifer, den ich in ihre Verteidigung legte. Danton, Camille und der Schlächter Legendre machten diese Erfahrung. Als infolge der Ereignisse auf dem Marsfelde gegen alle drei ein Verhaftsbefehl erlassen worden war, wandten sie sich an mich, und ich blieb nicht untätig dabei. Dank meinen Bemühungen durften sie wieder erscheinen; der gegen sie erteilte Befehl, der nur eine feige Ausflucht war, um ihnen den Zutritt zu den Wahlversammlungen wehren zu können, wurde nicht vollzogen und bald vergessen.

Danton, der sich jetzt unter den glühendsten Anhängern der Volksherrschaft auszeichnet, fing schon damals an, den ihm eigentümlichen feurigen Eifer zu entwickeln. Da er für die Jakobiner, bei denen die Gegenwart der Abgeordneten und bedeutendsten Schriftsteller die Gemüter an eine Geschmeidigkeit und eine Behutsamkeit in der Sprache, die er verschmähte, gewöhnt hatte, zu rauh war, so besuchte er lieber den Klub der Kordeliers, den er und Camille hatten stiften helfen. Hier fanden sich die erhitzten Patrioten zusammen; in einer Lage, wie die gegenwärtige ist, hat eine solche Vereinigung keine Gefahr; die Sache des Volkes siegt ob, und Marat selbst kann ihr nicht schaden. In dem Augenblicke, in dem die Intrigen des Hofes das Volk zum Handeln zwingen werden, hat dieser ewige Aufwiegelungsherd sogar seinen Nutzen; aber als die konstituierende Versammlung noch bestand, als täglich zu befürchten war, daß ihre Schwäche die Sache der Nation aufopfern würde, konnte ein Verein solcher Sturmmänner nur gefährlich sein. Zum Glück kann die Freiheit sich ebensogut ihrer Freunde als ihrer Feinde erwehren. Das Volk hat einen geraden Verstand, vermöge dessen es nur das billigt und lobt, was seine Wohlfahrt bezweckt. Die Jakobiner leisteten dem Vaterlande bessere Dienste als die Kordeliers; daher hatten die ersteren auch einen unermeßlichen Einfluß, wogegen der der letzteren so gut wie nichts war.

Man hat Danton vorgeworfen und tut es auch wohl noch jetzt, daß er unter der Maske des Patriotismus einen großen persönlichen Ehrgeiz und weitschauende Pläne zugunsten eines Prinzen des regierenden Hauses gehabt habe: man hat einen Beweis dafür in der Unterstützung zu finden geglaubt, die er Laclos, dem eifrigen Agenten dieses

206

Prinzen, zur Zeit der berüchtigten Petition angedeihen ließ. Man hat von Geldzahlungen gesprochen, von getilgten Schulden, von Bestechungen, kurz... alle diese Reden haben immer ein schlimmes Gepräge für jeden, den sein Posten so zur Schau stellt. Das schlimmste Laster in einer Revolution ist die Habsucht; denn sie macht das Gefühl, durch welches man auf andere wirkt, die Überzeugung, zweifelhaft. Unglücklicherweise ist Dantons geringe Moralität bekannt; aber er mag mit beiden Händen nehmen und es wieder verschwenden, man mag ihn für erkauft halten, weil man ihn bezahlt hat, er mag denen, die ihn bestochen haben, strafbare Versprechungen machen: ich behaupte dennoch, daß er der Volkspartei unwandelbar treu bleiben und die auslachen wird, die sonst nur zu täuschen gewohnt waren und jetzt von ihm getäuscht worden sind; meine Gewähr dafür ist die Art seiner Persönlichkeit und seines Geistes, die aus der Form der Tribunen herausgegangen zu sein scheint, meine Gewähr ist die Freundschaft, welche Camille, der unter allen, die ich kenne, am unbefangensten dem Volke ergeben ist, für ihn hegt.

Unter meinen Kollegen, welche mit mir den Ruhm eines zweijährigen Kampfes geteilt haben, empfahlen sich besonders Petion und Barnave durch ihre Talente und ihre Ausdauer der öffentlichen Erkenntlichkeit. Man bemerkte in beiden eine große Gründlichkeit des Urteils, welche freilich ebensosehr aus der Güte der Sache, welche sie verteidigten, als aus der Umsichtigkeit ihres Geistes entsprang. Buzot ist in dem abgeschiedenen Amte eines Vizepräsidenten des Kriminalgerichtshofes beinahe ganz vergessen worden. Petion im Gegenteil ist jetzt auf dem Gipfel des Ruhmes und als Maire von Paris beim Volke in Gunst, bei der Versammlung in Ansehen und in einer Lage, die strafbare Gedanken erwecken kann. Ich kenne das Los nicht, welches die Zukunft ihm aufbewahrt; aber ich habe zwei Jahre lang sein Vertrauen genossen und kenne seinen Charakter aus dem Grunde: ich fürchte nichts Böses von ihm, verspreche mir aber auch nichts Gutes. Man hat einige Tage, trotz der Achtung, die man dem Maire von Paris schuldig ist, ganz im stillen über die Gutmütigkeit gelacht, mit der er sich einen ganzen Tag hat in den Tuilerien einsperren lassen, um die letzten Ohrfeigen, welche die Aristokratie austeilen wird, in Empfang zu nehmen; aber wir wollen auch jetzt in Petion nur den Abgeordneten in der konstituierenden Versammlung sehen, denn dieser Titel macht ihm die meiste Ehre und genügt, seinen Namen in der Geschichte zu erhalten.

Ich brauche keine falsche Bescheidenheit zu erheucheln und darf sagen, daß meine Arbeiten während der ganzen Dauer der Versammlung sich wohl neben die von Petion stellen dürfen. Wie ihm, hat das Volk auch mir einen deutlichen Beweis seiner Achtung gegeben, als es mir, am 19. Juni 1791, in freier Wahl das Amt eines öffentlichen Anklägers zuerkannte, von dem ich jedoch später, wie ich es zu seiner Zeit erwähnen werde, wieder zurücktreten mußte. Mein Einfluß bei den Jakobinern glich zum wenigsten dem seinigen; jetzt neigt sich die Wagschale zu mir herüber, und von dem Tage ab, an dem er mit mir anbinden wird, ist er verloren.

Gegen das Ende der Sitzung erhielt ich von seiten meiner Mitbürger zahlreiche Beweise ihrer Hochschätzung. Der Beiname des Unbestechlichen, den mir das Volk gab, war die rührendste Belohnung meines Strebens. Eine solche Benennung ist zugleich eine Huldigung und eine Gewähr für die Zukunft. Indem das Volk aussprach, daß Bestechlichkeit nicht auf mich einwirken könne, erkannte es zugleich an, daß es meinen Worten vertrauen und ihnen folgen dürfe.

Unter den Beweisen von Zufriedenheit, welche man mir erteilte, waren einige, die ich mit lebhafter Freude aufnahm, andere wieder, die durch die Übertreibung ihrer Form und ihren albernen Inhalt Lachen oder Ekel erregen konnten. Ich hütete mich jedoch, die Empfindungen, die sie mir einflößten, laut werden zu lassen; man muß den Enthusiasmus nicht zurückschrecken und den Patriotismus,

208

wie unpassend die Form auch sei, in der er sich zeigt, nicht scheu machen. Ich blieb daher in meinem unerschütterlichen Ernst, als Chabot auf der Jakobinertribüne sagte: „Die Energie der Departements ist auf das höchste gestiegen, Eltern taufen ihre Kinder mit den Namen Buzot, Petion und Robespierre. Ich kann diese Tatsachen bezeugen, ich selbst habe eines getauft, dessen Eltern ihm diesen letzten, den reinen und uneigennützigen Patrioten so teuren Namen bestimmt hatten." Ich war in der Sitzung zugegen, sagte aber kein Wort. Seit der Zeit habe ich der Laufbahn Chabots als Gesetzgeber aufmerksam nachgeschaut: er ist ein verwirrter, talentloser Narr. Welcher Unterschied zwischen dem unordentlichen Enthusiasmus dieses unruhigen Abbés und dem strengen Verstande, der majestätischen Einfachheit Gregoires, meines alten Kollegen!

Ein anderer Geistlicher, ein Freund Barreres, der ihm ein Bistum verschafft hat, war ein noch niedrigerer Schmeichler: er schrieb mir, daß er glücklich sein würde, wenn er sich den ruhmvollen Beinamen des kleinen Robespierre verdienen könnte. Der gemeine Sklave glaubte, daß er bei den neuen Männern der Revolution dieselben Schmeicheleien anwenden müsse, mit denen er einst den Herrn von Jarente bestürmte, um ihm einige Pfründen abzulocken. Er ist jetzt Mitglied der Versammlung.

Ich fahre in der Erzählung meines Lebens fort, welches, seit dem Ende der konstituierenden Versammlung, teils in dem engen Zirkel meiner Privatverbindungen, teils mit den Arbeiten im Jakobinerklub verfloß, welcher letztere von Tage zu Tage an Einfluß gewann und mit der Nationalversammlung wetteiferte.

---

Hier enden die eigenen Aufzeichnungen Robespierres zu seinem Leben. Sie sind im folgenden bis zu seinem Tode ergänzt durch die knapp zusammenfassende Darstellung Laponnerayes, der auch Robespierres Reden sammelte und mit kurzen Vorworten versehen herausgegeben hat.

# ROBESPIERRES LETZTE LEBENSJAHRE

Am 3o. September 1791 trennte sich die konstituierende Versammlung, um der gesetzgebenden Versammlung Platz zu machen. Während der Dauer der Konstituante war Robespierre in seinem Privatleben gewesen, was er in seinem öffentlichen Leben war, in jeder Beziehung der schönen Rolle eines Volksvertreters würdig. Seine Kollegen in der Nationalversammlung nannten ihn den „Unbestechlichen". Man machte den Versuch, ihn zu gewinnen, Mirabeau sagte: „Es wird nicht gelingen, es heißt seine Zeit verlieren, wenn man Robespierre bestechen will, dieser Mensch hat keine Bedürfnisse, er ist nüchtern und hat zu einfache Sitten."

Robespierre bewohnte ein bescheidenes Zimmer Rue Saintonge au Marais in Gesellschaft mit einem jungen Freunde, den er sehr liebte; er hatte eine sogenannte Junggesellenwirtschaft und nahm seine Mahlzeiten bei einem Restaurateur; er ging in das Schauspiel, aber selten, und verbrachte den größten Teil seiner Zeit mit Arbeit, wenn er nicht in der Versammlung war.

Eine seiner liebsten Erholungen war die Korrespondenz mit seiner Familie. Er hatte nur noch eine Schwester; die jüngste war gestorben, seine ganze Liebe wandte er der lebenden zu, und er schrieb ihr oft: Dich liebe ich am meisten nach dem Vaterlande. Er verband sich mit mehreren Mitgliedern der Konstituante, besonders mit Petion, seinem Nebenbuhler in der Popularität. Petion wurde zum Maire von Paris ernannt zur selben Zeit, als Robespierre zum öffentlichen Ankläger ernannt wurde. Am Tage, als das Volk auf dem Marsfelde getötet wurde, machte Robespierre die Bekanntschaft der Familie Duplay; er kam voll Entsetzen von diesem Schauspiele, wo das Blut der Bürger unter den mörderischen Händen von Bürgern geflossen war, er ging, umgeben von einer großen Menge, die sich an ihn herandrängte, um den Verteidiger des Volkes zu sehen, und folgte ihm in die Straße Saint-Honoré. Als er vor dem Hause des Tischlermeisters Duplay vorbeikam, näherte sich ihm dieser und bat ihn inständig, in sein Haus einzutreten, um auszuruhen. Robespierre nahm die Einladung an und wurde der Gegenstand aller Aufmerksamkeiten seiner Frau und seiner Töchter. Er speiste bei Duplay, der ihn diesen Tag bei sich behalten wollte und der ihn auch an den folgenden Tagen zurückhielt. Die Familie Duplay bezeigte ihm die größte Teilnahme, er fand in ihrer Mitte die Liebe, die er, solange er in Paris gewohnt, entbehrt hatte. Bei seinen Schwestern und Tanten war er an tausend kleine Aufmerksamkeiten gewöhnt gewesen, für die er sehr empfänglich war. Duplay schlug ihm vor, bei ihm zu wohnen. Robespierre, der befürchtete, ihn durch eine Weigerung zu verletzen, und die Gesellschaft einer Familie, die ihn mit Güte überhäufte, der Einsamkeit seiner Wohnung in der Straße Saintonge vorzog, gab der Einladung Duplays nach und wurde sein Hausgenosse und Gast.

Robespierre war als Mitglied in die Gesellschaft der Verfassungsfreunde bei ihrer Bildung aufgenommen. Dieser berühmte Klub, der seine Sitzungen in dem alten Jakobinerkloster hielt und davon seinen Namen erhielt, hatte sich den Umständen gemäß verändert und war den Fortschritten der öffentlichen Meinung gefolgt. Anfangs zum großen Teil aus konstitutionellen Monarchisten zusammengesetzt, war er unter das Banner von Barnave, Duport und der Lameth gegangen. Allmählich machten die monarchischen Ideen in seinem Schoße den republikanischen Ideen Platz, so sehr, daß die Revolution des 10. August durch ihn ausgeführt wurde. In dem Maße, als der Einfluß der Monarchisten sank, gewann der Robespierres an Festigkeit; er nahm an allen Sitzungen der Gesellschaft teil und hielt da zuweilen Reden. Eine der bedeutendsten ist die über die Freiheit der Presse, die so beginnt:

„Nach der Fähigkeit zu denken ist diejenige, seine Gedanken seinen Mitmenschen mitzuteilen, die hervorstechendste Eigenschaft, die den Menschen vom Tiere unterscheidet, sie ist zugleich das Zeichen der ewigen Bestimmung des Menschen für das gesellschaftliche Leben, das Band, die Seele, das Werkzeug der Gesellschaft, das einzige Mittel, sie zu vervollkommnen, die Stufe von Macht, Erkenntnis und Glück zu erreichen, deren sie fähig ist — durch welches Mißgeschick haben es sich die Gesetzgebungen fast immer angelegen sein lassen, sie zu verletzen? Weil die Gesetze das Werk von Despoten waren und weil die Freiheit der Presse die furchtbarste Geißel des Despotismus ist. Wie soll man in der Tat das Wunder erklären, daß mehrere Millionen Menschen durch einen Einzigen sich unterdrükken lassen, wenn nicht die tiefe Unwissenheit und dumme Lethargie, in die sie versunken sind, die Ursache davon wäre. Könnte jeder Mensch, der das Gefühl seiner Würde bewahrt hat, die treulosen Absichten und die Schleichwege der Tyrannei enthüllen, könnte er unaufhörlich die Rechte der Menschheit den Angriffen entgegensetzen, die sie verletzen, die Souveränität der Völker ihrer Erniedrigung und ihrem Elende, könnte die unterdrückte Unschuld ungestraft ihre gefürchtete und rührende Stimme hören lassen, die Wahrheit, alle Geister und alle Herzen für die heiligen Namen Freiheit und Vaterland gewinnen, dann findet der Ehrgeiz überall Hindernisse, und der Despotismus ist gezwungen, mit jedem Schritte zurückzuweichen oder an der unbesiegbaren Macht der öffentlichen Meinung und des allgemeinen Willens zu zerschellen. Seht doch, mit welcher künstlichen Politik die Despoten sich gegen die Rede- und Schreibfreiheit verbunden haben, seht wie der edle Inquisitor sie im Namen des Himmels verfolgt und die Fürsten im Namen der Gesetze, welche sie selbst zum Schutze ihrer Verbrechen gemacht haben. Werfen wir doch das Joch der Vorurteile ab, denen sie uns unterworfen haben, und lernen wir alle den Wert der Freiheit der Presse erkennen!"

212

Nach Schließung der konstituierenden Versammlung machte Robespierre eine Reise nach Arras; er hatte seiner Familie den Tag seiner Ankunft angekündigt und ihr anempfohlen, sie geheim zu halten. Seine Schwester, sein Bruder und eine Dame ihrer Bekanntschaft kamen ihm bis Bapaume entgegen, fünf Meilen von Arras entfernt. Er kam an diesem Tage nicht an, aber schon hatte sich das Gerücht von seiner Rückkehr in seiner Geburtsstadt verbreitet; eine ansehnliche Menge erwartete ihn an den Toren von Arras. Sobald sie den Wagen bemerkte, in welchem der Bruder und die Schwester Robespierres ihm entgegengefahren waren, brach sie in lebhafte Beifallsrufe aus, in der Meinung, daß Robespierre in dem Wagen sitze. Das Volk wollte die Pferde ausspannen und selbst an ihrer Stelle den Wagen ziehen. Am andern Morgen ging die Familie Robespierres wieder ihm entgegen, und glücklicher, als am Tage vorher, schloß sie ihn in die Arme. Die Patrioten von Bapaume, von seiner Ankunft durch die Anwesenheit seines Bruders und seiner Schwester unterrichtet, hatten ihm einen glänzenden Empfang bereitet und gaben ihm ein Bankett. Nach dem Bankett begab sich Robespierre auf die Reise und wurde von ihnen bis Arras begleitet, wo eine noch größere Menge als am Tage vorher ihn erwartete. Er stieg an den Toren der Stadt vom Wagen, damit das Volk ihn nicht ziehen sollte, da es schon seine Absicht dazu geäußert hatte. Alle Straßen, die er durchschritt, um sich nach Hause zu begeben, waren erleuchtet; auf seinem Wege wurde er mit einstimmigem Beifallsrufe begrüßt, mit dem Rufe: Es lebe Robespierre! Es lebe der Verteidiger des Volkes! Er hätte sich gern allen diesen so schmeichelhaften Ehrenbezeugungen entzogen, aber wie sollte er ihnen entfliehen? Seine Feinde machten ihm ein Verbrechen daraus, als wenn er selbst sie hervorgerufen hätte, als wenn er nicht im Gegenteil ausdrücklich seiner Familie verboten hätte, den Tag seiner Ankunft zu nennen! Robespierre blieb nur einige Tage in Arras, er zog sich auf ein Landgut in der Umgegend zurück, um da die Annehmlichkeiten des

Stillebens zu genießen; dort, im Genusse eines reinen und ruhigen Bewußtseins, beglückt durch das, was er schon für das Glück seiner Mitmenschen geschaffen hatte, dachte er über die große Aufgabe nach, die ihm noch zu erfüllen blieb. Dort arbeitete er in seinem Geiste die Pläne eines allgemeinen Glückes aus, deren Ausführung er später mit einer unerschütterlichen Beharrlichkeit verfolgte. Nachdem er sich von seinen Arbeiten als Gesetzgeber und Volksvertreter erholt hatte, schöpfte er neue Kräfte, um die Tyrannei und die Aristokratie zu bekämpfen. Die erste Periode der politischen und gesellschaftlichen Wiedergeburt, die mit dem Jahre 1789 begann, war beendigt; die alten bevorrechteten Klassen waren vom Blitze getroffen, ihr übermütiges Zepter war gebrochen; der zerschmetterte Despotismus hatte sich an die Zweige der konstitutionellen Monarchie angehängt; das mit dem Tode ringende Königtum stieß die letzten Seufzer eines mit der Wohlfahrt und der Freiheit der Massen unverträglichen Lebens aus. Die neue Aristokratie, die sich an die Stelle der Geistlichkeit und des Adels auf den Thron gesetzt hatte, wankte wie ein schwaches Kind, das zu gehen versucht; der Volksriese streckte seine ungeheuern Arme aus und betrachtete mit einer tiefen Geringschätzung diese bürgerliche Aristokratie, die seine Ketten enger schmieden und ihn in eine neue Sklaverei werfen wollte; der Horizont war gewitterschwül; die Revolution trat in ihre zweite Periode. Trotz aller Reize, welche das Privatleben für Robespierre hatte, trotz der Freuden einer durch die Gegenwart geliebter Geschwister verschönerten Einsamkeit, hielt er es für seine Pflicht, auf der großen Schaubühne wieder zu erscheinen, wo die Interessen der französischen Nation und aller Völker sich bewegten. Er verließ also Arras, um es nicht wieder zu sehen, und kehrte nach Paris zurück, wo neue Arbeiten, hartnäckige Kämpfe, eine ungeheure Popularität, ein unsterblicher Ruhm, die Diktatur und das Schaffot ihn erwarteten...

Er übernahm die Verrichtungen eines öffentlichen An-

214

klägers, aber er übte sie nur sehr kurze Zeit aus. Sie gefielen ihm nicht, sein Charakter konnte sich nicht an die schwierige und grausame Verpflichtung gewöhnen, einen Schuldigen der Strenge der Gesetze zu übergeben, so schuldig er auch sein mochte.

Er gab seine Entlassung.

Robespierre ließ ein Journal unter dem Titel „Der Verteidiger der Verfassung" erscheinen, und zwar an jedem Freitage. Man wunderte sich, daß er, der die Verfassung von 91 bitter beurteilt hatte, in einer großen Zahl ihrer Bestimmungen sich jetzt als ihr Verteidiger hinstellte. Robespierre antwortete auf diesen Vorwurf mit den Worten: Bei der Diskussion über die Verfassungsakte habe er sich angestrengt, sie so demokratisch wie möglich zu machen, folglich habe er ihre aristokratischen Tendenzen bekämpft; aber da die Verfassung durch Beschluß angenommen und Staatsgrundgesetz geworden sei, und, wenn auch noch unvollkommen, doch das einzige Palladium sei, in dessen Schatten die Freiheit wachsen und sich kräftigen könne, so müsse man sie mit einem undurchdringlichen Wall umgeben und sie gegen die Angriffe der Anhänger des alten Regimentes verteidigen. In der Tat war die Verfassung von 91 ein Fortschritt, sie war eine erste Eroberung, die zur Eroberung neuer Verbesserungen dienen mußte. Das ist so sehr wahr, daß allem Anschein nach der Hof die Verfassung, wenn sie seiner Willkür anheimgestellt worden wäre, in kurzer Zeit würde aufgehoben und die Kontrerevolution würde ausgeführt haben; während im Gegenteil jetzt die Patrioten, indem sie sich um sie sammelten, sie dazu benutzten, das monarchische Gebäude in seinem Fundamente zu unterwühlen.

Die bürgerliche Aristokratie hatte die Revolution dadurch, daß sie dieselbe unterdrücken wollte, stürmischer und heftiger gemacht. Zu selbstsüchtig, um freiwillig mit ihr zu gehen und ihr in allen ihren Konsequenzen zu folgen, zu schwach, um sie aufzuhalten, mußte sie unter ihrem rollenden Wagen zermalmt werden. Die öffentliche Meinung ging mit Riesenschritten vorwärts, einer Feuersäule ähnlich, die durch die Finsternis der Nächte geht und auf ihren Weg einen Funkenregen streut. Das Königtum hatte keine Stütze mehr, es sollte unter den Trümmern des Thrones begraben werden. Der Andrang des Volkes versetzte ihm den ersten Streich am 20. Juni, am 10. August stürzte er es über den Haufen.

Die Sektionen von Paris hatten von der Nationalversammlung die Absetzung Ludwigs XVI. verlangt; diese hatte die Forderung der Prüfung einer Kommission übergeben, die ungeduldigen Sektionen predigten die Empörung; die Gesellschaft der Jakobiner organisierte sie. Sie hatte sich in Masse in die Vorstadt St. Antoine begeben, von wo aus die Empörung furchtbar und schrecklich hervorbrechen sollte. Eine insurrektionelle Behörde wurde von den Sektionen geschaffen, die jede ein Mitglied dazu ernannten. Robespierre wurde von seiner Sektion gewählt, um in der insurrektionellen Behörde seinen Sitz zu nehmen. Er hat nicht ein einziges Mal in ihr den Vorsitz geführt.

Ludwig XVI. wurde in das Gefängnis des Tempelhofes abgeführt, seine Absetzung von der gesetzgebenden Versammlung beschlossen und die Wahl eines Nationalkonventes angeordnet, dessen Zusammenkunft auf den 20. September festgestellt wurde. Während der Zeit, welche zwischen der Revolution des 10. August und der Einführung des Konventes verfloß, war die Kommune allmächtig und benutzte ihre unbegrenzte Macht dazu, der republikanischen Regierung die Wege vorzubereiten, indem sie die Trümmer und den Schutt der Vergangenheit ausräumte. Dann hatten die Preußen unsere Grenze überschritten, sich Longwys und Verduns bemächtigt und marschierten in das Herz Frankreichs. Man mußte ihnen entgegenziehen, sie angreifen und schlagen. Die männliche Bevölkerung von Paris war begeistert genug, um ein solches Resultat zu erreichen. Sie stellte sich auf dem Marsfelde zu den Fahnen und setzte sich am 1. September in Marsch, um den Preußen eine Schlacht zu liefern.

216

Aber die auswärtigen Feinde waren nicht die einzigen, welche wir zu fürchten hatten, die Feinde im Innern, die Anhänger des Königtums, die Aristokraten, ermutigt durch die Annäherung der Preußen, erhoben das Haupt wieder und sannen auf eine Reaktion. Sogar im Innern der Gefängnisse wurden Verschwörungen angezettelt, Ludwig XVI. auf den Thron zurückzuführen; die gefangenen Royalisten waren ihrer Zahl wegen zu fürchten, sie bildeten eine vollkommene Armee, die ihre Generäle und ihre Organisation hatte. Bei dem geringsten Unfall unserer Waffen konnte diese Menge von Feinden eine Bewegung machen. Die Bestürzung war allgemein. Da entfesselte die Kommune und Danton besonders die Volksmenge. Die royalistischen Verschwörer kamen ums Leben, aber nur die Verschwörer, die als unschuldig bekannten Gefangenen wurden in Freiheit gesetzt. Die Ereignisse vom 2. und 3. September wurden von Robespierre gemißbilligt. Einige Tage nachher besuchte ihn Petion, der Maire von Paris. Ihre Freundschaft war erkältet, oder vielmehr Petion hatte sich in bezug auf seinen alten Freund vollständig geändert, und Robespierre, der immer derselbe blieb, konnte sich die Ursache davon nicht erklären. Die Unterhaltung bewegte sich um die letzten Ereignisse. Robespierre fragte Petion, warum er sich nicht diesen Exzessen widersetzt habe, in seiner Eigenschaft als Maire und da er ein gewisses Ansehen besaß. Pétion betrachtete diese Frage als einen Vorwurf und antwortete: Alles, was ich dir sagen kann, ist, daß keine menschliche Macht sie verhindern konnte. Seitdem setzte er den Fuß nicht mehr in Robespierres Haus, sie sahen sich nur noch im Konvent, wo sie auf entgegengesetzten Bänken saßen.

Die Wahl der Deputierten zum Nationalkonvent wurde in allen Departements von Frankreich vorgenommen. In Paris wurden 24 Deputierte gewählt. Unter dieser Zahl waren Robespierre und sein Bruder. Mit Ausnahme einiger Deputierten, die später die Sache des Volkes verrieten, waren die Pariser Wahlen gut. Nicht so stand es um eine große Zahl von Wahlen in den Departements, die unter dem

Einfluß der Aristokratie und der dort noch starken Kontrerevolution stattgefunden hatten. Der öffentliche Geist hat in drei Vierteilen des Gebietes von Frankreich noch nicht Zeit gehabt, sich zu bilden. Die Revolution war auf dem öffentlichen Platze, aber noch nicht in unseren Sitten; wir hatten das Fieber, den Wahnsinn der Freiheit, aber die Freiheit selbst war noch nicht vom Himmel herabgestiegen, um unter uns zu wohnen. Es gab in Frankreich viele begeisterte oder heuchelnde Revolutionäre, aber wenig aufrichtig überzeugte Revolutionäre, viele Menschen, die sich vom Strome fortreißen ließen, durch das Beispiel oder den Ehrgeiz fortgerissen, aber wenig wahrhafte Patrioten. In dem Konvent saß eine große Zahl dieser letzteren, aber eine noch größere der anderen. Der Despotismus war erst am Tage vorher gestürzt. Die monströsen Vorurteile, die Übelstände, die Irrtümer jeder Art, die unter der alten Herrschaft wucherten, waren tiefer eingewurzelt und weniger leicht zu zertrümmern, als die furchtbaren Mauern der Bastille, als der Thron Karls des Großen und Ludwigs XVI. Zu ihrer völligen Ausrottung bedurfte es einer beharrlichen Regierung, und diese Regierung mußte die Zeit zur Hilfe haben.

Der Konvent begann seine Laufbahn mit der Abschaffung des Königtums und der Proklamation der Republik. Diese große Versammlung hatte ungeheure Arbeiten auszuführen. Zuerst hatte sie über Ludwig Capet abzuurteilen, dann hatte sie eine republikanische Verfassung zu machen, da die von 1791 notwendig mit der konstitutionellen Monarchie, deren Säule sie war, untergegangen war. Aber vor allen Dingen hatte der Konvent eine furchtbare Diktatur auszuüben, um die Verschwörungen der Kontrerevolution im Innern zu unterdrücken und zu zermalmen und um den Anstrengungen der Koalition zu widerstehen.

Die ersten Sitzungen des Konventes wurden mit hartnäckigen Kämpfen zwischen der rechten und linken Seite hingebracht. Die rechte Seite war von der so ehrgeizigen, eitlen und selbstsüchtigen Girondistenpartei besetzt, die

218

sich der Revolution bemächtigen wollte, um sie auszubeu-
ten. Die linke Seite und überhaupt die erhöhteren Reihen
dieser Partei der Versammlung, welche Montagne hieß,
waren von den reinsten Patrioten besetzt. Die Girondisten,
die einen großen Einfluß auf den Konvent ausüben wollten und bemerkten, daß die Montagnards ihren herrsch-
süchtigen Plänen ein Hindernis sein würden, griffen sie
heftig und wütend an. Gegen Robespierre besonders rich-
teten sich ihre Schläge; er wurde einmal angegriffen, als
erstrebe er die Diktatur. Diese lächerliche Anklage wurde
zunichte gemacht. Die Girondisten ließen sich nicht ab-
schrecken, einen Monat nachher schleuderte der Giron-
dist Louvet eine zweite Anklage gegen Robespierre. Dieser
schmetterte seinen Gegner in einer mit Beifallsrufen über-
schütteten Rede nieder: „Bürger, Abgeordnete des Volkes,"
sagt er im Anfange, „eine wenn auch nicht sehr furchtbare, aber sehr ernste und feierliche Anklage ist gegen
mich vor den Nationalkonvent gebracht; ich werde sie beantworten, weil ich nicht fragen darf, was ich mir selbst
schuldig bin, sondern was jeder Vertreter des Volkes dem
öffentlichen Interesse verschuldet; ich werde sie beantworten, weil es nur eines Augenblickes bedarf, um dieses
monströse und während mehrerer Jahre vielleicht emsig
aufgeführte Werk der Verleumdung verschwinden zu lassen, weil man aus dem Heiligtum der Gesetze den Haß
und die Rache verbannen muß, um die Grundsätze und die
Eintracht dahin zurückzurufen. Bürger, Sie haben die
große Rede meines Gegners gehört, Sie haben sie sogar
durch den Druck veröffentlicht, Sie werden es ohne Zweifel gerecht finden, der Verteidigung dieselbe Aufmerksamkeit zu schenken, die Sie der Anklage geschenkt haben."
Nach dieser Einleitung ging Robespierre weiter in die Erörterung über die verschiedenen Anklagen ein, die man
böswillig gegen ihn vorgebracht hatte; er zertrümmerte
sie, die eine nach der andern; er tat noch mehr, er bewies, daß seine Feinde in der Anklage gegen ihn ihre eigene Anklage ausgesprochen hatten, er bewies, daß es die

Girondisten selbst seien, die nach der Tyrannei strebten. Er fügte hinzu: „Was bleibt mir noch übrig gegen Ankläger zu sagen, die sich selbst anklagen? Hüllen wir, wenn es möglich ist, diese verächtlichen Manöver in eine ewige Vergessenheit. Könnten wir doch den Blicken der Nachwelt diese wenig glorreichen Tage unserer Geschichte entziehen, wo die Volksvertreter, durch feige Intrigen irregeleitet, die große Bestimmung vergessen zu haben scheinen, zu der sie berufen waren. Was mich betrifft, ich werde keine Anwendungen daraus machen, die mich persönlich betreffen; ich habe auf den leichten Vorteil verzichtet, die Verleumdungen meiner Gegner mit noch furchtbareren Denunziationen zu beantworten; ich wollte den angreifenden Teil meiner Rechtfertigung unterdrücken. Ich verzichte auf die gerechte Rache, mit der ich meine Gegner zu verfolgen das Recht hätte; ich verlange dafür nichts anderes, als die Rückkehr des Friedens und den Sieg der Freiheit! (Beifall.) Bürger, wandeln Sie mit festem und raschem Schritte Ihre stolze Bahn; könnte ich nur auf Kosten meines Lebens und selbst meines Rufes mit Ihnen für den Ruhm und das Glück unseres gemeinschaftlichen Vaterlandes wetteifern!"

Auf Kosten seines Lebens und seines Rufes! sagte er. Er hat nur zu wahr gesprochen.

In dem Prozeß gegen Louis Capet hielt Robespierre zwei Reden, worin er zeigte, daß der abgesetzte Monarch sterben müsse, um die Herrschaft des Volkes zu befestigen, um den Aristokraten ein Banner und einen Mittelpunkt zur Vereinigung zu nehmen. Drei Fragen wurden dem Nationalkonvent vorgelegt. Die erste war so gefaßt: Ist Ludwig Capet der Verschwörung gegen die Freiheit der Nation und des Attentates gegen die allgemeine Sicherheit des Staates schuldig? Von 749 Mitgliedern antworteten 693: Ja! Nicht ein einziger antwortete: Nein! 28 waren wegen Krankheit oder im Auftrag der Versammlung abwesend. Die andern weigerten sich, zu stimmen, ein Beweis, daß die Abstimmung völlig frei war. Die zweite Frage wurde verneinend entschieden, sie lautete: Soll das Urteil des Nationalkonventes gegen Louis Capet der Bestätigung des Volkes unterworfen werden? 281 Deputierte antworteten mit Ja! 423 antworteten nein! Endlich die dritte wurde wie die erste bejahend entschieden, sie lautete: Welche Strafe soll Louis erleiden? Die Mehrheit antwortete: Den Tod!

Nach der Hinrichtung Louis Capets begannen die Kämpfe der Girondisten und Montagnards mit Erbitterung wieder. Die ersteren waren unaufhörlich die Angreifer. Die Exekutivgewalt, aus sechs girondistischen Ministern zusammengesetzt, gehörte ihnen; sie hatten ebenfalls die Armee für sich, deren erste Chefs, besonders Dumouriez, der girondistischen Partei ergeben und in alle ihre Verschwörungen eingeweiht waren. Endlich hatten sie im Schoße des Konventes sich eine imposante Mehrheit geschaffen, indem sie das Wohlwollen des Zentrums gewannen, das man den Sumpf (Marais) nannte, und sie bedienten sich dieser Mehrheit, um Bresche in die Montagne zu schießen. Aber die furchtbare Montagne stützte sich auf das Volk, auf die Klubs, auf die öffentliche Meinung und widerstand mit Erfolg den Angriffen der rechten Seite. Zuweilen sogar brachte sie ihr Niederlagen bei. Der wichtigste Sieg, den sie über die Girondisten davontrug, war das Todesurteil gegen Louis Capet, den die Girondisten retten wollten. Von dem Tage an, an dem der Kopf des Exkönigs fiel, sah die girondistische Partei allmählich ihren Einfluß schwinden; dann verdoppelte sie ihre Intrigen und geheimen Machinationen. Als sie alle Hoffnung verlor, die Montagne zu besiegen, solange das Schlachtfeld auf Paris allein beschränkt blieb, zog sie die Departements in ihre Streitsache, sie sprach davon, Lyon, Marseille, Bordeaux der Hauptstadt entgegen zu setzen, Frankreich zu zerstückeln, zu föderalisieren. Ein fast allgemeiner Tadel traf die Berufung der Girondisten an die Departements und ihre Föderalisationspläne. Sie wurden täglich vor den Schranken des Konventes denunziert, bald von den Volksgesellschaften, bald von den Sektionen von Paris. Bei Gelegenheit einer Adresse, in welcher die Girondisten des Verrates und der Verschwörung gegen die Freiheit angeklagt waren, nahm Robespierre das Wort und enthüllte alle ihre Verbrechen. Er schloß damit, daß die ersten Chefs der girondistischen Partei, wie Brissot, Vergniaud, Guadet, Gensonné in Anklagezustand versetzt und vor das Revolutionstribunal gestellt werden möchten, das für die Untersuchung gegen die des Verbrechens der verletzten Volksmajestät schuldigen Angeklagten niedergesetzt war. Vergniaud, dann Guadet, widerlegten Robespierre, aber alle ihre Beredsamkeit konnte die enormen Beschuldigungen nicht entkräften, die ihnen vorgeworfen wurden.

Der Kampf wurde bis zum Ende des Monates Mai fortgesetzt. Fast immer siegten die Girondisten über ihre Nebenbuhler in dem Konvente; aber außerhalb desselben siegten die Montagnards. Endlich brach die Empörung vom 31. Mai aus; die Mehrheit verließ die Girondisten, und sie waren besiegt. Am 2. Juni beschloß der Konvent die Verhaftung der Bedeutendsten unter ihnen, und dieser Beschluß wurde in der Nacht vom 2. auf den 3. Mai ausgeführt.

Eine gewisse Anzahl der Girondisten, deren Verhaftung beschlossen war, rettete sich und eilte in die Provinzen, um sie gegen Paris und den Konvent zu empören; das beweist klar, daß die von Robespierre gegen sie geschleuderte Anklage gegründet war und daß die Projekte einer Kontrerevolution, die er ihnen zugeschrieben hatte, wirklich trotz ihrer heuchlerischen Verleugnung existierten.

Der Konvent beschäftigte sich, als er über die Girondistenpartei abgeurteilt hatte, mit der Verfassung, die den Gegenstand der Wünsche aller Franzosen ausmachte. Der erste Entwurf wurde von dem Girondisten Condorcet vorgelegt, mehrere Monate vor dem Sturze der Girondisten. Er befahl dem Komitee der öffentlichen Wohlfahrt, ihm so rasch wie möglich einen zweiten Verfassungsentwurf vorzulegen. Dieser war der zweite von Hérault-Sechelles eingereichte Entwurf, der nach reiflicher Erwägung von

222

dem Konvent angenommen und zur Beschlußnahme den Primärversammlungen zugeschickt wurde. Die Mehrzahl der von Robespierre mitgeteilten Ideen dienten der Verfassung von 1793 als Grundlagen. Der kurze Sinn derselben ist: 1. der Regierung die notwendige Gewalt zu geben, damit die Bürger immer die Rechte der Bürger achten; 2. sie so einzurichten, daß die Regierung sie selbst niemals verletzen könne. Er endete die Rede, die er über diesen Gegenstand hielt, auf folgende Weise: „Die Achtung, welche die Behörde einflößt, hängt viel mehr von der Achtung ab, welche sie selbst für die Gesetze hegt, als von der Gewalt, welche sie sich anmaßt, und die Kraft der Gesetze liegt weniger in der militärischen Gewalt, die sie umgibt, als in ihrer Übereinstimmung mit den Grundsätzen der Gerechtigkeit und dem allgemeinen Willen. Wenn das Gesetz zum Prinzip das öffentliche Interesse hat, hat es das Volk selbst zur Stütze, und seine Kraft ist die Kraft aller Bürger, deren Werk und Eigentum es ist. Der allgemeine Wille und die öffentliche Gewalt haben einen gemeinschaftlichen Ursprung. Die öffentliche Gewalt ist dem politischen Körper das, was der Arm dem menschlichen Körper ist, der willig ausführt, was der Wille befiehlt und die Gegenstände zurückwirft, die das Herz oder den Kopf bedrohen können. Wenn die öffentliche Gewalt nur den allgemeinen Willen unterstützt, so ist der Staat ruhig und frei; wenn sie ihm widerstrebt, so ist der Staat geknechtet oder unruhig. Die öffentliche Gewalt ist mit dem allgemeinen Willen in diesen beiden Fällen im Widerspruch, entweder wenn das Gesetz nicht der allgemeine Wille ist oder wenn die Behörde sie dazu anwendet, um das Gesetz zu verletzen. Das ist die schreckliche Anarchie, welche die Tyrannen zu allen Zeiten unter dem Namen ‚Ruhe und Ordnung' gegründet haben, unter dem Namen ‚Gesetzgebung und Regierung'; ihre ganze Kunst besteht darin, jeden Bürger zu vereinzeln und durch die Gewalt zu unterdrücken, um sie allen ihren gehässigen Launen dienstbar zu machen, die sie mit dem Namen ‚Gesetze' ausschmücken. Gesetzgeber, macht gerechte Gesetze! Behörden, vollstreckt sie gewissenhaft! Das sei eure ganze Politik, und ihr werdet der Welt ein unbekanntes Schauspiel bieten, das eines freien und tugendhaften Volkes!"

Die Verfassung von 1793 wurde einstimmig von den Primärversammlungen angenommen und am 10. August feierlich in Kraft gesetzt. Aber wegen der großen Gefahren des Vaterlandes erhielt sie ihre Ausführung nicht. Seit dem Sturze des Königtums war die Exekutivgewalt provisorisch durch den Ministerrat ausgeübt worden. Der Konvent erwählte im Monat April in seinem Schoße ein Comité de salut public, das er zum Träger der vollziehenden Gewalt machte. Dieses erste Komitee wurde drei Monate nachher durch ein neues ersetzt, in welchem Robespierre, St. Just, Couthon, Collot-d'Herbois, Billaud-Varennes, Carnot, Barrère, Prieur de la Marne, Prieur de la Côte-d'Or und Jean-Bon Saint-André saßen. Dieses Komitee wurde zwölfmal hintereinander wiedererwählt. Es übte eine wahre Diktatur aus und rettete das Vaterland durch die Energie seiner Maßregeln, durch die Einheit und Raschheit in seinen Handlungen. Vor dem Eintritt Robespierres in das Comité de salut public verband sich sein Privatleben fast schon mit seinem öffentlichen Leben; seitdem er Mitglied der Regierung war, machten beide sozusagen nur noch ein einziges aus. So sah man ihn im Konvent und im Komitee, so sah man ihn in seiner Wohnung. Seine Schwester wohnte mit ihm bei der Familie Duplay; er hatte sie nach Paris kommen lassen, weil er sie zu sehr liebte, um sich an ihre Abwesenheit gewöhnen zu können. Wenn seine Stunden nicht den öffentlichen Angelegenheiten gewidmet waren, ging er gern ganz allein auf dem Marsfelde spazieren. Eine von den Töchtern Duplays, Eleonore, hatte auf sein Herz einen sanfteren Eindruck gemacht als alle anderen Frauen. Eleonore erwiderte seine Neigung; bei ihr erholte er sich gern von den Arbeiten, mit denen er überhäuft war; sie war, sagt man, seine Verlobte; ohne die Katastrophe des Thermidor würde sie seine

Frau geworden sein. Ein Freund Robespierres, einer von denen, die am meisten mit ihm übereinstimmten, Lebas, Mitglied des Konventes, hatte eine Schwester Eleonores geheiratet und mit ihr einen Sohn erzeugt.

Robespierre übte einen großen Einfluß auf das Comité de salut public aus, aber sein Einfluß ging nicht so weit, daß er gewisse strenge Maßregeln hätte verhindern können, die durch die Gefahren Frankreichs notwendig gemacht wurden. Diese Gefahren machten das System des Schreckens notwendig, aber dieses System mußte seine Grenzen haben, wie die öffentliche Gefahr sie hatte. Die untergeordneten Agenten des Komitees zu Paris führten oft mit Roheit die Befehle aus, die ihnen gegeben wurden. Es waren besonders die Kommissäre der revolutionären Regierung in den Departements, die ihr Mandat überschritten und sich ein Studium und ein Vergnügen aus der Verfolgung und der Grausamkeit zu machen schienen. In Nantes haben sich Carrier, in Arras Joseph Loben, in Bordeaux Tallien, in Lyon Fouché und Collot d'Herbois, in Toulon Barras und Fréron eine verabscheuungswürdige Berühmtheit erworben. Diese unerbittlichen Prokonsuln haben die unglücklichen Städte, wohin sie geschickt waren, unnützerweise in Schrecken gesetzt und mit Blut besudelt. Napoleon versichert in dem Memorial von St. Helena, daß er in den Händen des jüngeren Robespierre einen langen Brief seines Bruders gesehen habe, in welchem dieser die Exzesse der Kommissäre des Konvents tadelte und sagte, daß sie die Revolution durch ihre Tyrannei und ihre Wildheit zugrunde richten würden. Der jüngere Robespierre war damals Kommissär bei der Armee, und Bonaparte, Artillerieoffizier in derselben Armee, war eng mit ihm befreundet. Der Obergeneral, der Konsul, der Kaiser bewahrte immer eine ganz besondere Hochachtung für den jüngeren Robespierre und bewunderte immer den älteren. Er sagte von diesem letzteren, daß er der „Sündenbock der Revolution" gewesen sei, daß er geopfert worden sei, seitdem er es versucht habe, sie in ihrem Laufe aufzuhalten, daß die Terroristen ihn überlebt hätten, und wenn sie ihre Exzesse nicht fortgesetzt hätten, so seien dieselben nur deshalb unterblieben, weil sie sich vor der öffentlichen Meinung beugen mußten; daß sie alle Schuld auf Robespierre geworfen hätten, aber daß dieser ihnen vor seinem Tode geantwortet habe, wie er den letzten Hinrichtungen fremd sei, daß er seit sechs Wochen nicht im Komitee erschienen sei.

Robespierre hatte eines Tages eine Unterhaltung mit Marat. Dieser letztere machte ihm seine Milde und Mäßigung gegen die Aristokraten zum Vorwurfe. Robespierre gab ihm den Vorwurf zurück: „Du beschimpftest die Revolution," sagte er ihm, „und machst sie verhaßt, indem du unaufhörlich Köpfe verlangst." Marat antwortete ihm: „Robespierre, ich beklage dich, du stehst nicht auf meinem Standpunkte." „Es würde mir sehr leid tun, auf deinem Standpunkte zu stehen," erwiderte Robespierre. „Du begreifst mich nicht," sagte Marat, „wir werden niemals miteinander gehen können." „Das ist möglich, und die Dinge werden nur um so besser gehen," sagte Robespierre. „Ich bedaure, daß wir uns nicht verständigen können," wiederholte Marat, „denn du bist der reinste Mensch des Konventes."

Wie man sieht, hatten diese beiden Menschen, welche die Dummheit und das Vorurteil unter demselben Gesichtspunkt zu betrachten pflegen, ganz verschiedene Ideen und Pläne. Sie waren unverträglich miteinander und sahen sich außerhalb des Konvents gar nicht. Einen Widerwillen, wie gegen Marat, bewies Robespierre ebenso gegen alle Menschen, die aus der Gewalttätigkeit und dem Schrecken ein fast unaufhörliches Regierungsmittel machten und die Strenge, welche sie anwendeten, mit den Bedürfnissen ihrer Stellung nicht in Verhältnis zu bringen wußten. Er fuhr Fouché von Nantes und Collot d'Herbois heftig wegen ihrer Aufführung in Lyon an. Als der erstere bei seiner Rückkehr von Nantes, das er mit Leichen angefüllt hatte, Robespierre aufsuchte, empfing ihn Robespierre mit Kälte und sprach streng und unwillig mit ihm. Fouché suchte sich zu entschuldigen. Robespierre nahm die Entschuldigungen nicht an und überhäufte ihn mit zerschmetternden Vorwürfen. Sie trennten sich, und Fouché wurde von jener Zeit an sein unversöhnlichster Feind. Tallien, Vadier und einige andere, die im Komplott vom Thermidor waren, und die, wie Fouché und Collot d'Herbois, sich durch bluttriefende Prokonsulate ausgezeichnet hatten, wurden ebenfalls von Robespierre öffentlich getadelt und wurden seine heftigsten Feinde. Sie warteten nur auf eine günstige Gelegenheit, um gegen ihn loszubrechen.

Für mehrere Menschen fühlte Robespierre eine innige Freundschaft; Couthon und besonders St. Just waren unter dieser Zahl. Er hatte Petion, Danton, Camille Desmoulins geliebt; aber seine Freundschaft für sie erlosch, als er sie einen Weg verfolgen sah, der nicht der der aufrichtigen Grundsätze war, und als er sie in den Reihen seiner Gegner sah.

Die wichtigste Aufgabe, welche das Comité de salut public zu erfüllen hatte, war die, der von den flüchtigen Girondisten hervorgerufenen Empörung in den Departements ein Ende zu machen, die kriegerische Bevölkerung Frankreichs aufzubieten, um die Invasion zurückzuschlagen, das Geld, welches die Aristokraten der Zirkulation entzogen, durch eine große Masse von Assignaten zu ersetzen, welche auf die Nationalgüter hypotheziert wurden, dem Mangel abzuhelfen und gegen die Wucherer mit Energie aufzutreten, den öffentlichen Bankerott zu vermeiden und die Staatsschuld durch die Schöpfung des „Grand livre" und durch mehrere finanzielle Maßregeln auszugleichen, denen die erklärtesten Feinde der Revolution ihre Zustimmung gaben, dann die furchtbare Hyder der Vendee zu zerschmettern. Aber seine schwierigste Aufgabe war es, die Verschwörungen zu unterdrücken, die unaufhörlich wieder erstanden und von einer zahllosen Menge von Verrätern und Verschwörern angezettelt wurden, unterstützt von der Emigration und den auswärtigen Höfen.

Stark durch die Zustimmung und durch die Hilfe des Volkes, wendete das Komitee für das Glück und die Freiheit, an denen es arbeitete, alle Mittel, selbst die schrecklichsten an, um zum Zweck zu gelangen. Der Invasion von Europa, dem Bürgerkriege setzte es vierzehn Armeen entgegen, welche es durch Lieferungen unterhielt und ernährte; um die öffentlichen Bedürfnisse zu befriedigen, konfiszierte es die Güter der Ausgewanderten; um sich von der Gefahr seitens der Verdächtigen zu befreien, die dem Volke nur zu gerechte Befürchtungen einflößten, warf es sie in die Gefängnisse; um mit den Kontrerevolutionärs aufzuräumen, die Verrat oder Verschwörungen anzettelten, enthauptete es sie. Haben die Menschen, welche den Schrecken auf die Tagesordnung setzten, nur einem Gefühl der Grausamkeit und Wildheit nachgegeben, oder gehorchten sie dem Antriebe, den ihnen die öffentliche Meinung gab? Sie rief ihnen zu: „Vernichtet! das öffentliche Wohl verlangt es, vernichtet! oder ihr werdet selbst zugrunde gehen, wie die Girondisten untergegangen sind, wie alle diejenigen untergegangen sind, welche die Revolution aufhalten wollten, und die vor der Ausführung ihrer Forderungen zurückbebten!" Nicht ihnen darf man das Blut, das geflossen ist, zum Verbrechen machen, sondern den Aristokraten, den verbündeten Despoten, allen denen, welche der revolutionären Regierung Widerstand bereiteten. Wie? man will nicht begreifen, daß die in die Regimenter eingereihten Soldaten, die mit dem Bajonette den Fremden auf der Grenze bekämpten und die Patrioten, welche an das Staatsruder gestellt waren, und die Verschwörer mit dem Beile niederschlugen, von solchen Empfindungen geleitet wurden und dieselben Lobsprüche verdienen? Die revolutionäre Regierung ließ in Paris drei- bis vierhundert Verräter sterben, unsere Armeen haben 3 oder 400000 Preußen, Österreicher, Spanier und Vendeer getötet. Gleichwohl rief man unseren Armeen Beifall zu, während man die revolutionäre Regierung tadelt!

Die revolutionäre Regierung schlug die Verschwörer

nieder mit demselben Rechte, mit dem unsere tapferen Soldaten die Feinde niederschlugen, die in unser Land einbrechen wollten, um alles in Feuer und Blut zu begraben. Die Armeen der Koalition hatten den Zweck, die Revolution zu unterdrücken, die Monarchie und das alte Regiment wieder in das Leben zu rufen, und denselben Zweck verfolgten die Verschwörer im Innern, mit dem Unterschiede, daß diese im dunkeln komplottierten, folglich gefährlicher und schwerer zu besiegen waren. Die Gewalt, der Despotismus des Volkes waren in den Händen einer Diktatur konzentriert; diese Diktatur war also die französische Nation, in den Mitgliedern des Comité de salut public personifiziert. Wenn die französische Nation in ihren Rechten, ihrer Existenz, ihrer Freiheit angegriffen wurde, war es Pflicht der Diktatur, von dem Rechte der gesetzlichen Verteidigung Gebrauch zu machen und die Feinde der Nation auszurotten. Ich fasse mich kurz und sage: die Herrschaft des Schreckens, überhaupt die Epoche von 93, war nur ein blutiger Kampf zwischen der inneren Aristokratie, der Emigration und dem europäischen Despotismus einerseits und der französischen Nation andrerseits, die als Haupt und Arm das furchtbare Comité de salut public hatte. Ich sage andrerseits und wiederhole es, wenn unnütze Exzesse im Jahre 93 begangen wurden, so will ich mich nicht zu ihrem Verteidiger machen; ich beklage sie lebhaft und bedaure mit aller Aufrichtigkeit meines Herzens die Menschen, die sich durch Irrtum oder Berechnung schuldig gemacht haben, verblendet durch schlechte Leidenschaften oder durch fremdes Gold besoldet. Aber ich muß hinzufügen, daß die Verleumdung die sogenannten Verbrechen von 93 ansehnlich aufgeblasen hat; nicht zufrieden damit, sie zu vergrößern, hat sie dieselben erfunden. Zum Beispiel erzählt die Verleumdung wohlgefällig eine Menge von Tatsachen, die glücklicherweise für die Menschheit ganz falsch sind; dahin muß man die republikanischen Hochzeiten von Nantes zählen. Man soll sich über solche historischen Lügen nicht wundern. Aristokraten sind es, welche die Geschichte schreiben, oder es sind Menschen, die in ihren Schriften nur von dem Bestreben geleitet werden, der Aristokratie zu gefallen, weil sie allein reich genug ist, um Werke zu kaufen, die 40 oder 50 Franken das Exemplar kosten und oft mehr.

Der Anteil, den Robespierre an den Arbeiten des Comité de salut public genommen hat, mußte wegen der Gewalt, die er über seine Kollegen ausübte, sehr groß sein. Aber diejenigen, welche die strengen Maßregeln Robespierre ausschließlich zuschreiben, sind sehr ungerecht oder sehr unwissend; sie waren sein Werk nicht mehr oder weniger als das eines jeden anderen Mitgliedes der Regierung. Während der sechs Wochen, welche er von dem Comité de salut public entfernt blieb, wurden sie fortgesetzt. In den Departements, wo er nicht war, hatten sie größere Stärke als in Paris; nach seinem Tode wurden sie verdoppelt.

Als die girondistische Partei in die Unmöglichkeit versetzt war, ihre schurkischen Pläne auszuführen, entstanden zwei neue Parteien. Die Partei der Ultrarevolutionärs, die Herbert und Rousin zu Führern hatte, und die Partei der Gemäßigten, die Danton und Camille Desmoulins zu Führern hatte. Die Montagne spaltete sich; einige ihrer Mitglieder, die seit einem Jahre die wildesten waren, warfen sich zu der gemäßigten Partei und machten der revolutionären Regierung eine systematische und verbrecherische Opposition. Das Comité de salut public faßte den Beschluß, die beiden Parteien niederzuschlagen, die der Überspannten und der Gemäßigten. Die erste bestand aus Elenden, die unter der Maske des Patriotismus zum Zweck hatten, die Revolution durch Exzesse und Verbrechen zu besudeln; es waren der Mehrzahl nach Agenten der Fremde. Die zweite bestand aus mehreren Nuancen von Menschen; die einen, wie Danton und Camille, waren nur gemäßigt und Freunde von Vergnügungen; die andern, wie Chabot und Delaunay von Angers waren Fälscher und Plünderer des öffentlichen Vermögens. Alle waren durch ihre Nach-

230

giebigkeit gegen die Aristokraten, durch ihre Verbindungen mit ihnen, durch ihre Mäßigung, aus der sie ein Gewerbe machten, sehr gefährlich und setzten das öffentliche Wohl großen Gefahren aus. Die Regierung stützte sich auf die Hilfe der Gemäßigten, um die Überspannten niederzuschmettern, dann warf sie die Gemäßigten zu Boden. In diesem Kampfe spielte Robespierre nur eine passive Rolle; St. Just klagte die beiden Parteien an; er forderte und erhielt ihre Bestrafung. Robespierre, der sich seiner alten Freundschaft für Danton und Camille erinnerte, würde ihre Verteidigung übernommen haben, wenn das Interesse seines Vaterlandes nicht mächtiger in seinem Herzen gewesen wäre als das Interesse zweier Menschen. Dennoch ist es eine vollständig unbekannte Tatsache, daß Robespierre sich in das Gefängnis des Luxemburg verfügte, wo die Dantonisten eingekerkert waren, und mit Camille sprechen wollte, um ihn zu bitten, daß er auf den guten Weg zurückkehren und sich mit der revolutionären Regierung verbinden möge. Camille weigerte sich hartnäckig, ihn zu empfangen, und Robespierre kehrte mit schmerzzerrissener Seele zurück.

Einige Zeit nach der Hinrichtung der Dantonisten machte ein gewisser Ladmiral, ein geheimer Agent der Aristokratie, den Versuch, Robespierre zu ermorden. Als er vergeblich einen ganzen Tag lang sich bemüht hatte, ihn zu treffen, kehrte er seine Wut gegen Collot d'Herbois, schoß auf ihn eine Pistole ab und fehlte. Am andern Morgen kam ein junges Mädchen, namens Cecile Renault, zu Robespierre und verlangte ihn zu sprechen. Sie war mit zwei Messern bewaffnet. Welchen Gebrauch wollte sie davon machen? Man hielt sie fest, man fragte sie aus und ihre Antworten lieferten den Beweis, daß sie die Absicht hatte, Robespierre zu erdolchen. Aristokraten, gebt Antwort, wer anders als ihr konnte ihre Hand mit dem mörderischen Messer bewaffnet haben?

Nach dem Sturz der Girondisten hatte sich die Montagne gespalten; nach dem Sturz der Hebertisten und der

Dantonisten kam die Spaltung in den Schoß des Komitees selbst. Robespierre wollte den Revolutionsschlund schließen und zur gesetzlichen Ordnung zurückkehren.

St. Just und Couthon bildeten mit ihm eine Art von Triumvirat, das zur Beendigung des Provisoriums und zur Gründung einer dauernden und regelmäßigen Ordnung der Dinge neigte. Diese Ideen wurden nicht von Collot d'Herbois und Billaud-Varennes geteilt; diese wollten die unbestimmte Fortsetzung des Schreckens und des gewalttätigen Regimentes; die andern Mitglieder des Komitees beschränkten sich auf die Besonderheit ihrer Arbeiten. Was Barrère betrifft, so schmeichelte er den beiden Parteien, ohne sich für irgendeine bestimmt zu erklären. Um Collot und Billaud sammelten sich mehrere Mitglieder des allgemeinen Sicherheitskomitees, die wie sie Anhänger eines bestimmten Provisoriums und eines Schreckens ohne Ende waren. Es waren Vadier, Amar, Vouland usw. Endlich bildeten außerhalb der Komitees und auf den Bänken der Montagne Tallien, Fouché von Nantes und Barras mit vielen andern und in Übereinstimmung mit den genannten Mitgliedern der beiden Komitees eine mächtige Ligue gegen Robespierre, St. Just und Couthon. Was machten sie Robespierre zum Vorwurf? Nichts als eine Strenge der Sitten und eine bis zum äußersten getriebene Unbeugsamkeit der Grundsätze, die eine Verurteilung ihrer Sittenlosigkeit war, ihrer Liederlichkeit und Verderbnis. Robespierre wollte, daß die Republik zur Grundlage die Tugend haben solle. Um dahin zu gelangen, mußte man das Verderbnis bis zur tiefsten Wurzel ausrotten, man mußte also alle verdorbenen Menschen ausrotten; deren Zahl war aber ungeheuer, und in erster Reihe standen die Tallien, die Barras, die Fouché und Genossen.

Es war der große Fehler Robespierres, der Hauptfehler, den ich ihm oben schon zum Vorwurf gemacht habe, daß er die Menschen in eine Republik zwängen wollte, die er theoretisch begriffen hatte, statt die Republik den Menschen, so wie sie waren, anzupassen, einer Nation, wie sie

232

vierzehn Jahrhunderte der Monarchie und Sklaverei erzeugt
hatten. Als die Feinde der Revolution vernichtet waren,
dachte Robespierre auf ihren Leichen die Herrschaft der
Tugend aufzurichten. Die Verderbten setzten ihm furchtbaren Widerstand entgegen; er wollte sie vernichten, sie
waren stärker als er; er unterlag.

Der erste Stein zu dem Gebäude, welches Robespierre
erbauen wollte, war die Feier zu Ehren des höchsten Wesens. Das war das Zeichen für den Losbruch seiner Feinde
gegen ihn. Sie klagten ihn an, daß er den alten Aberglauben wieder erwecken wolle, während er ihm dadurch, daß
er die Unsterblichkeit der Seele und das Dasein eines höchsten Wesens anerkannte, den letzten Stoß versetzen wollte.
Sie klagten ihn an, daß er nach der Diktatur strebe, weil
er bei dem Feste in seiner Eigenschaft als Präsident des
Konventes den Vorsitz führte, ein Amt, für welches man
nur 15 Tage erwählt wurde. Am Tage des Festes zu Ehren
des höchsten Wesens, am 20. Prairial (8. Juni) ereignete
sich folgendes. Der Konvent begab sich auf das Marsfeld,
wo das Fest gefeiert wurde; während das Gefolge voran-
ging, bemerkte Robespierre, der natürlich sehr zerstreut
und in diesem Augenblicke sehr beschäftigt war, nicht,
daß seine Kollegen, die anfangs an seiner Seite gingen, absichtlich ein wenig zurückgeblieben waren, und daß er
fünfzehn Schritte vor ihnen sich ganz allein befand.

Es war leicht zu begreifen, daß seine perfiden Kollegen
so handelten, um glauben zu lassen, daß er den Diktator
spiele. In der Tat beklagten sie sich bitter, daß Robespierre
sie verachte, und daß er gegen sie einen unerträglichen
Hochmut affektiere. Die Geschichte hat sorgfältig ihre
Klagen gesammelt und daraus eine Anklage mehr gegen den
unglücklichen Robespierre gemacht. Sonderbar! alle Verleumdungen, die es seinen Feinden gefallen hat gegen ihn
vorzubringen, hat sich die Geschichte verpflichtet gefühlt,
getreu aufzuzeichnen, so daß die sogenannten Urteile der
Geschichte über Robespierre nichts anders sind als die Lügen des Thermidoriens.

Collot d'Herbois, Billaud-Varennes und alle diejenigen, welche im geheimen mit ihnen verbündet waren, erschraken über die religiöse Richtung, welche Robespierre dem öffentlichen Geiste einprägen wollte, sie machten ihm deshalb lebhafte Vorwürfe; das führte einen heftigen Bruch zwischen den beiden Fraktionen des Komitees herbei. Robespierre erschien nicht mehr dort, St. Just war auf einer Sendung bei der Sambre- und Meusearmee, Couthon blieb also allein, um gegen Collot, Billaud und Barrère zu kämpfen.

Die revolutionären Gesetze, die mächtig genug gewesen waren, um die aristokratischen Verschwörer niederzuwerfen, waren ohnmächtig, um die letzten Feinde zu zügeln, die stehen blieben, d. h. die drei, welche ich genannt habe, und ihre Anhänger.

Couthon schlug also dem Konvent das Gesetz vom 22. Prairial vor, das dem Revolutionstribunal eine noch schrecklichere und furchtbarere Gewalt gab, als es vorher besessen hatte. Der Konvent nahm das Gesetz vom 22. Prairial an, nachdem er es in einigen Teilen geändert hatte. Es hatte sonach die Wirkung, daß alle Deputierten, welche die geheime Ligue gegen Robespierre, St. Just und Couthon bildeten, von Schrecken ergriffen wurden und sich schon vor das Revolutionstribunal gestellt sahen. Sechzig Mitglieder des Konventes übernachteten nicht mehr in ihrem Hause und hielten sich immer bereit, die Flucht zu nehmen. Dennoch wollten die unternehmendsten unter ihnen dem Sturme die Spitze bieten; die Fouché, die Tallien, die Bourdon de l'Oise, die Fréron beschlossen, Robespierre zu stürzen oder unterzugehen. Es gab nur noch diese einzige Alternative; denn Robespierre war entschlossen, gegen diese neue Partei mit Kraft einzuschreiten, die sich mit allem verband, was es Unreines und Verworfenes gab.

Es waren die Überbleibsel der girondistischen Partei, der gemäßigten und exaltierten Partei, es waren endlich diejenigen Menschen, welche die Strenge Robespierres abschreckte, und die ihn ihm einen unversöhnlichen Feind sahen, weil er den Lastern, der Verderbnis, der Unsittlichkeit, der Intrige, allen Verbrechen einen Krieg auf den Tod erklärt hatte. Seit den letzten Tagen des Prairial bis zum 8. Thermidor, erschien Robespierre nur selten im Konvent. Das hieß seinen Feinden das Feld freilassen; jetzt konnten sie nach Bequemlichkeit im Schoße der Nationalvertretung die Verschwörung organisieren, deren Opfer er wurde. Jeden Tag machten sie neue Fortschritte. Ihre Anstrengungen wurden mit einem vollständigen Erfolge gekrönt, und es gelang ihnen, die Mehrheit des Konventes Robespierre feindlich zu stimmen.

Ich muß hier hinzufügen, daß während der letzten 3 oder 4 Monate, welche dem Tode Robespierres vorausgingen, die Volkssache sich in ihm personifizierte, daß die Revolution sich in ihm zusammenfaßte. Er fühlte es, und dieser Gedanke gab ihm doppelten Mut, Eifer und Energie. Während seiner Abwesenheit vom Komitee und vom Konvente hörte er nicht einen einzigen Tag auf, bei den Jakobinern zu erscheinen, ihren Patriotismus und ihre Hingebung an die Sache der Freiheit anzuspornen. Die Kommune, so wie sie nach dem Tode von Chaumette und Hebert neu gegründet war, war den Gurndsätzen ergeben, deren Apostel Robespierre war und für welche er bald Märtyrer werden sollte. Henriot, der die bewaffnete Macht von Paris befehligte, verband sich mit Robespierre; endlich war die öffentliche Meinung für ihn. Überall sagte man, daß es eines 31. Mai gegen die neuen Intriganten bedürfe, die sich der Regierung und des Konventes bemächtigt hätten. Wenn Robespierre der öffentlichen Meinung geglaubt hätte, würde er das Zeichen zu einer Empörung gegeben haben; er zog es aber vor, die Feinde des Volkes mit seiner so oft siegreichen Stimme anzugreifen. Er bereitete sich also auf eine Rede vor, in der er die beiden Komitees anklagte und ihre Erneuerung verlangte. Am 8. Thermidor erschien er auf der Tribüne und las seine Rede, eine der schönsten, die er gesprochen hat. Der Konvent blieb kalt

und stumm; keine zustimmenden Bravos, keine Beifallsrufe!

Die Verleumdung hatte ihre Wirkung gehabt. Den Thermidoriens gelang es, Robespierre in den Augen seiner Kollegen herabzusetzen. Sie warfen auf ihn alle strengen
Handlungen, welche dem Comité de salut public zum
Vorwurf gemacht wurden. Wenn man sie hörte, so hatte
er alles angeordnet, er die Arme dieser Menge von untergeordneten Agenten geleitet, die den Tod auf unsere erschreckte Bevölkerung herabschütteten, so war er es,
der die Herrschaft des Schreckens eingerichtet hatte und
sie fortsetzen wollte. Während er nur eine Bande von
Schurken treffen wollte, die den Patriotismus als Maske
nahmen, spiegelten sie dem Konvente vor, daß Robespierre
seine Schläge auf einen großen Teil seiner Mitglieder fallen lassen wolle.

Robespierre sprach drei Stunden vor einer ungeheuren
Versammlung, welche das tiefste Stillschweigen beobach-
tete. Alle Anstrengungen seiner Beredsamkeit blieben ohne
Wirkung auf Geister, die zum Vorurteil eingenommen
waren. „Sie nennen mich Tyrann!" rief er — „wenn ich
es wäre, so würden sie zu meinen Füßen liegen. Wenn
ich sie mit Gold vollstopfte, würde ich ihnen das Recht
gewähren, alle Verbrechen zu begehen und sie würden erkenntlich sein! Wenn ich es wäre, würden die Könige,
welche wir besiegt haben, statt mich anzuklagen, mir ihre
verbrecherische Hilfe anbieten, ich würde mit ihnen unter-
handeln! Was erwarten sie anderes in ihrer Not als die
Hilfe einer von ihnen beschützten Partei, die ihnen den
Ruhm und die Freiheit unseres Landes verkauft? Wer bin
ich? ein Sklave des Vaterlandes, ein lebendiger Märtyrer
der Republik, das Opfer und die Zuchtrute des Verbrechens. Alle Schurken beschimpfen mich; die gleichgül-
tigsten und gesetzlichsten Handlungen sind für mich Verbrechen; es genügt, mit mir bekannt zu sein, um verleumdet zu werden; man verzeiht den andern ihre Schandtaten,
mir macht man ein Verbrechen aus meinem Eifer für das

236

Vaterland. Nehmet mir mein Gewissen, und ich würde der unglücklichste Mensch sein!"

So sprach er sich in bezug auf die Verleumdungen aus, die man gegen ihn vorgebracht hatte: „Man sagte den Adligen: er allein hat euch geächtet; man sagte zugleich zu den Patrioten: er will die Adligen retten; man sagte zu den Priestern: er allein verfolgt euch, ohne ihn würdet ihr ruhig und siegreich sein; man sagte zu den Fanatikern: er zerstört die Religion; man sagte zu den verfolgten Patrioten: er hat die Verfolgung befohlen oder will sie nicht verhindern. Man schob mir alle Klagen zu, deren Ursachen ich nicht wegräumen konnte, man sagte: Euer Schicksal hängt von ihm allein ab. Auf den öffentlichen Plätzen aufgestellte Menschen setzten jeden Tag dieses System fort; es gab solche sogar in dem Sitzungslokal des Revolutionstribunals, an den Orten, wo die Feinde des Vaterlandes ihre Schandtaten büßen, sie sagten: Seht die unglücklichen Verurteilten, wer ist schuld daran? Robespierre!"

Als Robespierre aufgehört hatte zu sprechen, forderten mehrere Stimmen den Druck seiner Rede, eine größere Anzahl von Stimmen widersetzte sich. Dann begann eine sehr lebhafte Verhandlung und der Konvent, dem verderblichen Einflusse der Thermidoriens nachgebend, beschließt in bezug auf den Antrag Bourdons de l'Oise die Einsendung der Rede an die Komitees. „Wie!" rief Robespierre, „ich sollte den Mut gehabt haben, in den Schoß des Konvents Wahrheiten niederzulegen, die ich notwendig für das Wohl des Vaterlandes hielt, und man will meine Rede zur Beurteilung den Mitgliedern übersenden, die ich anklage?!"

Das war eine bedeutende Schlappe für Robespierre. Er begab sich zu den Jakobinern und las dort seine Rede, die mit Begeisterung empfangen wurde. Er begleitet sie mit folgenden prophetischen Worten: „Diese Rede, die ihr soeben gehört habt, ist mein Todesurteil. Ich habe es heute gesehen; die Ligue der Schufte ist so stark, daß ich nicht hoffen kann, ihr zu widerstehen. Ich sterbe ohne Reue, ich hinterlasse euch mein Andenken, es wird euch teuer sein, und ihr werdet es verteidigen." Die Jakobiner, weit entfernt davon mutlos zu werden, antworteten, daß man die Schurken ausrotten müsse. S. Just kam von der Armee zurück; er machte den Vorschlag, sich aus dem Stegreif der Thermidoriens zu bemächtigen, um sie mit einem Schlage zu vernichten. Robespierre widersetzte sich dem Vorschlage. Er wollte, daß der Kampf in dem Konvent ausgekämpft würde. Er wurde verhaftet, als am Morgen des 9. Thermidor S. Just einen Bericht erstatten wollte, daß Robespierre von neuem das Wort nehmen und wenn es nicht gelingen sollte, die Verschwörer niederzuschmettern, man zur Empörung seine Zuflucht nehmen sollte.

Das Schicksal entschied anders. Am 9. Thermidor (27. Juli) bestieg St. Just die Tribüne des Konventes, um seinen Bericht zu lesen. Kaum hatte er die erste Seite gelesen, als Tallien ihn unterbrach. Collot d'Herbois, der den Vorsitz führte, entzog St. Just das Wort und gab es Tallien. Dann wurden Robespierre und seine Freunde mit einem Strom von Beschuldigungen überhäuft. Billiaud-Varennes, Vadier, Fréron folgten auf Tallien und gaben die ungereimtesten Beschuldigungen gegen Robespierre von sich. Dieser konnte nicht zum Worte kommen und seine Stimme wurde unaufhörlich durch das Geschrei der Verschwörer übertönt. Ein gewisser Louchet verlangte die Verhaftung Robespierres. Robespierre der Jüngere rief mit einer erhabenen Ergebung: „Ich bin ebenso schuldig wie mein Bruder, ich teile seine Grundsätze, ich will auch sein Schicksal teilen. Ich verlange den Anklagebeschluß auch gegen mich." Die Verhaftung der beiden Robespierre wurde beschlossen, ebenso die Couthons, St. Justs und Lebas'. Die fünf Deputierten wurden von Gendarmen weggeführt, die eine Zeitlang zögerten, Hand an sie zu legen, und in das Gefängnis gebracht. Aber schon begann das Volk sich zu empören, es befreite die fünf Deputierten und trug sie im Triumph zur Kommune. Das war der Augenblick, zu handeln; die Jakobiner waren in der Kommune versammelt; der Platz des Stadthauses und die angrenzenden Stra-

238

ßen waren mit Kanonieren, Gendarmen, bewaffneten Bürgern der Sektionen und einer großen Masse Volkes angefüllt, die nur verlangte zu kämpfen. Robespierre und seine Freunde mußten sich an die Spitze der Empörung stellen und geradewegs auf den Konvent losmarschieren, um die Verschwörer daraus zu vertreiben. Diese Versammlung, in diesem Augenblicke einem Dutzend Schurken preisgegeben, die sie tyrannisierten, würde auf die Beschlüsse zurückgekommen sein, die sie an dem Tage erlassen hatte. Die Gelegenheit konnte nicht günstiger sein; um 5 Uhr hatte sie ihre Sitzung aufgehoben, um sie erst um 7 Uhr wieder aufzunehmen. In einer unbegreiflichen Unentschiedenheit befangen, ließ Robespierre die kostbaren Augenblicke verfließen, ohne einen Entschluß zu fassen, und ebenso wußten seine unbesonnenen Feinde sie nicht für sich zu benutzen. Robespierre war kein Mann der Tat; er hatte den bürgerlichen Mut, aber es fehlte ihm an Entschlossenheit in entscheidenden Augenblicken. Statt zu handeln, beriet er mit seinen Freunden, was sie tun sollten, als wenn sie nicht wissen mußten, daß Untätigkeit in einem solchen Moment ihr Verderben war. Während sie berieten, handelte der Konvent oder vielmehr die Thermidorienspartei. Sie wurden außerhalb des Gesetzes erklärt, ebenso die Mitglieder der Kommune; Barras wurde zum Kommandant der Pariser Armee ernannt, Deputierte wurden in die Sektionen geschickt, um sie anzureden und um ihnen die Bataillone ins Gedächtnis zurückzurufen, welche sie der Kommune schon zur Hilfe geschickt hatten.

Seitdem das Gerücht sich verbreitet hatte, das Robespierre und seine Freunde außer dem Gesetz erklärt worden seien, verließen ihn seine eifrigsten Anhänger, weil sie schon durch seine Unentschiedenheit und Untätigkeit entmutigt waren. Die Bataillone der Sektionen zogen sich ebenfalls zurück. Der Platz des Stadthauses leerte sich allmählich. Barras traf seine Anstalten zum Angriff gegen die Kommune. Er zernierte sie und bewegte sich konzentrisch gegen dieselbe. Niemand blieb zurück, um sie zu verteidigen, die Truppen des Konventes drangen hinein, Bourdon de l'Oise mit Barras an ihrer Spitze.

Der jüngere Robespierre und Henriot hatten sich durch ein Fenster geflüchtet, Lebas hatte sich durch einen Pistolenschuß getötet, Robespierre wollte Lebas nachahmen, verwundete sich aber nur am Kinn, Couthon und St. Just, beide unbeweglich, erwarteten den Tod. Man brachte sie alle in den Konvent; sie wurden in den Saal des Comité de salut public geführt. Robespierre wurde wegen seiner Verwundung auf einen Tisch gesetzt, man legte ihm eine Schachtel unter den Kopf. Dort überhäuften ihn seine Kollegen aus den beiden Komitees und die andern Thermidoriens mit tausend Beleidigungen, sie trieben die Feigheit so weit, ihn mit Messerstichen zu verwunden und ihn grausam zu mißhandeln. Größer und erhabener in dieser letzten Stunde, als er jemals gewesen, ertrug Robespierre die Verhöhnungen seiner Feinde mit Ruhe, Würde und Ergebung, er redete kein Wort. Seine Wunde verursachte ihm schreckliche Schmerzen. Er ließ keine Klage hören.

Am Morgen des 10. Thermidor brachte man ihn mit Couthon und St. Just in die Conciergerie, wohin der jüngere Robespierre und Henriot sterbend geschleppt waren. Die Schwester Robespierres eilte ganz in Tränen gebadet herbei, um zum letzten Male ihre beiden Brüder zu umarmen, die Soldaten stießen sie roh zurück. Sie wurde dann ebenfalls mit der Familie Duplay verhaftet und schmachtete lange Zeit im Gefängnis. Dann wurden Robespierre und seine Freunde zum Schafott geführt, sie bestiegen es mutig; um 4 Uhr nachmittags hatten sie aufgehört zu leben. — So starb der glühendste Freund der Menschheit, der furchtbarste Gegner der Tyrannen, die ihn stürzten. Verfolgungen und Schafott ist das Los, das euch erwartet, die ihr an der Befreiung des menschlichen Geschlechts arbeitet, an der Beglückung eurer Mitmenschen: wenn ihr euer Leben ganz der Belehrung eurer Mitbürger gewidmet habt, ihnen die ewige Wahrheit in ihren Geist leuchten zu lassen, werdet ihr vielleicht nicht am Rande des Grabes die Ruhe finden, die ihr vergeblich auf der Erde gesucht habt, die unerbittliche Verleumdung wird euch mit Wut verfolgen, sie wird sich auf euern leblosen Leib stürzen, sie wird euch zerreißen... Was liegt daran? Möge das verhängnisvolle Beil unsere Tage endigen, möge die Verleumdung ihre vergifteten Pfeile auf uns abschießen, wenn nur das Vaterland glücklich ist, die Menschheit frei; wenn nur der Schwache nicht mehr durch den Starken unterdrückt wird, wenn nur das Volk nicht mehr als Weide einer stolzen und unersättlichen Aristokratie dient. Weihen wir uns, wenn es nötig ist, dem Tode, wir, deren Seele nicht vom Ehrgeiz erfüllt ist, weihen wir uns freudig allen Leiden, damit die Freiheit siegt, damit die Gerechtigkeit die Unterdrückung verdrängt, damit der Despotismus vor dem Gesetz Platz mache. Und wenn die Verleumdung uns in den Augen unserer Zeitgenossen verunstaltet, hoffen wir, daß eines Tages vielleicht gerechte und gewissenhafte Generationen unser Andenken wieder zu Ehren bringen und einige Blumen auf unsere bescheidenen Gräber streuen werden...

# Aus den Reden
# Maximilian Robespierres

## AN DIE VERBÜNDETEN

Seitdem die Bastille unter der allmächtigen Hand des Volkes gefallen war, feierte man jedes Jahr dieses denkwürdige Ereignis durch ein Bundesfest auf dem Marsfelde. Aus allen Departements kamen Deputierte, welche auf dem Altare des Vaterlandes Gehorsam der Verfassung schwuren. An diese Bundesbrüder richtete Robespierre am 14. Juli 1792 folgende Worte:

„Gruß den Verteidigern der Freiheit, Gruß den hochherzigen Marseillern, die die Losung zu dem sie verbindenden heiligen Bunde gegeben haben, Gruß den Franzosen aus den 83 Departements, würdigen Nebenbuhlern in Mut und Bürgersinn; Gruß dem Vaterlande, dem mächtigen, unüberwindlichen, das um sich die beste Auswahl seiner zahlreichen, für seine Freiheit bewaffneten Bürger versammelt! Unsere Häuser, wie unsere Herzen, seien unsern Brüdern geöffnet; laßt uns in ihre Arme fliegen und mögen die süßen Bande einer heiligen Freundschaft den Tyrannen verkünden, daß wir niemals andere Ketten tragen werden.

Bürger, seid ihr zu einer leeren Zeremonie herbeigeeilt? Habt ihr euren Herd und eure Arbeiten nur verlassen, um noch einmal kalte Eidesformeln zu wiederholen, überflüssige Bürgschaften erprobten Bürgersinns? Nein, die Wehklage des unterdrückten Patriotismus, die Stimme des gefährdeten Vaterlandes hat euch gerufen. Sind diese Gefahren vorübergegangen? Sie sind größer als jemals. Draußen versammeln die Tyrannen gegen uns neue Armeen; im Innern verraten uns andere Tyrannen. Die Feinde, welche uns führen, achten das Eigentum des österreichischen Despoten ebensosehr, wie sie das reinste Blut der Franzosen vergeuden. Sie haben nur einige belgische Städte genom-

245

men, um sie wieder zu verlassen, sie haben das Bild der
Freiheit vor den Augen eines unglücklichen Volkes, das
sich in unsere Arme warf, nur deshalb glänzen lassen, um
es in eine noch schmählichere Knechtschaft zurückzuwer-
fen. Sie haben das größte von allen Verbrechen begangen,
das jemals die Geschichte barbarischer Nationen besudelt
hat; sie haben die Besitzungen und die Häuser unserer unglücklichen Verbündeten niederträchtigerweise den Flammen übergeben, im Namen desselben Volkes, welches kam,
um ihre Fesseln zu zerbrechen. Sie haben ihnen beim Ab-
zuge als Unterpfand des französischen Schutzes das Elend,
den Tod und die Rache ihrer Tyrannen hinterlassen, die
durch die Beweise von Anhänglichkeit gereizt waren, die
sie uns gegeben hatten, und sie bleiben straflos! Ein anderes bevorrechtetes Ungeheuer ist in den Schoß der Nationalversammlung gekommen, um die Nation zu beschimpfen, den Patriotismus zu bedrohen, die Freiheit mit Füßen zu treten im Namen der Armee, die es spaltet und zu
verderben sich bemüht — und es bleibt straflos! Besteht
die Nationalversammlung noch? Sie ist beschimpft, erniedrigt und nicht gerächt worden.

Die Tyrannen Frankreichs haben sich gestellt, als erklärten sie ihren Mitschuldigen und Verbündeten den Krieg,
um ihn gemeinschaftlich gegen das französische Volk zu
führen, und die Verräter bleiben straflos! Verraten und sich
verschwören scheint ein durch die Duldung oder die Billigung derer, die uns regieren, geheiligtes Recht zu sein;
die Strenge der Gesetze anzurufen, ist fast ein Verbrechen
für die guten Bürger. Eine Menge von Beamten, welche
die Revolution geschaffen hat, gleichen an Tyrannei und
Verachtung der Menschen denen, welche der Depotismus
zur Welt gebracht hatte, und übertreffen sie an Treulosigkeit. Menschen, die man Bevollmächtigte des Volkes nennt,
sind nur damit beschäftigt, es herabzusetzen und zugrunde
zu richten. Die schönste von allen Revolutionen artet jeden
Tag mehr in ein schmachvolles System des Machiavellismus und der Heuchelei aus, wo die Gesetze in den Händen

246

einer unredlichen Regierung nur Mittel zur Unterdrückung der Schwachen und zum Schutze der Mächtigen sind, wo die Rechte der Menschheit der Gegenstand eines fluchwürdigen Schachers, das Staatsvermögen die Beute einiger Räuber ist, wo alle Laster alle Tugenden verleumden und die Herrschaft der Freiheit in eine lange und grausame Proskription verwandeln, im Namen der öffentlichen Ordnung gegen „ehrliche Leute", die nur Rechtschaffenheit und Mut besitzen, von den „ehrlichen Leuten" ausgeübt, die nur Gold, Laster und Ansehen besitzen.

Soviel Freveltaten haben endlich die Nation wachgerufen, und ihr seid herbeigeeilt. Aber beim Herannahen der freien Männer hat der Despotismus gezittert und sich beeilt, sein häßliches Gesicht mit der groben Maske des Patriotismus zu bedecken, die er abgelegt hatte. Beim Anblick des Löwen verstecken sich die feigen und wilden Tiere und bleiben still; sie warten, bis er fortgegangen oder wieder eingeschlafen ist, um ihre Raubzüge wieder zu beginnen oder ihn sogar in Ketten zu legen. Man hat gesehen, wie Polyphem versuchte, das Lächeln der Circe nachzuahmen, um unter seine mörderischen Zähne die Schlachtopfer heranzuziehen, die er verschlingen wollte. So wollen die, welche alles ins Werk gesetzt haben, um euern Gang aufzuhalten, die, welche euch hätten umbringen lassen, wenn sie es nur gewagt hätten, sich euch mit einer freundlichen Miene zu zeigen. Die Aristokratie und die bürgerfeindliche Gesinnung wollen, sagt man, dem Patriotismus und der Freiheit den Tisch der Gastfreundschaft und den Bruderkuß anbieten: aber die Ehre, die Rechtschaffenheit aufzunehmen, soll nur der Rechtschaffenheit allein vorbehalten bleiben. Flieht ihre verräterischen Schmeicheleien, flieht die Tische der Reichen, wo man in goldenen Bechern das Gift der Mäßigung und das Vergessen der heiligsten Pflichten trinkt.

Er gibt dumme und eitle Menschen, die ein einziges Wort von Patriotismus aus dem Munde eines Götzen hundert Meineide und Freveltaten gegen das Vaterland vergessen

läßt; es gibt schwache und feige Seelen, welche auf die trü-
gerischsten Pfänder hin immer bereit sind, die Heiterkeit
der Hoffnung und die Fühllosigkeit des Vertrauens wieder-
zugewinnen, um sich die Qual zu ersparen, an Gefahren
zu glauben, und die Mühe, gegen die Feinde des Vaterlandes zu kämpfen; es gibt Sklaven, die hundertmal von ihrem
Herrn beschimpft und geschlagen, ihm zu Füßen fallen und vor Rührung weinen allemal, wenn er sich herabläßt, auf sie einen weniger gereizten Blick herabzuwerfen,
die ihm ein außerordentliches Verdienst daraus machen,
daß er einen Augenblick nur die Rute in der Hand hatte,
wo man sie nicht sah. Was euch betrifft, ihr werdet euch
immer der Sache, die ihr verteidigt, und der erhabenen
Sendung, die ihr erfüllen sollt, würdig zeigen. Ihr werdet
die Stimmen dieser am Boden liegenden Sklaven wieder auf-
richten; ihr werdet ihnen eine Seele geben, wenn es möglich ist, und sie belehren, wie die Haltung freier Männer gegenüber den Unterdrückern des Volkes ist.

Die Tyrannei selbst wird sich anmaßen, es mit euch in
der Vaterlandsliebe, in der Hingebung an die Volkssache
aufzunehmen; sie wird sich an eure Spitze stellen; sie wird
euern Eifer lenken und anregen wollen. Sie wird es nicht
unter ihrer Würde halten, euch zuzulächeln; aber in ihrem
verräterischen und grausamen Lächeln werdet ihr alle Verbrechen, die sie schon begangen hat, und alle diejenigen,
die sie noch im Sinne hat, erkennen.

Hochherzige Bürger, letzte Hoffnung des Vaterlandes,
eure Pflicht ist es, sie zu verhüten. Ihr seid nicht herge-
kommen, um der Hauptstadt und Frankreich ein leeres
Schauspiel zu geben... Eure Sendung ist es, den Staat zu
retten. Wir wollen endlich die Aufrechterhaltung der Verfassung sicherstellen, nicht nur derjenigen Verfassung,
welche an den Hof das Mark des Volkes verschwendet, die
in die Hände des Königs unermeßliche Schätze und eine
ungeheure Macht legt, sondern hauptsächlich und vor allen Dingen eine Verfassung, welche die Souveränität und
Rechte der Nation gewährleistet. Wir wollen die treue

Ausführung der Gesetze verlangen, nicht derjenigen Gesetze, welche nur die großen Schurken zu beschützen und das Volk unter Formen zu morden wissen, sondern derjenigen, welche die Freiheit und den Patriotismus gegen den Machiavellismus und gegen die Tyrannei beschützen.

Die verhängnisvolle Stunde schlägt — laßt uns zum Bundesfelde marschieren. Dort ist der Altar des Vaterlandes, dort ist der Platz, wo früher die Franzosen die Bande ihrer politischen Assoziation knüpften. Wollen sie jetzt wieder falschen Gottheiten Weihrauch streuen? Sollen sich verächtliche Götzenbilder noch zwischen euch und die Freiheit stellen, um den Kultus sich anzumaßen, der ihr gebührt? Schon hat die öffentliche Meinung den lächerlichen Helden in das Nichts zurückgeworfen, dessen niedrige Intrigen die bürgerlichen Gefühle unserer Brüder irre führten und den Volkscharakter herunterbrachten. Von dem ganzen sonderbaren Gerüste eines angemaßten Ansehens ist nur der Name eines — Verräters übrig. Einen Eid wollen wir nur dem Vaterlande und uns selbst in die Hände des unsterblichen Königs der Natur schwören, der uns für die Freiheit schuf und die Unterdrücker bestraft. Dort erinnert uns alles an die ersten Meineide und an alle Verbrechen unserer Unterdrücker. Dort auf jenem Altar, können unsere Füße auf keine Stelle treten, die nicht mit dem unschuldigen Blute besudelt ist, das sie vergossen haben. Dort wurden strafbare Ehrenbezeugungen den Mördern des Volkes erwiesen. Es scheint, daß ein Trauerflor noch den Altar und das Todesfeld bedeckt. Möge es gereinigt werden, möge es das Erbgut der Freiheit werden! Hört die Klagerufe unserer getöteten Bürger; seht das in Blut getränkte Vaterland, das sich vor euch zeigt! Betrachtet die Flammen von Courtrai, die alle Völker zur Rache rufen; seht die Menschheit unter das Joch einiger verächtlichen Tyrannen gebeugt, und möge dieser Anblick euch große Gedanken einflößen! Tretet nicht aus diesem Raume heraus, ohne in euern Herzen über die Rettung Frankreichs und des Menschengeschlechtes entschieden zu haben!

Bürger, das Vaterland ist in Gefahr, das Vaterland ist verraten; man kämpft für die Freiheit der Welt; das Schicksal der gegenwärtigen Generation und der zukünftigen Geschlechter liegt in euern Händen; das ist die Richtschnur eurer Pflichten, das der Maßstab für eure Weisheit und für euern Mut!"

## DAS BUNDESFEST VON 1792

Die Verbündeten von 1792 beschränkten sich nicht darauf, Gehorsam der Verfassung zu schwören; sie traten aus dem Geleise heraus, in dem ihre Vorgänger sich fortgeschleppt hatten und klagten vor der Nationalversammlung die Verrätereien und Schurkereien des Hofes an. Robespierre ermutigte und ermahnte sie, in ihren patriotischen Gesinnungen, in ihrer mutigen Haltung zu verharren. Er gab ihnen weise Ratschläge über den Weg, den sie verfolgen sollten, um die Fallen zu vermeiden, die ihnen von der Aristokratie gestellt waren, und um Frankreich von dem Joche zu befreien, das auf ihm lastete:

„Das Bundesfest von 1790 war von der konstituierenden Nationalversammlung im tiefen Frieden ins Leben gerufen worden, um zum voraus die Aufrechterhaltung der Verfassung zu beschwören, die nur erst begonnen war.

Das von 1792 hat sich in der größten Krise des Staats gebildet, um die schwankende Verfassung zu stützen und die bedrohte Freiheit zu verteidigen.

Das Bundesfest von 1790 war das Werk einer listigen Politik, die unter dem Vorwande, die Revolution befestigen zu wollen, sie rückgängig zu machen und den auflebenden öffentlichen Geist abzuschwächen suchte.

Es zeigte den Augen der aufgeklärten Freunde des Vaterlandes nur eine unwissende und abergläubische Menge, die ihre Huldigungen teils einem meineidigen Hofe, teils einem nichtswürdigen Intriganten darbrachte, den nur die tollste Schmeichelei in einen Helden umwandelte. Diese große Zeremonie dient nur dazu, die Nation zu erniedrigen und zu täuschen.

Das Bundesfest von 1792 scheint nur freie Männer versammelt zu haben, die von den Gefahren des Vaterlandes

251

vielmehr herbeigerufen wurden, als durch den Beschluß, dem sie zuvorgekommen waren. Sie haben die Götzen mit Füßen getreten, denen ihre Vorgänger Weihrauch gestreut hatten. Sie haben den nämlichen Menschen der öffentlichen Verachtung preisgegeben, den die ersten Bundesbrüder angebetet hatten. Ihre Huldigungen und ihre Eide wurden nur an das Vaterland und die Freiheit gerichtet, und wenn der Name zweier Volksbeamten in ihren Beifallsruf sich mischte, so war das wenigstens eine Huldigung, welche dem von der Tyrannei verfolgten Patriotismus dargebracht wurde.

Das Bundesfest von 1790 war nur eine militärische Parade, die traurigerweise von der Staatsgewalt angeordnet, aber dem Volke fremd war, das man von der Nationalgarde zu unterscheiden suchte.

Das von 1792 bot das rührende Schauspiel der Vereinigung aller Bürger dar, die Piken vermischt mit den Gewehren, die Uniformen mit den groben Kleidern der Arbeiter und Handwerker, die Bilder der Freiheit im Triumphe getragen, die Freude des Volkes offen und natürlich; alles bis auf die interessante Unordnung, welche auf diesem Volksfeste herrschte, verkündete, daß der Genius der Freiheit es zugerüstet hatte.

Vielleicht ist diese Vereinigung so vieler mutiger Bürger die letzte Hoffnung, die dem Vaterlande in den drohenden Gefahren bleibt, von denen es umgeben ist. Auch haben alle Feinde des Gemeinwohles alles ins Werk gesetzt, um sie zu hintertreiben. Der Minister des Innern hat es gewagt, das französische Volk in ihren Personen durch Proklamationen und Botschaften, würdig der Tyrannei, die sie diktiert hat, zu verleumden. Direktorien mit ihm an Bürgersinn wetteifernd, haben ihre Gewalt mißbraucht, um sie zu entwaffnen und sie zu verhaften; beunruhigende Gerüchte, schändliche Schmähschriften wurden auf dem ganzen Wege ausgestreut, um die Bundesdeputierten abzuhalten, sich nach Paris zu begeben. Und in dieser Stadt selbst haben der Hof und die Aristokratie nichts unterlas-

252

sen, um sie zurückzustoßen und zu zwingen, daß sie eilig die Hauptstadt fliehen.

Dort sind sie in dem Augenblicke angekommen, wo die furchtbarste Verschwörung bereit ist, gegen das Vaterland loszubrechen. Sie können sie hintertreiben. Um diese Aufgabe zu erfüllen, würde es ihnen weder an Mut noch an Vaterlandsliebe fehlen, aber sie bedürfen noch der ganzen Weisheit und der ganzen Vorsicht, die notwendig ist, um die wahren Mittel zur Rettung der Freiheit zu wählen und alle Fallen zu vermeiden, welche die nichtswürdigen Feinde des Volkes unaufhörlich ihrer Ehrlichkeit stellen werden.

Die Sendlinge und Mitschuldigen des Hofes werden alles ins Werk setzen, um ihre Ungeduld herauszufordern und sie zu außerordentlichen und übereilten Beschlüssen zu drängen. Mögen sie sich mit ebensoviel Klugheit als Energie benehmen, mögen sie damit beginnen, die Triebfedern der Intrigen, welche alle unsere Leiden verursachen, und die wahren Feinde der Freiheit kennenzulernen; mögen sie sich selbst belehren, um ihre Auftraggeber aufklären zu können; mögen sie die Meinung der Schwachen lenken, indem sie den Patriotismus erwecken, mögen sie sich mit der Verfassung selbst rüsten, um die Freiheit zu retten; mögen ihre Maßregeln weise, fortschreitend und mutig sein. Es wäre eine Albernheit zu glauben, daß die Verfassung der Nationalversammlung keine Mittel zu ihrer Verteidigung gibt, während es auf der Hand liegt, daß die Nationalversammlung weit davon entfernt ist, alle Hilfsmittel aufzubieten, welche ihr die Verfassung bietet; es würde höchst unpolitisch sein, damit zu beginnen, mehr als die Verfassung zu verlangen, während man noch nicht einmal die Verfassung selbst aufrecht erhalten kann; es würde noch unpolitischer sein, durch offenbar verfassungswidrige Mittel das zu fordern, was man kraft des formellen Textes der Verfassung ein Recht zu fordern hat. Wenn man diesen Grundsatz befolgt, so vereinigt man die furchtsamen und unwissenden Geister, man legt der Verleumdung Schwei-

gen auf und enthüllt die ganze Schändlichkeit der strafbaren Bevollmächtigten, die sich unaufhörlich auf die Gesetze berufen, während sie sie mit Füßen treten. Warum
sollte ich glauben lassen, daß man sich zu diesen außerordentlichen Maßregeln erheben muß, zu denen das Staatswohl berechtigt, um die Bestrafung eines sich verschwörenden Hofes, verräterischer und rebellischer Generäle, die
Absetzung kontrerevolutionärer Direktorien, die Ausführung aller Gesetze, welche die öffentliche und individuelle
Freiheit schützen sollen, zu verlangen, da das nur die streng-
sten Pflichten sind, welche die Verfassung unsern Vertretern auferlegt? Und wenn sie dieselben vernachlässigen,
warum sollten sie uns beschuldigen, daß wir die Gesetze
verletzen, während wir ihre Anwendung verlangen?

Bundesbrüder, bekämpft unsere gemeinschaftlichen Feinde nur mit dem Schwerte der Gesetze. Zeigt in gesetzlicher
Weise der gesetzgebenden Versammlung den Wunsch des
Volkes eurer Departements und die Bestürzung des gefährdeten Vaterlandes. Enthüllt mit Energie alle Eingriffe,
welche bis jetzt in die Verfassung gemacht sind, alle Verbrechen, welche gegen die Freiheit von ihren heuchlerischen
Freunden und ihren erklärten Feinden begangen sind; zeigt
Euern Mitbürgern die Verrätereien und die Verräter; enthüllt
vor ihren Augen das verderbliche Gewebe dieser abscheulichen Intrigen, die seit so langer Zeit die Nation ihren alten
Unterdrückern und neuen Tyrannen preisgeben, der Intrigen,
deren Mittelpunkt Paris ist, und von denen man kaum in
unsern Departements eine Vermutung hat. Stellt zunächst
dar, daß diejenigen, denen die Zügel der Regierung anvertraut worden sind, nicht unbedingt den Staat retten oder
die Verfassung aufrechterhalten wollen, damit die Nation,
über die Ausdehnung und die wahren Ursachen ihrer Gefahren aufgeklärt, selbst für ihre eigene Rettung Sorge
tragen könne und damit das erste Einrücken der äußern
Feinde, die erste Freveltat der inneren Feinde das Signal
sei, welches sie aufruft, sich in Massen zu erheben.

Brave und hochherzige Bürger, das ist der einzige Weg,

den ihr verfolgen müßt. Allein eure Gegenwart in Paris wird der Volkssache großen Vorschub leisten. Eure Vereinigung mit den Patrioten, welche diese Stadt in ihre Mauern schließt, wird die unaufhörlich erstehenden Komplotte hintertreiben, deren Herd sie ist; sie wird die Armee von Söldnern und Meuchelmördern, welche der Despotismus und die auswärtigen Höfe dort versammeln, ohnmächtig machen. Sie wird den Volksgeist wieder beleben, den Patriotismus ermutigen, die Kühnheit der Aristokratie niederschlagen. Eure Korrespondenz mit euren Landsleuten wird die Provinzen an Paris knüpfen, um einen gemeinschaftlichen und gleichzeitigen Widerstand den letzten Angriffen entgegenzusetzen, die unsere Feinde gegen die Sicherheit und gegen die Freiheit Frankreichs ausführen wollen.

Nur durch dieses weise und feste Verfahren könnt ihr euer Land retten. Die Ungeduld und der Unwillen können augenscheinlich raschere und kräftigere Maßregeln anraten, das Volkswohl und die Rechte des Volkes können sie rechtfertigen, aber die angeführten werden von der gesunden Politik gebilligt und sind für die Lage passend, in der wir uns befinden. Man muß nicht immer alles das tun, was rechtmäßig ist. Ohne Zweifel kann ein Volk, das so niederträchtig unterdrückt, so unwürdig verraten ist, sehr ausgedehnte Rechte haben, aber nicht die Rache muß man suchen, sondern das Wohl des Staates.

Nicht an dem Haupte dieses oder jenes Individuums hängt das Geschick des Reiches, sondern an der Beschaffenheit der Regierung, an der Vortrefflichkeit der politischen Einrichtungen. In einem großen Staate, im Schoße der Parteien verschwinden die öffentlichen Übel nicht mit einigen bösartigen Individuen, und die Tyrannei fällt nicht mit den Tyrannen. Die vereinzelten und gewalttätigen Bewegungen sind oft nur todbringende Krisen. Bevor man sich auf den Weg begibt, muß man das Ziel kennen, an dem man anlangen will, und die Wege, die man gehen will, Man braucht einen Plan und Führer, um eine große Unternehmung auszuführen. Die einzigen Bewegungen, welche ein Volk von dem Joche der Unterdrückung befreien können, sind diejenigen, welche allgemein und unmerklich vor der Ermattung der Unterdrücker, dem Gefühl des gemeinschaftlichen Unglücks und der Kenntnis der dies Unglück hervorbringenden Ursachen herbeigeführt werden.

Ich habe immer gesehen, daß diese Erfahrung die Handlungsweise der hochherzigen Bürger leitete, welche sich der Verteidigung der Freiheit weihen, aber zuweilen mischen sich auch Sendlinge unserer Feinde unter sie, um den glühenden und unerfahrenen Patriotismus über die Schranken der gesunden Politik hinauszudrängen. Wenn man dann mehr das zu Rate zieht, was an sich gerecht ist, als das, was in den gegebenen Verhältnissen nützlich ist, so dient man, während man der Volkssache zu dienen glaubt, nur den Interessen einer Partei und der Sache des Despotismus selbst. Eines von den unseren Tyrannen geläufigen Kunststücken ist es, unnütze oder schlecht verbundene Bewegungen zu erregen, um den Bürgersinn zu verleumden und das Volk hinzumetzeln; sie benutzen seine wirklichen guten Eigenschaften, um ihm offenbare Nachteile zuzufügen, und da sie seine Richter sind, so bestrafen sie es für ihre eigene Verworfenheit. Sie schreien dann zuerst, daß das Volk der Spielball der Intriganten sei, und verleiden ihm fast die Verteidigung seiner Rechte.

Das ist die sonderbare und unglückliche Lage, in welche sie uns mit Hilfe des Machiavellismus und der Schurkerei geführt haben. Sie wüten unerbittlich gegen die Unbesonnenheiten der beschimpften Patrioten und verschließen die Augen vor den größten Schandtaten ihrer Mitschuldigen. Das nämliche Gesetz, welches in ihren Händen als Schild für alle Verbrechen dient, ist ein Werkzeug zur Ächtung gegen die besten Bürger — ein um so furchtbareres Unterdrückungssystem, weil sie immer in der Finsternis sich verschwören, und weil das Volk immer ganz laut und am hellen Tage über die Mittel beratschlagt, wie man gegen ihre Tyrannei auftreten müsse. Während die

256

ehrlichen Leute für die Freiheit ohne System, ohne Einverständnis mit den einzigen Waffen der Gerechtigkeit und der Überzeugung kämpfen, so vereinigen sich die Schurken, um sie mit dem ganzen Gewicht ihrer Geldmittel, mit der ganzen Macht der Verleumdung, mit allen Kräften der Intrige und der Gewalt zu Boden zu schlagen. Auch ist der bestochene Vertreter, der das Volk mit List und sogar mit Schamlosigkeit verrät und mordet, immer unschuldig, während das Volk, das sich einer Bewegung des Unwillens überläßt oder sich nur eine zu lebhafte Klage erlaubt, wie ein Verbrecher behandelt wird.

Aber sie tun noch mehr, sie verfolgen es oft für Handlungen, mit denen es gar nichts zu schaffen hat, und die nur ihr eigenes Werk sind. Es ist eine bekannte Kunst der Tyrannen, wie Jean Jacques Rousseau bemerkt hat, in die Bürgerversammlungen einige von ihren Leuten zu schicken, die unsinnige Reden vorbringen oder strafbare Handlungen begehen, um sie der ganzen Versammlung zur Last zu legen, um die an sich löblichsten Maßregeln zu verlästern und das Volk immer als einen Haufen von aufrührerischen Räubern darzustellen.

Ich habe davon selbst traurige Beispiele in dieser Revolution gesehen, die mehr als irgendeine andere die Redlichkeit des Volkes und die Ruchlosigkeit seiner Unterdrücker gezeigt hat. Und wenn ich irgendwie ein Tribunal wüßte, das gerecht genug wäre, einen großen Verbrecher zu verurteilen, so würde ich bei ihm denjenigen verklagen, der einen Bäcker hängen ließ, um das Blutgesetz aufrechtzuerhalten, das schon so viele tugendsame Bürger hingeopfert hat; der, um das Gemetzel des Marsfeldes zu rechtfertigen, am Morgen zwei unbekannte Menschen hängen ließ, der, nachdem er vergeblich den Tag des 20. Juni durch einige des Volkes unwürdige Handlungen zu beschimpfen gesucht hatte, nichtsdestoweniger das Volk schamlos verleumdete, als wenn es sie begangen hätte; ich würde diejenigen verklagen, welche in dem Augenblicke, wo ich schreibe, vielleicht noch unglücklichere Szenen vor-

bereiten, um ihre verabscheuungswürdigen Pläne zu be-
mänteln . . .

Hochherzige Verteidiger der Freiheit, ihr habt offene
und einfache Seelen in die Wohnung der Intrige und der
Verderbnis mitgebracht. Die verdorbensten Menschen Europas, immer in dieser Stadt versammelt, umgeben und
beobachten euch. Das Verbrechen, der Ehrgeiz wacht um
euch her, um euch zu täuschen und um euch, wenn es
möglich wäre, die kostbare Hoffnung der Freiheit zu verderben. Die Verleumdungen, die euch vorausgegangen
sind, verkünden euch die neuen Schandtaten vorher, die
sie begehen können, um euch noch mehr zu verleumden.
Seid auf der Hut gegen alle diejenigen, welche sich euch
nähern. Ehrgeizige Heuchler verabscheuen schon eure Gegenwart; sie sind bereit, in euch sogar den Gebrauch des
Rechtes zu strafen, das euch zusteht, die Anerkennung der
verletzten Gesetze und die verkannten Grundsätze der Freiheit zurückzufordern. Sie werden die öffentliche Aufmerksamkeit von ihren Schandtaten dadurch ablenken wollen, daß sie euch Unrecht geben . . . Fliehet die Fallen, die
sie euch stellen werden; gefährdet das Schicksal des Vaterlandes nicht durch eine tolle Überstürzung, auch nicht
durch unbesonnenen Eifer. Seid ruhig und besonnen, ebenso fest wie mutig. Laßt sie nur noch einige Zeit in ihre
eigenen Intrigen sich verwickeln; erwartet den günstigen
Augenblick, den die Anwendung der von uns angegebenen
Hilfsmittel herbeiführen und die bevorstehenden Freveltaten der Feinde der Freiheit beschleunigen müssen. Das
Heil des Vaterlandes und das Glück der Menschheit sind
nur um diesen Preis zu erringen."

# ÜBER DIE ANKUNFT DER MARSEILLER IN PARIS

Ein Bataillon Marseiller kam auf seinem Marsche nach Soissons, wo ein Lager zum Schutze der Hauptstadt aufgeschlagen war, in Paris an. Dieses Bataillon bestand aus den glühendsten Patrioten der Stadt Marseille; seine Ankunft erregte die lebhafteste Freude unter der Pariser Bevölkerung. Es war das Bataillon, das so kräftig die Revolution vom 10. August unterstützte. Robespierre sprach sich in bezug auf die Marseiller Patrioten in folgender Weise aus und erzählt die Aufnahme, die ihnen von dem Volke von Paris zuteil wurde:

„Die Marseiller sind in der Hauptstadt angekommen. Diese unsterbliche Legion, die man den Freunden und Feinden der Freiheit zeigen kann, ist beiden des hohen Rufes von Mut und Patriotismus würdig erschienen, der ihr vorausgegangen war. Eine Menge von Patrioten in Paris und in den Departements eilten ihnen entgegen und hatten ihnen an demselben Tage ein Bürgeressen auf den elysäischen Feldern zubereitet. Die Feinde der Freiheit hatten auch diesen Augenblick gewählt, um ihre Ankunft durch ein unglückliches Ereignis zu bezeichnen. Kaum saßen sie am Tische, als ein Haufen von Menschen in Nationalgardentracht — man sagt es seien Grenadiere vom Bataillon der Filles-Saint-Thomas — eine unangenehme Szene durch freche Reden hervorzurufen suchten, in die sie Beleidigungen gegen die Marseiller, Lästerungen gegen die Nation einfließen ließen. Schon hatte das Volk, durch ihre Kühnheit gereizt, ihnen seinen Unwillen kundgegeben, und sie hatten ihre Säbel auf das waffenlose Volk gezückt. Ein Marseiller, durch den Tumult herbeigezogen, war in ihre Mitte von einigen Trabanten des Despotismus hineingerissen worden, die sich anschickten, ihn zu ermorden, als die Verbündeten von Marseille und ihre Begleiter, von dem Vorfalle unterrichtet, mit der Schnelligkeit des Blitzes zur Verteidigung des Volkes und ihres Kameraden herbeistürzen. Der eine von ihnen wird von einem Hiebe getroffen, den man für tödlich hält, aber mehrere Grenadiere der Filles-Saint-Thomas werden verwundet, ein anderer fällt als Opfer seiner strafbaren Kühnheit, und der Rest der aristokratischen und Feuillantshorde flieht wie feige Meuchelmörder. Die Ruhe von Paris wurde durch kein anderes Ereignis gestört, trotz dem Geläute der Sturmglocke und dem Generalmarsch, der in mehreren Quartieren geschlagen wurde.

Wollten der Hof und die Feuillants in der Tat an diesem Tage den Bürgerkrieg in Paris beginnen? Wollten sie die Marseiller nur ermorden oder entwaffnen lassen, oder suchten sie nur einen Vorwand, ihren Bürgersinn zu verleumden, die furchtsame Bourgeoisie und alle Gemäßigten in Schrecken zu jagen dadurch, daß sie durch irgendein unangenehmes Ereignis die ersten Augenblicke ihrer Anwesenheit in Paris bezeichneten? Gewiß ist, daß dieser unerhörte Angriff, im voraus verabredet, wenigstens eine große Kühnheit und unheilvolle Pläne ankündigt.

Man versichert, daß Paris und das Schloß eine zahlreiche Armee von Kontrerevolutionären und Magazine mit Waffen einschließen, die für die Verschwörer bestimmt sind. Man versichert, daß das Schweizerregiment, dessen Abmarsch vergeblich beschlossen war, alle Nächte ohne Waffen in die Tuilerien geht und bewaffnet wieder herauskommt; man hat versichert, daß man sie gegen die Marseiller aufzureizen gesucht hat, unter dem Vorwande, das Regiment Ernest zu rächen. Alles scheint seit langer Zeit eine große Verschwörung anzukündigen, die vielleicht schon ohne den Aufenthalt der Verbündeten in Paris ausgebrochen wäre. Auch gibt es keine Intrigen, die man nicht anwendet, entweder um sie zu entfernen, oder um sie zu entzweien, oder um sie einzuschläfern. Je mehr die

260

Trabanten des Despotismus mit Freigebigkeit bezahlt und mit Pracht belohnt werden, desto mehr werden die Verteidiger der Freiheit feige im Stich gelassen oder unwürdig verraten. Wenn die Tyrannen mit dem Gelde des Volkes fortwährend Diener finden, die für ihre Sache kämpfen, so findet das Volk, das nur Segenssprüche zu erteilen hat, fast niemand unter denen sogar, die es am meisten erhoben hat, der sich für seine Sache hingeben wollte.

Seit langer Zeit ist dem Volke und der Freiheit der Krieg erklärt, nicht von den Despoten Österreichs und Deutschlands, sondern von den französischen Generälen, von dem Hofe, von den Direktorien, von den Tribunalen, von den Friedensrichtern von Paris, von denen, die es aus dem Nichts gezogen hat. Jeder Augenblick vergrößert unsere Gefahren und vermindert unsere Hilfsquellen; alles ist verloren, wenn wir uns nicht zu dem Grade von Energie erheben, von dem ein Teil des Reiches ein Beispiel gegeben hat, wenn das heilige Feuer, welches die hochherzigen Marseiller beseelt, sich nicht allen Franzosen mitteilt.

Blühende und unsterbliche Stadt, empfange die Huldigungen aller freien Männer; möge das dankbare Vaterland Bürgerkronen um die Stirnen deiner hochherzigen Kinder flechten! Mit dem Feuer und dem Enthusiasmus der Franzosen vereinen sie den Stolz des berühmten Volkes, aus dem sie hervorgegangen sind, den Fleiß Athens mit dem Heldenmute Spartas. Bei ihrem Nahen erwacht die Freiheit, tröstet sich der Patriotismus, und der Despotismus erbleicht. Sie siegten, während man anderswo Reden hielt; sie taten mehr als die Verfassung predigen, sie verteidigten sie. Nicht zufrieden damit, die Unterdrücker ihres Landes anzuklagen, haben sie sie gebändigt. Marseille, du kannst dein Haupt stolz unter allen Städten emporheben, die den Ruhm der Welt gegründet haben. Rom, halbfrei, gab den Nationen Ketten: Sparta eroberte und bewahrte die Freiheit für sich und die Umgegend. Marseille, mit dem Geschicke eines großen Staates zusammenhängend, seit mehreren Jahren gegen die Macht der verräterrischen Tyrannen, die es unterdrücken, gegen die Trägheit einer zahllosen Menge böswilliger Sklaven kämpfend, scheint fast ganz Frankreich wider seinen Willen in seine Freiheit hineinzuziehen; ähnlich dem Helden, der allein, von dem Zorne der Götter verfolgt, die Erde von allen Ungeheuern reinigte, die sie verwüsteten. Das Geschick Marseilles ist auf die eine Seite, das der Tyrannen der Welt auf die andere der Wage geworfen, und Marseille wog mehr als sie alle.

Hochherzige Bürger, die es mit Stolz seine Kinder nennt, setzt eure glorreiche Laufbahn fort. Wir werden mit euch kämpfen, mit euch siegen; wenn die Sache der Menschheit unterliegen könnte, würden wir unsere letzten Blicke auf Marseille richten, würden wir in seine heiligen Mauern gehen, um uns mit euch unter den Trümmern des Vaterlandes zu begraben."

# ÜBER DIE EREIGNISSE DES 10. AUGUST
## 1792

Die Monarchie unterlag endlich den Schlägen der siegenden Empörung. Robespierre veröffentlichte in der zwölften Nummer des „Verteidigers der Verfassung" einen Artikel, in welchem er zeigte, wie unvermeidlich der Fall eines meineidigen und verbrecherischen Königtums sei, die hauptsächlichsten Einzelheiten der erhabenen Revolution vom 10. August erzählte und die Erzählung der Tatsachen mit Erklärungen und Betrachtungen begleitete.

„Die Verrätereien der Regierung, das ruchlose Bündnis unserer inneren mit unsern auswärtigen Feinden, mit einer zahllosen Menge von öffentlichen, vom Hofe bestochenen Beamten, die Verfolgungen, welche gegen alle guten Bürger von der bewaffneten Tyrannei im Namen des Gesetzes losgelassen werden, die schamlose Verletzung der Verfassungsgrundsätze, die Herabwürdigung des Wortes ,Verfassung' allein zu einer furchtbaren Waffe in den Händen des Despotismus und der Verräterei, um den Patriotismus zu ermorden, die offene Kriegserklärung von seiten Lafayettes und seiner Mitschuldigen an das französische Volk und ihre skandalöse Straflosigkeit, endlich die offen gegen die Sicherheit der Hauptstadt und gegen das Leben der bessern Bürger angestifteten Verschwörungen, alles verkündigt, daß die Franzosen nicht mehr allein für ihre Freiheit, sondern für ihre Existenz zu kämpfen hatten. Alle diese Verbrechen waren die schreckliche Erklärung zu der von der Nationalversammlung verkündeten imponierenden Formel: Das Vaterland ist in Gefahr! Das ganze französische Volk, erniedrigt und unterdrückt seit langer Zeit, fühlte, daß der Augenblick zur Erfüllung der hei-

263

ligen, von der Natur allen lebenden Wesen, mit noch größerem Rechte allen Nationen auferlegten Pflicht gekommen sei, der Pflicht nämlich, für ihre eigene Sicherheit
durch einen hochherzigen Widerstand gegen die Unterdrük-
kung zu sorgen. Die furchtbaren Zurüstungen zu einer
neuen Bartholomäusnacht, die man seit langer Zeit in
Paris und im Schloß der Tuilerien machte, ließen den
Bürgern keine Zeit mehr zur Beratschlagung und das
Volk erschien wieder in der Haltung, die es im Monat Juli
1789 gezeigt hatte.

Allein es ist wahr, daß der Aufstand vom 10. August 1792
in bezug auf den vom 14. Juli 1789 Vorzüge hat, welche
den Fortschritt der Einsicht seit jener ersten Epoche der
Revolution verkünden.

Im Jahre 1789 erhob sich das Volk tumultuarisch, um
die Angriffe des Hofes zurückzuschlagen, mehr um sich
von dem alten Despotismus zu befreien, als um die Freiheit zu erobern, deren Idee noch verworren und deren
Grundsätze noch unbekannt waren. Alle Leidenschaften
unterstützten damals den Aufstand, mit dem es das Signal
für ganz Frankreich gab.

Im Jahre 1792 hat es sich mit einer Achtung gebietenden Kaltblütigkeit erhoben, um die Fundamentalgesetze
seiner verletzten Freiheit zu rächen, um alle Tyrannen, die
sich gegen das Volk verschworen hatten, alle treulosen
Vertreter, die noch einmal die unveräußerlichen Rechte
der Menschheit zu begraben suchten, zu ihrer Pflicht zu-
rückzubringen. Es hat die drei Jahre vorher von seinen
ersten Vertretern verkündeten Prinzipien in Ausführung
gebracht, es hat seine anerkannte Souveränität ausgeübt
und seine Macht und Gerechtigkeit entfaltet, um sein Wohl
und sein Glück sicherzustellen.

Im Jahre 1789 wurde es von einer großen Zahl derer
unterstützt, die man groß nannte, von einem Teile der
Männer, die mit der Regierungsgewalt bekleidet waren.

Im Jahre 1792 hat es alle Hilfsquellen in seiner Einsicht und in seiner Kraft gefunden; alleinstehend hat es

264

die Gerechtigkeit, die Gleichheit und die Vernunft gegen alle ihre Feinde beschützt. Nicht nur das Volk von Paris gab Frankreich ein großes Beispiel, sondern das französische Volk war es, das sich auf einmal erhob.

Die feierliche Weise, in der es in diesem großen Akte verfuhr, war ebenso erhaben wie seine Beweggründe und sein Zweck.

Die Sektionen von Paris, seit der Verkündigung der Gefahren des Vaterlandes für permanent erklärt, deren Weisheit und Energie während dieser kurzen Periode durch so viel unsterbliche Beschlüsse hervorglänzten, diese Sektionen, welche den Patriotismus der treuen Volksdeputierten erweckt und gestützt hatten, hatten selbst öffentlich die Triebfedern zu diesem kühnen Schritte in Bewegung gesetzt und den Moment dafür bezeichnet. Sie führten ihn mit einer Einigkeit aus, von der allein die Freunde der Freiheit ein Beispiel geben können. Das war nicht eine zwecklose Emeute, von einigen Hitzköpfen hervorgerufen, nicht eine in Finsternis eingehüllte Verschwörung; man beratschlagte am hellen Tage in Gegenwart der Nation. Der Tag und der Plan des Aufstandes wurden durch Anschläge angezeigt. Das ganze Volk war es, das seine Rechte gebrauchte; es handelte als Souverän, welcher die Tyrannen zu sehr verachtet, um sie zu fürchten, welcher zu sehr auf seine Macht und auf die Heiligkeit seiner Sache rechnet, als daß er sich herablassen könnte, ihnen seine Absichten zu verbergen.

Die Sektionen begannen damit, Kommissäre zu ernennen, die über das Wohl der Gemeinden wachen und ihre Gewalt ausüben sollten. Diese Kommissäre begaben sich zur Munizipalität, der sie im Namen des Volkes von Paris erklärten, daß es sie abberufe, mit Ausnahme des Maire, des Prokureur der Gemeinde und der sechzehn Verwalter der Polizei.

Währenddessen war die Sturmglocke geläutet; die Bürger aller Sektionen hatten sich bewaffnet und gesammelt, die Nationalgarden, das ganze Volk, die Nationalgendar-

265

merie, die in Paris gebliebenen Verbündeten aus allen Departements, alle hatten nur ein Gefühl, einen einzigen Zweck. Man bemerkte unter ihnen das unsterbliche Bataillon von Marseille, berühmt durch seine über die Tyrannen des Südens errungenen Siege. Diese Armee, gleicherweise imposant durch die Zahl, durch die Verschiedenheit der Waffen, besonders durch das erhabene Gefühl der Freiheit, das auf allen Gesichtern lebte, bot ein Schauspiel dar, das keine Sprache wiedergeben kann und von dem diejenigen, welche die Ereignisse des 14. Juli 1789 nicht gesehen haben, sich nur eine unvollkommene Vorstellung machen können.

Sie begab sich zu dem Schlosse, wo der Herd der gegen die Sicherheit von Paris gesponnenen Verschwörung und eine Armee von Konterrevolutionären und Schweizern seit langer Zeit versammelt war, um sie auszuführen. Als sie am Tore des Schlosses am Carrousselplatze angelangt waren, forderte ein Bataillon von Verbündeten und Bürgern, das zuerst angekommen war, die Schweizer auf, sich auf die Seite des Volkes zu stellen. Diese antworten mit Zeichen der Freundschaft, sie strecken den Bürgern die Hände entgegen; mehrere setzten die Freiheitsmütze auf. Aber während die Bürger sich dieser angenehmen Täuschung hingeben, machen Kanonenschüsse, vom Schlosse losgelassen, in der Volksarmee Lücken; eine ansehnliche Zahl, unter denen man hundert Marseiller zählt, fallen auf den Boden nieder. Eine grauenvolle Verräterei, die man weniger den Schweizern im allgemeinen zur Last legen muß, als der fluchwürdigen Tücke ihrer aristokratischen Führer und des Hofes, die seit mehreren Tagen nicht aufhörten, sie zu belügen, um sie auf diese Freveltaten vorzubereiten.

Dieser Verrat war das Signal zu einem Kampfe, in dem der Mut des Volkes, durch die Erbitterung angefacht, noch einmal über den Despotismus siegte. Das Schloß wurde erstürmt, die Schweizer in die Flucht gejagt und verfolgt; eine große Zahl von ihnen wurde den Manen der Vertei-

266

diger der Freiheit geopfert, die unter den Schlägen der Tyrannen umgekommen waren. Die Volksjustiz sühnte so durch die Züchtigung mehrerer konterrevolutionärer Aristokraten, welche den französischen Namen schändeten, die fortwährende Straflosigkeit aller Unterdrücker der Menschheit. Aber sogar in seinem Zorne wollte es die notwendigen Formen zum Schutze der Unschuld beobachten: es strafte keinen Schuldigen, der nicht von der neuen Munizipalität auf Schriftstücke oder auf bekannte Tatsachen hin verurteilt war.

Wo ist die Hand, die den Dolch in das Herz der Patrioten oder das Schwert der Gerechtigkeit in die Brust der Schuldigen gestoßen hat? Es ist die Hand der Tyrannen, welche die einen unterdrückt und verraten, die andern bestochen und betrogen haben. In dem Unglück der Menschen erkennet immer die Verbrechen des Despotismus.

Beim Beginne der Handlung hatten Ludwig XVI., Marie-Antoinette von Österreich und ihre Familie die Tuillerien verlassen und sich in die Nationalversammlung zurückgezogen. Sie hörten von diesem Zufluchtsorte aus den Donner der Kanonen, das Musketenfeuer, welches ihre Trabanten und die Freunde der Freiheit zu Boden streckte. Bis zu dem Augenblicke, wo das Geschrei, welches die Niederlage der Ihrigen verkündete, an ihr Ohr schlug, waren sie ruhig geblieben; sie hatten ohne Zweifel auf die Zurüstungen, welche sie gegen das Volk gemacht hatten, auf die Uneinigkeit der Bürger, auf die Verrätereien mehrerer Führer der Nationalgarde, auf den Teil der Garde, der der Aristokratie verkauft war, und auf alle vom Hofe besoldeten Schurken gerechnet. Es ist nicht eine Kunst der Tyrannen, die Kraft des Volkes zu berechnen, und diese waren weit davon entfernt, vorauszusehen, daß dieses ganze monströse Gebäude des Verbrechens und der Verräterei vor seiner Allmacht verschwinden würde.

Die Täuschung aller Feinde der Freiheit war in dieser Beziehung so vollständig, daß der Procureur-syndic Röderer, der Ludwig XVI. begleitet hatte, die Gutmütigkeit hatte, zu der Versammlung als Advokat, als Beschützer des Hofes zu reden, sich kalt über das Unglück Ludwigs und seiner erlauchten Familie zu erbarmen, das Volk und die durch ihre Hingebung an seine Sache bekannten Behörden anzuklagen, mit dem Mute eines Menschen, der es schon als dem Blutbade und der Sklaverei geweiht betrachtete. Aber kaum hatte er damit geendigt, die Kanoniere anzuklagen, die auf den Befehl, den er ihnen gegeben hatte, auf die Bürger zu schießen, sich beeilt hatten, ihm ihre Verachtung zu bezeigen, und die Polizeibeamten, die nicht das Materialgesetz angerufen hatten; kaum hatte er seine hohe Hingebung beteuert, mit Gefahr seines Lebens die menschenmörderischen Dekrete, die er von der Nationalversammlung erwartete, aufrecht zu erhalten, da ertönte das furchtbare Geschrei, welches den Sieg der Freiheit verkündete, um dieselbe her. Der Redner der Tyrannen erblich und verschwand in das Nichts, und diejenigen, die bis dahin nur Unwillen oder Abscheu einflößten, erschienen fast des Mitleids würdig. Die urteilsfähigen Beobachter haben die Aufmerksamkeit bemerkt, die Ludwig XVI. in dem Augenblicke hatte, wo die ersten Kanonenschüsse sich vernehmen ließen, der Versammlung mitzuteilen, daß er nicht den Schweizern den Befehl erteilt habe, zu schießen.

Was die Versammlung betrifft, so schienen die Wunder von Heldenmut, die um sie her geschahen, sie zuweilen auf die Höhe ihrer Pflichten zu erheben. Die treuen Deputierten, von dem Joch befreit, das ihnen diese Menge der vom Hofe besoldeten Verräter auferlegte, konnten ihre Stimmen erschallen lassen, und die Beschlüsse des gesetzgebenden Körpers fingen an, Gesetze zu werden, weil sie sich dem öffentlichen Interesse und dem allgemeinen Willen zu nähern begannen.

Die Versammlung billigte förmlich die Handlungsweise der Vertreter der Gemeinde von Paris; sie erinnerte sich, daß sie selbst das Volk vertrete und daß das Volk sie gerettet habe. Der schönste ihrer Beschlüsse ist ohne Zweifel derjenige, der die strafbare und unpolitische, von der konstituierenden Versammlung angenommene Unterscheidung zwischen aktiven und nicht aktiven, wählbaren und nicht wählbaren Bürgern aufhob, der das Verbrechen der verletzten Volkshoheit und beleidigten Menschheit sühnte, welches der Macchiavellismus und die Verräterei mit dem Namen „Klugheit" und „Politik" zu bedecken gewagt hatten, um der Bürgerrechte diejenigen sogar zu berauben, welche sie erobert hatten. Die, welche bei allen Nationen den gesundesten und redlichsten Teil der Gesellschaft ausmachen. Merkwürdiges und tröstliches Beispiel von den Fortschritten der Vernunft! Wir haben gesehen, daß die öffentliche Meinung gebieterisch die Ausführung der ewigen Gesetze der Gerechtigkeit und gesellschaftlichen Ordnung bewirkte, welche von den Vorurteilen drei Jahre vorher verkannt und verletzt worden waren.

Die Versammlung hat ebensowenig geschwankt, Ludwig XVI. zu suspendieren; aber man muß gestehen, daß man beinahe in den Beschlüssen, die sie über diesen Punkt angenommen hat, nicht die ganze Weisheit und ganze Energie findet, welche die Umstände erforderten. Sie hat den suspendiert, den sie für abgesetzt erklären mußte, vorbehaltlich der Bestätigung dieser Entscheidung durch den Nationalkonvent. Sie würden auf solche Weise gefährliche Zögerungen und Fragen vermieden haben, die in der Lage, in der wir uns befinden, nur Stoff für bürgerliche Zwistigkeiten sein können. Man hat die Art und Weise nicht gern gesehen, in der das Dekret in dem Eingange begründet ist; man hörte nicht gern von dem „gegen die vollziehende Gewalt gefaßten Mißtrauen", während die Nation und die Nationalversammlung durchaus nur bewiesene Verbrechen Ludwigs, seiner Familie und seiner Agnaten sehen.

Aber man hat sich empört, als man sah, daß die Versammlung diesen Augenblick wählte, um dem königlichen Kinde einen Erzieher zu geben. Gerechter Himmel! Von welcher Höhe läßt uns dieser Gedanke plötzlich herabfallen! Franzosen, denkt an das Blut, das geflossen ist; er-

269

innert euch an die Wunder von Vernunft und Mut, die euch über alle Völker der Erde gestellt haben; erinnert euch an die unsterblichen Prinzipien, die ihr zu euerm Ruhme um die Throne her erschallen ließet, um das in dem Nichts der Sklaverei begrabene Menschengeschlecht wachzurufen; seht die französische Nation, die vorwärts geht, um ihre ersten Irrtümer zu bessern, um ihr Geschick und das der Welt zu regeln, und stellt mit diesen Vorstellungen das Dekret zusammen, das für den königlichen Prinzen einen Gouverneur ernennt. Aber was liegt an den Vorurteilen und Schwächen der alten Abgeordneten, sobald der Souverän erscheinen wird? Übrigens muß man weniger diese fehlerhaften Bestimmungen den Mitgliedern der Versammlung zur Last legen, die seit der neuen Wahlerneuerung einigen Eifer für das Gemeinwohl entwickelt haben, als dem Einflusse der Komitees und der Berichterstatter.

Es wäre auch zu wünschen gewesen, daß die Versammlung sich damit beschäftigt hätte, für den Nationalkonvent einen einfacheren, kürzeren und den Volksrechten günstigeren Wahlmodus anzugeben. Man hätte das unnütze und gefährliche Zwischending der Wahlkörper weglassen und dem Volke das Recht, selbst seine Vertreter zu wählen, sicherstellen müssen. Die Versammlung ist mehr der Routine als den Grundsätzen gefolgt. Aber man muß sie loben, daß sie diesen Wahlmodus nur in der Form der Einladung und des Rates vorgeschlagen und diese Huldigung der Souveränität des in den Primärversammlungen vereinigten Volkes dargebracht hat.

So hat die schönste Revolution begonnen, welche die Menschheit ehrte, sagen wir lieber, die einzige, die ein des Menschen würdiges Ziel hatte, das nämlich, endlich politische Gesellschaften auf den unsterblichen Prinzipien der Gleichheit, der Gerechtigkeit und der Vernunft zu gründen. Welche andere Sache hätte in einem Augenblicke dieses unermeßliche Volk, diese zahllose Menge von Bürgern aus allen Ständen einigen können, die einmütig ohne Führer und ohne einen Vereinigungspunkt handeln! Welche andere Sache hätte ihnen diesen erhabenen und geduldigen Mut einhauchen und alle diese Wunder von Heldenmut hervorbringen können, die alles übertreffen, was die Geschichte uns von Griechenland und Rom erzählt! Schon antwortet ganz Frankreich auf dieses Signal; alle kleinen Intriganten, alle ehrgeizigen Verräter, welche den Donner des Volkes herauszufordern wagten, werden selbst in das Nichts zurücksinken, wenn sie seiner Gerechtigkeit entfliehen; schon hat der Stoß, der den Thron unserer Tyrannen umgestürzt hat, alle Throne erschüttert und die Freiheit der Welt wird zugleich unser Werk und unsere Belohnung sein.

Franzosen, vergeßt nicht, daß ihr in euern Händen das teure Gut des Schicksals der Welt haltet. Schlaft nicht ein im Schoße des Sieges; nehmt die Lehre eines großen Mannes an, der glaubte, nichts getan zu haben, solange ihm noch irgend etwas zu tun übrig blieb. Vergeßt nicht, daß ihr den Bund der Despoten zu bekämpfen und die Komplotte der gefährlichsten Feinde zu vernichten habt, die ihr in eurem Schoße nährt. Ein unsterblicher Ruhm erwartet euch, aber ihr werdet gezwungen sein, ihn durch große Anstrengungen zu erkaufen. Bleibt aufrecht stehen und wachet! Künftig bleibt euch nur noch zwischen der gehässigsten Sklaverei oder einer vollkommenen Freiheit zu wählen, zwischen den grausamsten Verfolgungen und dem reinsten Glücke, das ein Volk genießen kann. Entweder die Könige oder die Franzosen müssen unterliegen. Das ist die Lage, in welche euch dieser glorreiche Kampf stellt, den ihr bis jetzt gegen das Königtum bestanden habt. Werft also völlig das Joch eurer alten Vorurteile ab, um euch auf der Höhe der Prinzipien der Freiheit und der Lage zu erhalten, in die ihr versetzt seid.

Völker, bisher haben Schurken zu euch von Gesetzen gesprochen, um euch zu knechten und hinzumetzeln, und ihr hattet keine Gesetze. Ihr hattet nur die strafbaren Launen einiger Tyrannen, von der Intrige zu Ansehen gebracht und von der Gewalt unterstützt. Sie predigten euch die Achtung vor den konstituierten Gewalten; diese konstituierten Gewalten waren nur gewandte Spitzbuben, mit einer ungerechten Gewalt bekleidet, um mit gewissen Formen die Gerechtigkeit und den Bürgersinn zu verfolgen. Ihre Verbrechen haben euch noch einmal gezwungen, die Ausübung eurer Rechte wieder vorzunehmen; wendet sie in einer Weise an, die euch ehrt und geeignet ist, euer Glück sicherzustellen. Ihr werdet nur glücklich sein, wenn ihr Gesetze habt; ihr werdet nur Gesetze haben, sobald der allgemeine Willen gehört und geachtet werden wird, und wenn die Abgeordneten des Volkes ihn nicht mehr ungestraft verletzen können, indem sie sich die Souveränität anmaßen. Die Frucht eurer Anstrengungen, eurer Opfer und eurer Siege soll die möglichst beste Verfassung sein, wie sie ein hochherziges und aufgeklärtes Volk verdient. Ihr seid diese Wohltat euch selbst und der Welt schuldig. Das ist der Zweck des Nationalkonvents, den ihr bilden wollt. Haltet aus ihm alle eure natürlichen Feinde, alle Unterhändler, alle Diener eurer Tyrannen fern; vertraut der Intrige, dem Ehrgeiz, dem Egoismus nicht das Werk der Tugend und des Genies an. Wer aber auch eure Abgeordneten sein mögen, hütet euch, sie zu unbeschränkten Herren über euer Geschick zu machen; überwacht sie, richtet sie und behaltet euch in jeder Zeit regelmäßige und friedliche Mittel vor, daß ihr den Anmaßungen der Staatsmänner auf eure Rechte und auf die Souveränität des Volkes ein Ziel setzen könnt.

Bereitet aber den Erfolg dieses Konventes durch die Wiedergeburt des öffentlichen Geistes vor. Jeder bleibe wach, jeder bewaffne sich, und die Feinde der Freiheit sollen sich in der Dunkelheit verbergen. Die Sturmglocke, die in Paris geläutet wird, soll in allen Departements widerhallen: Franzosen, lernet überlegen und kämpfen! Ihr seid zukünftig mit allen euren Unterdrückern im Kriege, ihr werdet nur Frieden haben, wenn ihr sie gezüchtigt habt. Fern sei euch die engherzige Schwäche, die feige Nachgiebigkeit, auf welche die nach Menschenblut dürstenden Tyrannen für sich allein Anspruch machen. Die Straflosigkeit hat alle ihre Verbrechen und alle eure Leiden erzeugt. Mögen sie alle unter dem Schwerte der Gesetze fallen! Die Milde, die ihnen verzeiht, ist barbarisch; sie ist ein Verbrechen gegen die Menschheit."

# INTERESSANTE EINZELNHEITEN
## AUS DEN EREIGNISSEN DES 10. AUGUST
## UND DER FOLGENDEN TAGE

In der Nacht vom 10. auf den 11. August war der Herr
Mandat Kommandant der Nationalgarde; er hatte mit dem
Hofe die scheußliche, gegen das Volk angestiftete Verschwörung verabredet. Er hatte im Schlosse alle in der
Nationalgarde befindlichen, an Lafayette und an den Hof
verkauften Trabanten, namentlich einen Teil der Bataillone
der Filles-Saint-Thomas und der Petits-Péres versammelt;
diese Bataillone hatten den Tyrannen acht Stück Kanonen
geliefert, nach den von Herrn Mandat an den Generalrat
der Gemeinde abgegebenen Geständnissen.

Es war in dem Komitee der Tuilerien beschlossen, daß
man das Volk heranlocken solle, um es in zwei Feuer zu
bringen. Und Mandat hatte den Auftrag übernommen, diesen Plan auszuführen. Der Generalrat der Gemeinde, der
während dieser Nacht versammelt war und von der Verschwörung durch mehrere Anzeichen in Kenntnis gesetzt
wurde, befahl demselben, vor ihm zu erscheinen; er weigerte sich anfangs und fügte sich erst einem zweiten Befehle. Man fragt ihn, warum er in den Tuilerien eine
außergewöhnliche militärische Macht ohne irgendeine Aufforderung seitens der Munizipalbehörde gesammelt habe;
er antwortet in einer zweideutigen und listigen Weise, als
das Verhör von einem Mitgliede des Rates unterbrochen
wird, welches ein wichtiges Überführungsstück ankündigt;
es war ein von dem Herrn Mandat an den Kommandanten
des Grèvepostens geschriebener Brief. Dieser lautet:

„Herr Kommandant, Sie werden das Volk passieren lassen; wenn es passiert ist, werden Sie von hinten auf dasselbe schießen lassen, ich antworte von vorn." Der Kom-

mandant des Postens, von Schrecken ergriffen, hatte selbst diesen Befehl dem Generalrat angezeigt. Dann befiehlt der Generalrat, daß Mandat augenblicklich in das Abteigefängnis abgeführt werden solle, und dieser Beschluß wurde ausgeführt. So verdankte man die Rettung des Volkes und der Freiheit vielleicht der Wachsamkeit, dem Mute der Gemeindeabgeordneten und der Treue des Kommandanten des Grèvepostens. So haben ein nichtswürdiger Intrigant, namens Mandat, und andere ebenso nichtswürdige Intriganten, die in der Höhle der Tuilerien eingeschlossen waren, für immer die Freiheit Frankreichs und der Welt zu begraben gedacht. Das Gerücht hat sich verbreitet, daß dieses Ungeheuer schon die Strafe erlitten habe, die es wegen seiner Schandtaten verdiente.

Nach den Befehlen desselben Menschen erwartete das Bataillon Heinrichs IV., oder wenigstens der Stab auf dem Pont-Neuf, die Marseiller und das Bataillon des Theater-Français, das arglos voranmarschierte, um sie mit einer Artillerieladung zusammenzuschießen. Aber im Angesichte der Marseiller Legion wurden diese feigen Verschwörer erschreckt; sie verweigerten dennoch den Durchmarsch; aber kaum hatten sich die Marseiller zum Angriff fertig gemacht, als die tapfern Trabanten Lafayettes aus Leibeskräften flohen und ihre Kanonen im Stich ließen.

Es ist nicht nötig, die Wunder von Unerschrockenheit zu loben, die die Marseiller im Kampfe in den Tuilerien zeigten. Hundert von ihnen sind gefallen. Das ist mehr als 20 000 Trabanten der Tyrannen. Man muß das verruchte Nest des Despotismus zerstören und auf dem Platze, wo es stand, ein einfaches Denkmal errichten und eine Inschrift ähnlich der der Thermopylen darauf eingraben. Es bleiben uns von ihnen noch 400; das ist genug, um die Armee des Xerxes zittern zu lassen. Wir wollen einen von den heroischen Zügen anführen, den dieser Kampf der Freiheit gegen die Tyrannei zeigte. Ein Korps von Bretonen, von Verbündeten der verschiedenen Departements und von Bürgern aus Paris, war in den Tuilerien angekommen.

Einer von ihnen, der brave Westermann, Bürger von Hüningen, ebenso bekannt durch seinen Bürgersinn wie durch seine Tapferkeit, geht allein vor und redet zu den Schweizer Oberoffizieren, die am Eingange des Schlosses standen und von mehreren Kanonen umgeben waren; er beschwört sie, kein Bürgerblut zu vergießen; sie geben ihm eine Antwort, wie sie der Trabanten der Tyrannei würdig ist; er nimmt alle Schweizer Soldaten zu Zeugen, daß alle Leiden, welche dieser Tag vorher verkündige, ihren Führern zur Last gelegt werden müßten; er ladet sie ein, sich der Sache des Volkes und der Menschheit anzuschließen. Ein Schweizer Offizier hört die Stimme der Vernunft, er fliegt in seine Arme, nach seinem Beispiele wanken die Soldaten, die er kommandiert, und steigen die Treppe herab, um sich mit dem Volke zu vereinigen; aber in demselben Augenblicke geben die über ihnen stehenden Schweizer, ohne Zweifel von ihren Führern aufgereizt, eine fürchterliche Ladung gegen die Bürger und schießen auf ihre eigenen Kameraden. Dann ruft Westermann mit lautem Geschrei die versammelten Bürger an den Eingang des Schlosses herbei, er stürzt sich mit dem Säbel in der Hand mitten in das Feuer, seine Begleiter folgen ihm; neue Bataillone langen an, um sie zu unterstützen; so entspann sich der blutige Kampf, dessen Folgen für die Freiheit so entscheidend und so glücklich sein sollten.

Eine große Zahl von Soldaten wurde auf der Flucht niedergemetzelt. Aber die Offiziere, der Stab wurden der gerechten Rache des Volkes entzogen. Die Nationalversammlung selbst nahm sie mit einer zarten Besorglichkeit unter ihren Schutz. Die unglücklichen und strafbaren Unterhändler der Aristokratie wurden geopfert; die Häupter der Verschwörung blieben straflos. Die Helden von Marseille sind umgekommen; die fluchwürdigen und gefährlichen Intriganten, die seit dem Beginn der Revolution ihr Vaterland in Trostlosigkeit versenkt haben, atmen, um es noch zu zerfleischen!

Wie erbärmlich ist doch die Lage der Menschheit, wenn

die Ungerechtigkeit und die Tyrannei bis zu den Tagen triumphieren, wo das Volk seine Macht entfaltet, um seine Tyrannen zu bestrafen!

Die Kanoniere verdienten die Bewunderung und den Dank der Nation. Sie lenkten gegen den Hof die Blitze, die er gegen das Volk richten wollte; sie gehorchten ihren Offizieren und dem Procureur-Syndic Roederer nicht, um dem Vaterlande treu zu bleiben, und ihre Tapferkeit im Kampfe entsprach diesem großen Akte von Bürgersinn. Man hat seit langer Zeit beobachtet, daß das Volk keine treueren Freunde und die Freiheit keine eifrigeren Verteidiger hat als das Artilleriekorps; es scheint, daß der Unterricht, den die Beschaffenheit ihres Dienstes erfordert, bei ihnen den den französischen Soldaten natürlichen Patriotismus entwickelt habe.

Die Nationalgendarmerie hat sich Rechte auf die nämlichen Lobsprüche erworben; sie hat um so lebhaftere Gefühle der Dankbarkeit erweckt, als sie gegen die Aristokratie ihrer Führer kämpfen mußte und als das Volk immer einen größeren Wert dem Bürgersinne und der Menschlichkeit derer beilegt, die mit der öffentlichen Gewalt ausgerüstet sind.

Man sah am 10. August mit Ausbrüchen der Freude die Gendarmerie, die bewaffneten Bürger vom Lande und aus den benachbarten Städten von Paris, wie Versailles, St. Germain dem Volke zu Hilfe eilen; sie begegneten überall auf ihrem Marsche den rührendsten Zeichen der Dankbarkeit und der freundschaftlichen Gesinnung des hochherzigen Volkes, das soeben gesiegt hatte. Mehrere Gemeinden hatten schon von den ersten Augenblicken des Aufstandes an durch Boten ihre Unterstützung und ihren Eifer den neuen Abgeordneten der Gemeinde von Paris angeboten.

Wer könnte die interessanten Bilder des Tages zeichnen? Wer könnte die erhabene Empfindung aussprechen, von der alle Herzen erfüllt waren? Die aufgehäuften Opfer der Wut des Hofes zeigten sich auf allen Seiten den Augen der Bürger, in der ungeheuern Höhle, die er bewohnt hatte,

277

auf allen umherliegenden Plätzen; die Bürger hatten ihre Väter, ihre Freunde, ihre Brüder zu beweinen, aber die Vaterlandsliebe, die Begeisterung für die Freiheit herrschte über alle Empfindungen vor; man betrachtete ohne Aufregung die Leichen der Trabanten der Tyrannei; man vergoß milde Tränen über den Leichen der Verteidiger der Freiheit, mit dem Schwur, sie zu rächen.

Die, welche durch den Palast der Tuilerien geeilt sind, die in dem geräumigen Hotel de Brionne alle Betten gesehen haben, welche alle Säle anfüllten, alle Speicher, alle Höfe; die, welche in allen Winkeln die Zurüstungen und Beweise der Verschwörung gesehen haben, die Waffen, den Haufen von Dolchen mit einer außergewöhnlichen Form, deren Anblick allein alle Freveltaten der Tyrannei verkündigt. Alle diese wissen nicht, was sie mehr bewundern sollen, die Schurkerei des Hofes oder den Mut der Bürger, die über ihn gesiegt haben, oder ihre Großmut, die ihre Rache verschoben hat.

Was soll man von diesem Könige denken, der alle diese Greuel vorbereitet hatte, der in dem Schreiben an die Nationalversammlung vor dem Kampfe, der über unser Los entscheiden sollte, zu sagen wagte: „Ich bin zu Ihnen gekommen, um einem großen Verbrechen auszuweichen." Dieses Wort allein sagt mehr als die Geschichte der Verbrechen der Könige.

Die Antwort des Präsidenten der Versammlung lautet: „Sire, Eure Majestät kann auf die Festigkeit der Nationalversammlung rechnen; ihre Mitglieder haben geschworen, auf ihrem Posten zu sterben, indem sie die konstituierten Gewalten unterstützen." O Nation, was würdest du mit diesen grausamen Tyrannen und mit diesen feigen Sklaven geworden sein, wenn deine mächtige Hand nicht alle verbrecherischen Komplotte zerrissen hätte, mit denen sie dich umzingelt hatten!

Wie groß war das Volk in allen seinen Handlungen! Die, welche einige Möbel oder etwas Geld im Schlosse gefunden hatten, machten es sich zum Gesetz, diese dem Feinde

278

abgenommene Beute nicht für sich zu nehmen. Sie legten sie in der Nationalversammlung oder in der Gemeinde nieder; sie betrachteten diese Ausübung des Eroberungsrechtes als Diebstahl. Sie trieben dieses Zartgefühl sogar bis zum Übermaß. Das Volk opferte selbst diejenigen, die geglaubt hatten, sich einige Sachen aneignen zu dürfen, welche den Tyrannen und ihren Mitschuldigen gehört hatten. Es war grausam, indem es glaubte, gerecht zu sein.

Große Götter! Das Volk straft an Unglücklichen schon den Schein des Verbrechens, und alle Tyrannen, die es morden lassen, entfliehen der Strafe für ihre Freveltaten! Reiche Egoisten, blödsinnige, von Blut und Raub gemästete Vampire, wagt es noch, dem Volke den Namen „Räuber" zu geben! Wagt es noch, eine unverschämte Besorgnis um eure durch Niederträchtigkeit erkauften Güter zu heucheln, wagt es, zur Quelle eurer Reichtümer, zur Quelle des Elendes eurer Mitmenschen zurückzugehen! Seht auf der einen Seite ihre Uneigennützigkeit und ihre ehrenvolle Armut, auf der andern Seite eure Laster und euern Reichtum und saget, wer die Räuber und die Schurken sind! Elende Heuchler, hütet eure Reichtümer, die bei euch die Stelle der Seele und der Tugend vertreten, aber laßt den andern die Freiheit und die Ehre! Nein, sie haben einen ewigen Haß der Vernunft und der Gleichheit geschworen! Sobald das Volk erscheint, verstecken sie sich; hat es sich zurückgezogen, so verschwören sie sich. Schon erneuern sie ihre Verleumdungen und knüpfen ihre Intrigen von neuem an. Bürger, ihr werdet nur Frieden haben, sobald ihr die Augen offen für alle Verrätereien und den Arm gegen alle Verräter erhoben haltet!"

## ANTWORT MAXIMILIAN ROBESPIERRES
## AUF DIE ANKLAGE LOUVETS
## VOR DEM NATIONALKONVENT

Von den ersten Sitzungen des Konvents an stellten sich zwei Parteien in seinem Schoße dar, die Partei der Gironde und die der Montagne. Robespierre, der einer von den Führern der letzteren Partei war, wurde mit einer ungezügelten Heftigkeit von der Girondistenpartei angegriffen. Das erste Mal blieb er in dem Kampfe, den er gegen Rebecqui und Barbaroux zu bestehen hatte, Sieger; das zweite Mal hatte er mit einem furchtbaren Gegner, Louvet, dem Verfasser des Faublas, zu kämpfen. Da der Minister Roland einen Bericht über den Zustand Frankreichs und der Stadt Paris gemacht hatte, in welchem er die reinsten und aufopferndsten Demokraten der Gemeinde als Anarchisten denunzierte und ihnen den Plan der Ermordung der einflußreichsten Girondisten andichtete, hinzufügend, daß diese nämlichen Demokraten ihre Eingebungen von Robespierre erhielten, so eilte dieser auf die Tribüne, um auf die Beschuldigung Rolands zu antworten. „Niemand," sagte Robespierre, „wird es wagen, mich in meiner Gegenwart anzuklagen." „Ich," ruft Louvet; „ja, Robespierre, ich klage dich an." Dann entrollte Louvet eine lange Reihe von verleumderischen Tatsachen, von Lügen und groben Beleidigungen. Der ganze Haß der Girondisten gegen Robespierre brach in der Rede Louvets hervor; man sieht aus dieser wütenden Philippika, wie sehr die Girondisten ihn fürchteten. Sie sahen in ihm einen unbeugsamen Feind des Eigennutzes, der Bestechlichkeit, des Vorrechtes; der Einfluß, den er auf die Massen ausübte, den er seinen Tugenden, der Reinheit seiner Absichten verdankte, waren den Ehrgeizigen der Gironde unerträglich, welche die ersten

Menschen der Republik zu sein wünschten oder vielmehr die Republik ausbeuten wollte. Als Louvet aufgehört hatte zu reden, verlangte Robespierre acht Tage, um sich auf seine Antwort auf eine so umfangreiche und weitschweifige Anklage vorzubereiten, wie die verleumderische Rede des Verfassers des Faublas war. Der Konvent bewilligte diesen Aufschub, und nach acht Tagen hielt Robespierre vor der Nationalvertretung folgende Rede:

„Bürger und Abgeordnete des Volkes!

Eine wenn auch nicht sehr gefährliche, doch wenigstens sehr schwere und sehr feierliche Anklage ist gegen mich vor den Nationalkonvent gebracht worden; ich will darauf antworten, weil ich nicht das zu Rate ziehen muß, was mir selbst am besten dient, sondern was jeder Bevollmächtigte des Volkes dem Gesamtinteresse schuldet. Ich will darauf antworten, weil in einem Augenblicke das häßliche Werk der Verleumdung, das mit so großer Mühe vielleicht während mehrerer Jahre errichtet wurde, verschwinden muß, weil man aus dem Heiligtum der Gesetze den Haß und die Rache verbannen muß, um die Prinzipien und die Eintracht dahin zurückzuführen. Bürger, Sie haben die ausgedehnte Rede meines Gegners gehört, Sie haben sie sogar durch den Druck veröffentlicht; Sie werden es ohne Zweifel billig finden, der Verteidigung dieselbe Aufmerksamkeit zu schenken, die Sie der Anklage geschenkt haben.

Welches Verbrechens bin ich beschuldigt worden? konspiriert zu haben, um zur Diktatur oder zum Triumvirat oder zum Tribunat zu gelangen. Die Meinung meiner Gegner scheint nicht wohl auf diese Punkte gerichtet zu sein. Übersetzen wir alle diese unpassenden römischen Vorstellungen durch das Wort ‚oberste Gewalt‘, welches mein Ankläger anderswo angewendet hat.

Ja, man wird anfangs gestehen, daß, wenn ein solcher Plan strafbar war, er noch vielmehr verwegen war; denn um ihn auszuführen, mußte man nicht allein den Thron stürzen, sondern auch die gesetzgebende Versammlung vernichten und besonders noch verhindern, daß sie durch einen Nationalkonvent ersetzt wurde; aber wie kommt es dann, daß ich zuerst in meinen öffentlichen Reden und in meinen Schriften den Nationalkonvent als das einzige Heilmittel für die Leiden des Vaterlandes gefordert habe? Es ist wahr, daß dieser Vorschlag sogar als brandstifterisch von meinen gegenwärtigen Gegnern denunziert wurde; aber bald sollte die Revolution vom 10. August ihn mehr als rechtfertigen; sie verwirklichte ihn. Soll ich sagen, daß, um zur Diktatur zu gelangen, es nicht genügte, Paris zu beherrschen, daß man die 82 andern Departements knechten mußte? Wo waren meine Schätze? Wo waren meine Armeen? Wo waren die großen Stellen, mit denen ich versorgt war? Alle Macht ruhte gerade in den Händen meiner Gegner. Der geringste Schluß, den ich aus alledem ziehen könnte, was ich soeben gesagt habe, ist, daß bevor die Anklage einen Charakter von Wahrscheinlichkeit annehmen kann, wenigstens unwiderleglich bewiesen werden müßte, daß ich vollständig ein Narr war; sonst sehe ich nicht, was meine Gegner bei dieser Annahme gewinnen könnten; denn dann würde immer noch zu erklären sein, wie verständige Menschen sich die Mühe hätten geben können, so viele schöne Reden, so viele schöne Anschlagezettel zu verfassen, so viele Mittel zu entwickeln, um mich dem Nationalkonvent und ganz Frankreich als den furchtbarsten aller Verschwörer darzustellen.

Aber kommen wir auf die positiven Beweise. Einer von den schrecklichsten Vorwürfen, die man mir gemacht hat, ich verheimliche es nicht, ist der Name Marat. Ich will also damit beginnen, Ihnen zu sagen, wie meine Verbindungen mit ihm gewesen sind. Ich könnte sogar mein Glaubensbekenntnis auf seine Rechnung ablegen, aber ohne über ihn weder mehr Gutes, noch mehr Böses zu sagen, als ich über ihn denke; denn ich kann meine Gedanken nicht verraten, um der allgemeinen Meinung zu schmeicheln.

Im Monat Januar 1792 suchte mich Marat auf; bis dahin hatte ich mit ihm in keiner Weise weder unmittelbare, noch mittelbare Beziehungen. Die Unterhaltung bewegte sich um die politischen Angelegenheiten, von denen er zu mir mit Verzweiflung sprach; ich sagte ihm alles, was die Patrioten, sogar die heftigsten, von ihm dächten, nämlich daß er selbst dem Guten, was die in seinen Schriften entwickelten nützlichen Wahrheiten hervorbringen könnten, ein Hindernis damit in den Weg gelegt habe, daß er fortwährend hartnäckig darauf bestehe, auf gewisse alberne und gewalttätige Vorschläge zurückzukommen, welche die Freunde der Freiheit ebensosehr wie die Anhänger der Aristokratie empörten. Er verteidigte seine Meinung, ich bestand auf der meinigen, und ich muß gestehen, er fand meine politischen Ansichten so engherzig, daß er einige Zeit nachher, als er sein Journal wieder aufgenommen hatte, das damals von ihm einige Zeit aufgegeben war, in dem Rechenschaftsberichte, den er selbst über die von mir soeben mitgeteilte Unterhaltung mitteilte, mit großen Buchstaben schrieb, er habe mich in der vollkommenen Überzeugung verlassen, ‚daß ich weder die Ansichten noch die Kühnheit eines Staatsmannes hätte'. Wenn die Kritiken Marats Ansprüche auf Gunst begründen könnten, so könnte ich Ihnen noch einige von seinen sechs Wochen vor der letzten Revolution veröffentlichten Blättern, in denen er mich des Feuillantismus beschuldigte, weil ich in einem periodischen Werke nicht laut sagte, daß man die Verfassung umstürzen müsse.

Seit diesem ersten und einzigen Besuche Marats fand ich ihn in der Wahlversammlung wieder; dort finde ich auch Herrn Louvet wieder, der mich beschuldigt, daß ich Marat als Deputierten bezeichnet, schlecht von Priesley geredet, endlich den Wahlkörper durch die Intrige und durch den Schrecken beherrscht habe. Auf die albernsten und heftigsten Schmähungen, wie auf die romantischen und auf die öffentliche Kunde laut verworfenen Voraussetzungen antworte ich nur mit Tatsachen; hier sind sie:

Die Wahlversammlung hatte einstimmig beschlossen,

daß alle Wahlen, die sie vornehmen würde, der Genehmigung der Primärversammlung unterworfen werden sollten, und sie wurden in der Tat von den Sektionen geprüft und genehmigt. Dieser großen Maßregel hatte sie eine andere hinzugefügt, die nicht weniger geeignet war, die Intrige zu töten und nicht weniger der Prinzipien eines freien Volkes würdig war, nämlich sie stellte fest, daß die Wahlen mit lauter Stimme vorgenommen und die öffentliche Besprechung der Kandidaten ihnen vorausgehen sollte. Jeder gebrauchte frei das Recht, sie vorzuschlagen. Ich schlug niemand vor. Nur nach dem Beispiele einiger von meinen Kollegen glaubte ich etwas Nützliches zu tun, wenn ich allgemeine Bemerkungen über die Regeln entwickelte, welche die Wahlkörper in der Ausübung ihrer Funktionen leiten könnten. Ich sagte nichts Übles über Priesley; ich konnte nichts Übles von einem Menschen sagen, der mir nur durch seinen Ruf als Gelehrter bekannt war und durch ein Unglück, das ihn in den Augen der Freunde der französischen Revolution interessant machte. Ich bezeichnete Marat nicht besonders mehr als die mutigen Schriftsteller, welche für die Sache der Revolution gekämpft oder gelitten hatten, wie den Verfasser der ‚Verbrechen der Könige‘ und einige andere, welche die Stimmen der Versammlung erhielten. Wollen Sie die wahre Ursache wissen, die sie besonders zugunsten Marats vereinigt hat? Weil man in dieser Krise, wo die Hitze des Patriotismus auf den höchsten Grad gestiegen und Paris von der Armee der Tyrannen bedroht war, die vorwärts marschierte, weniger über gewisse übertriebene oder törichte Ideen bestürzt war, die man ihm zum Vorwurf machte, als über die Freveltaten aller verräterischen Feinde, die er angeklagt, und über das Vorhandensein der Übelstände, die er vorausgesagt hatte. Niemand dachte damals daran, daß bald sein Namen allein als Vorwand für die Verleumdung der Abgeordneten von Paris, der Wahlversammlung und selbst der Primärversammlungen dienen würde. Ich will denen, die mich kennen, die Sorge überlassen, diesen schönen Plan zu würdi-

284

gen, der von gewissen Leuten entworfen worden ist, mich um jeden Preis mit einem Menschen zu identifizieren, der ich nicht bin. Hatte ich denn nicht genug persönliche Fehler, meine Liebe, meine Kämpfe für die Freiheit, hatten sie mir nicht genug Feinde seit dem Beginn der Revolution erweckt, ohne daß es noch nötig wäre, mir eine Ausschweifung zur Last zu legen, die ich vermieden habe, und Meinungen, die ich selbst zuerst verdammt habe?

Herr Louvet hat die andern Beweise, auf welche er sein System stützt, aus zwei andern besonderen Quellen hergeleitet, aus meinem Benehmen in der Gesellschaft der Jakobiner und aus meinem Benehmen in dem Generalrat der Gemeinde.

Über die Jakobiner übte ich, wenn man ihm glauben will, einen Meinungsdespotismus aus, der nur als der Vorläufer der Diktatur betrachtet werden konnte. Zunächst weiß ich nicht, was Meinungsdespotismus ist, besonders in einer Gesellschaft freier Menschen, die, wie Sie selbst sagen, aus 1500 als die eifrigsten Patrioten bekannten Menschen besteht, wenn es nämlich nicht die natürliche Herrschaft der Prinzipien sein soll. Ja, diese Herrschaft ist keine persönliche desjenigen Menschen, der sie ausspricht, sie gehört der allgemeinen Vernunft und allen Menschen, die ihre Stimme hören wollen. Sie gehört meinen Kollegen in der konstituierenden‑Versammlung, den Patrioten der gesetzgebenden Versammlung, allen Bürgern, die unwandelbar die Sache der Freiheit verteidigten.

Die Erfahrung hat bewiesen, trotz Ludwig XVI. und seinen Verbündeten, daß die Meinung der Jakobiner und der Volksgesellschaften die der französischen Nation war; kein Bürger hat sie erschaffen oder beherrscht, und ich habe sie nur geteilt. Auf welchen Zeitpunkt beziehen Sie die Fehler, die Sie mir zum Vorwurf machen? Auf die Zeiten nach dem 10. August? Seit diesem Zeitpunkte bis zu dem Augenblicke, in dem ich rede, habe ich nicht mehr als zehnmal vielleicht der Gesellschaft beigewohnt. Seit dem Monat Januar, sagen Sie, wurde sie ,völlig von einer nicht sehr zahlreichen, aber mit Verbrechen und Unsittlichkeiten beladenen Partei beherrscht, deren Führer ich gewesen sei, während alle weisen und tugendhaften Menschen wie Sie im stillen und in der Unterdrückung seufzten'; so daß, fügen Sie mit dem Tone des Mitleids hinzu, diese ‚durch so viele dem Vaterlande geleisteten Dienste berühmte Partei jetzt völlig unkenntlich ist'.

Wenn aber seit dem Monate Januar die Jakobiner nicht das Vertrauen und die Achtung der Nation verloren und nicht aufgehört haben, der Freiheit zu dienen, wenn sie seit diesem Zeitpunkte ein größeres Werk gegen den Hof und Lafayette zustande gebracht haben, wenn seit diesem Zeitpunkte Österreich und Preußen ihnen den Krieg erklärt haben, wenn sie seit diesem Zeitpunkte die zur Bekämpfung der Tyrannei versammelten Verbündeten aufgenommen und mit ihnen den heiligen Aufstand des Monats August 1792 vorbereitet haben, was soll man aus dem, was Sie soeben gesagt haben, anderes schließen, als daß diese Handvoll Schurken, von denen Sie reden wollen, der Despotismus zu Boden geschlagen hat, und daß Sie und die Ihrigen zu weise und zu große Freunde der guten Ordnung waren, um in solche Verschwörungen sich einzulassen? Wenn es wahr wäre, daß ich in der Tat diesen Einfluß bei den Jakobinern erlangt hätte, den Sie mir willkürlich unterschieben, und den ich weit entfernt bin zuzugeben, was könnten Sie daraus gegen mich schließen?

Sie haben eine sehr sichere und sehr bequeme Methode angenommen, um Ihre Herrschaft zu befestigen, indem Sie die Namen Schurken und Ungeheuer an Ihre Gegner verschwenden und Ihre Anhänger als die Muster des Patriotismus aufstellen, indem Sie uns in jedem Augenblicke mit dem Gewichte unserer Fehler und unserer Tugenden zu Boden drücken; aber worauf beschränken sich im Grunde alle Ihre Beschwerden? Die Mehrheit der Jakobiner verwarf ihre Meinungen; sie hatte ohne Zweifel unrecht. Das Publikum war Ihnen nicht günstiger; was können Sie daraus zu Ihren Gunsten folgern? Werden Sie sagen, daß ich

286

die Schätze verschwendete, die ich nicht hatte, um den in alle Herzen eingegrabenen Prinzipien den Sieg zu verschaffen? Ich will Sie nicht daran erinnern, daß damals der einzige Grund der Meinungsverschiedenheit, die uns trennte, der war, daß Sie ohne Unterschied alle Handlungen der neuen Minister und wir die Prinzipien verteidigten, daß Sie die Gewalt vorzuziehen schienen und wir die Gleichheit. Ich will mich damit begnügen, Ihnen zu bemerken, daß selbst aus Ihren Klagen hervorgeht, daß Sie seit jener Zeit verschiedener Meinung waren. Denn mit welchem Rechte wollen Sie den Nationalkonvent selbst dazu benutzen, die ungünstigen Erfolge Ihrer Eigenliebe oder Ihres Systems zu rächen? Ich will Sie nicht zu den Empfindungen republikanischer Seelen zurückzuführen suchen, aber seien Sie wenigstens ebenso großmütig wie ein König; ahmen Sie Ludwig XVI. nach, und möge der Gesetzgeber die Beleidigungen des Herrn Louvet vergessen. Aber nein, nicht das persönliche Interesse leitet Sie, sondern das Interesse der Freiheit; das Interesse der Sittlichkeit bewaffnet Sie gegen diese Gesellschaft, ,die nur eine Höhle von Aufrührern und Räubern ist und nur eine kleine Zahl rechtschaffener, aber getäuschter Leute in ihrer Mitte hat'. Diese Frage ist zu wichtig, um als Nebensache behandelt zu werden. Ich will den Augenblick erwarten, wo Ihr Eifer Sie bewegen wird, von dem Nationalkonvente einen Beschluß zu verlangen, der die Jakobiner ächten soll; wir werden dann sehen, ob Sie überzeugender oder glücklicher sein werden als Lafayette. Vor Beendigung dieses Abschnittes sagen Sie uns nur, was Sie unter den zwei Abteilungen des Volkes verstehen, die Sie in allen Ihren Reden, in allen Ihren Berichten unterscheiden, von denen die eine von uns geschmeichelt, verführt und betrogen wird, die andere aber ruhig und furchtlos ist, von denen die eine Sie liebt und die andere zu unsern Grundsätzen sich zu neigen scheint? Sollte es Ihre Absicht sein, damit diejenigen, welche Lafayette die ,ehrlichen Leute' nannte, und diejenigen, welche er die ,Sansculotten und die Kanaille' nannte, zu bezeichnen?

Es ist jetzt noch das fruchtbarste und interessanteste von den drei Kapiteln übrig, dasjenige nämlich, welches mein Benehmen im Generalrate der Gemeinde betrifft.

Man fragt mich zunächst, warum ich, nachdem ich das Amt des öffentlichen Anklägers niedergelegt, dann das Amt eines Munizipalbeamten angenommen habe?

Ich erwidere, daß ich im Monat Januar 1791 die einträgliche und gar nicht gefährliche Stelle eines Staatsanklägers niedergelegt und das Amt eines Mitgliedes des Gemeinderates am 10. August 1792 angenommen habe. Man macht mir sogar ein Verbrechen aus der Art und Weise, wie ich in den Saal eingetreten bin, in welchem die neue Munizipalität saß. Unser Ankläger hat mir sehr ernstlich den Vorwurf gemacht, daß ich zum Bureau gegangen sei. Unter diesen Umständen, wo andere Sorgen uns beschäftigten, war ich weit davon entfernt, vorauszusehen, daß ich gezwungen sein würde, eines Tages den Nationalkonvent davon in Kenntnis zu setzen, daß ich auf dem Bureau nur gewesen war, um meine Vollmachten prüfen zu lassen. Herr Louvet hat aus allen diesen Tatsachen nichts weniger gefolgert, wie er versichert, als daß dieser Generalrat oder wenigstens mehrere seiner Mitglieder für hohe Stellungen bestimmt gewesen seien. Können Sie daran zweifeln? War es nicht eine hohe Bestimmung, sich für das Vaterland zu opfern? Was mich betrifft, ich rechne es mir zur Ehre, hier die Sache der Gemeinde und die meinige zu verteidigen. Aber nein ... ich habe mich nur darüber zu freuen, daß eine große Zahl von Bürgern der Volkssache besser gedient hat als ich. Ich will auf einen Ruhm keinen Anspruch machen, der mir nicht gebührt. Ich wurde nur am 10. August erwählt, aber diejenigen, welche später gewählt wurden, waren schon in der furchtbaren Nacht, in dem Augenblicke, wo die Verschwörung des Hofes nahe dem Ausbruche war, versammelt; diese sind wahrhaft die Helden der Freiheit; diese sind es, die als Vereinigungspunkt für die Patrioten dienen, die Bürger bewaffnend, die Bewegungen eines wilden Aufstandes leitend, von dem die Rettung des Staates abhing, den Verrat dadurch vereitelten, daß sie den an den Hof verkauften Kommandanten der Nationalgarde verhaften ließen, nachdem sie ihn durch ein Schreiben von seiner Hand überführt hatten, daß er den Bataillonskommandanten Befehle erteilt hatte, das aufständische Volk passieren zu lassen, um es dann von hinten zusammenzuschießen... Bürger! Vertreter! Wenn der Mehrzahl unter Ihnen diese Tatsachen, die fern von Ihren Augen sich ereignet haben, unbekannt sein sollten, so ist es wichtig für Sie, sie zu kennen, wäre es auch nur deshalb, um die Vertreter des französischen Volkes nicht mit einer der Sache der Freiheit verderblichen Undankbarkeit zu besudeln; Sie müssen sie mit Interesse hören, damit wenigstens nicht gesagt wird, daß hier nur Beschuldigungen ein Recht haben, Aufnahme zu finden. Ist es denn so schwer, zu begreifen, daß in solcher Lage diese so viel verleumdete Munizipalität die hochherzigsten Bürger enthalten mußte? Dort waren die Menschen, auf welche die monarchische Niederträchtigkeit mit Verachtung herabsieht, weil sie nur starke und edle Herzen haben; dort haben wir sowohl bei den Bürgern als auch bei den neuen Behörden Züge von Heldenmut gesehen, welche die bürgerfeindliche Gesinnung und die Lüge vergeblich der Geschichte zu entreißen sich bemühen werden.

Die Intrigen verschwinden mit den Leidenschaften, die sie erzeugt haben. Die großen Taten und die großen Charaktere bleiben allein übrig. Wir kennen die Namen der elenden Parteigänger nicht, die Cato auf der Tribüne des römischen Volkes mit Steinen anfielen, und die Blicke der Nachwelt ruhen nur auf dem heiligen Bilde dieses großen Mannes. Wollen Sie den revolutionären Generalrat der Pariser Gemeinde richten? Versetzen Sie sich in den Schoß dieser unsterblichen Revolution, die ihn geschaffen hat, und deren Schöpfung Sie selbst sind. Man unterhält Sie unaufhörlich seit Ihrer Vereinigung von Intriganten, die sich in diesen Körper eingeschlichen hätten. Ich weiß, daß es wirklich deren einige darin gab, und wer hat mehr als ich das Recht, sich darüber zu beklagen? Sie sind unter der Zahl meiner Feinde; übrigens welcher so reine und zahlreiche Körper war unbedingt von dieser Geißel befreit?

Man führt Ihnen immer tadelnd einige tadelnswerte Handlungen an, die Individuen zur Last gelegt werden? Ich kenne diese Tatsachen nicht; ich leugne sie ebensowenig, als ich sie glaube; denn ich habe zu viele Verleumdungen gehört, um den Beschuldigungen Glauben zu schenken, die aus derselben Quelle hervorgehen und alle das Gepräge der Künstelei oder der Wut tragen.

Ich will Ihnen sogar nicht einmal bemerken, daß der Mensch in diesem Generalrate, den man am eifrigsten tadelt, notwendig diesen Schilderungen nicht standhält; ich will mich nicht so weit erniedrigen, zu bemerken, daß ich niemals mit irgendeiner Art von Kommission beauftragt war, noch mich in irgendeiner Weise in irgendeine besondere Verrichtung gemischt, niemals einen einzigen Augenblick in der Gemeinde den Vorsitz geführt, niemals die geringste Beziehung zu dem so sehr verleumdeten Aufsichtskomitee gehabt habe; denn alles erwogen, würde ich freiwillig einwilligen, alles Gute und alles Schlechte auf mich zu nehmen, das diesen Körper zugeschrieben wird, den man so oft angegriffen hat, in der Absicht, mich persönlich anzuklagen.

Man wirft ihm Verhaftungen vor, die man willkürliche nennt, obgleich keine ohne ein Verhör vorgenommen worden ist. Als der Konsul von Rom die Verschwörung Catilinas unterdrückt hatte, klagte ihn Clodius an, daß er die Gesetze verletzt habe. Als der Konsul dem Volke über seine Verwaltung Rechenschaft ablegte, schwor er, daß er das Vaterland gerettet habe, und das Volk rief ihm Beifall. Ich habe vor diesen Schranken solche Bürger gesehen, die nicht Clodius sind, sondern die einige Zeit vor der Revolution des 10. August die Klugheit gehabt hatten, sich nach Rouen zu flüchten, wie sie mit schwülstigen Worten die Handlungsweise des Pariser Gemeinderates tadelten. Un-

290

gesetzliche Verhaftungen? Hat man denn das Strafgesetz-
buch in der Hand, wenn man die heilsamen Vorsichtsmaßregeln ergreifen soll, die das Staatswohl in den durch die
Ohnmacht der Gesetze sogar herbeigeführten Zeiten der
Krise erfordert? Warum werfen Sie uns nicht auch vor,
daß wir in ungesetzlicher Weise die besoldeten Federn zerbrochen haben, deren Handwerk darin bestand, die Lüge
zu verbreiten und die Freiheit zu lästern? Warum setzen
Sie nicht eine Kommission ein, um die Beschwerden der
aristokratischen und royalistischen Schriftsteller zu sammeln? Warum werfen Sie uns nicht vor, daß wir an den
Toren dieser großen Stadt alle Verschwörer konsigniert
haben? Warum werfen Sie uns nicht vor, daß wir die verdächtigen Bürger entwaffnet haben? daß wir die anerkannten Feinde der Revolution aus unsern Versammlungen
entfernt haben, wo wir über das Staatswohl berieten? Warum machen Sie nicht der Munizipalität und der Wahlversammlung, den Sektionen von Paris und sogar den Primärversammlungen der Kantone und allen denen den Prozeß, die uns nachgefolgt sind? Denn alle diese Dinge waren ungesetzlich, ebenso ungesetzlich wie die Revolution,
wie der Umsturz des Thrones und der Bastille, ebenso ungesetzlich wie die Freiheit selbst? Was sage ich? Was
ich als eine abgeschmackte Hypothese darstellte, ist nur
eine sehr gewisse Wirklichkeit. Man hat uns wirklich aller dieser und noch vieler anderen Dinge beschuldigt. Hat
man uns nicht beschuldigt, im Einverständnis mit dem vollziehenden Rate Kommissäre in mehrere Departements geschickt zu haben, um unsere Grundsätze zu verbreiten und
sie zu bewegen, daß sie sich mit den Parisern gegen den
gemeinschaftlichen Feind verbinden sollten?

Welche Vorstellung hat man sich denn von der letzten
Revolution gebildet? Schien der Sturz des Thrones vor dem
Gelingen so leicht zu sein? Handelte es sich nur darum,
einen Handstreich gegen die Tuilerien auszuführen? Mußte
man nicht in ganz Frankreich die Partei der Tyrannen
vernichten und folglich allen Departements die heilsame

Bewegung mitteilen, die soeben Paris elektrisiert hatte? Und wie sollte nicht diese Sorge gerade die Behörde angehen, welche das Volk zum Aufstande gerufen hatte? Es handelte sich um die Rettung des Staates; es handelte sich um ihre Köpfe, und man hat es ihnen zum Verbrechen gemacht, daß sie in die andern Gemeinden Kommissäre geschickt haben, um sie aufzufordern, ihr Werk zu billigen und zu befestigen? Ja, die Verleumdung hat diese Kommissäre selbst verfolgt! Einige sind in Fesseln geworfen worden. Der Feuillantismus und die Unwissenheit haben den Wärmegrad ihres Stiles berechnet; sie haben alle ihre Schritte mit dem konstitutionellen Kompaß gemessen, um einen Vorwand zu finden, daß sie die Sendlinge der Revolution in Brandstifter und Feinde der öffentlichen Ordnung verwandeln könnten. Kaum haben die Umstände, welche die Feinde des Volkes gehemmt hatten, aufgehört, so sind dieselben Verwaltungskörper, alle Menschen, welche gegen das Volk sich verschworen hatten, mit Verleumdungen vor den Nationalkonvent selbst gekommen. Bürger, wollten Sie eine Revolution ohne Revolution? Was ist dieser Verfolgungsgeist, der sozusagen die Revolution untersucht hat, die unsere Ketten zerbrach? Wie kann man einem gewissen Urteil die Wirkungen unterwerfen, die durch diese großen Bewegungen herbeigeführt werden können? Wer kann zu spät den genauen Punkt bezeichnen, wo sich die Fluten des Volksaufstandes brechen sollten? Welches Volk würde um diesen Preis jemals das Joch des Despotismus abwerfen können? Denn wenn es wahr ist, daß eine große Nation sich nicht in einer gleichzeitigen Bewegung erheben und daß die Tyrannei nur von dem Teile der Bürger, der ihr am nächsten ist, geschlagen werden kann, wie werden diese es wagen, ihn anzugreifen, wenn nach dem Siege die Abgeordneten, die aus den entfernten Teilen des Staates kommen, sie für die Dauer oder die Heftigkeit der politischen Marter verantwortlich machen können, welche das Vaterland gerettet hat? Sie müssen als mit einer stillschweigenden Vollmacht für die ganze

292

Gesellschaft versehen betrachtet werden. Die Franzosen, die Freunde der Freiheit, die in Paris im letzten Monat August versammelt waren, haben unter diesem Titel im Namen aller Departements gehandelt; man muß sie ganz anerkennen oder ganz verwerfen. Ihren aus einigen scheinbaren oder wirklichen Unordnungen, die von einer großen Erschütterung unzertrennlich sind, ein Verbrechen zu machen, hieße sie für ihre Aufopferung strafen. Sie würden recht haben, zu ihren Richtern zu sagen: Wenn ihr auch die Mittel verwerft, die wir angewendet haben, um zu siegen, so laßt uns die Früchte des Sieges. Nehmt eure Verfassung und alle eure alten Gesetze wieder, aber erstattet uns den Preis unserer Opfer und unserer Kämpfe zurück. Gebt uns unsere Mitbürger, unsere Brüder, unsere Kinder zurück, die für die gemeinschaftliche Sache gestorben sind. Bürger, das Volk, das Sie geschickt hat, hat alles genehmigt. Ihre Gegenwart hier ist der Beweis; es hat Sie nicht damit beauftragt, mit dem strengen Auge der Inquisition die Tatsachen zu prüfen, die mit dem Aufstande verbunden sind, sondern durch gerechte Gesetze die Freiheit zu befestigen, die er ihm wiedergegeben hat. Die Welt, die Nachwelt wird in diesen Ereignissen nur ihre heilige Ursache und ihre hohe Wirkung sehen; Sie müssen sie ansehen wie diese. Sie müssen sie nicht als Friedensrichter, sondern als Staatsmänner und als Gesetzgeber der Welt beurteilen. Glauben Sie nicht, daß ich mich auf diese ewigen Grundsätze berufen habe, weil wir nötig hätten, einige tadelnswerte Handlungen mit einem Schleier zu bedecken. Nein, wir haben keineswegs gefehlt, ich schwöre es bei dem gestürzten Throne und bei der Republik, die sich erhebt!

Man hat Ihnen sehr oft von den Ereignissen des 2. September gesprochen; das ist der Gegenstand, zu dem ich mit großer Ungeduld zu kommen wünschte, und ich werde ihn in einer völlig uneigennützigen Weise behandeln.

Ich habe bemerkt, daß Herr Louvet selbst, als er bei diesem Teile seiner Rede angekommen war, in einer sehr unbestimmten Weise die vorher gegen mich persönlich gerichtete Anklage verallgemeinert hat; es ist ebenso gewiß, daß die Verleumdung im Dunkeln gearbeitet hat. Die, welche gesagt haben, daß ich den geringsten Anteil an den Ereignissen gehabt hätte, von denen ich rede, sind entweder außerordentlich leichtgläubige oder außerordentlich verdorbene Menschen. Was den Menschen betrifft, der auf den Erfolg der Verleumdung rechnend, deren ganzen Plan er schon zum voraus geordnet hatte, glaubte ungestraft drucken zu können, daß ich sie geleitet hätte, so will ich mich damit begnügen, ihn seinen Gewissensbissen zu überlassen, wenn Gewissen nicht eine Seele voraussetzte. Ich will für die, welche die Lüge irreführen konnte, sagen, daß ich vor dem Zeitpunkte, in welchem diese Ereignisse vorgefallen sind, aufgehört hatte, den Generalrat der Gemeinde zu besuchen; die Wahlversammlung, deren Mitglied ich war, hatte ihre Sitzungen begonnen; daß ich das, was in den Gefängnissen sich ereignete, nur durch das öffentliche Gerücht erfahren habe und später als der größte Teil der Bürger; denn ich war gewöhnlich zu Hause oder an den Orten, wohin mich meine öffentlichen Geschäfte riefen. Was den Generalrat der Gemeinde betrifft, so ist in den Augen jedes unparteiischen Menschen gewiß, daß er, weit davon entfernt, die Ereignisse des 2. September hervorzurufen, alles getan hat, was in seiner Macht stand, um sie zu verhindern. Wenn Sie fragen, warum er sie nicht verhindert hat, so will ich es Ihnen sagen. Um sich eine richtige Vorstellung von diesen Tatsachen zu bilden, muß man die Wahrheit nicht in den Schriften oder in den verleumderischen Reden suchen, die sie entstellt haben, sondern in der Geschichte der letzten Revolution.

Wenn Sie gedacht haben, daß die den Geistern durch den Aufstand des Monats August eingeprägte Bewegung im Anfang des September völlig erloschen gewesen sei, so haben Sie sich getäuscht, und die, welche Sie zu überreden gesucht haben, daß zwischen diesen beiden Zeitpunkten keine Verwandtschaft bestanden habe, haben sich gestellt, als kennten sie weder die Tatsachen noch das menschliche Herz.

Der 10. August wurde durch einen großen Kampf bezeichnet, dessen Opfer viele Patrioten und viele Schweizer Soldaten gewesen waren. Die größten Verschwörer wurden dem Zorne des siegreichen Volkes entzogen, das darin eingewilligt hatte, sie in die Hände eines neuen Tribunates zu geben. Aber das Volk war entschlossen, ihre Bestrafung zu fordern. Gleichwohl ruhte der Strafgerichtshof aus, nachdem er drei oder vier untergeordnete Schuldige verurteilt hatte. Montmorin war freigesprochen worden; Depoix und mehrere Verschwörer dieser gefährlichen Art waren in betrügerischer Weise in Freiheit gesetzt worden; schwere Dienstverbrechen in dieser Art waren ruchbar geworden, und neue Beweise von der Verschwörung des Hofes enthüllten sich jeden Tag; fast alle Patrioten, die im Schlosse der Tuilerien verwundet worden waren, starben in den Armen ihrer Pariser Brüder; man legte auf dem Bureau der Gemeinde zerhackte Kugeln nieder, die aus den Körpern mehrerer Marseiller und mehrerer anderer Verbündeter gezogen waren; die Empörung war in allen Herzen.

Jedoch eine neue und viel wichtigere Ursache trieb endlich die Gärung auf den höchsten Grad. Eine große Zahl von Bürgern hatte gedacht, daß der 10. August die Fäden der königlichen Verschwörung zerrisen habe; sie betrachteten den Krieg für beendigt, als plötzlich die Nachricht sich in Paris verbreitet, daß Longwy übergeben sei, Verdun übergeben sei, und daß Braunschweig an der Spitze einer Armee von 100000 Mann auf Paris marschiere; keine Festung trennte uns von den Feinden. Unsere Armee, geteilt, fast durch die Verräterei Lafayettes vernichtet, litt an allem Mangel. Man mußte zugleich darauf bedacht sein, Waffen, Sachen für die Lager, Lebensmittel und Menschen zu finden. Der vollziehende Rat verheimlichte weder seine Furcht noch seine Verlegenheiten. Die Gefahr war groß, sie erschien noch viel größer. Danton erscheint in der gesetzgebenden Versammlung, schildert ihr lebendig die Gefahren und die Hilfsmittel, drängt sie, kräftige Maßregeln zu ergreifen, und gibt der öffentlichen Meinung

295

einen großen Aufschwung; er begibt sich in das Gemeinde-
haus und fordert die Munizipalität auf, die Sturmglocke
läuten zu lassen; der Generalrat fühlt, daß das Vaterland
nur durch die Wunder gerettet werden kann, welche die
Freiheitsbegeisterung allein hervorzubringen imstande ist,
und daß ganz Paris aufbrechen müsse, um den Preußen
entgegenzueilen; er läßt die Sturmglocke läuten, um alle
Bürger zu den Waffen zu rufen; er verschafft ihnen solche
durch alle Mittel, die in seiner Macht sind; zu gleicher Zeit
donnerte die Alarmkanone; in einem Augenblicke werden
40 000 Mann bewaffnet, bekleidet, gesammelt und marschieren nach Chalons. Inmitten dieser allgemeinen Bewegung erweckt das Herannahen der auswärtigen Feinde
das Gefühl des Unwillens und der Rache, das in den Herzen gegen die Verräter kochte, die sie gerufen hatten. Bevor sie ihren Herd, ihre Frauen und ihre Kinder verlassen, wollen die Bürger, die Sieger der Tuilerien, die Bestrafung der Verschwörer, die ihnen versprochen war; man
läuft in die Gefängnisse. Konnten die Behörden das Volk
zurückhalten? Denn es war eine Volksbewegung und
nicht, wie man lächerlicherweise angenommen hat, der ver-
einzelte Aufruhr einiger zur Ermordung ihrer Mitmenschen bezahlten Schurken; und wenn das nicht so gewesen
wäre, warum sollte das Volk ihn nicht verhindert haben?
Warum sollten die Nationalgarde wie die Verbündeten
keine Bewegung gemacht haben, um sich ihm zu widersetzen? Die Verbündeten selbst waren in großer Menge da.
Man kennt die vergeblichen Bemühungen des Kommandanten der Nationalgarde; man kennt die vergeblichen Anstrengungen der Kommissäre der gesetzgebenden Versammlung, welche in die Gefängnisse geschickt wurden. Ich
habe gehört, daß einige Personen kalt zu mir sagten, die
Munizipalität müsse das Kriegsgesetz verkündigen. Das
Kriegsgesetz bei dem Anmarsche der Feinde! Das Kriegsgesetz nach dem 10. August! Das Kriegsgesetz für die Mitschuldigen des entthronten Tyrannen gegen das Volk! Was
vermochten die Behörden gegen den entschlossenen Willen

296

eines empörten Volkes, das ihren Reden sowohl die Erinnerung an seinen Sieg als die Aufopferung entgegenstellte, mit der es sich den Preußen entgegenstürzen wollte, das den Gesetzen sogar die lange Straflosigkeit der Verräter vorwarf, die den Schoß ihres Vaterlandes zerrissen; als die Munizipalbeamten sie nicht bewegen konnten, die Sorge für ihre Bestrafung den Tribunalen zu überlassen, forderten sie sie auf, die notwendigen Formen zu befolgen, damit die Bürger, welche wegen der Verschwörung des 10. August fernliegender Sachen gefangen gehalten wurden, nicht mit den Schuldigen zusammengeworfen würden, die sie bestrafen wollten. Und diese Munizipalbeamten, welche diesen Dienst geleistet haben, den einzigen, den die Umstände der Menschheit zu leisten gestatteten, hat man ihnen als blutdürstige Räuber dargestellt.

Der glühendste Eifer für die Vollstreckung der Gesetze kann weder die Übertreibung noch die Verleumdung rechtfertigen; ja ich könnte hier den Angriffen des Herrn Louvet gegenüber ein unverdächtiges Zeugnis anführen, das des Ministers des Innern, der, als er die Volksexekutionen im allgemeinen tadelte, keinen Anstand nahm, von dem Geiste der Klugheit und Gerechtigkeit zu reden, den das Volk, so ist sein Ausdruck, in diesem ungesetzlichen Verfahren gezeigt habe; ja ich könnte zugunsten des Generalrats der Gemeinde Herrn Louvet selbst anführen, der einen von den Anschlagzetteln der ‚Sentinelle' mit den Worten begann: ‚Ehre dem Generalrat der Gemeinde, er hat die Sturmglocke läuten lassen, er hat das Vaterland gerettet...' Es war damals die Zeit der Wahlen.

Man versichert, daß ein Unschuldiger umgekommen ist, man hat beliebt, die Zahl derselben zu übertreiben, aber ein einziger ist viel zu viel, ohne Zweifel; Bürger, beklagen Sie dieses grausame Mißverständnis, wir haben es schon lange beklagt; es war ein guter Bürger, also einer unserer Freunde. Beklagen Sie sogar die strafbaren Opfer, welche für die Rache der Gesetze aufbewahrt wurden, die unter dem Schwerte der Volksjustiz gefallen sind; aber Ihr

Schmerz soll eine Grenze haben, wie alle menschlichen Dinge.

Sparen wir einige Tränen für rührenderes Unglück. Beweinen Sie 100 000 Patrioten, die von der Tyrannei geopfert wurden, beweinen Sie unsere Mitbürger, die unter ihren brennenden Dächern starben, und die Söhne der Bürger, die in der Wiege oder in den Armen ihrer Mütter gemetzelt wurden. Haben Sie nicht auch Brüder, Kinder, Gatten zu rächen? Die Familie der französischen Gesetzgeber ist das Vaterland, ist das ganze Menschengeschlecht, außer den Tyrannen und ihren Mitschuldigen. Beweinen Sie, beweinen Sie die unter ihr verhaßtes Joch geknechtete Menschheit. Aber trösten Sie sich, wenn Sie allen niedrigen Leidenschaften Stillschweigen gebietend das Glück Ihres Landes begründen und das der Welt vorbereiten wollen.

Die Empfindlichkeit, welche fast ausschließlich für die Feinde der Freiheit seufzt, ist mir verdächtig. Hören Sie auf, immer meinen Augen das blutende Kleid des Tyrannen zu zeigen, oder ich muß, glauben, daß Sie Rom wieder in Ketten schmieden wollen. Wenn Sie diese pathetischen Schilderungen der Lambelle, der Montmorin, der Bestürzung der schlechten Bürger und diese wilden Angriffe gegen Menschen sahen, die unter völlig entgegengesetzten Bezeichnungen bekannt sind, glaubten Sie da nicht ein Manifest Braunschweigs oder Condés zu lesen? Unermüdliche Verleumder, wollt ihr denn den Despotismus rächen? wollt ihr die Wiege der Republik beschimpfen? wollt ihr in den Augen Europas die Revolution schänden, die sie hervorgebracht hat, und allen Feinden der Freiheit Waffen liefern? Wahrhaft bewunderungswürdige Menschenliebe, welche das Elend und die Sklaverei der Völker zu befestigen sucht und das barbarische Verlangen verheimlicht, sich in dem Blute der Patrioten zu baden!

Mit diesen schrecklichen Gemälden hat mein Ankläger den Plan, den er mir zuschrieb, verbunden, den gesetzgebenden Körper herabsetzen zu wollen, der, wie er sagt, ‚fortwährend von einem frechen Demagogen gepeinigt, verbannt und beschimpft wurde, der an seinen Schranken erschien, um seine Beschlüsse zu befehlen'.

Eine Art rednerischer Figur, mit welcher Herr Louvet zwei Petitionen umgeschrieben hat, die ich beauftragt wurde, der gesetzgebenden Versammlung im Namen des Generalrates der Gemeinde zu überreichen, bezüglich auf die Schöpfung des neuen Pariser Departements. Den gesetzgebenden Körper herabsetzen! welche armselige Vorstellung haben Sie sich von seiner Würde gebildet! Begreifen Sie doch, daß eine Versammlung, in welcher die Majestät des französischen Volkes ruht, nicht herabgesetzt werden kann, nicht einmal durch ihre eigenen Werke. Wenn sie sich zu der Höhe ihrer erhabenen Sendung erhebt, wie verstehen Sie denn das, daß sie durch die unsinnigen Reden eines frechen Demagogen herabgesetzt werden könne? Sie kann nicht durch die Lästerungen des Gottlosen herabgesetzt werden, ebensowenig wie der Glanz des Gestirns, welches die Natur belebt, durch das Geschrei der wilden Horden Asiens getrübt werden kann.

Wenn Mitglieder einer hohen Versammlung, ihre Stellung als Vertreter eines großen Volkes vergessend, um sich nur ihrer winzigen Existenz als Individuen zu erinnern, die großen Interessen der Menschheit ihrem verächtlichen Hochmute oder ihrem niedrigen Ehrgeize opferten, so würde es ihnen nicht einmal durch dieses Übermaß von Niederträchtigkeit gelingen, die Volksvertretung herabzusetzen, es würde ihnen nur gelingen, sich selbst herabzusetzen.

Da ich aber im Monat November 1792 dem Nationalkonvent über das, was ich am 12. oder 13. August gesagt habe, Rechenschaft ablegen soll, so will ich es tun. Um diesen Hauptanklagepunkt zu würdigen, muß man wissen, was der Beweggrund für den Schritt der Gemeinde bei dem gesetzgebenden Körper war.

Die Revolution des 10. August hatte notwendig die Behörde des Departements mit der Macht des Hofes verschwinden lassen, als dessen Verfechter sie sich fortwäh-

299

rend erklärt hatte; der Generalrat der Gemeinde übernahm ihre Gewalt. Er war fest überzeugt, wie alle Bürger, daß es ihm unmöglich sein würde, die Last der begonnenen Revolution zu tragen, wenn man sie eilig wieder durch die Auferstehung des Departements lähmte, dessen Name allein verhaßt worden war. Gleichwohl hatten seit dem Morgen des ersten Tages der Revolution Mitglieder der Komission der 21, welche die Arbeiten der Versammlung leiteten, einen Dekretentwurf vorbereitet, dessen Zweck war, den Einfluß der Gemeinde zu vernichten, indem man ihn in die Grenzen einschloß, in denen der ihr vorhergehende Generalrat ihn ausgeübt hatte. An demselben Tage wurden die Mauern von Paris mit Anschlagzetteln bedeckt, in denen sie in der ungebührlichsten Weise verleumdet wurde; wir kennen die Verfasser dieser Anschlagzettel, sie haben viele Verbindungen mit den Urhebern der Anklage, die ich beantworte. Als dieser erste Entwurf gescheitert war, erfand man die Schöpfung eines neuen Departements, und am 12. oder 13. erpreßte man von der Versammlung einen Beschluß, der seine Organisation feststellte. Am Abend wurde ich von der Gemeinde beauftragt, mit mehreren anderen Deputierten der gesetzgebenden Versammlung Bemerkungen zu überreichen, die aus dem von mir angegebenen Prinzipe geschöpft waren. Sie wurden von mehreren Mitgliedern unterstützt, namentlich von Lacroix, der sogar so weit ging, die Kommission der 21 öffentlich zu tadeln, der er den Beschluß zuschrieb; nach seiner Abfassung beschloß sogar die Versammlung, daß die Befugnisse des neuen Verwaltungskörpers sich auf die Steuersachen beschränken sollten, und daß bezüglich der Maßregeln für das Staatswohl und der Polizei der Generalrat nur direkt mit dem gesetzgebenden Körper korrespondieren sollte. Zwei Tage nachher führte uns ein besonderer Umstand in derselben Sache vor die Schranken. Der Aufrufbrief, den der Minister Roland schnell abgefertigt hatte, um die Mitglieder der provisorischen Verwaltung des Departements zu ernennen, war nicht auf den letzten Beschluß gegründet, der die Befugnisse desselben beschränkte, sondern auf den ersten Beschluß, den die gesetzgebende Versammlung umgeändert hatte. Der Generalrat glaubte über dieses Verfahren sich beschweren zu müssen und glaubte, daß das einzige Mittel, um alle diese in der kritischen Lage so gefährlichen Spaltungen und alle Gewaltskonflikte zu verhüten, das wäre, wenn die provisorische Verwaltung nur den Titel einer Verwaltungskommission annähme und deutlich den Zweck der ihr durch den letzten Beschluß übertragenen Funktionen feststellte. Während man über diese Frage in der Gemeinde verhandelte, kommen die an die Stelle des Direktoriums ernannten Mitglieder, um ihr Brüderschaft zu schwören und ihr zu erklären, daß sie keinen andern Titel annehmen wollten als den einer Verwaltungskommission. Dieser Zug von Bürgersinn, würdig der Tage, welche die Freiheit auferstehen sahen, führte eine rührende Szene herbei. Man beschließt, daß die Mitglieder des Direktoriums und Gemeindedeputierte sich sogleich zur gesetzgebenden Versammlung begeben sollen, um ihr Bericht zu erstatten und sie zu bitten, die heilsame Maßregel zu genehmigen, von der ich soeben geredet habe. Ich führte das Wort; es ist die Petition, die Herr Louvet als frech bezeichnet hat. Wollen Sie diesen Vorwurf verstehen? Fragen Sie Hérault, der in dieser Sitzung in dem gesetzgebenden Körper den Vorsitz führte; er gab uns eine wahrhaft republikanische Antwort, die ebensosehr eine dem Zwecke der Petition wie den sie überreichenden Deputierten günstige Meinung ausdrückte. Wir wurden zur Sitzung eingeladen. Einige Redner dachten nicht wie er, und ein Mitglied, das mich an dem Tage der Anklage des Herrn Louvet lebhaft beschuldigte, erhob sich heftig gegen unsere Forderung und gegen die Gemeinde selbst; die Versammlung ging zur Tagesordnung über. Lacroix hat ihnen gesagt, daß ich in dem Winkel der linken Seite ihm mit der Sturmglocke gedroht hätte. Lacroix hat sich ohne Zweifel getäuscht. Es war möglich, die Umstände, für die ich auch Zeugen sogar in dieser Versammlung und unter den Mitgliedern des gesetzgebenden Körpers habe, zu verwirren oder zu vergessen. Ich will an sie erinnern. Ich erinnere mich sehr wohl, daß ich in dem Winkel, von dem man geredet hat, gewisse Gespräche hörte, die mir feuillantisch genug schienen, wenig der Lage angemessen, in der wir uns befanden, unter andern das Gespräch, welches sich an die Gemeinde richtete: warum lassen Sie nicht die Sturmglocke wieder läuten? Auf dieses oder ein anderes ähnliches Gespräch antwortete ich: die Glockenläuter sind die, welche die Geister durch die Ungerechtigkeit zu erbittern suchen; ich erinnere mich noch, daß damals einer von meinen Kollegen, weniger geduldig als ich, in einem Anflug von Humor in der Tat ein ähnliches Gespräch hielt, wie das, das man mir zugeschrieben hat, und andere haben gehört, daß ich selbst es ihm zum Vorwurfe machte. Was die Wiederholung desselben Gespräches betrifft, das man mich in dem Komitee der 21 halten läßt, so ist die Falschheit dieser Tatsache noch viel offenkundiger. Ich kehrte nur zum Generalrate zurück, um die gesetzgebende Versammlung anzuklagen, sagt Herr Louvet. An jenem Tage, als ich zum Generalrat zurückgekehrt war, um über meine Sendung Rechenschaft abzulegen, redete ich mit Anstand von der Nationalversammlung, mit Offenheit von einigen Mitgliedern der Kommission der 21, denen ich den Plan zur Last legte, die Freiheit rückgängig machen zu wollen. Man hat durch die schändliche Zusammenstellung anzudeuten gewagt, daß ich die Sicherheit einiger Deputierter hätte gefährden wollen, indem ich sie der Gemeinde während der Hinrichtungen der Verschwörer denunzierte. Ich habe schon auf diese Niederträchtigkeit geantwortet, indem ich daran erinnerte, daß ich vor diesen Ereignissen aufgehört hatte, in die Gemeinde zu gehen, daß es mir nur noch gestattet war, die plötzlichen und außerordentlichen Umstände vorauszusehen, welche sie herbeigeführt haben. Soll ich Ihnen sagen, daß mehrere meiner Kollegen vor mir schon die Verfolgung angezeigt hatten, die gegen die Gemeinde von den drei oder vier Personen angestiftet war,

302

von denen man redet, ebenso den Plan, die Verteidiger der Freiheit zu verleumden und die Bürger in dem Augenblicke zu entzweien, wo man seine Anstrengungen vereinigen mußte, um die Verschwörungen im Innern zu unterdrücken und die auswärtigen Feinde zurückzuschlagen? Was ist das für eine entsetzliche Lehre, daß einen Menschen anklagen und ihn töten dasselbe sei! In welcher Republik leben wir, wenn der Beamte, welcher sich in einer Munizipalversammlung frei über die Urheber eines gefährlichen Komplottes ausdrückt, nur noch als ein Aufreizer zum Morden betrachtet wird? Das Volk hatte sich sogar am 10. August ein Gesetz daraus gemacht, die verrufensten Mitglieder des gesetzgebenden Körpers zu achten; es hat ruhig Ludwig XVI. und seine Familie aus der Versammlung zum Temple durch Paris gehen lassen; ganz Paris weiß, daß niemand dieses Prinzip des Verfahrens häufiger und mit größerem Eifer gepredigt hat als ich, sowohl vor als auch nach der Revolution des 10. August. Bürger, wenn wir jemals nach dem Beispiele der Lazedämonier der Furcht einen Tempel errichten, so bin ich der Meinung, daß man die Priester ihres Kultus unter denen wähle, die uns unaufhörlich von ihrem Mute und ihren Gefahren unterhalten.

Wie soll ich aber von diesem vorgeblichen Briefe reden, der schüchtern, ich wage zu sagen sehr linkisch Ihrer Neugierde gezeigt worden ist? Ein rätselhafter Brief an einen Dritten gerichtet! Namenlose Räuber! Unbekannte Meuchelmörder! ... und inmitten dieses Nebels das Wort wie durch Zufall geworfen, sie wollen nur von Robespierre reden hören... plötzliche Unterbrechungen, Geheimnisse in so wichtigen Angelegenheiten und indem man sie an den Nationalkonvent richtet! Das Ganze an einen sehr schlauen Bericht geknüpft, nach so vielen Schmähschriften, so vielen Anschlagzetteln, so vielen Pamphleten, so vielen Journalen von allen Arten, die mit so großen Kosten und in allen Arten in alle Winkel der Republik verteilt wurden... O tugendhafter Mann, ausschließlich immer tugendhafter Mann, wohin wollen Sie denn auf diesen finstern Wegen wandern? Sie haben die öffentliche Meinung auf die Probe gestellt... Sie sind stehen geblieben, erschreckt haben Sie gut gehandelt; die Natur hat Sie weder für große Taten noch für große Freveltaten geformt... Ich selbst halte hier ein aus Rücksicht für Sie... Sie kennen die verabscheuungswürdige Geschichte des Menschen in dem rätselhaften Briefe nicht... suchen Sie, wenn Sie dazu den Mut haben, sie in den Denkmälern der Polizei... Sie werden eines Tages wissen, welchen Preis Sie für die Mäßigung des Feindes bestimmen sollen, den sie verderben wollten. Glauben Sie, daß, wenn ich mich zu ähnlichen Klagen herablassen wollte, es mir schwer sein würde, Ihnen ein wenig genauere und besser begründete Anklagen zu führen? Ich habe sie bisher verschmäht. Ich weiß, daß es von dem tief entworfenen Plane, ein großes Verbrechen zu begehen, bis zu gewissen Halbentschlüssen, bis zu gewissen Drohungen meiner Feinde weit ist, über die ich vielen Lärm hätte machen können. Übrigens habe ich niemals an den Mut der Schurken geglaubt. Denken Sie über sich selbst nach; sehen Sie, mit welcher Ungeschicklichkeit Sie sich selbst in Ihren eigenen Fallen verwickeln... Sie quälen sich seit langer Zeit, um von der Versammlung ein Gesetz gegen die Anhetzer zum Morde zu erpressen; möge es erlassen werden; wo ist das erste Opfer, das von ihm getroffen werden soll? Haben Sie nicht verleumderischer-, lächerlicherweise gesagt, daß ich nach der Tyrannei strebte? Haben Sie nicht bei Brutus geschworen, die Tyrannen zu ermorden? Sie sind also nach Ihrem eigenen Geständnis überführt, alle Bürger zu meiner Ermordung aufgereizt zu haben. Habe ich nicht schon sogar von dieser Tribüne herabgehört, daß Wutgeschrei Ihren Aufforderungen antwortete? Und dieses Umherwandeln bewaffneter Leute, die mitten unter uns der Gewalt der Gesetze und der Behörden trotzen! Dieses Geschrei, welches die Köpfe einiger Volksvertreter verlangt, das in die Verwünschungen gegen mich Ihre Lobeserhebungen und die Verteidigung Ludwig XVI. einmischt! Wer hat sie gerufen! Wer führt

304

sie irre! Wer reizt sie auf! Und Sie reden von Gesetzen, von Tugend, von Agitatoren...

Doch wir wollen aus diesem Kreise von Niederträchtigkeiten heraustreten, den Sie uns haben durchlaufen lassen, und zum Schlusse Ihrer Schmähschrift kommen!

Unabhängig von diesem Beschlusse über die bewaffnete Macht, den Sie durch so viele Mittel zu erpressen suchen, unabhängig von diesem tyrannischen Gesetze gegen die individuelle Freiheit und gegen die Freiheit der Presse, das Sie in den scheinbaren Vorwand der Aufreizung zum Morde hüllen, verlangen Sie für den Minister eine Art von Militärdiktatur, Sie verlangen ein Proskriptionsgesetz gegen die Bürger, die Ihnen mißfallen, unter dem Namen Ostrazismus. So erröten Sie nicht, mehr offen den schändlichen Beweggrund für so viele Lügen und Machinationen zu gestehen; so reden Sie nur von der Diktatur, um sie selbst ganz zügellos auszuüben; so reden Sie nur von Ächtungen und von Tyrannei, um selbst zu ächten und zu tyrannisieren; so haben Sie gedacht, daß, um aus dem Nationalkonvent das blinde Werkzeug Ihrer verbrecherischen Absichten zu machen, es Ihnen genügen würde, vor ihm einen sehr schlau ersonnenen Roman zu erzählen und ihm den Vorschlag zu machen, daß er ohne zu weichen den Untergang der Freiheit und seine eigene Schande beschließen möge! Was bleibt mir noch gegen Ankläger zu sagen übrig, die sich selbst anklagen? Versenken wir, wenn es möglich ist, diese verächtlichen Manöver in eine ewige Vergessenheit. Könnten wir den Blicken der Nachwelt diese wenig ruhmvollen Tage unserer Geschichte entziehen, wo die Vertreter des Volkes, durch niedrige Intrigen irregeführt, die große Aufgabe vergessen zu haben schienen, zu der sie berufen waren. Was mich betrifft, so will ich daraus keine Schlüsse ziehen, die mich persönlich betreffen; ich habe auf den leichten Vorteil verzichtet, auf die Verleumdungen meiner Gegner mit noch furchtbareren Anklagen zu antworten. Ich wollte den angreifenden Teil meiner Rechtfertigung unterdrücken. Ich verzichte auf die gerechte Rache, die ich das Recht hätte, gegen meine Verleumder zu verfolgen. Ich verlange keine andere als die Rückkehr des Friedens und den Triumph der Freiheit. Bürger, durchwandeln Sie mit einem festen und raschen Schritte Ihre stolze Laufbahn. Könnte ich nur auf Kosten meines Lebens und sogar meines Rufes mit Ihnen für den Ruhm und das Glück unseres gemeinschaftlichen Vaterlandes mitwirken!"

Diese Rede wurde mit Beifall aufgenommen. Louvet verlangte zu entgegnen, aber der Konvent, ihm das Wort verweigernd, zeigte, daß er Robespierre recht gab, und daß er die gegen ihn gerichtete Anklage nach ihrem rechten Werte zu schätzen wußte. Die Girondisten hatten ihn in der Achtung des Konventes stürzen wollen; weit entfernt, das zu erreichen, hoben sie ihn nur noch höher in der Achtung seiner Kollegen.

## ANTWORT ROBESPIERRES AN
## JÉROME PÉTION

Pétion und Robespierre waren eng verbunden gewesen, als sie beide auf den Bänken der konstituierenden Versammlung saßen; diese Freundschaft hörte auf, seitdem der erstere die politische Bahn verlassen hatte, die er bis dahin verfolgt hatte, um sich mit der girondistischen Coterie zu verbünden. Pétion, nicht damit zufrieden, die Volkssache zu verlassen und seine Grundsätze zu verleugnen, nahm ein Verleumdungs- und Lästerungssystem gegen alle Demokraten an, die mit Beharrlichkeit und Unerschrockenheit für den Sieg der Gleichheit kämpften. Robespierre, der besonders die Zielscheibe seiner Angriffe war, richtete an ihn folgende niederschmetternde Antwort:

„Wie groß ist doch, mein teurer Pétion, die Unbeständigkeit der menschlichen Dinge, da Sie, vor kurzer Zeit noch mein Waffenbruder und zugleich der ruhigste Mensch, plötzlich sich als den heftigsten unter meinen Anklägern zeigen? Fürchten Sie nicht nach diesem Anfange, daß ich mich hier mit Ihnen oder mit mir beschäftigen würde. Wir sind beide zwei Atome, in der Unermeßlichkeit der moralischen und politischen Welt verloren. Nicht auf Ihre Beschuldigungen will ich antworten; man klagt mich an, schon zuviel Nachgiebigkeit in dieser Art gezeigt zu haben; nur auf Ihre gegenwärtige politische Lehre will ich antworten. Es würde vielleicht schon ein wenig spät sein, Ihre Rede zu widerlegen, aber es ist immer Zeit, die Wahrheit und die Prinzipien zu verteidigen. Unsere Klagen sind von einem Tage, die Prinzipien sind von allen Zeiten. Nur unter dieser Bedingung, mein teurer Pétion, kann ich den Handschuh aufnehmen, den Sie mir hingeworfen haben. Sie werden sogar in meiner Kampfweise entweder die

307

Freundschaft oder die alte Schwäche erkennen, die ich für Sie zeigte. Wenn Sie in dieser Art einer durchaus philantropischen Fechtkunst irgendeiner leichten Verwundung ausgesetzt wären, so würde sie nur Ihre Eigenliebe treffen, und Sie haben mich zum voraus darüber beruhigt, indem Sie beteuerten, daß sie unbedeutend sei. Übrigens ist das Recht des Tadels gegenseitig, es ist die Schutzwache der Freiheit und Sie lieben so sehr die Grundsätze, daß Sie, ich bin dessen sicher, mehr Vergnügen daran finden werden, selbst Gegenstand desselben zu sein, als Sie es empfunden haben, als Sie es gegen mich ausübten.

Einer der mächtigsten Beweggründe, die mich verpflichten, mit Ihnen in die Schranken zu treten, ich will es Ihnen nicht verhehlen, ist der Wunsch, daß heldenmütige Handlungen, welche dem französischen Namen und dem Menschengeschlechte Ehre machen, und welche Sie, weil Sie sie nicht kennen, entstellt haben, treu der Nachwelt überliefert werden möchten. Ich will an das erinnern, was 600000 Menschen kennen, und ich werde nicht verdächtig erscheinen; ich bin ebensosehr wie Sie den ruhmvollen Ereignissen unserer letzten Revolution fremd gewesen; uns beiden bleibt nur das Vergnügen, zu wissen, daß in dieser merkwürdigen Zeit das Vaterland viele nützlichere Verteidiger gehabt hat, als wir sind.

Zunächst reden Sie, wie mir scheint, von der Revolution, welche unsere Fesseln zerbrochen hat, nicht mit der Achtung, welche sie verdient. Was soll diese Bitterkeit, mit der Sie sich über alle Dinge und über alle Menschen ausdrücken, die in irgendeiner Beziehung zu ihr stehen?

Wenn Sie sagen, daß man sie zunächst denen verdanke, die sie vorbereitet haben, so ist es klar, daß Sie damit diejenigen bezeichnen wollen, die sie nicht gemacht haben. Und wenn Sie sich selbst dabei besonders im Auge haben, so müssen Sie dieses Verdienst mit allen denen teilen, welche die Sache der Freiheit verteidigt haben. Sie wollen wohl einen Teil desselben an die Verbündeten abtreten, denen Sie niemals aufgehört haben, die Untätigkeit zu empfehlen, und denen Sie sich in keiner Weise die Mittel zu verschaffen bemühten, um in Paris bleiben zu können, dann an ihr geheimes Direktorium, aus welchem Sie nur mit Unruhe und Mißtrauen weggingen, das aus Männern besteht, die Sie und die Ihrigen heute in die Klasse der Wühler stellen. Kennen Sie das Mitglied der gesetzgebenden Versammlung, das am 10. August zu einem seiner Freunde sagte: ‚Wenn das Volk sich fürchtet oder schwankt, so jagt mir mit dieser Pistole eine Kugel durch den Kopf und zieht meinen blutenden Leichnam in Paris umher, damit die Rache es zur Freiheit führe!‘ Das ist einer von den Menschen, den Ihre Freunde nicht aufhören zu verleumden.

Warum aber lassen Sie nicht den Bürgern von Paris ebenso gern Gerechtigkeit widerfahren?

Warum stellen Sie nicht in die Zahl derjenigen, welche die Revolution vorbereitet haben, wenigstens die Sektionen von Paris, die seit jener Zeit von denselben Personen so sehr verleumdet worden sind? Warum riefen Sie, statt ihre verderblichen Absichten zu unterstützen, den durch ihre Lügen mißbrauchten Departements nicht in das Gedächtnis zurück, daß sie sich seit mehr als einem Monate selbst für permanent erklärt, daß sie ihre nützliche Tätigkeit durch unsterbliche Beschlüsse, unfehlbare Vorläufer der Revolution bezeichnet hatten? Warum sagten Sie nicht, daß gerade sie feierlich die Notwendigkeit des heiligen Aufstandes verhandelten, alle Soldaten der Freiheit sammelten und in der Nacht des 10. August endlich das Zeichen zum Kampfe gegen einen rebellischen und sich verschwörenden Hof gaben? Sehen Sie nicht, daß dieses politische und mutige Benehmen unbedingt notwendig war, um die Volkskraft gegen die kontrerevolutionäre Armee zu sammeln und zu lenken, welche die Tyrannen in Paris versammelt hatten?

Das war noch nicht genug; man mußte eine Zentralbehörde schaffen, um die Behörden zu ersetzen, welche das Vertrauen des Volkes verloren hatten. Diese Behörde konnte nicht das Departement sein, das offen an den Hof verkauft war, auch nicht Ihre alte Munizipalität, welche den Bürgern soeben die Wegnahme der Büsten Lafayettes und Baillis verweigert hatte, in welcher die eifrigsten Volksvertreter ungestraft von Trabanten und ihren Kollegen unter Ihrem Vorsitz und unter Ihren Augen beschimpft worden waren. Sie könnten daher noch die Weisheit der Sektionen loben, welche Kommissäre ernannten, um den alten Generalrat der Gemeinde zu ersetzen, und sie mit Vollmachten zur Rettung der Pariser Gemeinde und Frankreichs bekleideten. Durch welches Verhängnis kommt es, mein teurer Pétion, daß dieser neue Generalrat der vorzüglichste Gegenstand der verleumderischen Rede ist, welche uns in diesem Augenblicke beschäftigt? Es war Ihnen ein in Form einer Milderung für Ihre Beschuldigungen wichtiges Geständnis entschlüpft. ‚Diese Kommissäre,‘ sagen Sie, ‚faßten nichtsdestoweniger einen großen Gedanken und ergriffen eine kühne Maßregel, indem sie sich aller Munizipalgewalten bemächtigten und sich an die Stelle des Generalrates setzten, dessen Schwäche oder Bestechlichkeit sie fürchteten; sie setzten mutig ihr Leben in einem Falle auf das Spiel, wo der Erfolg nicht das Unternehmen rechtfertigen konnte.‘ Worin bestand diese Unternehmung? In dem Sturze der Tyrannei; sie haben sich also für die Freiheit geopfert. Fügen Sie hinzu, wenn Sie wollen, daß Sie in den ersten Tagen des September Paris und Frankreich in Bewegung gesetzt haben, um die Armeen des Despotismus zu zermalmen, und Sie werden gestehen müssen, daß sie zweimal das Vaterland gerettet haben. Und um sich mit ihren Verleumdern zu verbinden, ergreifen Sie die Feder! Wo erhabene Taten zu bewundern sind, was soll da die Sucht, einige Mängel aufzusuchen, um sie zu tadeln? Wenn eine Nation undankbar ist, so hat sie dazu in gewisser Weise das Recht. Die Bürger verdanken alles dem Vaterlande; das Vaterland verdankt den Bürgern nichts; wenigstens geziemt es ihnen, ihm seine Ungerechtigkeiten zu verzeihen — aber mit welchem Rechte reden Sie,

Bürger, von den Vernichtern der Tyrannei, wie die Tyrannen selbst? Sie gehen so weit, ihnen das Verdienst ihrer Dienste rauben zu wollen, welche Sie soeben anerkannt haben, wenn Sie sagen, daß ,die Revolution des 10. August sich auch ohne sie gemacht hätte'. Sonderbare Weise, die zu beurteilen, die am mächtigsten dabei mitgewirkt haben! Wenn Sie in dem Gemeindehause gewesen wären, so würden Sie gewußt haben, daß es der Mittelpunkt für die Vereinigung des Volkes war, daß in jedem Augenblicke die Verteidiger der Freiheit mit den neuen Behörden korrespondierten; so hätten Sie gewußt, was sie getan haben, um den Verbündeten und den Bürgern Munition und Waffen zu verschaffen, und um die Verschwörung des Hofes zu ersticken. Sie würden den ruhigen und gemessenen Mut gesehen haben, mit dem sie unter andern eine entscheidende Handlung in dieser furchtbaren Krise vornahmen. Ich rede von dem Verrate des Kommandanten der Nationalgarde, der im Einverständnis mit den Verschwörern der Tuilerien den Kommandanten der Reserve Befehl gegeben hatte, das Volk vorrücken zu lassen und es zu gleicher Zeit von hinten zusammenzuschießen, wo die Kanonen des Schlosses es von vorn lichten würden. Der Generalrat entdeckte dieses Komplott mitten in der Nacht; er ruft zweimal den Generalkommandanten, der nur auf die zweite Aufforderung kommt; man zeigt ihm den verhängnisvollen, von seiner Hand unterzeichneten Befehl, der noch in den Archiven der Gemeinde liegt; der Generalrat läßt den Verräter verhaften und ergreift ebenso rasche wie kräftige Maßregeln, um den Verrat zu hintertreiben. Ohne dies wäre es um die Freiheit geschehen gewesen — und Sie wollen nicht einmal diesen Umstand unter die Zahl derjenigen stellen, welche den Sieg zugunsten des Volkes entschieden haben! Welches sind denn die großen Verbrechen, welche diese Dienste in Ihren Augen verwischt haben?

Wer sollte es glauben? Sie werfen dem Generalrat vor, daß er nicht seit dem Morgen des Tuilerienkampfes die Gewalt niedergelegt habe, welche das Volk ihm anvertraut,

welche die gesetzgebende Versammlung selbst anerkannt
hatte, um die alten Munizipalbeamten und nachher das alte
Direktorium zurückzurufen. Sie schreiben dieses Verfahren
der Herrschsucht zu.

Sie werfen ihm vor, daß er die revolutionäre Bewegung
über den Termin hinaus verlängert habe. Sie sagen nicht:
Es ist wahrscheinlich, daß dieser Termin der Augenblick
ist, wo sie abdanken mußten. So sollte nach Ihren Begriffen die revolutionäre Bewegung genau 24 Stunden dauern;
Sie messen die politische Revolution wie die Bewegung der
Sonne. Da Sie aber sich mit der unendlichen Weisheit ausgerüstet fühlten, welche bestimmten Gesetzen die unregel-
mäßigsten Erscheinungen der moralischen Natur unter-
wirft, warum sagten Sie da nicht zum Volke, wie der Ewige
zum Ozean sagt: Bis hierher wirst Du kommen, und Deine
empörten Wogen brechen! Warum haben Sie nicht in einem
Tage eine neue politische Welt geschaffen, wie der Schöpfer
die Welt in drei Tagen machte! Sie erschienen in der Gemeinde erst am dritten Tage nach dem Tage der Tuilerien.
Sie kamen, um uns anzukündigen, daß das Komitee der 21
aus der gesetzgebenden Versammlung die Revolution gesetz-
setzlich machen und „alle Maßregeln der Gemeinde bestätigen wollte". Es war nur die Vorrede, durch welche Sie
uns ankündigten, daß das Komitee der 21 aus der gesetzgebenden Versammlung einen Bericht ganz bereit hielt, um
die alte Munizipalität zurückzurufen. Dieser Gedanke, der
Ihnen unendlich zu gefallen schien, wurde einstimmig von
dem Generalrate verworfen als das unfehlbare Mittel, den
Faden der Verschwörung wieder anzuknüpfen, den man
für immer zerreißen mußte. An demselben Tage sprachen
Sie lange, um zu beweisen, daß man Ludwig XVI. nicht in
den Tempelturm einschließen sollte, und daß ganz Frankreich sich gegen die Gemeinde erheben würde, wenn er
nicht in einem prächtigen Hotel wohnte; Ihre Meinung
wurde verworfen. Sie schienen erschreckt zu sein, Sie
schienen zu glauben, daß der Generalrat wahnsinnig wäre.
Sie sprachen von ihm in wenig abgemessenen Ausdrücken:

312

Sie fanden ‚einen schlechten Ton, eine schlechte Haltung‘ an ihm. Sie seufzten unaufhörlich nach der Rückkehr Ihrer halbaristokratischen Munizipalität. Sie glaubten ihn durch Ihre Abwesenheit zu strafen; Sie hielten unaufhörlich Rat mit Ihren Freunden, entweder im Komitee der 21 oder in Ihrem Hause, um zu wissen, wie Sie ihn fassen könnten, um ihn zu vernichten. Sie glichen dem gegen die Griechen schmollenden Achilles. Sehen Sie, wie alle Vorwürfe, die Sie gegen ihn vorbringen, nach Leidenschaft schmecken, und wie sehr sie, ich sage nicht ungerecht, sondern kindisch sind. Sie waren erschreckt, sagen Sie, über die Unordnung, über den Lärm, über den Geist, der in der Versammlung herrschte. Der Geist, welcher die Verteidiger der Freiheit beseelte, erschreckte Sie! Sie reden hier von der Notwendigkeit des Schweigens weniger als Staatsmann denn als Leiter eines Collège. Sie verwundern sich darüber, daß der Generalrat ‚sich nicht einzig mit den Kommunalangelegenheiten beschäftigte, und darüber, daß er einer politischen Versammlung glich‘. Die öffentliche Freiheit trat für einige Zeit in seine Beratungen ein, am am 12. oder 13. August! Er hatte ohne Zweifel unrecht, daß er sich nicht einzig mit ‚Kot und Laternen‘ beschäftigte! Hatte ihn das Volk für etwas anderes erwählt? ‚Man sprach da von Komplotten gegen die öffentliche Freiheit!‘ Welche Torheit, an Komplotte zu glauben! Hat ein solches jemals existiert? Oder war er damit beauftragt, sie zu ersticken? ‚Man klagte da Bürger an.‘ Genügte es nicht, die Schweizer Soldaten besiegt und am 10. August eine große Zahl Patrioten verloren zu haben? Sich einzubilden, daß die folgenden Tage dazu verwendet werden mußten, die Verschwörer zu verhaften! Montmorin, Deprix, Duport, Lamballe und so viele andere ehrliche Leute anzuklagen! Alle diese Freveltaten muß man bestrafen. ‚Man rief sie vor die Schranken.‘ Man hätte sie doch wenigstens in ihrem Hause aufsuchen und ihnen einen Korpsbesuch machen sollen! ‚Man hörte sie öffentlich an.‘ Es wäre besser gewesen, sie geheim anzuhören. ‚Man schickte sie freigesprochen fort oder hielt sie zurück.' Man hätte sie weder fortschicken noch zurückhalten müssen! ‚Die gewöhnchen Regeln waren verschwunden!' Man hänge sie doch auf, diese Munizipalbeamten!· Ist es in einer Revolution erlaubt, die gewöhnlichen Regeln zu verletzen? Sie sagen nicht, welche diese Regeln sind, die verletzt wurden. Aber man muß es mit so strafbaren Behörden nicht so genau nehmen. Einige Vorsichtsmaßregeln ergreifen, um den Tuilerienkampf zum Vorteil der allgemeinen Freiheit zu wenden, wollten Sie etwa das? Weiser Pétion, die Gemeinde von Paris hatte die Fahne der Empörung im Namen des Vaterlandes erhoben, die Sache der Gemeinde war die Sache von ganz Frankreich.

‚Die Gärung der Geister war so groß, daß es unmöglich war, diesen Strom zurückzudämmen.' Wo sind die Verwüstungen, welche dieser Strom der Geister in Gärung angerichtet hat? ‚Alle Beratungen stürmten mit dem Ungestüm der Begeisterung dahin.' Eilen Sie, gegen die Begeisterung für die Freiheit aufzutreten. Unterrichten Sie sich sogar nicht einmal darüber, ob diese Beratungen gut oder schlecht waren. ‚Sie folgten mit einer erschreckenden Geschwindigkeit aufeinander.' Sie sind immer ‚erschreckt': beruhigen Sie sich; wenn die Umstände drängen und alle Welt von demselben Geist beseelt ist, dann ist die Raschheit der Beratungen eine weniger furchtbare als tröstliche Erscheinung. ‚Tag und Nacht war der Generalrat in Sitzung.' Die Bösewichter! welche die Tage und die Nächte der Volkssache widmeten!

‚Ich wollte nicht, daß mein Name mit einer Menge so unregelmäßiger und den Prinzipien zuwiderlaufender Handlungen verknüpft würde.' Welchen Prinzipien? Gewiß nicht denen, welche die Tyrannei zerstört haben. Was soll man anderes daraus schließen, als daß Ihr Schlaf weniger dadurch unterbrochen worden und daß die Revolution verfehlt ist, weil sie durch die Unterschrift von Jérome Pétion nicht gebilligt worden ist?

‚Ich fühlte ebensosehr, wie weise und nützlich es wäre,

314

alles Vorgehende nicht durch meine Gegenwart zu billigen und zu bekräftigen.' Das heißt gerade, der Generalrat war ohne Macht, das Volk hatte ihn vergeblich gewählt, vergeblich genehmigte ihn das Volk; Sie verweigerten ihm Ihre Genehmigung. Nehmen Sie sich in acht, mein lieber Pétion, enthält diese Sprache nicht ein wenig von der Diktatur?

‚Diejenigen, welche mein Anblick belästigte, wünschten sehr, das Volk möchte glauben, daß ich bei diesen Verhandlungen den Vorsitz führte, und daß alles nur mit meiner Einwilligung geschähe.' Wer sind die, welche Ihre Gegenwart belästigte? Waren Sie nicht ein guter Bürger? Und gelten die Bevollmächtigten, welche das Volk in der Nacht vom 9. auf den 10. August für würdig erachtet hatte, sich für seine Sache zu opfern, weniger als Sie? Hatte das Volk ihnen verboten, ihre Sendung ohne die Zustimmung von Jérome Pétion zu erfüllen? Glauben Sie, daß die Bürger, die sich bewaffnet hatten, um den Despotismus zu Boden zu werfen, so götzendienerisch, so feige, so dumm seien, wie Sie annehmen?

‚Ich erschien selten; wenn ich mich damals kräftig für oder gegen ausgesprochen hätte, so hätte ich eine Spaltung verursacht, welche traurige Folgen hätte nach sich ziehen können; in allem gibt es einen Punkt der Reife, den man zu ergreifen wissen muß.' Ich halte Sie fast für einen Menschen, der in hohem Grade mit der Gabe ausgestattet ist, ‚in allem den Punkt der Reife ergreifen zu können'. Dennoch mochten Sie den Entschluß gefaßt haben, sich für die alte, durch den öffentlichen Wunsch entfernte Munizipalität oder für den neuen Gemeinderat, für oder gegen die Revolution zu erklären, ich zweifle sehr, daß Sie jemals das Unglück gehabt haben würden, ‚eine verderbliche Spaltung herbeizuführen'.

Man muß gestehen, daß diese Art zu reden wunderlich erscheinen muß, aber Ihre Phantasie, die gewöhnlich ruhig genug ist, ist über alles, was die letzte Revolution berührt, so aufgeregt, daß Sie Ungeheuer oder Verbrechen sehen, wo die andern nur gewöhnliche Ereignisse oder tugendhafte Handlungen bemerken. So gestehen Sie offenherzig ein, daß Sie sich darüber geärgert haben, daß der Gemeinderat geglaubt hatte, die Schließung der Barrieren 24 Stunden über den Augenblick hinaus verlängern zu müssen, wo Sie vorschlugen, sie zu öffnen; weil ich zufällig dieser Meinung gewesen bin, so reden Sie von meinem Vorschlage, als wenn es sich um irgendeinen Ausbruch des Vesuv handelte. Sie erlauben sich viel Klagen, Sie entwerfen Gemälde, aber Sie bieten keine Tatsachen, noch viel weniger Gründe. Sie bemitleiden alle Verräter, durch welche die Freiheit gehemmt worden ist, Sie sind nur gegen die eifrigsten Patrioten unerbittlich.

Sie erneuern sogar die Vorwürfe, welche Louvet der Gemeinde gemacht hat, daß sie zu frei Petitionen der gesetzgebenden Versammlung überreicht habe, aber in einer viel unbestimmteren, weniger bezeichnenden und ebenso gewagten Weise. Ich kann Sie nur auf meine Beantwortung der Rede Louvets verweisen. Aber wie haben Sie so sehr alle Prinzipien der Freiheit vergessen können, daß Sie Worte, welche in den stürmischen Tagen der Revolution gesprochen wurden, dieser albernen und langsamen Untersuchung unterwerfen! Wie haben Sie vergessen können, was die Rechte des Volkes waren? Besonders betrübt es mich, daß Sie die Treue der Geschichte verletzen, um auf das Phantom einer verfassungsmäßigen Macht, die nicht mehr ist, den Ruhm der großen Handlungen zu übertragen, welche dem Volke angehören. Man kann in der gesetzgebenden Versammlung nur Individuen loben, die des öffentlichen Vertrauens würdig geblieben sind; aber wer weiß nicht, daß die Mehrheit feige und bestochen war? daß sie Lafayette vergöttert, alle Verschwörer freigesprochen hat, daß sie mit dem Hofe gegen die Nation verbündet war? Wer weiß nicht, daß sie, soviel sie vermochte, alle Verrätereien begünstigte, welche ohne den Aufstand am 10. August Frankreich den fremden Armeen und der Wut der Tyrannei überlieferten? Wer weiß nicht, mit welcher sklavischen Niederträchtigkeit sie Ludwig XVI. in ihrer Mitte empfangen hat, in dem Augenblicke, wo der Sieg noch zwischen der Freiheit und dem Despotismus ungewiß war? Wer weiß nicht, daß der Donner des Volkes in ihre Ohren gedröhnt hatte, als alle Parteien sich in einer plötzlichen Bewegung erhoben, die Nation mit einem einstimmigen Rufe begrüßend? Wer weiß nicht, daß sie unter dem Donner der Kanonen, dem Siegesgeschrei und sogar auf die Petitionen des siegreichen Volkes der Gleichheit den Eid leistete, daß die permanenten Sektionen, als sie den Unterschied zwischen aktiven oder passiven Bürgern abschaffte, sie schon alle ohne Unterschied in ihren Schoß zugelassen hatten, daß das Volk die Statuen der Könige umstürzte, während die Versammlung noch beschloß, daß sie umgestürzt werden sollten, daß das Volk Herr über das Geschick des Königs war, während sie erklärte, daß er vom Amte entfernt sei; daß das Volk Herr über sein Los war und die Ausübung seiner Rechte wieder aufgenommen hatte, während sie auf sein förmliches Verlangen den Nationalkonvent zusammenberief, daß endlich das Volk von allen seinen Abgeordneten verlassen oder verraten war, als es gezwungen war, sich selbst zu retten. Was bedeutet also ‚dieser große Charakter des gesetzgebenden Körpers, der das Reich gerettet hat‘, und dieser indirekte Vorwurf, der der Stadt Paris gemacht wird, daß sie die Freiheit der Versammlung gehindert habe, während es klar ist, daß alle Beschlüsse, welche Sie rühmen, die Frucht der gebieterischen Lage sind, in welche das Volk sie durch den Aufstand vom 10. August versetzt hatte? Mit welchem Rechte machen Sie der Gemeinde von Paris aus einigen Petitionen ein Verbrechen, welche durch das öffentliche Interesse geboten fast ohne Ausnahmen von der Versammlung sogar angenommen waren, welche mit der Sprache freier Menschen die Vorschriften der Schicklichkeit und sogar die Achtung vor dem Schatten der sterbenden Vertreter verbanden? Keineswegs war es die Gemeinde, welche mit der Versammlung wetteiferte; es wa-

317

ren einige Mitglieder der Versammlung, Ihre Mentors, welche die Gemeinde vernichten wollten, die seit dem Morgen des 10. August schon alle Feinde der Revolution vereinigten, von diesem Augenblicke an das Pariser Volk in allen Departements verleumdeten, welche unaufhörlich den gesetzgebenden Körper einzuschläfern oder irrezuführen suchten, um aus ihm ein Werkzeug für ihre elenden Intrigen zu machen. Fünfzehn Tage nachher, als die Preußen gegen Paris marschierten, als die Gemeinde bei dem Lärm der Sturmglocken und der Lärmkanone auf dem Marsfelde die zahllose Menge Bürger dieser großen Stadt versammelten, was tat Brissot und Genossen? Sie spannen Ränke, sie logen? Was tat Roland? Er ließ Zettel gegen die Pariser anschlagen; er wollte mit dem Vollziehungsrate, mit dem Könige, mit der Versammlung fliehen. Denen schmeicheln, welche das Volk in Gefahr gebracht haben, die verleumden, welche ihm gedient haben, was ist das anderes, als doppelt seine Sache verraten?

Hier, gestehe ich, bringen Sie mir ein großes Hindernis. Wie kommt es, wird man mir sagen, daß eine in der Republik so angesehene Persönlichkeit wie Jérome Pétion in dieser Weise hat reden und schreiben können? Ich glaube jedoch diese Erscheinung erklären zu können, und Sie selbst werden mir dafür die Mittel geben.

Der Maire von Paris, sagen Sie in Ihrer Rede, wo Sie von dem unglücklichen Zeitpunkte des 10. August reden, war kein Vereinigungspunkt mehr. Ich war in meiner Stelle geblieben, aber jene war nur noch ein leerer Titel. Ich erschien selten in der Gemeinde. Ich war über nichts unterrichtet. Das ist die Tatsache, Sie waren dort nicht. Sie waren der Crillon der letzten Revolution. Aber man muß die ganze Wahrheit sagen; sie wird anfangs die in Erstaunen setzen, die fern von dem Schauplatze der Geschichte von Frankreich in den Broschüren Rolands oder in den Blättern von Röderer, Gorsas und andern Schriftstellern dieses Schlages lernen. Aber Sie werden die allbekannten Tatsachen nicht leugnen, die ich erzählen will.

318

Sie werden offenherzig zugeben, daß Sie alles getan haben, was in Ihrer Macht stand, um die Revolution des 10. August zu verhindern. Nicht deshalb, weil Sie ein Feind der Freiheit wären, weit entfernt; aber zunächst sind Sie von Natur gut, und Sie konnten nicht an die Verschwörungen des Hofes glauben, von denen wir umstrickt waren. Sie schienen mitleidig über die zu lächeln, die Ihnen davon sprachen, sodaß Sie sich von den Patrioten des Polizeikomitees trennten, welche daran glaubten und gezwungen waren, Ihre Unterschrift wegzulassen, um die Befehle zur Austeilung von Munition an die Verbündeten zu geben.

Sie hatten schon mehrere Male den begonnenen Aufstand mißlingen lassen, indem Sie in die Sektionen und Vorstädte liefen, um Ordnung und Ruhe zu predigen. Sie hatten den Mut des Volkes und der Verbündeten gelähmt. Nichts war gefährlicher als Versuche dieser Art, wenn sie wieder aufgegeben wurden; sie überlieferten das Volk dem Schwerte der Tyrannei. Dennoch wurde die Gefahr noch dringender, und die Beweise von dem Komplott, das von dem Hofe angestiftet war, um die Patrioten zu ermorden, waren überall. Das revolutionäre Direktorium der Bundesbürger hatte die Nacht vom 9. zum 10. August bezeichnet, um es zu erdrücken. Ihre gewöhnliche Klugheit bewog Sie, alle Ihre Mittel aufzubieten, um diesem Beschlusse Widerstand entgegenzusetzen. Sie redeten zur ganzen Welt von der Notwendigkeit, ruhig und besonnen zu bleiben. Am 7. August sah ich den Maire von Frankreich bei mir eintreten; es war das erste Mal, daß ich diese Ehre erhielt, obgleich ich mit Ihnen enge verbunden gewesen war. Ich schloß daraus, daß ein wichtiger Beweggrund Sie herführen müsse; Sie unterhielten mich während einer ganzen Stunde von den Gefahren des Aufstandes. Ich hatte keinen besonderen Einfluß auf die Ereignisse, aber da ich oft genug die Gesellschaft der Verfassungsfreunde besuchte, wohin sich gewöhnlich die Mitglieder des Direktoriums der Verbündeten begaben, so drangen Sie lebhaft in mich, Ihre Lehre in dieser Gesellschaft zu predigen. Sie sagten mir, daß man den Widerstand gegen die Unterdrückung aufschieben müsse, bis die Nationalversammlung die Absetzung des Königs ausgesprochen habe, aber daß man ihr zugleich die Muße lassen müsse, diese große Frage mit aller möglichen Langsamkeit zu verhandeln. Gleichwohl konnten Sie keine Bürgschaft bringen, daß der Hof den Plan, uns zu ermorden, so lange hinausschieben würde, als es der Nationalversammlung gefiele, die Absetzung zu verzögern; alle Welt wußte, daß die royalistische Partei damals in der gesetzgebenden Versammlung herrschte; Ihr Brissot selbst und seine Freunde hatten über diese Frage lange Reden gehalten, deren einziger Zweck war, zu beweisen, daß man unaufhörlich die Entscheidung darüber hinausschieben, verzögern müsse. Sie wissen sogar, welche öffentliche Mißbilligung ihr zweideutiges Benehmen erfahren hatte; man sah darin nur den Plan, den Hof durch die Furcht vor einem Aufstande zu erschrecken, um ihn zu zwingen, Minister aus ihrer Wahl zu nehmen. Ich hätte selbst diese Annäherung bewirken können, aber noch war mein Vertrauen zu Ihnen so groß, und wenn ich es sagen soll, die Gefühle der Freundschaft, welche Ihr unerwarteter Schritt in meinem Herzen wieder erweckte, so groß, daß ich Ihnen bis zu einem gewissen Punkte glaubte; aber das Volk und die Verbündeten glaubten Ihnen nicht und alles bereitete sich auf den Aufstand vor. Ihre Ratgeber fuhren fort, Sie in demselben Sinne zu bearbeiten, und sogar in der Nacht vom 9. auf den 10. August, in dem Augenblicke, wo die Sektionen bereit waren zu marschieren, erhielten sie von Ihrer Hand einen dringenden Zirkularbrief, worin Sie sie beschworen, ruhig zu bleiben. Welcher Augenblick, um diesen Rat zu geben! Einige schienen geneigt, ihn zu befolgen; sie fragten sich gegenseitig über diesen Gegenstand um Rat. Die Sektion des Théatre Français, wo das Bataillon von Marseille lag, hatte einen großen Einfluß durch die Kraft erworben, die sie immer entwickelt hatte. Danton, der darin den Vorsitz führte, wies Ihr Sendschreiben mit der Energie zurück, die er immer in den großen Gefahren des Vaterlandes gezeigt hat; die Sturmglocke läutete von allen Seiten. Aber alle Menschen, die sich für die Sache der Freiheit opfern wollten, hatten schon gefühlt, daß ihre Anstrengungen nutzlos wären, wenn der Herr Maire nach seiner Gewohnheit in die Quere käme, um den Aufschwung der Volkskraft zu lähmen und zu zersplittern. Bürger von Paris und Verbündete, alle hatten sich über die Notwendigkeit einer vorläufigen, unendlich weisen Maßregel geeinigt, von der Sie nicht reden, die zum Zweck hatte, Sie in die Unmöglichkeit zu versetzen, Ihre Laufereien und Friedenspredigten wieder zu beginnen; Sie wurden durch einen Befehl des Volkes in Ihrem Hause konsigniert unter dem ehrenvollen Vorwande, über die Erhaltung ihrer Tage zu wachen. Sie müssen sich erinnern, daß am Morgen des 11. oder 12. August, als der Sieg errungen war, Brissot und Guadet, verzweifelt über die Wendung, welche die Dinge nahmen, laut ihrem Zorne an Ihrem Tische und in Gegenwart mehrerer Zeugen Luft machten; sie tadelten Sie offen wegen der Leichtigkeit, mit der Sie dem Volkswunsche nachgegeben hatten; der erstere trieb sogar die Vertraulichkeit so weit, Sie der Feigheit zu beschuldigen; er forderte Sie auf, wenigstens dem Wagen der Revolution in die Speichen zu fallen, den Sie nicht hatten zurückhalten können. Sie, als gelehriger Schüler, Sie erschienen am Morgen in der Gemeinde wieder, um den von dem Komitee der 21 vorbereiteten Plan zu verkündigen, von dem ich schon geredet habe.

Nicht, daß Sie eine unüberwindliche Abneigung gegen jede Volksbewegung hätten und Ihr Eifer für die öffentliche Ruhe nicht einige Ausnahmen zuließe. Aber es ist immer derselbe Antrieb, der Sie leitet. Sie haben für die Bewegung des 2. Juni ebensoviel Nachgiebigkeit gezeigt, wie Sie gegen den Aufstand am 10. August Abneigung gezeigt haben. Was war der Grund dieses Widerspruches in

Ihrem Benehmen? Ich will es Ihnen sagen. Das Ergebnis der Revolution vom 10. August mußte die Freiheit sein, der bewaffnete Aufzug vom 20. Juni die Zurückberufung der Minister Clavière und Roland. Das erste Ereignis wurde durch die Notwendigkeit der Rettung des Staates hervorgerufen, das zweite durch die Ränke der Intrige. Bei beiden Gelegenheiten wurden die Bürger von reinen Beweggründen geleitet, aber am 20. Juni wurden sie betrogen. Sie wußten nicht, daß die Petition, die in ihrem Namen überreicht wurde, ohne ihr Wissen abgeändert werden und daß eine gewandte Hand unter die großen Gegenstände von öffentlichem Interesse, die ihre Grundlage bildete, die Forderung der Zurückberufung der Herren Clavière und Roland mischen würde. Solange der Thron stehen blieb, habe ich mich wohl in acht genommen, meine Meinung über diesen Punkt zu veröffentlichen; es genügte allen Patrioten, daß der Hof dieses Ereignis gegen die Freiheit wenden wollte, um es zu rechtfertigen, und niemand hat damals mehr als ich Sie in öffentlicher und gesetzlicher Weise gegen alle Feindseligkeiten verteidigt, die es Ihnen zuzog. Aber heute ist es von Nutzen, wenn ich frei meine Meinung veröffentliche. Denn die Intriganten, die Sie umgaben, wollten eine Art Aufstand vom 20. Juni, um Besitz vom Ministerium zu ergreifen. Auch taten Sie nichts, um ihn zu verhindern, obgleich er seit acht Tagen laut angekündigt war, obgleich ihre Sendlinge öffentlich durch die Vorstädte liefen und sich sogar über die Nutzlosigkeit ihrer Anstrengungen beklagten. Sie hätten es viel leichter tun können, als Sie den allgemeinen Aufstand gegen die Tyrannei gehemmt haben. Selbst der Hof war nicht erzürnt darüber, daß Ihre Partei ihm den Vorwand zur Verleumdung der Volkssache lieferte; die guten Bürger allein widersetzten sich öffentlich. Ich war am Tage vorher Chabot begegnet, der, wie ich, mit Besorgnis das jämmerliche Manöver sah, das man vorbereitete. Ich riet ihm, sich zur Vorstadt St. Antoine zu begeben, wo die Petitionäre sich versammelten, um sie über die Beschaffenheit dieses Schrittes aufzuklären; er redete zu dem in der Kirche der 300 versammelten Volke. Es war zu spät, und seine Bürgerpredigt scheiterte an den Worten, welche in Gegenwart von dreitausend Individuen ausgesprochen wurden: ‚Wir sind Pétions gewiß, Pétion will es, Pétion ist für uns.‘ Es war ein Glück für Sie, daß Sie bei dieser Gelegenheit von den Feinden des Volkes angegriffen und sogar von den Patrioten verteidigt wurden, die Sie innerlich tadelten, denn Sie haben Ihren Ruf der Klugheit und Gewandheit wütend gefährdet, und so schändlich auch das Direktorium, das Sie verfolgte, in seinen Beweggründen und seinen Mitteln war, so viel ist gewiß, daß es in bezug auf gewisse Taten nur zu sehr recht hatte; so konstitutionell auch Camus in einer gegen Sie ausgesprochenen Meinung war, die ich weit entfernt war zu billigen, so redete er wenigstens nicht unvernünftig, als er Sie sehr unhöflich beschuldigte, daß Sie das Publikum und die gesetzgebende Versammlung in dem Berichte, die Sie über Ihre Handlungsweise in dieser Beziehung gaben, belogen hätten. Das Volk allein hatte recht: Weder Sie noch Ihre Gegner waren von Fehlern frei. Das war jedoch eine der hauptsächlichsten Ursachen Ihrer großen Volkstümlichkeit.

Der Hof arbeitete jeden Tag daran, sie durch seine albernen Angriffe und besonders durch seine Freveltaten zu erhöhen. Die Intriganten, sogenannte Patrioten, welche sie als ihr Erbgut betrachteten, bliesen sie durch alle großen Mittel auf, über welche sie verfügten; die wahren Freunde des Vaterlandes stützten sie mit ihrer ganzen Macht. Der dicke Ludwig XVI. glaubte in einem jakobinischen Maire von Paris einen Nebenbuhler zu sehen, aber César würde, hätte er Ihr durch ein ewiges Lächeln aufgeheitertes Gesicht gesehen, gesagt haben: ‚Dieser da wird mir die Herrschaft nicht entreißen.‘ Der Augenblick des Bundesfestes nahte, und die bewaffneten Bürger kamen aus allen Teilen des Reiches, um Ihnen die Huldigungen der öffentlichen Achtung zu bringen. Sie waren der Held des Bundesfestes von 1792, wie Lafayette der Held des Bundesfestes von 1790 gewesen war. Aber die Anbeter Lafayettes waren Sklaven, Ihre Anhänger waren freie Männer; die Beifallsrufe, die man gern an Sie verschwendete, verwandelten sich in Verwünschungen, die man gegen den Tyrannen richten wollte. Ihr Ruhm war rein, wie das Herz der Patrioten und wie die Freiheitsliebe. Wie leicht würde es Ihnen gewesen sein, für immer das Glück Ihres Landes sicherzustellen und mit einem Schlage den Despotismus und die Intrige zu vernichten. Aber weit entfernt davon, daß Sie sich wenigstens in den Lauf der ruhmvollen Bestimmung Frankreichs hätten hineinziehen lassen, beschäftigten Sie sich nur damit, ihn aufzuhalten. Von diesem Augenblicke an sind Sie nur in das verächtliche System der Intrigen zurückgefallen, in welchem Sie von den kleinen Ehrgeizigen verstrickt wurden, die Sie belagerten.

Das sind die unglücklichen Verhältnisse, mein lieber Pétion, welche Sie sogar ohne Ihr Wissen gegen die letzte Revolution und sogar gegen die Stadt Paris erbittert haben. Der Zorn schlich sich zuweilen in die himmlischen Seelen, und er hat in Ihre Hände die Pfeile gegeben, welche Sie gegen die Wahlversammlung des Departements von Paris abschießen.

Sie haben sich eingeredet, daß Sie sich über sie zu beklagen hätten, weil sie Sie zum Deputierten bei dem Nationalkonvente ernennen wollte, nur bei der zweiten Abstimmung. O menschliche Schwäche! Sie haben Ihren Ärger darüber nicht einmal in jenem Augenblicke verhehlen können, und eher, als Sie den Schimpf des einem andern Bürger gegebenen Vorzuges trugen, haben Sie es vorgezogen, zum dritten Male in Chartres gewählt zu werden als zum zweiten Male in Paris. Seit dem Morgen, beim Beginn der Sitzung, haben Sie sich beeilt, der Wahlversammlung anzuzeigen, daß Sie nicht der Deputierte des Departements von Paris sein würden, und Sie haben es seit diesem Augenblicke geflohen, wie Sie die Gemeinde geflohen hatten. Dennoch wiederholen Sie alle verleumderischen Albernheiten, welche von traurigen und einfältigen Intriganten auf sie gehäuft worden sind. Ich muß Sie hier noch einmal auf meine Antwort auf die Rede Louvets verweisen, den Sie in einer außerordentlich schwachen und unvollständigen Weise kopiert haben.

Was haben Ihnen aber die Jakobiner getan? Welcher Grund hat Sie bewogen, diese sonderbare Bekanntmachung anschlagen zu lassen? Sind es die Dienste, welche sie dem Vaterlande geleistet haben, und der große Einfluß, den sie auch auf die letzte Revolution gehabt haben? Verwischt dieser einzige Fehler in Ihren Augen so viele Wohltaten, welche Sie selbst den Patrioten verdankten, die diese unsterbliche Stadt bevölkern?

‚Ich habe nicht mehr denselben Einfluß auf die Ereignisse gehabt,' wiederholen Sie unaufhörlich in einem klagenden Tone, ‚man wird sehen, ob das für das Glück ihrer Bewohner nützlicher oder schädlicher gewesen ist.' Ist das eine Drohung, die Sie gegen uns richten? Oder haben Sie beschlossen, uns zu bestrafen? Ist es nur ein Rest von Mitleiden, der aus Ihnen zugunsten von Paris spricht? Warum verteidigen Sie es denn nicht gegen die schändlichen Verfolgungen seiner feigen Feinde?

‚Ich habe mehr als einmal Paris gerettet, und ich habe das Blut des Volkes geschont.'

Wo ist die kalte Seele, welche in die Reihe der dem Volke geleisteten Dienste den stellen kann, daß sie es nicht habe — morden lassen? Wenn ein General sich rühmt, das menschliche Blut geschont zu haben, so begreife ich das, aber welche Verwandtschaft besteht zwischen dem Amte eines Maire und der Niedermetzelung der Bürger? Müssen die Freunde der Menschheit nach dem Widerstande gegen die ungeheuerlichen Ausschweifungen der Tyrannei ihre bürgerlichen Tugenden abmessen? Mit welchem Rechte hätte Pétion den Tod des Volkes befohlen, das ihn beschützte, des Volkes, das ihm am 20. Juni hätte zurufen können: ‚Du und die Deinigen haben mich auf die Schlachtbank geführt.'

‚Ich habe mehr als einmal Paris gerettet' (vor dem 10. August). Es ist wahr, daß viele heldenmütige Handlungen in Finsternis eingehüllt bleiben. Aber sagen Sie genau, wie viele Male Sie das Vaterland gerettet haben, und wir werden Ihnen wenigstens die nämliche Zahl Statuen errichten. Die Dankbarkeit der ganzen Menschheit hat die Namen derer geweiht, welche die Freiheit nur ein einziges Mal gerettet haben; was werden wir nicht für denjenigen tun, bei dem diese Arten von Handlungen etwas so Gewöhnliches sind, daß er nicht einmal die Gnade hat, sie zu berechnen.

‚Ich habe Robespierre selbst von der Verfolgung gerettet, indem ich mich seines Loses annahm.' Welche Zusammenstellung! Was braucht man nach einer so großen Handlung an eine so gleichgültige zu erinnern? Sie verlohnt die Mühe, besprochen zu werden, nur weil Sie einigen Wert darauf legen. Sie wollen hier an die ehrenvolle Zeit Ihres Lebens erinnern, wo sie zur Zeit der Verfassungsrevision die Pflichten eines treuen Volksvertreters mit einigen von Ihren Kollegen erfüllten. Von wem wurde ich damals verfolgt? Von Lafayette und seiner Partei, wie ich noch heute von der Partei verfolgt werde, welche an ihre Stelle getreten ist. Aus welcher anderen Ursache wurde ich verfolgt, als um der Freiheit willen? Und warum wurden Sie nicht auch verfolgt? Warum haben Sie sich vielmehr an mein Los gehängt, als ich an das Ihrige? Ja, warum haben Sie sich mehr an mich als an das Vaterland oder wenigstens an Ihre eigene Ehre gehängt? Und wie haben Sie sich einbilden können, daß Sie für mich ein mächtigerer Beschützer gewesen seien als das öffentliche Interesse und die Heiligkeit der Sache, die ich verfocht?

Aber ich nehme an, daß Sie uns alle gerettet haben; würde diese seltene Wohltat Ihnen das Recht geben, uns zu vernichten und nur ein einziges Individuum zu verleumden? Das niedrigste Insekt empört sich gegen den Menschen, der es zertreten will, und ich gegen Jérome Pétion, sowohl in meinem Namen wie im Namen aller gu-

326

ten Bürger, denen er den Krieg erklärt. Welchen Augenblick haben Sie gewählt, um sie anzugreifen? Ich hatte über die Verleumdung eben einen wahrhaft leichten Sieg errungen, auf den ich weit entfernt war, stolz zu sein. Sie waren in der Stille gekommen, vom Kopf bis zum Fuß bewaffnet, aber das Ungestüm des Kampfes hatte Ihnen nicht erlaubt, den Degen zu ziehen, und in dem Augenblicke, wo ich mich ruhig vom Schlachtfelde zurückzog, sind Sie gekommen, um mich von hinten zu treffen. Sie haben sich also nicht entschließen können, Ihre traurige Rede in die Brieftasche zurückzulegen. Die Lenker Ihres politischen Gewissens haben Ihnen zu verstehen gegeben, daß die Parteisache zu grausam durch eine so schmähliche Schlappe bloßgestellt sei, daß Ihr bürgerliches Meisterwerk sie allein wieder gutmachen könne, und Sie haben es Paris übergeben. Aber da es ohne Zweifel in den Prinzipien der Coterie liegt, daß alle Mittel gleichgültig sind, wenn es sich darum handelt, der guten Sache zu dienen, so haben Sie das Gelingen dieses klugen Manövers durch einen Anschlag gegen die Jakobiner vorbereiten zu müssen geglaubt, indem Sie gegen mich einen scharfen Pfeil schleudern. Infolge davon ein Beschluß des Direktoriums der Mairie, bestätigt durch einen Beschluß des Ministers des Innern, des Inhaltes, daß der obengenannte Anschlag nach der Rede von Jérome Pétion gedruckt, daß von beiden sehr ehrenvolle Erwähnung von allen öffentlichen Zeitungsschreibern gemacht werden soll, und daß sie an alle Verwaltungskörper, an alle Munizipalitäten der Republik, an die Pfarrer und Geistlichen verteilt werden sollen. Der tugendhafte Roland sollte wohl dem Finanzkomitee im Vertrauen sagen, wieviel diese neue Sendung der Republik kostet; er könnte uns auch sagen, ob die, welche auf der Post die von der Gemeinde mit der Unterzeichnung des Maire in die Departements gesandten Rechtfertigungsschriften festhalten, bei andern Gelegenheiten mit dem Gebrauche der ministeriellen Unterschrift viel zurückhaltender sind. Ist es gerecht, mein lieber Pétion, uns mit so ungleichen Waffen anzugreifen? Sie sind hierin um so weniger hochherzig, als Sie zu diesem Kampfe durch die Meinung ermutigt worden sind, daß allein Ihr Name Ihren Behauptungen das Ansehen eines unumstößlichen Beweises geben wird, wie Sie sich in Ihrer Vorrede vernehmen lassen. Ich bin also für immer bei dem Tribunal der 83 Departements aller Lächerlichkeiten und Fehler für beschuldigt und überführt erklärt, die Sie mir zur Last legen. Denn ich habe nicht einmal das Recht, Ihnen zu antworten. Habe ich Ihnen jemals das Recht streitig gemacht, alle Tage Ihre Tugenden drucken und anschlagen zu lassen, während niemand sie besprach? Ich, der ich mich niemals gerechtfertigt habe, als mit meinem Körper mich verteidigend. Sie haben es als Gesetz aufstellen lassen, daß ich Ihre Verleumdungen nicht zurückweisen könnte, ohne dadurch allein den Beweis von einer außerordentlichen Eitelkeit zu geben. Gestatten Sie mir wenigstens ein einziges Wort als Antwort auf den Mißbrauch, den Sie mit diesem sonderbaren Vorrechte treiben; denn es ist in Wahrheit zu albern, daß Sie sich das Vorrecht anmaßten, mich laut der Feigheit zu beschuldigen und anschlagen zu lassen, ,daß Sie mich zitternd gesehen haben.'

Und wann! in der Zeit sogar, wo Lafayette die Patrioten verfolgte, am Tage, wo ich mit dreißig Personen, unter deren Zahl Sie nicht waren, bei den Jakobinern blieb, die von seinen Trabanten umstellt waren, während das Blut der Patrioten, das er vergossen hatte, noch floß, in der Zeit, wo ich hartnäckig darauf bestand, diese Schutzanstalt der Freiheit gegen die furchtbare Partei zu verteidigen, welche die konstituierende Versammlung beherrschte. Also zitterten nach Ihrer Meinung alle diejenigen, welche Sie mitten in Ihren strafbaren Erfolgen anklagten und die keinen Augenblick aufhörten, für die Rechte des Volkes zu kämpfen, welche sie geächtet hatte?

Aber warum wollen Sie meinem Benehmen in der konstituierenden Versammlung den Prozeß machen? Sie wollten sich über den Diktaturplan, dessen ich angeklagt war,

328

erklären. Ja, Sie haben zugegeben, daß Sie diese Anklage als verleumderisch betrachteten. Was blieb Ihnen also noch zu sagen übrig? Sie waren ausdrücklich beauftragt, Louvet zu Hilfe zu kommen, dessen Niederlage vorausgesehen war, aber nicht so rasch erfolgte. Ihr Auftrag bestand darin, über meinen Charakter im allgemeinen eine Abschweifung zu machen, und da man weiß, daß in den Augen leichtfertiger Menschen die Lächerlichkeiten und Mängel widerwärtiger sind als die Laster, so haben Sie das Bild eines finstern, mürrischen, schwarzgalligen Menschen entworfen. Diejenigen, die Ihnen einflüsterten, fühlten aus Instinkt, daß das einzige Hilfsmittel der Intrige wäre; diejenigen, welche sie entlarven könnten, zunächst der öffentlichen Meinung als ‚mißtrauische, überspannte, leichtsinnig zum Klagen geneigte Wesen zu schildern, als Leute mit schwarzen Visionen, die überall Trugbilder, Abgründe, Komplotte, Ungeheuer sehen, sonst eitel, ehrgeizig sind und dem Volke den Hof zu machen wünschen...' Sehr gut, mein lieber Pétion, keine bessere Erfindung als das Volk mit den Königen, die Freunde der Freiheit mit den Höflingen zu vergleichen; denn wenn diese Meinung das Übergewicht erhält, so ist den politischen Schurken, welche dem Volke nicht schmeicheln, aber es ausplündern und erwürgen, das weiteste Feld eröffnet. Und auch Sie, guter Pétion, stellte man früher in die Reihe der Volksschmeichler. Wahrlich, so viele andere machen den Königen, den Ministern oder den Trägern der Staatsgewalt und des Staatsvermögens den Hof, daß man denen wohl verzeihen kann, die ihn dem Volke machen, wenn sie die Sache der Gerechtigkeit und Menschlichkeit verteidigen; denn ich rufe Sie sogar als Zeugen dafür auf, daß dieses das einzige Mittel zu schmeicheln ist.

Was die Menschen mit schwarzen Visionen betrifft, so bin ich Ihnen die Gerechtigkeit schuldig, zu sagen, daß Sie immer frei von diesem Fehler waren. Ich bin Zeuge, daß Sie niemals an geheime Umtriebe gegen den Staat glaubten, als wenn sie ausgeführt wurden. Ich bin Zeuge, daß Sie bis

329

zu dem Zeitpunkte des Marsfeldes ein mitleidiges Auge auf diejenigen warfen, die zu Ihnen von Lafayette schlecht sprachen, daß Sie sogar seit jener Zeit niemals aufgehört haben, seine Absichten in günstigem Sinne auszulegen. Ich bin Zeuge, daß, als die Partei, deren Führer er war, in der konstituierenden Versammlung Kommissäre ernannte, um Ludwig XVI. bei seiner Rückkehr von Varennes entgegenzugehen, sie ihre Blicke auf Sie warf, um Sie Barnave und Latour-Maubourg beizuordnen, als den am wenigsten gefährlichen unter allen Patrioten. Ich bin Zeuge, daß solange Lafayette an der Spitze der Armeen stand, Sie mir hundertmal seine Unschuld verbürgt haben, und daß Sie zu allen, die es hören wollten, sagten: ‚Lafayette ist für uns.‘ Ich bezeuge außerdem, daß Sie von dem ‚Patrioten Narbonne, dem Patrioten Montesquieu‘ mit einer ganz besondern Verehrung sprachen, gerade so wie die Chronique und der Patriote Français. Ich bezeuge kurz, daß es heute fast keinen als Verräter am Vaterlande in Anklagestand versetzten Menschen gibt,. dem Sie nicht ein solches Patent des Patriotismus ausgestellt hätten.

Ich bin Bürge, daß Sie weit davon entfernt, ein widerwärtiger, mißtrauischer, melancholischer Mensch zu sein, ein Mensch sind, dessen Blut ruhig läuft, dessen Herz nur wenig von dem Anblicke der menschlichen Schurkereien in Wallung gerät, dessen Philosophie ganz geduldig das Elend eines andern erträgt.

Was mich betrifft, ich gestehe meine Fehler ein, und wenn ich auch nach der Behauptung derer, welche am meisten imstande sind, darüber zu urteilen, so nachgiebig und gutmütig im Privatleben bin, wie Sie mich finster in den öffentlichen Angelegenheiten finden, obgleich Sie lange diese Erfahrung gemacht haben und meine Freundschaft für Sie lange die Vorgänge überlebt hat, welche am meisten meine Grundsätze verletzten, so gestehe ich zu meiner Schande, daß ich die Schwäche besitze, noch an verderbliche Intrigen zu glauben, welche Sie sogar vielleicht ahnen werden, wenn ganz Frankreich das Opfer derselben sein wird.

Aber Sie, die Sie fünfzehn Tage vor der Revolution des 10. August die Ehrlosigkeit begingen, sich aus eigener Bewegung zum Könige zu begeben, man weiß nicht, ob aus dem Grunde, um ihn zu bekehren, oder um Sie zu rechtfertigen, Sie, die Sie am Tage vorher sogar sich gutmütig in den königlichen Forst verlocken ließen, um Jérome Pétion dem Spottgeschrei des Hofes von Herodes auszusetzen, Sie, die Sie nicht glauben konnten, daß man so schurkisch sein könnte, sogar an dem Hofe, wie können Sie noch immer so wenig Nachsicht für diejenigen zeigen, die Ihnen oft bewiesen haben, daß ihre Torheit mehr am Platze war als Ihre Klugheit? Sind Sie nur mit den Charlatanen und Tyrannen gutmütig? Ist es ein Gesetz der Natur, daß die empfindungslosen Seelen die leidenschaftlichen und energischen Seelen hassen? So viel ist gewiß, daß ich immer bei Ihnen weniger Nachgiebigkeit für die Wärme des Patriotismus als für die Ausschweifungen der Aristokratie zu bemerken glaubte. So habe ich z. B. gesehen, daß Sie weniger gegen Lafayette als gegen Danton eingenommen, weniger gegen Coblenz als gegen den Jakobinerklub aufgebracht waren.

Übrigens entschädigen Sie sich wohl für die Gewalt, die Sie sich angetan haben, um so viele Menschen anzuklagen, Sie legen die Rute des Tadlers ab, um das Rauchfaß des Lobredners zu nehmen. Ich brauche nicht zu sagen, zugunsten wessen; nur um Paris und die Jakobiner im Ansehen herabzusetzen, verschwendete man die Reste Ihrer Popularität, aber auch um die Popularität der für sich selbst besorgten Partei wieder zu beleben.

Sie versichern uns in belehrendem Tone, daß Sie keine Partei Brissot kennen, daß Brissot der am wenigsten geeignete Mensch sei, um Parteiführer zu sein. Sie sagen es in Ihrem Anschlagzettel, Sie wiederholen es in Ihrer Rede. Was ist uns daran gelegen? Nicht über Brissot will ich hier verhandeln. Wer hat Ihnen jemals gesagt, daß er Parteiführer wäre?

Ich habe unter uns noch keinen wahren Parteiführer gesehen, Lafayette sogar war es nicht, er handelte für den König, er wollte nur der mächtigste Mann am Hofe Ludwigs XVI. sein. In Frankreich und in einer Revolution, deren Zweck es nicht ist, die Tyrannei durch eine andere Tyrannei zu ersetzen, sondern durch die Herrschaft der Gerechtigkeit und Gleichheit, können die Parteiführer nur kleine Schurken, ohne Seele und ohne Genie sein. Ja, diese Leute können den Staat wohl ausplündern, zerstören, zerreißen; es ist das leichteste Handwerk, aber sie werden ihn nie unterjochen. Zwei Hindernisse werden sich immer diesem Unternehmen entgegenstellen, ihre Mittelmäßigkeit und die allgemein verbreitete Einsicht.

Was Ihren Brissot betrifft, da Sie darauf zurückkommen wollen, folgt daraus, daß sein Name die Wurzel einer neuen Konjugation geworden ist, daß das Publikum ihn als einen Parteiführer betrachtet? Escobar hatte dieselbe Ehre und war gleichwohl nur ein Jesuit. Wenn der Vater Brissot als Generalissimus aller Brissotins der Republik anerkannt würde, so würde er unfehlbar die furchtbarste Macht Europas sein. Sie haben mir zwanzigmal wiederholt, daß Brissot ein Kind wäre, und das ist das Wort aus dem Innern der Coterie, wenn es sich darum handelt, gewisse ein wenig starke Schelmenstreiche zu erklären, die man ihm vorwirft; man behauptet sogar, daß er nicht zornig wird, wenn man diese Vorstellung von ihm gewinnt, beinahe wie Sixtus V. den Gutmütigen oder den Kranken spielte. Sie werden mir wenigstens gestatten, ihn als ein boshaftes Kind zu betrachten; da ich mich aber nicht mit der Sorge befassen will, ihn zu bessern, so erlauben Sie, daß ich mich in dieser Beziehung auf das Publikum verlasse. Clootz, der ihn mit viel Nachsicht beurteilt, sagt selbst in seiner geistreichen und belehrenden Meinung, daß ‚wenn man seine krumme Bahn, seine Lügen sehe usw., man glauben sollte, daß er von allen Feinden Frankreichs und des Menschengeschlechtes bezahlt wäre‘ und ich, noch nachsichtiger, betrachte ihn einfach als einen der größten Kommissionshändler, der in Europa existiert. Wenn das Pu-

332

blikum strenger ist, so halten Sie sich dafür an dasselbe, und weil Sie sich über die ‚allgemeine Verblendung in dieser Beziehung' beklagen, so stechen Sie ihm den starken Star, der ihm den Anblick so vieler Tugenden entzieht. Halten Sie es nicht unter Ihrer Würde, die Menschen aufzuklären, nachdem Sie sie gerettet haben. Brissot, sagen Sie, hat ‚Kenntnisse und Einsicht'. Es sei. Man versichert sogar, daß es von ihm sehr dicke Bücher gibt; so ist er wenigstens ein revolutionärer Dacier, ein politischer Scüderi. Clootz behauptet auch, daß seit zehn Jahren sein Kopf sich nicht um eine Linie erhoben habe. Ja, ich weiß nicht, ob es vor zehn Jahren war, da trug er den Kopf sehr hoch. Was liegt daran jetzt? Wir hätten beide uns dieser Verhandlung enthalten können. Sie hätten sie sogar nicht anfangen sollen. Brissot, von Ihnen gerühmt, hat die Miene, sich selbst zu loben. Man fragt nicht den Schüler über die Fähigkeit seines Lehrers um Rat noch den Liebhaber um die Reize seiner Geliebten. Ist Orgon berechtigt, Tartüffe zu beurteilen? Wie viele Beweise sind nicht nötig, um den Gutmütigen von einer Leidenschaft zu heilen? und von welcher Beschaffenheit! Es ist nichts weniger als eine Elmire nötig, um dieses Wunder zustande zu bringen. ‚Der arme Mensch', antwortet er unaufhörlich auf alle Gründe; so wiederholte man fortwährend bei Ihnen ‚der arme Warwille'.

Sie haben gut sich gegen diese schmähliche Herrschaft zu verteidigen; die Anstrengungen, welche Sie machen, um diesen Verdacht zurückzustoßen, können ihn nur bestärken. Warum beginnen Sie alle Ihre Reden mit dem Eingang: ‚Niemals dachte ein Mensch im Amte und handelte aus sich selbst ebensoviel wie ich.' Warum tragen Sie in der Vorrede der Rede, über welche wir verhandeln, Sorge, Ihren Lesern zu sagen: ‚Um sie zu verfassen, habe ich mich ganz zurückgezogen. Ich war taub gegen die Stimme der Freundschaft, ich habe niemand gesehen noch um Rat gefragt, habe mit niemand, wer es auch sein mag, Verkehr gepflogen.' Ist ein Schriftsteller verpflichtet, zu beweisen, daß er sich selbst in die Verborgenheit zurückgezogen habe, um seine Werke zu verfassen? Und sind so sonderbare rednerische Vorsichtsmaßregeln nicht verdächtig?

Übrigens beweist Ihre ganze Rede, daß das einzige vielleicht, das Ihnen in dieser Schrift angehört, die Färbung des Stiles ist; aber die Gedanken, die Grundsätze, die Moral, der Zweck, der Augenblick sogar, wo sie veröffentlicht worden ist, die unbestimmten Beschuldigungen, alle Klagen ohne Beweise, die böswilligen Verdächtigungen, der zweideutige Ton, die schlaue Verwicklung, die groben Widersprüche, die politischen Albernheiten sogar, diese Mischung von Naivität und Gewandtheit, von Mäßigung und verschlossenem Ärger, diese Ermahnungen zum Frieden, und bald wieder diese hinterlistigen Bemerkungen, welche die schlafenden Vorurteile wieder erwecken, diese Sarkasmen, welche die Zwietracht wieder heraufbeschwören, die ein Ende zu nehmen schien, der auf Ihren Mauern angeschlagene Anschlagzettel — alles das ist nicht von Ihnen. Sie verleumden sich selbst, wenn Sie behaupten, daß Sie von niemand geleitet würden; vielleicht haben Sie sogar es sich selbst in gutem Glauben eingeredet; aber es ist nichts, ich schwöre es Ihnen. Weiß man es, wenn man geführt wird? Sehen Sie, was sich auf unsern Theatern ereignet; wenn eine gewandte Soubrette oder ein intriganter Diener einen Géronte oder einen Orgon wie am Gängelbande führt, sehen Sie nicht, wie schlau die Schurken über die seltene Weisheit und unglaubliche Festigkeit des gutmütigen Alten in Entzücken geraten, und wie dieser in den Ausbrüchen der lärmenden Freude ausruft: Oh! ich weiß wohl, daß man mich nicht führt, und wenn es einen Starrkopf in Frankreich gibt, so bürge ich euch dafür, daß es dieser hier ist.‘ Nehmt die Übertreibung weg, welche die dramatische Kunst gestattet, insbesondere Ihrem Verdienste, so würde ich fast zu behaupten wagen, daß es in diesem Bilde etwas gibt, das Ihnen gleicht. Zum Beispiel im letzten Monat Juni, als die Minister erneuert wurden, habe ich Sie in dem festen Glauben gesehen, daß Sie die-

334

selben gewählt hätten. Da ich Sie fragte, ob dieser Schritt des Hofes Ihnen nicht verdächtig wäre, antworteten Sie mit einer sehr merkwürdigen Miene von Befriedigung? ‚Oh! wenn Sie wüßten, was ich weiß! wenn Sie wüßten, wer Sie bezeichnet hat!‘ Ich riet Sie und sagte zu Ihnen, ehrlich lachend: ‚Sie vielleicht!‘ Darauf antworteten Sie mir, indem Sie sich die Hände rieben, mit einem ‚Hm, hm.‘ Sie bestanden darauf, mir diese Tatsache zu bekräftigen, ich wollte nichts davon glauben. Ich schätzte Sie zu sehr, als daß ich für Sie bei Ludwig XVI. und seinen Höflingen das Ansehen hätte annehmen können, das notwendig ist, um ihm Minister zu geben. Aber ich will Ihnen sagen, wie Sie es sich selbst eingeredet hatten, daß Sie diese Minister ernannt hätten. Als Brissot und einige Landsleute aus der gesetzgebenden Versammlung von demselben Schlage, im Einverständnis mit Sarbonne, mit Einwilligung Lafayettes und durch Vermittelung einiger Frauen, wie die Baronin von Staël, die Marquise de Condorcet usw. alles angeordnet hatten und die Vertragsklauseln beschlossen waren, sagte Brissot zu Ihnen: ‚Welche sollen wir zu Ministern ernennen? Roland, Clavière. Sie sind gut! Wollen Sie dieselben? Wahrhaftig, ja... Roland, Clavière... Oh! aber wissen Sie, das würde köstlich sein; man ernenne sie!‘ Und Sie haben geglaubt, daß das Ministerium Ihr Werk wäre.

Als die Minister von einer andern Partei gestürzt wurden, bedienten sich dieselben Menschen gewandt Ihrer Popularität, um Ihre Zurückberufung herbeizuführen. Daher der 20. Juni; Sie gingen mit einem festen Schritte auf dieses Ziel los, aber darüber hinaus warfen Sie Ihre Blicke nicht, weil Ihre Führer nicht weiter gehen wollten. Der Strom, welcher den Thron umstürzte, störte ihre wahren Entwürfe; sie trösteten sich über die Revolution des 10. August nur, weil sie ihnen die Mittel zur Zurückberufung Clavières und Rolands verschaffte. Sie wollen ewig unter ihren Namen regieren; deshalb muß man das Volk in Fesseln legen, den Konvent spalten, um ihn zu beherrschen, und die Freunde der Freiheit verfolgen. Daher alle ihre Intrigen, alle ihre Verleumdungen, alle ihre Freveltaten, ihr Bündnis mit allen alten Anhängern des Royalismus oder der Aristokratie. Sie zweifeln selbst nicht an allem diesem und doch befinden Sie sich noch in ihrer Gesellschaft, weil Sie gewohnt sind, ihnen zu folgen, ohne zu wissen, wohin sie Sie führen. Sie haben Sie schon weit genug geführt; ich fürchte wohl, daß Sie von ihnen noch weiter in die Irre geführt werden. Denken Sie über sich selbst nach, wenn es möglich ist, und begreifen Sie, wie lästig für Sie die Bedingungen des Bündnisses sind, das Sie mit ihnen verknüpft.

Ich gebe zu, daß Sie einige Verpflichtungen gegen sie haben; sie haben die Zeitigung Ihres Ansehens sehr beschleunigt; gepriesen von allen Journalen, über welche sie verfügten, sind Sie ein Gott für alle diejenigen geworden, deren Orakel sie waren. In der Entfernung verschwinden die Flecken, die Triebfedern der politischen Ereignisse werden nicht bemerkt; vielleicht einzig unter allen Verteidigern der Freiheit, welche in der Welt erschienen sind, haben Sie Ihren ganzen Ruhm genossen. Sie konnten vielleicht Ihrem Glücke mißtrauen. Jean Jacques wird Ihnen sagen, daß der wahre Staatsmann in dem einen Jahrhundert säet und in dem andern erntet. Lesen Sie die Geschichte, Sie werden sehen, daß die Wohltäter der Menschheit ihre Märtyrer waren. Agis wird von den Ephoren verurteilt, weil er die Gesetze des Lykurg wieder herstellen wollte; Cato zerreißt seine Eingeweide; der zweite Brutus wird dahin gebracht, sich das Leben zu nehmen, nachdem er es dem Tyrannen genommen hat; der Sohn des Marius haucht unter den Schlägen der Tyrannei sein Leben aus; Sokrates trinkt den Giftbecher; Sydnei stirbt auf einem Schafott; Pétion — fand sich in einem Augenblicke mit allen Ehren überhäuft, die man vor kurzer Zeit an Lafayette verschwendete. Wenn Sie die Ursachen dieser Erscheinung zu ergründen gesucht hätten, so würden Sie erkannt haben, daß eine sonderbare Intrige Ihrem Patrio tismus ihre Hilfe lieh. Sie würden bedacht haben, daß die Guadet von Athen nicht die Freunde des Sokrates waren, und daß Brutus und Cato nicht von den Brissotins in Rom vergöttert wurden; Sie würden begriffen haben, daß Sie der Held des Monates Juni 1792 waren, weil Sie nicht bestimmt waren, der Held der kommenden Jahrhunderte zu sein. Aber diese Dienste, welche Ihre Freunde Ihnen geleistet haben, werden von den Vorteilen wohl aufgewogen, die Sie ihnen verschafft haben. Denken Sie zunächst daran, daß Sie den kostbarsten Fond zu diesem Handel geliefert haben, ich will sagen den Ruf der Redlichkeit, den Sie aus der konstituierenden Versammlung mitgenommen haben; denn in den Augen des urteilsfähigen Beobachters war das der wahre Rechtstitel Ihres Ruhmes. Ihre neuen Verbündeten haben ihn durch Ihren Fleiß, aber nur für ihre eigene Rechnung zur Geltung gebracht. Er hat als Schleier für ihre Manöver, als Werkzeug für ihren Ehrgeiz gedient. Ihr Ansehen hat ihnen die Mittel verschafft, um heimlich den Bau der Freiheit zu unterwühlen und die ersten Tage der Republik in Tage der Zwietracht, der Unordnungen und der Tyrannei zu verwandeln. Sie haben ihnen Ihren Ruhm geopfert. Gefalle es dem Himmel nur, daß Sie sich wenigstens Ihre Tugend bewahren. Sehen Sie, wie sie schon Sie vorzuschieben wagen, wie ein verlorenes Kind bei verzweifelten Streichen, wie sie Sie auf dieselbe Linie mit den Barbaroux und den Birotteau stellen. Könnte ich doch hier die Wirkungen ihrer unseligen Ratschläge durch strenge und nützliche Wahrheiten wieder gutmachen! Die, welche die Natur groß gemacht hat, können allein die Gleichheit lieben. Andere bedürfen Stelzen oder Triumphwagen; sobald sie von ihnen herabsteigen, glauben sie in das Grab zu steigen. Ein solcher Mensch schien Republikaner vor der Republik zu sein, der aufhört, es zu sein, wenn sie gegründet ist. Er wollte erniedrigen, was über ihm stand, aber er selbst will nicht von dem Punkte herabsteigen, auf den er gehoben war. Er liebt nur die Revolutionen, deren Held er ist; er sieht nur Unordnung und Anarchie, wo er nicht regiert; das Volk hat sich empört, wenn es ohne ihn gesiegt hat; er verzeiht es nicht einmal dem Volke, daß es alle Individuen kleiner macht, wenn es sein majestätisches Haupt erhebt.

Das ist das traurige Geheimnis der menschlichen Eitelkeit, welches so viele staunenswerte Verwandlungen erklärt. Das ist auch der Faden, welcher allein die öffentliche Meinung in dem Labyrinthe der gegenwärtigen politischen Ereignisse leiten kann. Lassen Sie uns, mein lieber Pétion, diese schimpflichen Schwächen ablegen; wir wollen nicht dem Tyrannen gleichen, der den Wuchs der Menschen auf ein bestimmtes Maß beschränken wollte; wir wollen nicht verlangen, daß das Glück immer die Kosten unseres Verdienstes mache; wir wollen uns mit dem Lose begnügen, welches die Natur uns aufbewahrt hat, und erlauben, daß die Geschicke der Menschheit sich erfüllen.

Ich wiederhole es beim Schluß: „Beschäftigen wir uns mit den großen Interessen der Republik. Aber bemühen wir uns besonders, wenn wir können, die Sitten und die Prinzipien derselben zu haben."

# INHALT

## Robespierres Leben, von ihm selbst

**340**

342

Versammlung auf vier Jahre aus dem Ministerium ausgeschlossen. — Verantwortlichkeit der Minister. — Ihre Vorrechte. — Ihre Besoldung. — Ihre Pensionen. — Briefe des Königs. — Meinungen Robespierres. — Nationalgarde. — Gesuchsrecht. — Kolonien. — Farbige. — Moreau de St. Mery. — Wiederwählbarkeit der Konstituierenden. — Wiederwählbarkeit der Gesetzgeber. — Verbesserung Barrères. — Todesstrafe. — Robespierre spricht dagegen. — Was er von seiner Rede denkt. — Brief des Abbé Raynal. — Bemerkungen Robespierres. — Armeestand. — Abdankung der Offiziere. — Flucht des Königs.

Robespierres Rede über die Flucht des Königs. — Belohnung für die Nationalgarde. — Erklärung des Königs und der Königin. — Bericht des Komitees. — Meinung Pétions. — Robespierre unterstützt sie. — Unruhen auf dem Marsfelde. — Bekanntmachung des Kriegsgesetzes. — Revision der Konstitution. — Die Silbermark. — Stellung der Minister zu dem gesetzgebenden Körper. — Unbedingte Preßfreiheit. — Konstitutionelle Garde des Königs. — Vorrechte der Mitglieder der Königlichen Familie im Staate. — Insubordination der Truppen. — Robespierre von Alexander Lameth angegeben. — Er gibt Alexander Lameth und Barnave an. — Die Konstitution dem Könige vorgelegt. — Nationalkonvent. — Kolonien. — Volksvereine. — Schlußsitzung der konstituierenden Versammlung.

Robespierres Aufenthalt in Versailles. — Necker. — Sein Hofhalt. — Duport-Dutertre. — Der Bretagnische Klub. — Robespierre als Journalist. — Die Vereinigung oder das Journal der Freiheit. — Robespierre in Paris. — Die Freunde der Konstitution. — Der Klub von 1789. — Robespierres Einfluß auf die Jakobiner. — Lameth, Barnave und Duport. — Spaltung der Feuillants. — Laclos. — Die sechs Abgeordneten. — Adresse an die Franzosen. — Die Feuillants. — Arbeiten bei den Jakobinern. — Camille. — Der Schlächter Legendre. — Klub der Kordelier. — Danton im Jahre 1791. — Pétion. — Buzot. — Robespierre öffentlicher Ankläger. — Seine Popularität. — Chabot und die Taufe. — Der Abbé Gregoire. — Torné und der kleine Robespierre.

www.ingramcontent.com/pod-product-compliance
Lightning Source LLC
Chambersburg PA
CBHW030352120726
47901CB00007B/1994